꼭두각시
조종사

Dukkeføreren by Jostein Gaarder
© 2016, H. Aschehoug & Co. (W. Nygaard) AS
Korean Translation Copyright © 2020 by Hyundaemunhak Co., Ltd.
All rights reserved.

The Korean language edition published by arrangement with
H. Aschehoug & Co. (W. Nygaard) AS through MOMO Agency, Seoul.

이 책은 노르웨이해외문학협회(NORLA)의 지원을 받아 출간되었습니다. **N** NORLA

꼭두각시
조종사

DUKKEFØREREN

요슈타인 가아더 장편소설
손화수 옮김

현대문학

차 례

『꼭두각시 조종사』를 읽는 독자들은 세 가지 사항을 염두에 두어야 합니다. 우선 유럽의 거의 모든 언어는 인도유럽어족에 근간을 두고 있으며, 그 시작은 6,000여 년 전으로 거슬러 올라갑니다. 우리는 당시의 인도유럽어를 직접적으로 알 길이 없기에 필수불가결하게 재구성을 해야 했고, 그러한 단어는 이 책에서 *로 표시했습니다. 책을 읽다 보면 * 표시를 여럿 접하게 될 것입니다.

또한, 우리는 당시 사람들이 스스로 무엇이라 칭했는지 알지 못합니다. 하지만 현대인들은 그들에게 인도유럽인이라는 이름을 붙여주었습니다. 그들은 오늘날의 흑해에서 그리 멀리 떨어지지 않은 곳에 살았으며, 약 6,000년 전 이동을 시작했습니다. 일부는 인도로 이르는 동쪽으로 이동했으며, 또 다른 일부는 유럽으로 향하는 서쪽으로 이동했습니다. 그들의 언어는 오늘날의 유럽, 파키스탄, 인도를 포함하는 지역의 이름을 붙인 것입니다. 유럽에서 인도유럽어족에 속하지 않는 언어는 서쪽의 바스크어, 북동쪽의 핀란드-헝가리어뿐입니다. 따라서 노르웨이어와 파키스탄의 공용어인 우르드어의 유사성은, 노르웨이어와 북유럽 사미족의 언어보다 훨씬 큽니다.

지난 세기, 유럽의 언어는 지구상의 그 어떤 언어보다 훨씬 큰 영향력을 지닌 언어로 발전해왔습니다. 전 세계에서 가장 많이 사용되는 언어 중 인도유럽어가 아닌 언어는 중국어와 아랍어 등 몇몇뿐입니다. 이처럼 언어의 발전 과정과 역사를 살펴보는 일은 참으로 흥미진진합니다.

실페스트 롬헤임
노르웨이어학 교수 및 노르웨이 언어자문기관 관장
(2003~2010)

2013년 5월, 스웨덴 고틀란드섬

친애하는 앙네스 씨. 이제 당신에게 편지를 쓰려 합니다. 나를 기억하시는지요? 적어도 나를 기억하기 위한 노력을 조금이라도 해주셨으면 고맙겠습니다.

나는 지금 발트해의 한 섬에서, 노트북을 올려둔 작은 책상 앞에 앉아 있습니다. 노트북의 오른쪽에는 커다란 시가 상자가 있습니다. 그 속에는 제 기억을 일깨워줄 물건들이 들어 있습니다.

호텔방은 내가 의자에서 일어나 소나무 바닥 위를 아홉 걸음 정도 움직일 수 있을 만큼 큽니다. 나는 호텔방의 소파와 탁자 사이를 왔다 갔다 하며 이 편지를 어떻게 시작할까 생각에 잠겨봅니다. 자그마한 티크 탁자와 두 개의 빨간 안락의자 사이를 거닐거나, 역시 마찬가지로 비좁기 짝이 없는 빨간 소파 하나와 책상 사이도 거닐어보았습니다.

호텔방은 건물 모퉁이에 자리하고 있어, 창을 내다보면 두 방향의 거리를 한눈에 볼 수 있습니다. 북쪽으로 난 창을 통해선 옛 한자도시를 그대로 느낄 수 있는 판석이 보이고, 서쪽으로 난 창을 통해선 바다로 이어지는 알메달렌 시가지를 볼 수 있습니다. 날이 무덥기에, 나는 두 창을 모두 조금 열어놓았습니다.

나는 이미 30여 분 동안 창 아래쪽 거리를 걷는 사람들을 내려다보았습니다. 대부분은 스커트와 반바지, 헐렁한 반팔 셔츠를 입고 있습니다. 거리에는 오순절을 맞아 휴가를 온 관광객들이 많이 보입니다. 둘씩 짝을 지어 손을 잡고 걷는 사람도 있지만, 단체로 무리를 지어 시끌벅적하게 걷는 사람들도 많이 있습니다.

흔히, 젊은이들이 내 나이 또래의 사람들보다 훨씬 시끄럽다고 말하는데, 나는 그것이 근거 없는 말이라고 생각합니다. 중년의 사람들도 비슷한 취미를 가진 사람들끼리 모이면, 10대 아이들처럼 시끌벅적하게 변하기 마련입니다.

아니, 더욱 인간적으로 변한다고 해야 할까요. '나를 좀 봐줘요! 내 말을 들어보세요! 이젠 함께 멋지게 즐겨보자고요!'

우리는 나이가 들어도 인간의 본성에서 벗어날 수 없습니다. 우리는 인간의 본성과 함께 자란다고 해야 더 정확할 것입니다. 인간의 본성은 죽을 때까지 우리를 떠나지 않으니까요.

나는 건물의 1.5층에서 내려다보는 거리의 풍경이 꽤 마음에 듭니다. 보행자들을 충분히 가까운 거리에서 볼 수 있기 때문입니다. 가끔은 바람 없는 비좁은 골목길을 지나는 그들의 체취까지도 여기까지 올라와 내 코를 간질이기도 합니다. 어떤 이들은 담배를 손에 들고 걷습니다. 그럴 때면 위로 올라오는 담배 연기에 코가 따가울 때도 있습니다. 하지만 나는 내 관심의 희생자들에게서 꽤 멀리 떨어진 곳에 있기에, 그들이 고개를 들고 나를 바라보는 일은 거의 없습니다. 나는 가끔 불어오는 바람을 머금고서 살랑거리는 푸른 커튼 뒤에 몸을 반쯤 숨기고 그들을 바라봅니다.

나는 지면에서 1.5층 떨어진 곳에 서서 그들의 눈에 띄지 않고 그들을 관찰할 수 있는 나의 특권을 즐기고 있는 셈입니다.

저 멀리 반짝이는 바닷물 위에 떠 있는 돛단배에도 가끔 눈길을 던져봅니다. 바람은 거의 느낄 수 없습니다. 골목길의 창가에 드리워진 커튼도 좀처럼 움직이지 않습니다.

지난 30여 분 동안, 나는 하얀 돛단배 세 척을 보았습니다. 바람이 거의 없다는 점만 제외한다면 오늘 하루는 꽤 만족스러운 날이라 할 수 있습니다. 세일링을 하기엔 그다지 적합하지 않은 날이지만요.

오늘은 오순절일 뿐 아니라, 5월 17일 노르웨이 독립기념일이기도 합니다. 문득, 아련한 슬픔이 내 몸을 휘감아옵니다. 마치 오늘이 내 생일인 줄도 모르는 낯선 사람들 사이에 있는 것 같은 느낌입니다. 축하의 말을 건네는 사람도 없고, 생일 노래를 불러주는 사람도 없습니다.

이곳에서는 독립기념일이라고 해서 애국가를 부르는 사람도 없습니다. 노르웨이 국기를 보지도 못했습니다. 하지만 호텔 침대 위에는 뜨개질로 짠 담요가 있습니다. 담요는 글리테르틴산山*처럼 눈부시게 하얗습니다.

빨간 소파, 하얀 담요, 푸른 커튼. 나는 이것들이 노르웨

---

* 해발 2,465미터로 노르웨이에서 두 번째로 높은 산이며 만년설이 덮여 있다.

이 국기의 색과 같다는 사실만으로 만족합니다

날짜를 언급한 김에 한 가지 덧붙이고자 합니다. 지금 이 편지를 쓰고 있는 순간은, 아렌달에서 당신과 처음 만났던 날로부터 정확히 한 달이 지난 날입니다.

당신은 그로부터 불과 몇 시간 후에 펠레와도 인사를 나누었습니다. 당신과 펠레는 처음 만난 순간부터 서로에게 호의를 보였습니다.

사실, 우리는 그 전에도 만난 적이 있습니다. 약 1년 전이었던가요. 2011년 성탄절을 며칠 앞둔 날이었습니다. 내가 이 편지를 쓰는 까닭은 그 첫 만남의 배경을 설명하고 싶어서입니다. 당신은 내가 왜 그런 행동을 하는지 이유를 알고 싶어 했습니다. 나는 최선을 다해 그 질문에 대답하고자 합니다. 동시에, 당신에게 내가 궁금해했던 것을 물어봐도 될까요?

나는 그때 큰 망신을 자초했습니다. 그럼에도 당신은 나를 떠나보내지 않고 붙들어주었습니다. 내게는 그러한 당신의 행동이 아직도 커다란 수수께끼로 남아 있습니다. 그날 오후, 당신의 행동에 놀랐던 사람은 나만이 아니었습니다. 짐작건대, 식탁 주변에 모여 있던 사람들은 모두 놀랐을 것입니다. 그리고 모두들 나와 같은 생각을 했을 것입니다. 왜 당신은 나를 붙들었을까요? 당신은 무슨 이유로, 수치심을 견디지 못해 그곳을 벗어나려는 나를 붙들었는 지요?

어디서 시작하면 될까요?

현재의 나를 설명하기 위해서는, 할링달에서 자랐던 나의 어린 시절부터 시간 순서대로 차근차근 설명하는 것도 좋을 것 같습니다. 아니, 현재에서 과거로 거슬러 올라가며 설명하는 방법도 있겠군요. 이미 오늘 오후에 경험했던 몇 가지 기억할 만한 일부터 짐작건대 당신의 삶에서 가장 힘겹고 어두웠던 때, 즉 한 달 전 아렌달에서 당신을 만났던 날, 그리고 1년 전 당신과의 첫 만남은 물론, 2000년대 초반 에리크 룬딘의 장례식이 있던 날까지 거슬러 올라가보는 건 어떨까요. 회상을 통해 과거를 돌아보면, 결국 내가 소년으로서 경험했던 일까지도 짚어볼 수 있을 것입니다. 그렇다면 당신도 현재의 나를 조금 더 잘 이해할 수 있지 않을까요.

우리는 어떤 방식으로 한 사람의 삶을 가장 쉽게 이해할 수 있을까요? 삶의 시작부터 하나하나 살펴보는 방법이 더 좋을까요, 아니면 현재의 가장 신선한 기억부터 되살려보며 조금씩 차례차례 과거로 거슬러 올라가는 방법이 더 좋을까요? 후자의 단점이라면 우리들의 삶은 복잡하기 그지없어 어떤 일에 관해 단 하나의 명백한 원인과 결과만 존재하지는 않는다는 것입니다. 우리는 살면서 결정적인 선택을 여러 번 하게 되고, 삶은 그 선택에 의해 연속적으로 이어집니다.

우리가 왜 현재의 모습으로 변하게 되었는지 명백히 증명하는 것은 쉽지 않습니다. 지금까지 많은 이들이 이를 시도해보았으나, 항상 우리의 인간적 본성 때문이라는 점만 부각시키는 것으로 결론을 짓곤 했습니다.

다시 창밖을 바라보았습니다. 바람 한 점 없는 날씨 때문에 세 척의 돛단배는 조금도 움직이지 않았습니다. 이상하게 여길 수도 있겠지만, 나는 돛단배를 보며 우리를 떠올렸습니다. 당신과 나, 그리고 펠레. 그렇습니다. 펠레도 포함시켜야 합니다.

조금 부끄러운 이야기지만, 돛단배를 보며 어릴 적 주일학교에서 배웠던 동요도 함께 떠올렸습니다. 내 나무배는 너무나 작고, 바다는 너무나 커서……

문득, 이 편지를 삶이라는 항해의 한중간 지점에서 시작해야겠다는 결심을 해봅니다. 그렇다면 에리크 룬딘의 장례식에서 당신의 사촌과 처음 만났던 그날의 이야기부터 시작해야겠군요. 거기서부터 시작해, 그로부터 10년 후 당신을 다시 만났던 날까지 이야기를 이어갈까 합니다. 할링달에서 보냈던 나의 어린 시절 이야기는 다음 기회에 해도 좋을 것 같습니다.

사랑하는 에리크, 인자한 아버지이자 시아버지,
자상한 할아버지이자 외할아버지,
그리고 증조할아버지

에리크 룬딘

1913년 3월 14일 출생하여
오늘 2001년 8월 28일 오슬로에서 편안히 눈을 감았습니다.

잉에보르그

욘페테르	리세
마리안네	스베레
리브베리트	트룰스

시그리, 윌바, 프레드리크, 투바, 요아킴, 미아

증손자와 그 외의 가족들

장례식은 베스트레 아케르 교회에서
9월 5일 수요일 오후 2시에 진행됩니다.

에리크의 장례식에 참석한 분들은,
이후에 있을 추모식에도 와주시기를 바랍니다.

에리크

2001년 9월 초의 어느 날 오후, 에리크 룬딘의 장례식에 참석한 사람은 언뜻 보기에도 매우 많았습니다. 그중에는 당신의 사촌인 트룰스도 있었습니다. 바로 그 때문에 나는 이 편지를 그날의 일부터 시작하려 합니다. 그로부터 10년 후, 나는 트룰스와 그의 아내인 리브베리트, 그리고 그들의 두 딸을 다시 만나게 됩니다. 내가 당신을 처음 만났던 날도 바로 그날입니다.

베스트레 아케르 교회는 장례식에 참석한 사람들로 빈틈이 없을 정도였습니다. 우리는 무리를 지어 입관식 장소로 함께 발길을 옮겼습니다. 나뭇가지 사이로 내리쬐는 햇살은 눈이 부실 정도로 화창했습니다. 그 때문에 이 기회를 이용해 선글라스를 착용하는 사람들도 많이 보였습니다. 내 머릿속에는 여전히 성가대의 노랫소리와 웅장한 트럼펫 솔로 연주, 그리고 장엄한 오르간 멜로디가 맴돌았습니다.

입관식을 마친 우리는 다시 교회로 발을 옮겼습니다. 가을임에도 기온은 영상 20도를 넘는 듯 온화했습니다. 하지만 태양은 구름 뒤에 숨어 있었고, 가끔 피오르와 언덕 아래에서는 신선한 바람이 불어오기도 했습니다.

이처럼 규모가 큰 장례식에서는 유족들과 굳이 접촉을 하지 않고, 홀로 나뭇가지 아래에 서 있어도 사람들의 눈에 잘 띄지 않습니다. 물론, 유족들과 가까운 이들은 그들만의 무리를 형성해 서로를 위로하기에 바쁠 것입니다. 그러니 친지를 떠나보내고 슬픔에 잠긴 이들이, 고인이나 유족과 아무 관련도 없는 방문자가 홀로 서 있다 하더라도거의 신경을 쓸 수 없을 것입니다.

나는 장례식장에서 낯이 익은 사람들도 몇몇 보았습니다. 그중 한 명과는 가벼운 목례를 나누기도 했습니다. 그는 과거 나의 제자였지만 그다지 가까운 사이는 아니었기에 여기서 언급할 필요는 없다고 생각합니다. 키가 크고 피부가 가무잡잡한 사나이도 이전에 몇 번 마주친 적이 있습니다. 그 역시 조연에 불과한 인물이기에 언급하지 않겠습니다. 문득, 그를 꿈에서 보았던 기억이 떠오릅니다. 그는 내 꿈속에서 낫으로 자신의 몸을 자해하고 있었습니다.

언덕 위, 커다란 교회 앞마당에는 포옹을 건네고 손을 흔드는 사람들로 가득했습니다. 여전히 여기저기에서 인사를 나누고 서로를 소개하는 사람들도 있었습니다. 나이가 많아 거동이 불편한 사람들은 친지의 부축을 받아 주차되어 있던 차에 올라타고 교회를 떠났습니다. 언덕 아래쪽은 이미 장례식을 마치고 집으로 가려는 사람들로 붐비고 있었습니다.

나는 추모식에도 참석할 생각이었기에 교회에 남아 있었습니다. 부고에는 '에리크의 장례식에 참석한 분들은 추모식에도 와주시면 고맙겠습니다'라는 글이 적혀 있었기 때문입니다. 나는 추모식에서 낯선 사람들과 대면하는 일이 그리 쉽지 않으리라 짐작했지만, 그곳을 일찍 떠날 생각은 조금도 없었습니다.

장례식이 진행되었던 교회 안에서, 나는 오른쪽 앞줄에 앉아 있었습니다. 그곳이라면 목사님이 제단에서 내려와 룬딘의 유족들에게 악수를 청하는 모습을 잘 볼 수 있다고 생각했기 때문입니다. 유족들은 앞쪽에 자리한 네 개의 긴 의자를 가득 채웠습니다. 제일 앞에는 남편을 떠나보내고 홀몸이 된 잉에보르그 룬딘과, 40~50대로 접어든 그들 부부의 자식 세 명이 각자 남편과 아내를 대동하고 앉아 있었습니다. 룬딘 부부의 손자들과 증손자들도 그들과 함께 자리를 차지하고 있었습니다.

나는 룬딘의 두 딸 중에 누가 마리안네이고, 누가 리브베리트인지 알아보고 싶었습니다. 내가 알고 있었던 것은 마리안네가 장녀라는 사실뿐이었습니다. 보아하니, 두 딸의 나이 차이는 꽤 많이 나는 것 같았습니다. 그 때문에 두 사람을 가려내는 일은 그다지 어렵지 않았습니다. 리브베리트는 40대 초반으로 보였고, 그녀의 언니 마리안네는 내 또래, 즉 50대 전후로 보였습니다. 장남인 욘페테르는 리세와 나란히 앉아 있었습니다. 리세가 고인의 며느리라는 사실은 어렵지 않게 짐작할 수 있었습니다. 왜냐하면 욘페테르, 마리안네, 그리고 리브베리트는 금발이었으며 누가 봐도 한 핏줄을 나누었다는 것을 알 수 있을 정도로 닮았기 때문입니다. 반면, 리세는 머리색이 매우 짙었습니다. 나는 마리안네와 스베레도 연결시킬 수 있었습니다. 두 사람은 목사님이 제단에서 내려와 악수를 청할 때까지 서로의 손을 꼭 잡고 있었기 때문입니다. 나는 리브베리트에게 손수건을 건네는 남자는 트룰스라고 짐작했습니다.

아이들을 알아보는 일에는 더욱 많은 시간이 걸렸습니다. 하지만 장례식을 마치고 교회 마당으로 나온 후에는 누가 누구인지 대충 알 수 있었습니다. 나는 이미 윌바와 요아킴의 사진을 인터넷에서 찾아본 터라 그들을 알아보는 일은 어렵지 않았습니다. 오늘날 같았으면, 유족 모두의 사진을 페이스북이나 인스타그램을 통해 금방 찾아낼 수 있었을 테지만, 당시엔 그렇지 못했습니다. 하지만 신문 부고에는 손자 손녀들의 이름이 나이 순서대로 적혀 있었기에 그것을 바탕으로 누가 시그리, 프레드리크, 투바, 미아인지 쉽게 짐작할 수 있었습니다. 무릎 위에 서너 살짜리 남자아이를 안고 있는 20대 후반의 여인은 손자 손녀 중에서 가장 나이가 많은 시그리가 분명했습니다. 그들은 소년의 아버지로 보이는 한 남자와 나란히 앉아 있었습니다. 열다섯 살쯤으로 보이는 소녀는 손자 손녀 중에서 가장 나이가 어린 미아라고 짐작했습니다. 요아킴은 미아보다 나이가 좀 더 많아 보였습니다. 요아킴보다 한두 살 정도 더 많은 투바는 이미 10대 소녀티를 벗어난 듯 꽤 성숙해 보였습니다.

목사님은 방금 내가 언급한 유족들과 악수를 나눈 후 발길을 돌렸습니다. 그 때문에, 그들의 옆에 앉아 있는 또 다른 젊은이들은 누구인지, 또 누가 그들의 사촌인지 조카인지는 전혀 짐작할 수 없었습니다. 신문의 부고도 도움이 되진 않았기에, 나는 그들의 관계를 알아보는 일을 그쯤에서 포기해야만 했습니다. 증손자들의 부모가 누구인지도 생각해보지 않았습니다. 추모식에 참석하면 알 수 있으리라 생각하고 느긋하게 기다리는 수밖에 없었습니다.

주머니에 넣어 온 부고에는 '증손자와 그 외의 가족들'이라고 적혀 있을 뿐, 각자의 이름과 나이 순서는 찾아볼 수 없었습니다. 따라서, 룬딘의 아들딸이 각각 자식을 몇 명이나 낳았는지, 또 고인이 된 교수님이 이들 증손자 중 몇 명의 얼굴을 보고 눈을 감았는지도 알 수 없었습니다. 한 명일 수도 있었고, 여러 명일 수도 있을 것입니다. 이 세상에 존재하는 대부분의 언어에는 가족과 친척의 관계를 명확히 구별하는 단어가 있습니다. 하지만 노르웨이어는 '후스hus'(집)나 '반barn'(어린이)처럼 부정관사가 붙는 단음절의 중성 명사는 단수와 복수의 형태를 명확히 구별해 사용하는 일이 거의 없습니다. 그러니 부고만으로는, 교회 안에 앉아 있는 유족들 중 누가 형제자매인지, 누가 사위와 며느리인지, 또는 누가 조카와 질녀인지 알아볼 수 없었습니다. 그럼에도 나는 부고를 통해 이미 상당한 양의 정보를 얻어낼 수 있었고, 부족한 정보는 목사님의 추모사를 통해 채워갈 수 있었습니다. 이미 내가 예상했던 대로, 시그리는 모르텐이라는 네 살짜리 사내아이의 엄마였습니다. 또한 시그리와 토마스 사이에는 증손자 중에서 가장 나이가 어린 한 살짜리 미리암이라는 여자아이도 있었습니다.

목사님은 추모사에서 1946년 오슬로로 박사학위를 받기 위해 유학을 왔던 한 스웨덴 학생의 삶을 너무나 아름답게 그려냈습니다. 그는 바로, 망누스 올센*이 50여 년에 걸쳐 남긴 연구를 토대로, 북유럽 신화의 근간인 『에다』 서사시를 공부했던 에리크 룬딘이었습니다. 노르웨이에 도착한 그는 잉에보르그를 만나 가정을 이루었고, 박사학위를 받았으며, 후에 대학의 조교수와 부교수를 거쳐, 북유럽 문헌학의 대가로서 수년 동안 교수직을 역임했습니다. 나도 에리크의 삶 중에서 바로 그 부분을 이야기하려고 마음먹었습니다. 추모식에서 유족의 질문을 받게 되면, 나는 그의 수업을 받았던 학생이었으나 졸업 후 수차례에 걸쳐 비공식적으로 만남을 가지면서 친구처럼 우정을 이어갔다고 말할 작정이었습니다. 그리고 그와 마지막으로 만났던 것

* Magnus Olsen(1878~1963). 노르웨이의 언어학자이자 문헌학자. 노르웨이의 이교도에 관한 저술 및 노르웨이 지명 등과 관련한 영향력 있는 해석을 남겼고, 특히 노르웨이 룬 문자학에 크게 기여했다.

은 너무나 오래전 일이었다고도 덧붙일 생각이었습니다.

나는 추모식장에 가장 먼저 들어가는 일은 피하고 싶었지만, 그렇다고 가장 마지막으로 들어가는 것도 원하지 않았습니다. 사람들의 무리에 섞여 추모식장에 들어가는 순간, 키가 크고 피부가 가무잡잡한 남자가 내게 우연처럼 무심한 눈빛을 던졌습니다. 당황한 나는 얼른 옆으로 살짝 비켜섰습니다. 덕분에 마음과는 달리 추모식 장소에 가장 나중에 들어가게 되었습니다.

입구에서 외투를 벗고 안으로 들어가니, 이미 대부분의 사람들은 저마다 테이블을 차지하고 자리를 잡은 후였습니다. 그들 뒤로 서빙을 하는 이들이 가장 마지막으로 들어오는 조문객을 위해 상을 차리고 있었습니다. 나는 앉을 자리를 찾지 못해 우두커니 선 채 어쩔 줄 몰라 했습니다. 그때, 유족을 대표해서 투바가 제게 다가왔습니다. 제게 앉을 자리를 찾고 있느냐고 묻는 그녀에게 어떤 대답을 돌려주었는지, 또 어떻게 그녀의 손에 이끌려 결국 유족들이 앉아 있는 테이블의 하나 남은 빈자리로 가게 되었는지도 자세히 기억할 수 없습니다. 그 테이블의 양끝에는 투바와 미아가 앉아 있었습니다. 나의 대각선 맞은편에는 윌바가 앉았고, 그녀의 양옆에는 사촌인 프레드리크와 요아킴이 앉아 있었습니다. 둘 다 욀바보다 어려 보였지만, 나이 차이는 그다지 많이 나는 것 같지 않았습니다. 둘 중 나이가 많은 이는 프레드리크였고, 그는 대학에서 법학을 공부하는 중이라고 했습니다. 요아킴은 파게르보르그 고등학교 3학년에 재학 중이었습니다. 나는 그 테이블에 욘페테르와 리세의 아들들과 딸 시그리가 함께 앉아 있는 것을 발견했습니다. 나의 오른쪽에는 리브베리트와 당신의 사촌인 트롤스가 앉아 있었습니다. 당신은 그들과 잘 아는 사이니 그들에 대해선 자세한 설명을 하지 않겠습니다. 나는 그들이 투바와 미아의 부모라는 사실도 얼마지 않아 알아챌 수 있었습니다. 당신은 투바와 미아의 모습을 어릴 때부터 보아왔다고 말한 적이 있습니다. 문득, 당신의 사촌 오른쪽 이마에 커다란 흉터가 있는 것을 보았습니다. 눈에 띄게 두드러지는 흉터였기에 그것을 보는 순간, 그에게 과거 무슨 일이 있었는지 궁금해지기 시작했습니다. 나는 그로부터 10년이 훨씬 지나서야 당신의 이야기를 통해 그 궁금증을 해결할 수 있었습니다.

지금까지 너무나 많은 사람들을 소개했기에 누가 누구인지 한 번에 이해하기가 쉽지 않을 것으로 생각합니다. 하지만 당신은 내가 지금껏 언급한 사람들을 모두 만나본 적이 있습니다. 나 또한 에리크 룬딘의 장례식이 있은 후, 고인이 된 교수님의 자식들과, 사위와 며느리, 손자 손녀 들을 여기저기서 우연히 만난 적이 있습니다. 물론, 장례식 때처럼 그들을 한꺼번에 만난 적은 없습니다. 따라서 그날 의 장례식은 내 삶이 룬딘 가족과 엮이게 된 서막이라고도 할 수 있습니다. 왜, 어떤 식으로 훗날 그들과 다시 만나게 되었는지는 나중에 다시 설명하도록 하겠습니다. 한꺼번 에 모든 것을 설명하는 일은 불가능하거니와, 또 그럴 필 요도 없으니까요.

그들에 관해 두서없이 설명했지만, 솔직히 그들이 누구 인지 머릿속으로 정리하는 게 그리 복잡하진 않으리라 봅 니다. 누가 알겠습니까. 당신은 이미 트룰스를 통해 제가 앞서 언급한 몇몇 이름들을 이미 들어본 적이 있을지도 모 릅니다. 이쯤에서 간단하게 정리를 해볼까 합니다. 에리크 룬딘에게는 세 명의 자식이 있었습니다. 50대 중반의 욘 페테르, 그보다 몇 살 어린 마리안네, 그리고 40대의 리브 베리트. 그들의 나이에 따른 서열은 이미 이 편지의 서두 에 적었던 부고에도 밝혀져 있었습니다. 욘페테르와 리세 사이에는 딸 시그리와 아들인 프레드리크, 요아킴이 있습 니다. 앞으로 나는 이 편지에서 시그리에 관해 몇 번 더 언 급할 예정입니다. 마리안네와 스베레 사이에는 20대 중반의 외동딸 윌바가 있습니다. 이들 세 명은 나의 편지에서 매우 중요한 인물로 자리를 차지할 것입니다. 지금은 그 점만 언급해놓으려 합니다. 훗날 당신이 내게 말했듯이, 리브베리트의 남편은 당신의 사촌이며, 당신과 그는 어렸을 때부터 매우 가깝게 지냈습니다. 세월이 흐르면서 그의 아내는 당신과 친구처럼 지내기 시작했으며, 또한 당신은 투바와 미아가 세상에 태어날 때부터 보아왔습니다. 투바는 외할아버지의 장례식이 있었던 9월, 스무 살 정도로 보였고, 미아는 대략 열다섯으로 보였습니다. 나는 그들의 나이에 관해선 당신이 나보다 더 잘 알고 있으리라 짐작합니다.

언뜻 둘러보기에도 추모식장에는 100명이 넘는 사람들이 모여 있었습니다. 그토록 많은 사람들이 추모식에 참석할 줄은 몰랐으며, 내가 유족들과 같은 테이블에 자리를 잡고 앉으리라고는 더더욱 예상치 못했기에 나는 당황하기 시작했습니다. 나는 고인이 된 에리크 룬딘의 추모식장을 홀로 찾은 그의 동료나, 또는 남편이나 아내를 대동하지 않고 홀몸으로 그곳을 찾은 먼 친척들과 함께 눈에 띄지 않는 곳에 조용히 앉아 있는 내 모습을 상상했습니다. 하지만 예상치 않은 상황에 몸 둘 바를 몰랐던 나는, 긴장이 되어 식은땀까지 흘리기 시작했습니다.

    모두들 검은색 옷을 입고 있었지만, 유족들의 복장은 빅토리아 시대의 금욕적인 옷차림과는 거리가 멀었습니다. 우아하며 몸에 딱 달라붙는 드레스, 최고급 재질의 고상한 양복은 기본이었으며, 젊은 여인들은 그날 오후 몸을 치장하는 데 마스카라, 루주, 매니큐어 등을 아낌없이 사용한 것 같았습니다. 그들의 양쪽 귓불과 목에는 금과 보석이 반짝였습니다. 나는 그중에서도 윌바의 커다란 사파이어 목걸이에서 눈을 뗄 수가 없었습니다. 사파이어는 그녀의 눈 모양은 물론, 눈 색깔과도 똑같았기에 마치 제3의 눈을 보는 것만 같았습니다. 그뿐만 아니라 테이블 주변은 갖가지 향수와 오드콜로뉴, 그리고 애프터셰이브 향으로 가득했습니다. 내가 이러한 향에 예민한 까닭은 혼자 살기 때문일 것입니다. 게우페파레에 자리한 우리 집 욕실과 부엌에는 오직 나의 체취만 느낄 수 있습니다.

    옆 테이블에는 나머지 유족들이 앉아 있었습니다. 시그리, 토마스 그리고 자그마한 모르텐이 할아버지 욘페테르, 할머니 리세와 함께 자리했습니다. 모르텐은 한참이나 할아버지의 무릎에서 떠나지 않았습니다. 테이블의 한쪽 끝에는 백발의 우아하고 아름다운 여인 잉에보르그가 앉았고, 그녀를 중심으로 마리안네와 스베레, 그리고 그들의 외동딸인 윌바가 앉아 있었습니다.

나는 마리안네와 스베레를 보는 순간 데자뷔에 휩싸였습니다. 전에도 그들과 마주친 적이 있었을까요? 설사 그렇다 하더라도 매우 오래전의 일일 것입니다. 스베레의 왼쪽 귓불에는 빨간 보석 귀걸이가 달려 있었습니다. 나는 바로 그 빨간 보석을 보는 순간 전에도 본 적이 있다고 생각했습니다. 그뿐만 아니라, 옆자리에 앉아 있던 윌바에게 시선을 돌리는 순간, 젊은 시절 그녀의 어머니를 보는 것만 같은 착각에 사로잡혔습니다. 더욱이 남쪽 지방 억양을 사용하는 스베레의 말투도 내 귀에는 너무나 자연스럽게 느껴졌습니다. 어쩌면 이 데자뷔는 단순한 착각에 불과할지도 모릅니다. 나이를 먹을수록 여기저기서 마주치는 사람들도 많아지기 마련이니까요.

테이블에는 그들 외에도 낯선 남녀 한 쌍이 함께 자리하고 있었습니다. 그들은 고인이 된 교수님의 자녀들처럼 40~50대의 나이였으며, 스웨덴어를 사용하고 있었습니다. 자세히 들어보니, 그것은 고틀란드 지방의 사투리였습니다. 그 지방 사람들은 구틀란이라고도 부릅니다. 고틀란드 지방에서는 이중 모음을 매우 특별하게 발음합니다.

*

유족들이 자리한 커다란 테이블의 한쪽 끝에 앉아 있던 시그리가 자리에서 일어나, 티스푼으로 커피 잔을 톡톡 두들겼습니다. 하지만 시끌벅적한 분위기 탓에 그 소리는 사람들의 웅성거림 속으로 금방 사라졌습니다. 시그리는 유리잔의 목 부분을 더욱 힘 있게 두들긴 후, 모인 사람들을 향해 커다란 목소리로 또박또박 말을 시작했습니다.

친애하는 가족과 친지 여러분! 에리크 룬딘의 벗과 동료 여러분, 그리고 고인의 옛 제자분들……

나는 다시 식은땀을 흘렸고, 배 속도 불편해지기 시작했습니다. 더는 견딜 수 없을 것 같았습니다. 시그리는 말을 이었습니다.

저는 시그리라고 합니다. 에리크의 맏손주이자, 제 오른쪽에 앉아 있는 에리크의 장남인 욘페테르의 장녀이기도 합니다. 아버지의 무릎 위에는 우리 가문의 가장 어린 세대를 대표하는 아이가 앉아 있습니다. 아이의 이름은 모르텐…… 앗, 안 돼, 모르텐! 외할아버지 무릎 위에 계속 앉아 있어…… 저는 오늘 마지막까지 할아버지 에리크와 함께해주셨으며, 추모식이 열리는 이 자리까지 와주신 여러분께 감사의 말씀을 올리고자 합니다. 저희는 많은 분들이 추모식에 와주시기를 바랐습니다. 하지만 이토록 많은 분이 참석해주실 줄은 상상도 못 했습니다. 이 자리에 참석하지 못한 분이 한 명 있긴 합니다…… 만약 할아버지가 이처럼 함께 모여주신 여러분을 본다면 매우 기뻐하셨을 것이라 생각합니다.

여기저기서 흐느끼는 소리가 들리기 시작했습니다. 하지만 시그리는 개의치 않고 말을 이었습니다.

잠시 후, 테이블에 음식이 차려질 것입니다. 저는 여러분이 식사와 함께 대화를 나누며 서로 잘 알아가는 시간을 가지시기를 바랍니다. 개인적으로 추모의 말씀을 하실 분들도 따로 시간을 드리겠습니다. 하지만 제게 먼저 알려주시기 바랍니다. 아시다시피 오늘 오후의 사회자는 바로 저입니다. 물론, 오늘 추모식에는 식사 후에 문화 프로그램도 진행될 예정입니다. 여러분께 제공될 오늘의 요리는 여러가지 훈제 요리와 사워크림, 스크램블드에그, 감자 샐러드, 플라트브뢰드°와 더불어 맥주와 생수가 있습니다. 이곳에서 알코올음료가 허락될지는 확신할 수 없으나, 원하시는 성인 여러분들을 위해 약간의 위스키도 준비했습니다……

시그리는 나의 옆 테이블로 시선을 돌렸습니다. 그녀는 10대 중반의 미아와 낯선 인물인 나를 차례차례 바라본

• 북유럽 지방의 전통 납작빵.

후, 다시 말을 시작했습니다.

세상을 떠난 할아버지를 생각하면 매우 슬프고 우울합니다. 하지만 이제 여러분께 할아버지와 관련된 이상하다면 이상하다고 할 수 있는 에피소드 하나를 전하려 합니다. 저는 추모식에 와주신 여러분들께 진심 어린 인사를 올리겠다고 이미 할아버지와 약속했습니다. 곧 마지막 날이 다가올 것이라는 사실을 깨달은 할아버지는 당신의 손자 손녀들 중 한 명이 추모식의 사회를 맡기를 원했습니다. 제가 마지막으로 할아버지와 대화를 나누었던 날, 할아버지는 천장을 올려다보며 이렇게 말했습니다. '네가 추모식에서 사회를 보거라.' 저는 고개를 끄덕이며 그렇게 하겠다고 대답했습니다. 저는 고인의 손자 손녀들 중에서 가장 나이가 많으며, 이미 가족들도 제게 사회를 부탁했기 때문입니다. 할아버지는 '오신 분들께 모두 빠짐없이 인사를 드려라. 내 친구들과 지인들에게도 나의 마지막 인사를 전하거라'라고 하셨습니다.

할아버지는 노르웨이에서 45년을 사셨습니다. 그럼에도 저는 그날 처음으로 할아버지가 스웨덴어로 말씀하시는 것을 들었습니다. 저는 다시 고개를 끄덕이며 애써 눈물을 감추었습니다. '음악도 있어야 해! 축제를 열어야지. 시그리, 내 추모식은 성대한 축제가 될 거야. 그러려면 북유럽

의 전통 맥주도 있어야 해. 약속할 수 있겠니?'

이러한 할아버지의 유언에 따라 저는 유족을 대표해 에리크 룬딘의 추모식에 오신 여러분들을 진심으로 환영합니다. 시간이 되신다면 이 자리에 오래오래 머물러주시기 바랍니다. 우리는 이 추모식장을 오늘 저녁 늦은 시간까지 사용할 수 있도록 예약해놓았답니다.

훈제 요리가 담긴 커다란 접시가 테이블에 도착했습니다. 우리 테이블에선 미아를 제외한 모든 이들이 앞에 놓인 맥주를 잔에 따랐습니다. 맥주는 미적지근했습니다. 그러자 사람들은 잠시 후, 얼음처럼 차가운 생수를 마시기 시작했습니다. 곧 아쿠아비트를 서빙하기 위해 젊은 남자 한 명이 테이블 사이를 돌아다녔습니다. 테이블에는 아쿠아비트 잔이 마련되어 있지 않았습니다. 그는 작은 쇼핑백에서 플라스틱 위스키 잔을 꺼내 아쿠아비트를 원하는 사람들에게 나누어주었습니다. 이러한 모습은 항상 연회장의 공식적인 메뉴 외에 다른 것을 원하는 사람들의 요구에도 부응하는 전형적인 노르웨이 파티 분위기를 자아내기에 충분했습니다. 하지만 우리 테이블에서 아쿠아비트 잔을 들어 올린 사람은 윌바뿐이었습니다.

리브베리트가 내게 미소를 지으며 매우 호의적으로 말

을 건넸습니다. 시그리가 말했듯, 우린 같은 테이블에 앉아 있으니 인사를 나누며 서로를 좀 더 잘 알아가는 시간을 가지는 게 좋겠군요……

그녀는 자신과 당신의 사촌인 트룰스를 먼저 소개하고, 두 딸과 조카 윌바, 프레드리크, 요아킴을 차례차례 소개해주었습니다. 나는 그녀의 소개를 통해, 프레드리크가 대학에서 법학을 전공한다는 점과, 요아킴이 고등학교 졸업반이라는 점을 확인할 수 있었습니다. 또한 투바는 예술대학에서 오페라를 전공하며, 윌바는 종교 역사학 석사 과정을 밟는 중이라 했습니다. 윌바의 배경을 듣는 순간, 나는 마치 의사와 한 테이블에 앉아 있는 건강염려증 환자처럼 귓볼이 뜨겁게 달아오르고, 관자놀이에 통증이 느껴지기 시작했습니다. 하지만 나는 애써 호기심 어린 표정을 지으며 고개를 끄덕였습니다. 물론, 그들의 이름과 고인과의 관계에 관해선 전혀 알지 못했다는 시늉을 하는 것도 잊지 않았습니다. 그들의 눈에 비친 나는 추모식장에 가장 마지막으로 들어와 자리를 찾지 못해 우연히 유족과 같은 테이블에 자리를 잡은 낯선 조문객에 불과했기 때문입니다. 따라서 내가 유족들의 이름과 고인의 관계를 이미 어느 정도 알고 있었다는 사실을 알리는 것은 전혀 필요치 않았습니다.

사람들의 시선은 자연스럽게 내게 향했습니다. 유족들

의 소개가 있었을 때 그 테이블에 앉아 있던 사람들 중에서 고개를 돌려가며 당사자들을 살펴보고 확인했던 사람은 나뿐이었습니다. 다른 이들은 모두 누가 누구인지 이미 잘 알고 있었으니까요.

당신은요? 소개를 마친 리브베리트가 따스한 미소를 지으며 내게 되물었습니다.

야코브라고 합니다. 나는 야콥센이라는 성까지 말할 수도 있었으나, 여느 때와 마찬가지로 이름만 말했습니다. 야코브 야콥센. 우스꽝스러운 내 이름이 그다지 자랑스럽지 않았기 때문입니다.

아무도 나의 성을 묻지 않았습니다. 하지만 그들의 시선은 여전히 내게 머물고 있었습니다. 리브베리트가 다시 질문을 던졌습니다. 당신은 어떻게 고인이 되신 우리 아버지와 알게 되었나요?

나는 1970년대에 에리크의 제자였다고 말하며, 그의 열정적인 강의 및 당시의 학문적 분위기와 관련된 몇몇 에피소드를 덧붙였습니다. 그들은 여전히 내게서 눈을 떼지 않았습니다. 그 때문에 나는 무언가 더 할 말을 찾아야만 했습니다. 나는 노르웨이 문학, 즉 당시의 공식 학과목명인 북유럽 문학을 전공하고 졸업한 후에도 고대 게르만 신앙과 관습에 관한 비공식적인 스터디 그룹 및 세미나에 참석하여 고인이 된 에리크와 정기적인 만남을 가졌다고 말했습니다. 물론, 나는 그 만남을 위해 시간을 내어준 고인에게 지금도 감사한다는 말도 잊지 않았습니다.

그때 윌바가 끼어들었습니다. 그녀는 아름답고 감수성이 풍부한 젊은 여인이었습니다. '고대 게르만 신앙과 관습이라고요?' 사실, 우리는 고대 게르만적 사회에 관해 아는 것이 그리 많지 않습니다. 있다면 타키투스*와 요일의 이름 정도라고나 할까. 그것이 전부라고 해도 과언이 아닙니다.

그녀의 등장으로 우리의 대화는 학문적으로 변했습니다. 전혀 예상치 못했던 일이었습니다. 나는 내가 자리한 이 테이블에서 스스로 가장 깊이 있는 학문적 소양을 지닌 사람이라 착각하고 있었습니다. 내가 왜 그런 생각을 했는지는 스스로도 알 수 없습니다. 하지만 발뺌을 하기에는 아직 이르다는 생각이 스쳤습니다. 아니, 어쩌면 이미 때가 늦었을지도 모릅니다.

당신의 외할아버지이자 고인이 된 에리크는 구세대 학자입니다. 더 정확히 말하자면 목사님께서도 말씀하셨듯 에리크는 망누스 올센의 학문적 입지를 계승한 학자입니

---

* 고대 로마의 역사가. 그가 기원후 98년경에 집필한 역사서 『게르마니아』는 고대 게르만족 사회를 연구하는 데 주요 자료로 꼽힌다.

다. 이미 반백 년 전에 망누스 올센이 소푸스 부게*의 자리를 계승한 것처럼 말입니다.

윌바가 고개를 끄덕였습니다. 나는 그녀가 내 말을 이의 없이 받아들이고 말을 더 잇기를 격려한다고 해석했습니다.

테이블에 둘러앉은 사람들이 모두 호기심 어린 표정으로 우리의 대화에 귀를 기울였습니다.

나는 말을 이었습니다. 나는 에리크에게 조르주 뒤메질** 의 연구를 소개해주었습니다. 뒤메질의 연구를 통해, 인도유럽어족 분야에 관한 에리크의 호기심을 자극했던 것입니다. 그렇게 함으로써, 나는 그가 인도유럽어족의 판테온을 통해 뒤메질의 고대 사회 계급의 삼기능 가설을 돌아보기를 원했습니다. 뒤메질은 오딘***과 튀르****에게서 공통점을 찾아냈습니다. 그것은 바로 이들 신의 지배적 역할이었지요. 베다 문헌에서 오딘, 튀르와 같은 위치에 있는 신으로는 바루나와 미트라를 들 수 있습니다. 망치의 신으로 알려져 있는 토르는 전쟁의 신이며 베다 문헌에서 토르

---

* Sophus Bugge(1833~1907). 노르웨이의 저명한 문헌학자이자 언어학자. 룬 문자 해독과 『에다』 연구로 큰 업적을 남겼다.
** Georges Dumézil(1898~1986). 인도유럽어족 종교와 사회에 관한 연구로 잘 알려진 프랑스 문헌학자이자 신화학의 주요 기여자.
*** 북유럽 신화의 주신으로, 에시르 신족에 속하며 바람, 전쟁, 마법, 영감, 죽은 자의 영혼 등을 주관한다.
**** 북유럽 신화의 남신으로 법률과 영웅적 기상 등과 관련된 신.

의 위치에 있는 신은 천둥의 신 인드라와 그의 바즈라*입니다. 또한, 뇨르드,** 프레이르 그리고 프레이야 등 산업사회에 지배력을 행사하는 신은 고대 인도 신화를 기록한 베다 문헌의 나사티아 또는 아시빈으로 알려진 쌍둥이 신과 그 역할이 같습니다. 이러한 공통점은 인도유럽어족, 즉 고대 이란, 그리스, 로마 및 게르만의 종교와 사회를 연구한 뒤메질의 업적에서 수없이 찾아볼 수 있습니다……

월바는 입술을 쏙 내밀고 생각에 잠긴 표정을 지었습니다. 그런 그녀의 모습은 최근 사가 극장에서 보았던 영화 속의 러네이 젤위거를 연상시켰습니다. 불과 몇 초 전만 하더라도 양쪽 입술 끝이 귀에 이를 정도로 환한 미소를 지으며 외할아버지의 학문적 업적에 관해 이야기하는 내 말에 눈을 반짝이며 귀를 기울였는데, 갑자기 그녀의 표정이 변한 것입니다.

뒤메질이 종교 역사 연구에 큰 업적을 남긴 건 반박할 수 없어요. 하지만, 오늘날 그의 학문적 업적은 구세대적 시각으로 간주돼요. 그는 종교학자가 아닙니다. 그는 문헌

---

* 낙뢰와 금강석을 동시에 의미하는 산스크리트어. 힌두교의 다르마에서 사용되는 상징물로 주로 영혼과 영성의 견실함을 상징한다.
** 북유럽 신화 속 반신족의 최고신이며, 바다와 바람을 다스리고 어부들을 보호한다. 그의 자식들 중에는 프레이르와 프레이야가 있다.

학자이며 언어학자……

나는 고개를 끄덕였습니다.

그러한 시각에서 보자면 에리크 룬딘과 망누스 올센도 마찬가지입니다. 하지만 당신도 아시다시피, 문헌학은 종교 역사 연구의 배경이자 근원이 되기도 합니다. 명백한 기록을 찾지 못할 경우에는, 언어학자들 대신 고고학자들이 연구를 계속하는 데 도움을 줄 수도 있습니다. 나와 당신의 할아버지인 에리크는 수년 동안 사적인 모임을 통해 서로의 연구와 지식을 교환했습니다. 내가 조교로 일할 때도 우리는 이러한 사적인 모임을 계속했습니다. 점심 식사를 핑계로 만나기도 했지만, 주로 내가 블리네른에 위치한 그분의 연구실로 찾아갔지요. 우리는 함께 만날 때마다 뒤메질의 연구서를 읽고, 북유럽 신화의 텍스트를 공부했습니다. 가끔 송은 호숫가를 함께 거닐며 대화를 계속하기도 했지요. 얼마 후, 나는 고등학교에서 교육자로 일을 하게 되었습니다. 더 높은 학문적 직책을 얻지 못한 것에 관해선 전혀 부끄러움이 없습니다만, 연구자로서의 삶을 살고 싶었던 바람을 접어야 했던 것은 지금도 큰 아쉬움으로 남아 있습니다. 당신의 외할아버지와 나는 그 당시부터 재미로 산스크리트어 문헌을 읽기 시작했습니다. 『리그베다』*를 읽었고, 서로 다른 세 개의 언어로 번역된 『바가바드 기타』**도 읽으며 시간 가는 줄을 몰랐습니다. 북유럽의 노르드어***와 고대 인도의 베다어는 동전의 양면, 또는 한 나무에서 자란 두 가지에 비교할 수 있습니다. 즉, 그 가지는 명백히 서로 다른 방향으로 뻗어 자라지만 그 근원은 같다는 말입니다.

나는 그것으로 충분할 줄 알았습니다. 윌바의 표정은 명백했습니다. 그녀는 고개를 끄덕였고 내가 말을 잇기를 기다리고 있었습니다. 그 순간, 나는 룬딘이 그녀의 외할아버지이자 그녀의 스승이기도 했다는 사실을 깜박 잊었습니다.

그녀가 말을 시작했습니다. 당신은 '게르만 종교'라는 단어를 사용하셨어요. 이 부분에 관해서 당신과 나의 외할아버지가 나누었던 이야기를 좀 더 자세하게 알려주실 수 있나요? 외할아버지는 제게 단 한 번도 뒤메질에 관한 이야기는 하지 않았습니다. 가끔 망누스 올센에 관한 이야기는 한 적이 있습니다. 그럴 때면, 안네 홀츠마르크****의

• 브라만교 및 힌두교의 정전인 『투리야』의 하나로, 인도에서 가장 오래된 문헌이며, 인도 문화의 근원을 이룬다고 알려진다.
•• 인도의 『마하바라타』 속에 편입된 하나의 시편으로, 약 700편의 노래로 구성되어 있다.
••• 중세 노르웨이와 아이슬란드에서 사용하던 고대어.
•••• Anne Holtsmark(1896~1974). 노르웨이의 문학학자. 고대 노르드어 문헌을 현대 노르웨이어로 상당수 번역했다.

『볼루스파』* 강의나, P. A. 뭉크**의 영웅 서사시 주역이 항상 등장했답니다. 당신이 언급한 그 프랑스 학자는 홀츠마르크나 뭉크가 한두 번 언급했던 것이 고작이에요.

테이블 주변의 사람들이 하나둘 우리의 대화에서 흥미를 잃은 듯했습니다. 프레드리크와 요아킴은 옆자리에 앉아 있던 미아와 그들만의 대화를 나누기 시작했습니다. 짐작건대 그들은 고인의 옛 제자가 불쑥 유족의 테이블에 자리를 잡고 앉아 분수를 망각하고 과도하게 잘난 척을 한다고 생각했을 것입니다.

하지만 나는 그 자리에서 그렇게 물러날 수는 없었기에 월바를 바라보며 말을 이었습니다. 우리는 오딘에 관해서도 대화를 나누었습니다. 나는 게르만적 시각 내지는 인도유럽어족 시각에서 본 오딘을 주제로 박사학위 논문을 쓰려고 마음먹었습니다. 보탄 또는 보덴으로 불리기도 하는 오딘이 룬 문자와 마찬가지로 게르만적 공통점을 가지고 있으며, 그 역사 또한 비슷하다는 사실은 여기저기서 찾아볼 수 있습니다.

---

* '무녀의 예언'이라고도 불리며『에다』의 첫 부분을 이룬다. 무녀 볼바가 오딘에게 창세의 신화와 미래의 세계를 설명하는 것이 주요 내용이며, 북유럽 신화 연구에서 가장 중요한 1차 문헌이다.
** Peter Andreas Munch(1810~1863). 노르웨이의 고대 및 중세 역사 연구에 큰 기여를 한 역사학자.

월바가 말을 시작했습니다. 좋아요. 오딘은 매우 흥미진진한 연구 대상이 분명해요. 적어도 노르드, 또는 북유럽의 신화적 관점에서 보자면 그렇지요. 하지만 저는 오딘이 역사적 관점에서 연구해도 될 만큼 흥미로운 인물이라고 생각합니다. 당신은 왜 연구를 포기했나요?

나는 그녀의 질문에 대답을 해야만 했습니다. 뒤메질은 이 게르만 신들을 고대 인도, 또는 베다의 신 바루나와 동일한 범주에 두었습니다. 그뿐 아니라 그는 바루나와 그리스의 신 우라노스의 어원학적 공통점을 강조하기도 했습니다.

월바는 고개를 끄덕이며 내 말에 동의하는 것 같았습니다. 그건 이미 잘 알려진 사항이긴 하지만, 십중팔구 허위로 날조된 것이라 생각합……

나는 그녀가 말을 채 끝맺기도 전에 끼어들었습니다. 그는 오딘의 룬 문자를 바루나와 우라노스와도 연결시켰습니다.

월바가 웃음을 터뜨렸습니다. 그건 저도 알고 있어요. 하지만 그건 터무니없는 말이에요. 당신은 힌두식 은유법에 관해 좀 더 공부하셔야 할 것 같네요. 가끔은 똥과 계핏가루를 구별할 수는 있어야 하지 않겠어요?

그녀가 맥주를 잔에 따르고 어이없다는 표정으로 테이

블에 둘러앉은 사람들을 바라보며 다시 큰 소리로 웃음을 터뜨렸습니다. 그것은 짐짓 생색을 내는 듯 거만하기 짝이 없는 웃음소리였습니다.

리브베리트는 내가 당황하는 것을 눈치챈 듯했습니다. 하지만 30년이나 지난 후 고인이 된 교수님의 장례식에 불쑥 찾아든 옛 제자를 위해 그녀가 무엇을 할 수 있을까요? 그녀가 그날의 일에 대해 당신에게 무슨 말을 했는지도 나는 알 수 없습니다. 어쨌든, 그녀는 분위기를 되돌리려는 듯 나를 바라보며 미소 띤 화해의 눈빛을 던졌습니다. 윌바는 자기주장이 강한 아이랍니다. 가끔은 의견 충돌 때문에 지도교수와 말다툼을 할 때도 있답니다.

윌바는 그녀의 말을 못 들은 척, 웃음을 멈추지 않았습니다.

나는 젊디젊은 학자에게 밀려 막다른 골목에 부딪친 중년의 교사 입장이 되어버린 내 모습이 그다지 마음에 들지 않았습니다. 그녀를 의미 있는 대화의 상대자라고 생각했던 것이 후회되기 시작했습니다. 하지만 나는 애써 평정을 유지했습니다. 당황한 내 모습을 감추려 눈도 깜박이지 않고 그녀의 목에 걸린 사파이어에 시선을 고정시켰습니다. 그녀의 눈을 똑바로 바라볼 자신이 없었기 때문입니다. 그러나 그녀의 제3의 눈은 다른 두 개의 눈동자와 마찬가지로 메마르고 거만할 뿐이었습니다. 그 때문에, 나는 더더욱 작아지는 것만 같았습니다. 나는 그것이 미미스브룬느*에 잠긴 오딘의 한쪽 눈이라고 생각했습니다.

바루나와 룬의 신 오딘이라니! 내가 이처럼 터무니없는 말을 하다니요! 솔직히 나는 이 이론을 단 한 번도 심각하게 여겨본 적이 없습니다. 게다가 뒤메질의「게르만 신화」는 무려 40여 년 전 할링달 고등학교에 다닐 때, 덴마크어 번역본을 노르웨이어 선생님에게 빌려 읽었던 것이 전부였습니다. 더욱이 그 당시에도 나는 어원학에 근거한 이 프랑스 학자의 몇몇 이론이 터무니없다고 생각했습니다.

문득, 오랜 금언이 떠올랐습니다. '입을 다물고 있으면 2등은 한다!'

만약 내가 입을 다물고 있었더라면, 능력 있는 언어학자인 척 행세하는 것이 가능했을 것입니다.

하지만 그 자리에서 내가 꽤 실력 있는 언어학자라는 사실을 아는 사람은 나뿐이었습니다. 나는 10대 시절부터 언어의 근원을 찾아보는 것을 취미로 삼아왔습니다. 뒤메질과 신화 연구는 70년대에 잠깐 관심을 가졌을 뿐입니다.

---

* 북유럽 신화에 나오는 우물. 『에다』에서 오딘은 지혜를 얻기 위해 미미스브룬느를 찾아가 자신의 한쪽 눈알을 대가로 내놓고 그 물을 마셨다고 전한다.

그 이후, 종교 역사학의 연구는 새로운 방향으로 접어들었을 가능성을 완전히 간과했던 것이 후회되기 시작했습니다. 나는 노년에 접어든 건축가 솔네스*가 된 것만 같았습니다. 내가 솔네스라면, 윌바는 넉살 좋고 대담한 여인 방엘이 되겠지요.

스크린도가 그리워지기 시작했습니다. 앙네스, 당신도 그를 만난 적이 있습니다. 페더 엘링셴 스크린도는 오딘의 눈알 하나를 목에 건 세눈박이 젊은 여인이 새끼손가락 하나로 나를 마음대로 조종하는 것을 가만히 보고만 있지 않았을 것입니다. 펠레라면, 이러한 인도유럽어족계의 신화를 비교하는 토론의 장에서 윌바는 물론 나까지도 꼼짝 못하도록 만들 수 있었을 것입니다. 하지만 불행히도 그는 그 자리에 없었기에 나를 도와줄 수 없었습니다.

스크린도 씨는 나의 유일한 벗입니다. 하지만 나는 이러한 자리에 그를 초대할 마음이 없습니다. 그는 매우 어수선하며 단정함과는 거리가 멉니다. 그가 사람들 앞에서 예의 바르게 행동하는 것도 기대할 수 없습니다. 그리하여 나는 그 자리에 홀로 앉아 그 어느 누구도 아닌 나 자신을 믿어보는 수밖에 없었습니다. 그리고 내게 기회가 돌아온

---

* 예술가의 고뇌를 그린 헨리크 입센의 후기작 『건축가 솔네스』의 주인공.

다면 월바에게 작은 복수를 할 생각이었습니다.

시그리가 유리잔을 두들겼습니다. 동시에 나의 왼쪽, 테이블 끝에 앉아 있던 투바가 작은 거울을 꺼내 들고 새빨간 루주를 입술에 발랐습니다.

시그리는 모인 사람들을 한 차례 둘러본 후, 잉에보르그에게 시선을 고정시킨 채 말을 시작했습니다. 할머니, 당신은 할아버지의 삶에 기둥 역할을 했습니다. 할아버지는 당신을 깊이 사랑했습니다. 할아버지는 당신을 노르웨이 그자체라고 여겼고, 자신의 삶을 당신에게 헌신했습니다. 두 분을 가까이서 보아왔던 우리는, 할아버지가 당신을 두 개의 이름으로 불렀다는 것을 잘 알고 있습니다. 그 하나는 잉에보르그이고, 다른 하나는 별명인 베슬레뫼위였지요. 베슬레뫼위는 아르네 가르보르그의 『하우그투사*Haugtussa*』 시선집*에 등장하는 인물의 이름이기도 합니다. 할아버지는 당신의 머리를 다정하게 쓰다듬거나, 또는 당신을 향해 손을 뻗으며 시를 읊기도 했습니다.

• 1895년경 지어진 서사시. 예지 능력을 얻은 양치기 소녀 베슬레뫼위의 모험을 그리며, 후에 에드바르 그리그가 이 시에 곡을 붙여 가곡으로 만들었다. 하우그투사Haugtussa는 '산의 요정'을 뜻한다.

이마를 덮은 아름다운 머리카락 사이로

아름다운 눈동자가 빛을 발합니다

눈동자가 향하는 곳은

인간의 눈으로 볼 수 없는 또 다른 세상

이제 『하우그투사』의 시 한 편을 투바의 노래로 들어보 시겠습니다!

투바가 추모식장 앞자리의 작은 단상 위로 올라가 에드 바르 그리그의 멜로디에 붙인 가르보르그의 시 세 편을 읊 었습니다. 시그리가 소개했던 「베슬레뫼위」와, 「블루베리 언덕」「염소의 춤」은 장엄하고 아름답기 그지없었습니다.

투바의 노래가 끝나자 테이블에 둘러앉은 사람들은 각 자 대화의 꽃을 피웠습니다. 프레드리크와 요아킴은 리브 베리트, 트룰스와 함께 정치 이야기를 시작했고, 얼마 가 지 않아 그들의 대화는 좌파와 우파를 대표하는 토론으로 변했습니다. 나는 투바에게 시선을 돌려 『하우그투사』와 그 후속작이자 베슬레뫼위가 다시 등장하는 『헬헤임에서/ Helheim』에 관해 이야기를 시작했습니다.

『하우그투사』에서 베슬레뫼위는 자신의 심령 능력을 이 용해 인간의 마음을 투시하고 심지어는 훌더족도 볼 수 있 었습니다. 그녀는 후속작에서 죽은 자들의 세계인 '헬헤임'

을 여행합니다. 여기서 내가 언급했던 '홀더'와 '헬'은 북유럽 신화에서 죽은 자들의 세계를 의미하는 동시에 그 세계를 지배하는 여신의 의미도 지니고 있습니다. 이 단어들은 인도유럽어의 어원적 의미로 '숨기다' '잠적하다'의 뜻을 지니고 있으며, '휠레hylle'(덮개, 가리개) 또는 '인휠레innhylle'(싸다, 봉하다, 포위하다)의 고대 노르드어 뿌리인 '휠리아hylja'에서도 그 형태를 찾아볼 수 있습니다.

월바는 투바를 향해 말하는 내게 관심을 보이며 귀를 쫑긋 세웠습니다. 나는 그 기회를 이용해 그녀에게 복수를 할 수도 있었습니다. 하지만 나는 테이블 맞은편에서 푸른 제3의 눈으로 나를 지켜보는 그녀에겐 시선도 돌리지 않고 모른 척 투바를 향해 계속 말을 이었습니다.

홀드라Huldra는 유럽의 민간 전설이나 신화에서 홀다Hulda 또는 홀레Holle의 이름으로 찾아볼 수 있습니다. 아스비외른센과 모에의 동화, 『남자의 딸과 여자의 딸』*에 나오는 인물과 동일합니다. 이와 관련된 단어로는 노르웨이어의 무엇을 감추거나 훔친 물건을 숨긴다는 의미의 헬레르heler가 있고, 여기에서 발전된 단어로는 옐름hjelm(헬멧)과 휠스테

---

* 1843년경 출간된 노르웨이 구전동화집. 재혼한 남녀가 각기 데려온 두 딸이 길에서 만난 마녀에게 세 개의 상자를 받고 겪는 시험을 그린다. 그림 형제의 『홀레 할머니Frau Holle』와 같은 원형을 지닌다고 전한다.

르hylster(상자)가 있습니다. 이러한 단어들은 게르만어파에 속하는 여러 언어에서 수도 없이 찾아볼 수 있……

월바가 아쿠아비트를 서빙하는 남자를 향해 손을 흔들었습니다. 나 또한 그녀를 따라 얼떨결에 잔을 가득 채웠습니다. 나는 이미 첫 잔으로 안절부절못했던 기분을 꽤 진정시켜놓은 후였습니다. 게다가 아쿠아비트는 내게 마치 비타민 약처럼 작용했기에 기억을 되살리는 데도 큰 도움을 주었습니다.

내 말에 귀를 기울이던 투바와 마찬가지로, 월바도 점점 더 큰 관심을 보이기 시작했습니다. 그녀에게서 적개심은 찾아볼 수 없었습니다. 나는 그녀가 단지 나를 놀리고 싶어 심술을 부리는 것이라 생각했습니다.

혹시 '홀드라'가 고대 인도의 종교 신화에도 등장한다는 이야기를 하시려는 건 아니겠죠?

그녀가 웃음을 터뜨리며 말했습니다. 나도 함께 웃었지만, 내 시선은 여전히 투바를 향하고 있었습니다.

물론, 그럴 가능성은 충분합니다. 인도유럽어족의 어원 *kel-은 라틴어의 celare와 근간을 함께합니다. 무언가를 숨기거나 비밀로 간직한다는 의미를 지니고 있습니다. 영어의 conceal이라는 단어는 여기에서 파생되었으며, 작은 방, 창고 및 지하의 의미를 지닌 celle와 kjeller도 마찬가지입니다. 게르만어파처럼 고대 노르드 언어도 인도유럽어족에 뿌리를 두고 있습니다. 고대 노르드어의 hǫll은 노르웨이어와 영어의 hall, 독일어의 Halle로 변형되어 발전했습니다. 동일한 어원을 지닌 노르웨이어 단어로 okkult 또는 okkultisme도 있습니다. 그 의미는 무엇을 감추거나 비밀로 간직하다입니다. 같은 의미를 지닌 그리스어의 동사 kalúptein을 바탕으로 파생된 반의어 apokalypse라는 단어도 찾아볼 수 있으며, 이는 무엇을 드러내다 또는 계시하다의 의미를 가지고 있습니다.

주제가 종교 역사 쪽으로 되돌아왔기 때문에, 나는 말을 잠시 멈추고 윌바를 흘낏 쳐다보았습니다. 러네이 젤위거의 눈빛으로 입을 뾰로통하게 내밀고 있던 그녀는 내 시선을 깨닫자 얼른 환한 미소를 머금고 말을 시작했습니다. 하지만 그리스나 인도 쪽에서는 예지력을 지닌 신비로운 여인 '훌드라'와 같은 어원의 단어를 찾아볼 수 없지 않나요?

그녀의 질문은 상당히 까다로웠습니다. 적당한 대답을 찾을 수 없었던 나는 다시 생각에 잠겼습니다. 한순간 펠레를 떠올렸습니다. 그는 이러한 주제와 관련해선 나보다 훨씬 기억력이 좋습니다. 세세한 사항을 기억해내기 위해 나처럼 술에 의지할 필요도 없습니다. 하지만 그건 펠레가 술과 담배를 전혀 가까이하지 않는 사람이기 때문일 것입니다. 펠레를 떠올리는 순간, 이상하게도 펠레가 내 귀에 대고 속삭이는 듯한 착각이 들었습니다.

나는 자신 있게 다시 말을 이었습니다. 아니, 얼마든지 찾아볼 수 있습니다. 그리스의 님프 칼립소Kalypso는 사실 훌드라Huldra와 어원을 같이하고 있습니다. 그 의미는 인도유럽어족에 뿌리를 둔 훌더hulder와 마찬가지로 무엇을 숨기거나 감춘다는 것이지요.

윌바가 잔을 들어 입술로 가져갔습니다. 한 모금에 잔을 비우는 그녀를 따라 나도 함께 잔을 비웠습니다. 건배를 하진 않았지만, 우리는 비겼고 대등한 입지에 서게 되었습니다.

윌바가 테이블을 둘러보며 장난기를 담아 소리쳤습니다. 저분으로 말할 것 같으면 매우 학식이 풍부한 사람이거나, 아니면 세상에 둘도 없는 허풍쟁이가 틀림없어요!

당시에는 스마트폰이라곤 찾아볼 수 없었습니다. 오늘날 같으면 토론 당사자가 팩트 확인을 위해 신중하게 기다릴 필요가 없을 것입니다. 요즘은 팩트와 관계된 질문을 하는 사람도 거의 없습니다. 산꼭대기의 무언가와 관련해 의견 일치를 보지 못할 경우, 그것을 확인하기 위해 일주일 이상 기다릴 필요도 없습니다. 구글을 통해 당장 확인해보면 그만입니다. 그 때문에, 전문적 사항과 관련된 의견의 불일치나 갈등도 몇 초 이상 지속되는 일이 없습니다.

시그리가 잔을 두드렸습니다. 이번에는 월바가 작은 손거울을 꺼내 화장을 고쳤습니다. 친애하는 가족과 친지 여러분. 에리크는 고대 노르드학 연구, 즉 신과 트롤, 에시르 신족과 요툰* 간의 불안정한 힘의 균형을 연구하는 데 평생을 바쳤습니다. 이를 기리기 위해 북유럽 신화와 관련된 작은 공연을 마련했습니다. 이제 저의 사촌인 월바가 경이롭고 감동적인 『에다』 서사시, 『볼루스파』를 여러분께 소개할 것입니다.

월바가 자리에서 일어나 단상에 올랐습니다. 그녀는 먼저 『에다』가 만들어졌던 시대적 배경으로, 크리스트교가 북유럽에 들어와 뿌리를 내리기 시작하면서 민간 전통 종교와 갈등을 빚었던 바이킹 시대의 말기에 관해 간단하게 설명했습니다. 또한 이와 관련된 지식이라곤 전혀 없는 청중들을 향해 『볼루스파』는 '볼바의 예지'를 의미한다고 덧붙였습니다. 그녀는 '아포칼립스'라는 단어를 입에 올렸을

---

* 북유럽 신화의 거인족이며, 에시르 신족과 구분되는 존재이나 그 힘과 능력은 그들과 필적한다.

때 내게 짧은 시선을 던지며 입가에 묘한 미소를 머금었습니다.

술책과 음모가 난무하며 불안정한 권력이 지배했던 창세기 직후의 세계 및 종말과 신세계의 도입을 읊는 월바의 목소리는 볼바의 목소리에 녹아들어 마치 이 세상의 것이 아닌 것 같은 경이로움을 가져다주었습니다.

나는 망연자실할 정도로 깊은 감동에 젖어들었습니다.

'신성한 존재들이여, 높고 낮은 자들이여, 헤임달의 아들들이여, 내 말을 들어라. 이제 나는 기억 속에 자리한 고대의 전설을 이야기하고자 한다…… 위미르°가 세상을 창조했을 때는 모래도 없었고, 조그마한 파도가 이는 바다도 없었다. 땅도, 하늘도 없었으며, 오직 풀 한 포기 자라지 않는 긴눙가가프°°만 있을 뿐……'

월바는 우레와 같은 박수를 받으며 테이블로 돌아왔습니다. 프레드리크와 요아킴은 차례차례 그녀에게 포옹을 건넸습니다. 나는 그녀를 향해 아주 멋진 공연이었다고 한마디 짧게 던졌습니다.

이 비범한 젊은 여인은 다시 아쿠아비트 사나이를 향해

---

* 북유럽 신화에서 태고의 존재로서, 모든 요툰족의 조상.
** '하품하는 심연'이라는 뜻으로 북유럽 신화 속 태고의 공허를 비유한다.

윙크를 던지며 추가 잔을 주문했습니다. 나는 이번 잔은 사양했습니다. 윌바는 자신의 입지를 방어하기 위해 그 어느 누구의 도움을 받을 필요도 없었습니다. 그녀는 이번에도 단숨에 잔을 비워냈습니다. 리브베리트가 팔꿈치로 내 옆구리를 살짝 건드리며 눈을 찡긋해 보였습니다. 그 눈빛은 마치 '이제 윌바가 어떤 아이인지 아시겠죠?'라고 말하는 것 같았습니다. 트룰스는 그녀의 오른쪽에 앉아 있었기에 그의 표정은 볼 수 없었습니다.

뒤편에서 두 여자가 나누는 대화 소리가 들려왔습니다. 윌바의 어머니인 마리안네와 그녀의 올케인 리세였습니다. 리세는 선명한 베르겐 억양으로 소리를 높여 말했습니다. 굉장히 훌륭했어! 서사시도 너무나 감동적이었어!

맞아, 난…… 황홀경에 빠질 정도였다고요! 마리안네가 아직도 감동에서 헤어나지 못한 듯 숨을 몰아쉬며 말했습니다.

황홀경이라는 단어를 입에 올리는 찰나, 그녀는 번개처럼 재빨리 내게 시선을 던졌습니다. 나는 그녀의 짧은 시선이 우연에 불과하다고 생각했습니다.

그날 오후의 가장 놀라운 일은 바로 그때 일어났습니다.

우리 테이블에 앉아 있던 사람은 모두 여덟 명이었습니다. 월바는 그 여덟 명 중에서도 특별히 나를 지목해 질문을 던졌습니다. 어떻게 생각하세요?

매우 근사한 공연이었습니다. 나는 같은 말을 되풀이했습니다.

고맙습니다! 하지만 저는 공연에 관한 느낌이 아니라 서사시에 관해 물었어요. 『볼루스파』에서 고대 게르만적인, 또는 고대 북유럽적인 요소나 인도유럽적인 요소를 찾아볼 수 있었나요?

나는 리브베리트를 살짝 쳐다보았습니다. 이제 내가 감히 그녀의 조카에게 도전을 해도 될까요? 그녀가 불안한 듯 눈을 깜박였습니다. 나는 그것을 일종의 경고로 받아들였습니다. 하지만 나는 개의치 않고 말을 시작했습니다.

나는 『볼루스파』에서 전형적인 인도유럽어족 세계의 창시론적 시각을 보았습니다. 거의 페르시아적 현실 이해와 종말론을 바라보는 이원론적 시각이 북유럽적 색채를 띠고 생성되었다는 생각을 해봅니다. 물론, 여기에는 크리스트교적 영향도 조금은 찾아볼 수 있겠지요. 이것을 크리스트교적 종말론과 내세관이라고 한다면 동의합니다. 하지만 이 시의 제3절에 등장하는 세상의 창조자 위미르는 베다의 야마, 이란의 이마Yima와 동일한 신입니다. 이 또한 흥미롭지 않습니까? 우리는 지금 5,000~6,000년 전에 살았던 인도유럽어족 사람들이 세월과 함께 전 세계에 흩어지면서 남겨놓았던 고대 신화의 잔재를 이야기하고 있습니다. 이 잔재들이 흑해와 카스피해 북쪽으로 옮겨 가 북유럽에도 뿌리를 내린 것입니다. 끈질긴 생명력을 지닌 몇몇 고유어들도 마찬가지입니다. 예를 들어, 나의 스승이자 당신의 외할아버지인 에리크Erik라는 이름은 켈트어로 왕이라는 의미를 지닌 *rix라는 고유어에서 파생되었습니다. 이것은 라틴어에서는 rex, 산스크리트어에서는 raja로 나타납니다. 이웃나라의 이름인 스웨덴**도 마찬가지입니다. 이것은 모두 인도유럽어족의 *reg-에서 파생되었습니다. 일직선, 곧은 등의 의미를 지닌 이 단어는 노르웨이어의 차용어 중 rektor(교장), regjere(지배하다), korrekt(바로잡다) 등에서도 엿볼 수 있습니다!

나는 윌바가 무슨 생각을 하는지 알 수 없었습니다. 잠시 후, 그녀가 내 눈을 그윽하게 바라보며 한마디 던졌습니다.

Ereksjon(발기)도 마찬가지겠지요? 그런가요?

• 염마 또는 염마왕이라고 불리며, 힌두교와 불교에서 사후 세계를 관장하는 가상의 군주.
•• 스웨덴어로 '스웨덴'이라는 국명은 Sverige로 표기한다.

나는 대답을 하지 않았습니다. 물론 얼마든지 대답할 수 있었지만, 그녀가 나를 놀리고 있다는 생각밖에 들지 않았기에 단지 '패스!'라고 말했을 뿐입니다.

나는 그녀가 아쿠아비트 잔을 이미 비운 줄 알았지만, 아직 몇 방울 정도 남아 있었던가 봅니다. 그녀가 갑자기 잔을 들어 몇 방울 남은 술을 내 얼굴에 부어버렸습니다. 나는 깜짝 놀라 아무런 반응도 보일 수 없었습니다. 그녀는 자리에서 벌떡 일어나 어디론가 가버렸습니다.

그녀의 사촌들이 소리를 내어 웃기 시작했습니다. 그들은 윌바가 어떤 사람인지 이미 경험해본 듯했습니다. 그렇다고 해서 나는 그들이 내게 동정심을 느꼈다고는 생각지 않았습니다. 하지만 리브베리트와 트룰스는 걱정스러운 눈빛으로 나를 보며 고개를 절레절레 흔들었습니다.

나는 트룰스의 이마에 난 선명한 흉터를 다시 보았습니다. 리브베리트가 남편을 소개하며 뇌연구학자라 했던 것이 떠올랐습니다. 문득, 그가 자신의 상처 때문에 그러한 직업을 선택했던 것은 아닐까 하는 이상한 생각이 스쳤습니다.

이제 자리에서 일어날 때가 된 것 같았습니다.

시그리가 다시 잔을 두들기며, 추모사와 환영사를 시작

하겠다고 말했습니다. 나는 함께 테이블을 나누었던 이들에게 그럴듯한 핑계를 둘러대고 자리에서 일어나, 그곳을 빠져나왔습니다.

출입문 앞에서 윌바와 마주쳤습니다. 그녀의 얼굴은 밝은 태양처럼 환하기 그지없었습니다. 그녀는 밖으로 나가려는 나를 멈춰 세우고 아름다운 미소를 지으며 말을 걸었습니다. 당신이라면 10년 계약에 사인을 하시겠어요?

나는 그녀가 무슨 말을 하는지 이해하지 못했습니다. 어떤 계약을 말씀하시는지요?

몸과 영혼에 대한 계약.

그런 생각은 단 한 번도 해본 적이 없습니다만……

사인만 한다면 건강에 대한 염려는 조금도 하지 않고 10년 동안 걱정 없이 살 수 있어요. 하지만 10년 후엔 모든 것이 끝나버린답니다.

글쎄요…… 그런 계약이라면 사인을 할 생각도 없지 않습니다만…… 그런데 당신은요?

그녀가 언짢은 표정을 지었습니다. 어쩌면 연극을 하는지도 몰랐습니다.

도대체 지금 무슨 말을 하는 거예요? 당신이 목사님이라도 되는 줄 아나 보죠?

방금 당신도 내게 같은 질문을 던지지 않았습니까?

그녀가 기분 나쁘다는 듯 강하게 고개를 저으며 말했습니다.

나는 이제 겨우 스물다섯 살인걸요.

*

나는 종종걸음으로 시르케베이엔 거리 쪽으로 내려간 후, 거기서 택시를 잡아타고 게우페파레에 자리한 나의 집으로 돌아갔습니다.

집 안에 들어가니 공허하고 우울해졌습니다. 그날 오후만큼은 집 안에 가만히 앉아 있기가 힘들 것 같다는 생각이 스쳤습니다. 사방이 꽉 막혀 나를 조여오는 것 같았고, 냄새마저도 꽉 막힌 공간에서의 체취처럼 퀴퀴하게만 느껴졌습니다.

추모식장에서 도망치듯 나왔지만 저녁이 되어 잠자리에 들 때까지 집에서 혼자 시간을 보내기는 힘들 것 같았습니다.

당시, 나는 밤 11시 전에는 잠자리에 들지 않겠다는 나만의 규칙을 따르고 있었습니다. 하지만 11시 전에 잠자리에 드는 날은 그렇지 않은 날보다 더 많았습니다. 침대에 누워 책을 읽는 일도 없었습니다.

당신이라면 10년 계약에 사인을 하시겠어요?

나는 어리숙하게도 그녀가 던진 미끼를 덥석 물었던 것입니다.

나는 20대의 청년과는 거리가 먼 사람입니다. 20대였다면 그러한 계약서에 사인할 생각은 하지도 않았을 것입니다. 나의 탄생 별자리는 그다지 큰 행운을 의미하지는 않지만, 그렇다고 자기파괴적이고 불우한 별자리는 더더욱 아닙니다.

밖으로 나가야만 했습니다. 하지만 발이 근질거리는 것을 꾹 참고 먼저 집 안을 한 바퀴 둘러보았습니다. 욕실에 가서 거울을 보았습니다. 곧 50대에 접어들 남자! 거실로 가서 벽장의 서랍장을 뒤져 할링달 시절의 오랜 사진을 꺼내보았습니다.

대문을 나서려다 말고 책장 앞에 멈춰 선 나는, 최근에 구입한 그로 스테인스란과 프레벤 M. 쇠렌센의 신작 시집과 『볼루스파』 해설서(추모식장에서 윌바가 읽었던 것과 동일한 판본입니다), 비오르반과 린데만의 최신 어원 사전인 『우리의 고유어』, 그리고 팔크와 토르프의 공저 『노르웨이어와 덴마크어 어원 사전』 복사본 등과 함께 꽂혀 있는 학창 시절의 교과서를 살펴보았습니다.

옷장에서 무엇을 가져오려 침실로 들어간 나는 지난 수십 년 동안 수집했던 시가 상자들을 모아둔 그물 바구니로 시선을 던졌습니다. 처음엔 상자 하나로 시작했지만 당시엔 스무 개쯤으로 늘어났던 것입니다. 지금 이 편지를 쓰고 있는 현재에는 약 서른 개의 시가 상자를 소유하고 있습니다.

문득, 이 세상에는 서랍과 장 속에 모아둘 수 있는 것들이 너무나 많다는 생각을 해보았습니다. 나의 경우는 시가 상자가 바로 그것입니다. 내가 모으는 것은 그것뿐입니다.

물을 끓여 네스카페 커피 한 잔을 마셨습니다. 두 잔의 아쿠아비트 효과를 떨쳐내기는 어렵지 않았습니다. 월바와의 만남에서 얻었던 상처도 함께 떨쳐내보려 했지만, 그건 쉽지 않더군요.

나는 날이 저물 무렵이 되어서야 마음의 평정을 찾을 수 있었습니다. 펠레와 함께 숲속으로 산책을 갈 수 있었기 때문입니다. 그는 산책을 그다지 좋아하지 않습니다. 특히 늦은 저녁이나 밤에 산책을 제안하면 갖가지 핑계를 대며 집에 머무르려 합니다. 그런데 그날은 어쩐 일인지 금방 산책을 함께 가겠다며 따라나섰습니다. 덕분에 나는 곧 기분이 좋아졌습니다.

나는 한 젊은 여인에게 큰 망신을 당했다며 그날 있었던 일을 펠레에게 간단하게 이야기해주었습니다.

"하지만 오늘 저녁에는 제대로 된 산책을 한번 해보자고, 펠레! 할 이야기가 아주 많아."

"잘됐어. 난 오늘 하루 종일 꼼짝도 하지 않았거든."

그로부터 약 한 시간 후, 우리는 미드츠투엔을 거쳐 프뢴스볼스트로카 숲으로 향했으며, 거기서부터는 작은 오솔길을 걸어 푸글레뮈라까지 올라갔습니다.

그곳은 전에도 자주 가본 장소였습니다. 우리는 작은 바위 위에 함께 앉아 저녁 햇살을 반사시키는 습지의 물웅덩이를 바라보았습니다.

"초기 청동기 시대엔 이곳에서 밀과 보리를 경작했지. 화분학 연구 결과를 보면 알 수 있어."

나는 마치 이곳의 고대 역사에 관해 내가 펠레보다 훨씬 많이 알고 있다는 듯 약간 거드름을 피우는 투로 말했습니다. 하지만 그것은 단지 대화를 시작하기 위한 수사적인 서두에 불과했습니다.

펠레도 내 뜻을 이해했다는 듯 툭 불거진 두 눈으로 잠시 나를 지긋이 바라보았습니다.

"저 습지에는 오랜 세월을 거친 망각의 잔디와 흙더미에 묻힌 고대 건물들의 잔해가 아직도 한두 개쯤은 남아 있을 거야. 오래전에는 어린아이들이 이곳을 뛰어다니며 노래를 부르곤 했겠지. 지금은 그런 모습을 볼 수 없어. 오직 뇌 조류만 거닐 뿐이야."

나는 그가 무엇을 원하는지 알 수 없었습니다. 그는 평소와는 달리 슬프고 비극적인 목소리로 말을 하고 있었습니다. 나는 우리가 자주 대화를 나누었던 주제를 끄집어내 보았습니다.

"Tuft(흙 속에 묻힌 건물의 잔해)는 대지 또는 땅tomt과 같은 맥락에서 생각할 수 있지. 인도유럽어족의 *demH-는 무언가를 지어 올린다는 의미를 지닌 단어였어. 그것은 건물을 지어 올릴 때 필요한 재료인 노르웨이어의 tømmer(목재), 영어의 timber로 파생되었지. 독일어의 Zimmer는 목재라는 뜻과 방이라는 뜻을 모두 포함하고 있어."

펠레는 열정적으로 고개를 끄덕이며 말했습니다. "맞아. 그건 노르웨이어의 fruentimmer(여인)라는 단어와, 독일어의 Frauenzimmer에서도 찾아볼 수 있어. 이제 내가 무슨 말을 하려는지 짐작할 수 있겠지?"

나는 그를 멍하니 바라보았습니다. fruentimmer? 그러한 연결고리는 전혀 생각지도 못한 것이었습니다. 하지만 펠레는 이미 말을 내뱉은 후였습니다. 펠레와 대화를 나누며 무언가를 배우는 것은 자주 있는 일이었습니다. 그가 헛기침을 하며 목을 가다듬은 후 다시 말을 이었습니다.

"*demH-를 근간으로 한 단어의 의미는 건물이나 집을 짓는 것과 관련이 있어. 이와 연계된 단어로는 인도유럽어족의 *demHos-가 있고, 이것은 라틴어의 domus에서 찾아볼 수 있지."

그가 다시 익숙한 대화 주제로 돌아왔습니다. 나는 웃음을 터뜨렸습니다.

"지금 농담하는 건 아니겠지, 펠레? 제발 농담이 아니라고 말해줘."

물론, 나는 그가 농담하는 것이 아님을 잘 알고 있었습니다. 이처럼 단어의 어원을 따져 들어가는 대화는 전에도 여러 번 해본 적이 있기 때문입니다.

펠레가 내 손목을 거의 통증이 느껴질 정도로 홱 낚아채며, 내 눈을 똑바로 바라보았습니다. "내 말을 잘 들어봐! 여인이라는 뜻의 노르웨이어 단어 dame는 바로 domus라는 단어에 근간을 두고 있어. 라틴어의 domina는 가정주부, 이탈리아어의 donna와 스페인어의 doná도 소녀나 여인이라는 뜻을 가지고 있지. 내가 하고 싶었던 말은 바로 그거야."

나는 놀랐습니다. 왜냐하면 나는 단 한 번도 dame라는 말을 tomt나 tømmer와 연관 지어 생각해본 적이 없기 때문입니다. 하지만 나는 펠레의 말이 정확하다는 것을 잘 알고 있었습니다.

"그러니까 dame와 fruentimmer가 같은 어원을 지니고 있다는 말인가?"

"그렇지. 이제 이해를 한 모양이군. 그렇게 따져보자면 tuftekall과 tomtegubbe도 같은 맥락이야."*

"어떻게……?"

펠레가 숨을 무겁게 몰아쉬고 있었기에, 나는 그가 알 수 없는 이유로 불편해한다고 생각했습니다.

"요즘 만나는 여자는 없어? 자네가 여자를 만난 지도 꽤 오래되었잖아? 심지어는 한때 결혼도 한 적이 있는데 말이야!"

나는 어깨를 으쓱 추켜 보였습니다. 우리의 대화가 생각 지도 않았던 방향으로 흘러간다는 생각이 스쳤습니다. 왠지 시간과 장소에 적합하지 않은 대화 주제라는 생각도 들었습니다. 남자들끼리 산책을 나온 게 아니었던가요? 펠레는 개의치 않고 말을 이었습니다.

"야코브, 시간을 함께 보낼 벗을 찾는 일을 포기하지 마. 자네는 아직 그러기엔 너무나 젊어. 홀로 어정거리며 시간

* 스칸디나비아 전설에서 농장이나 땅을 지키는 수호자 역할을 하는 집 요정인 '니세'와 같은 의미이다.

을 보내지 말라는 말이야."

"글쎄……"

나는 펠레가 사적인 말을 할 때면 그다지 편치 않았습니다. 짐작건대 그도 마찬가지일 것입니다. 하지만 펠레의 입장에선 존재적 질문을 꺼내는 것을 친구로서의 책임이라고 생각했을지도 모릅니다. 그는 항상 나의 건강과 행복에 큰 관심을 가지고 있기 때문입니다.

"자네는 돈 후안과는 거리가 먼 사람인 것 같군. 하지만 여자 친구 하나쯤은 있어도 좋잖아. 같은 집에서 살지 않아도 되고, 같은 침대를 써야 할 필요도 없어. 육체적인 쾌락을 탐미하라는 말은 절대 아냐. 여자 친구가 생기면 함께 여행을 하는 것도 좋을 거야. 스톡홀름이나 로포텐으로 가보는 건 어때? 노르카프도 좋아. 야코브, 한번 잘 생각해봐."

그날의 대화를 더 자세히 설명할 필요는 없을 것 같습니다. 그러한 대화는 종종 매우 사적인 영역을 다루기 마련입니다. 그날은 지금으로부터 12년 전의 어느 날이었고, 나는 지금 60세를 훌쩍 넘긴 나이로 접어들었습니다. 변한 것은 거의 없습니다. 펠레는 지금도 여전히 나를 특별히 여기고 배려를 아끼지 않습니다. 그는 나를 포기한 적이 한 번도 없습니다. 내가 삶을 함께 나눌 여인을 찾게 되면 그와 나눌 시간이 줄어들 텐데도 말입니다. 나는 펠레의 이타적인 배려심을 생각할 때마다 감동하지 않을 수 없습니다. 어느 한 여인과 삶을 나누게 되면 펠레와 나눌 시간이 줄어든다는 것을 나는 이미 경험을 통해 확인했습니다. 내가 잠시 결혼 생활을 했을 때, 펠레와 나는 아주 가끔 만났을 뿐입니다.

푸글레뮈라에서 베타콜렌으로 올라간 우리는 근사한 오슬로 시내의 야경과 피오르, 그리고 동쪽 외스트라네의 대부분을 내려다볼 수 있었습니다. 그곳은 노르웨이의 수도를 한눈에 볼 수 있는 최선의 장소라 하기에 손색이 없었습니다. 어느덧 저녁 8시가 되었습니다. 우리는 함께 서서 서쪽으로 저무는 태양을 바라보았습니다. 북쪽 하늘에는 여전히 여름을 머금은 듯한 빛이 비스듬히 깔려 있었지요.

그처럼 늦은 시각에 그곳을 찾는 이는 아무도 없었습니다. 덕분에 펠레와 나는 그 누구의 방해도 받지 않고 대화를 나눌 수 있었습니다. 언덕 아래로 급히 내려갈 이유는 전혀 없었기에, 우리는 나무둥치 위에 함께 앉아 느긋하게 이런저런 이야기를 나누었습니다.

나는 약 9,000년 전의 해수면이 어디쯤 자리했는지 손으로 가리켰습니다. 빙하가 녹았던 시기였기에 당시의 해수면은 지금보다 220여 미터나 더 높았습니다. 그 때문에 베타콜렌과 복세노센은 현재의 스코달렌을 경계로 양쪽으로 나누어진 채 바다를 향하고 있었습니다. 바닷물은 미에사와 마리달렌의 북쪽 끝까지 이어졌으며, 쇠르케달렌과 롬메달렌을 감싸고 피오르의 기다란 양팔처럼 육지 깊숙한 곳까지 들어왔습니다. 이후, 얼음으로 뒤덮여 있던 육지가 수천 년에 걸쳐 점차적으로 상승했습니다. 초기에 정착했던 사람들이 농작물을 재배하기 시작했을 때, 그곳의 해수면은 오늘날보다 60미터 정도 높았습니다. 그 이후에도 육지는 계속 상승했고, 지금도 상승은 계속되고 있는 상태입니다.

그리고 그곳에 펠레와 내가 앉아 있었습니다.

해가 긴 여름날이었더라면, 그곳을 산책하는 사람들이 줄을 이었을 테고 우리는 대화를 이어나가지 못했을 것입니다. 주변에 사람들이 많으면 마음에 담아둔 이야기를 자유롭게 할 수 없으니까요.

우리는 다른 사람들이 우리의 대화를 엿듣는 것을 좋아하지 않습니다. 적어도 우연히 지나가던 사람들이 있을 경우엔 더욱 그렇습니다. 하지만 그곳에선 인간관계에 있어 기본적인 수줍음과 소심함만으로도 대화를 이어나갈 수 있었기에 그리 나쁘지 않았습니다. 대화가 사적인 방향으로 흐를수록 청자의 자리는 좁아지기 마련입니다.

펠레가 어떤 내용으로 대화를 이어나갈지 예상하기는 쉽지 않습니다. 그에게선 조금의 망설임도 찾아볼 수 없습니다. 어찌 보면 그는 아직도 어린아이의 본성을 벗어나지 못하고 있는지도 모릅니다. 그가 한번 입을 열면 이를 멈출 수 있는 사람도 거의 없습니다. 앙네스, 당신도 그러한 펠레를 경험한 적이 있으니, 내 말을 잘 이해하리라 짐작합니다.

우리는 언덕 꼭대기에 앉아 시끌벅적한 도심을 내려다보았습니다. 동쪽의 그로루달렌 위로는 초승달이 희미하게 모습을 드러내기 시작했습니다. 이미 해가 저문 지 한 시간이나 지났기에 주변은 컴컴했지만 달빛 덕분에 발을 옮기기는 그다지 어렵지 않았습니다. 우리는 푸른빛을 머금은 차가운 달빛을 벗 삼아 언덕 아래로 내려갔습니다. 어스름한 저녁에 나뭇가지의 기다란 그림자가 드리워진 가파른 언덕길을 내려가는 건 그다지 쉽지 않았습니다.

나는 정확히 11시에 잠자리에 들었습니다. 문득 하루를 돌이켜보니 결과적으로는 꽤 만족할 만한 하루였다는 생각이 스쳤습니다.

윌바가 궁금하신가요?

월바 때문에 내가 꽤 당황했다는 것은 사실입니다.

하지만 나는 다시 월바를 만나게 됩니다. 그것도 두 번이나.

마지막으로 월바를 만났던 곳은 바로 이곳, 발트해의 한 섬에서였습니다. 불과 몇 시간 전이었지요.

안드리네

1980년대 말, 어느 봄날이었습니다. 나는 연로하신 숙모님께 갑작스러운 전갈을 받고 오스고르스트란에 사는 그분을 찾아뵈어야만 했습니다. 그날은 내가 집을 나와 홀로 산 지 몇 달이 지난 때였습니다. 이미 말했듯이, 나는 몇 년 동안 결혼 생활을 한 적이 있습니다.

우리는 함께 살 때 차 한 대를 같이 사용했습니다. 새 차를 살 때까지 차 한 대로 버틸 생각이었답니다. 그날은 화요일이었고, 화요일은 레이둔이 차를 사용하는 날이었습니다.

그렇습니다. 레이둔. 그녀는 나의 아내였습니다.

내가 차를 사용할 수 있는 날은 월요일, 수요일, 금요일이었습니다. 나는 레이둔이 오스고르스트란에 가야만 하는 내 입장을 배려해 그날만큼은 내게 차를 양보해주기를 바랐습니다. 물론 그렇게만 해준다면, 나는 다음 날인 수요일에 그녀가 차를 사용해도 좋다고 할 생각이었습니다. 하지만 레이둔은 미용실과 세탁소에 갈 예정이며 오후에는 몇 블록 떨어진 곳에 사는 친구 집에 가야 한다며 차를 양보하지 않았습니다.

우리가 차 때문에 다툰 것은 그날 처음 있는 일이 아니었습니다. 불행히도 일주일은 홀수로 이루어져 있습니다. 그 때문에 일요일 같은 경우는 누가 차를 사용할지 결정을 내리기가 쉽지 않았습니다. 나는 레이둔에게 일요일에는 격주로 차를 사용하자고 제안했습니다. 그 방법이 마음에 들지 않으면, 일요일에는 어느 한 사람이 오후 3시까지 차를 사용하고, 나머지 한 사람은 오후 3시 이후에 차를 사용할 권한을 가지는 것이 좋겠다고 덧붙였습니다. 더욱 공평해지기 위해선 차를 사용할 수 있는 오전과 오후 시간을 매주 번갈아가며 바꾸는 것도 좋겠다고 말했습니다. 이러한 규칙이 없다면 매주 우리는 말다툼을 피할 수 없었을 것입니다.

어쨌든, 안식일이자 일주일의 마지막 날과 관련된 적절한 규칙이 없었던 만큼 우리는 상대방이 새 차를 구입하기만을 기다렸습니다. 그러면 낡은 코롤라를 혼자 사용할 수 있으니까요. 하지만 누구도 먼저 새 차를 구입하려 하지 않았습니다. 그만큼의 가치도 없거니와, 나는 새 차를 사기 위해 레이둔에게 동전 한 푼이라도 빌려달라고 부탁할 마음이 없었기 때문입니다. 물론, 새 차를 산다 하더라도 레이둔에게 차를 빌려줄 마음은 더더욱 없었습니다.

우리는 이런 식으로 함께 생활했습니다. 레이둔은 내가 집을 나온 뒤에도 여전히 그 집에서 살았습니다. 문제는 그녀의 집에만 주차장이 있고, 내가 사는 집 앞에는 주차료를 내야 하는 공공 주차장밖에 없었다는 거지요. 즉, 우리는 각자 차 키를 가지고 있었지만, 주차장은 하나뿐이었습니다. 내가 집을 얻었던 곳은 홀멘콜렌 아래쪽 전철역에서 네 정거장 떨어진 곳이었습니다. 게우페파레로 이사를 오기 전의 일이었지요.

우리는 일요일이 되면 거의 매번 말다툼을 했습니다. 우리에겐 자식도 없었기에, 내가 집을 나온 후에는 낡은 코롤라를 둘러싼 갈등이 말다툼의 주된 원인이 되었습니다. 코롤라는 우리가 공동으로 소유한 마지막 물건이자 아픈 기억이 되었습니다. 가끔 우리는 함께 차를 타고 갈 때도 있었습니다. 그럴 때면 나와 레이둔이 번갈아 운전석에 앉곤 했습니다. 하지만 이제는 녹이 슬어 금방이라도 부서질 것만 같은 우리의 자동차가 과거 결혼 생활의 보잘것없는 기억으로 변해버렸습니다.

이미 언급했듯, 내게는 과거나 지금이나 습관 같은 취미가 있습니다. 우리는 함께 오페라를 관람했고, 정기적으로 레스토랑을 찾았으며, 자주 산책을 다녔습니다. 모르는 사람들이 본다면 레이둔과 나를 매우 금슬 좋은 부부라 생각했을 것입니다. 하지만 당시의 내겐 함께 사는 동반자라곤 그녀밖에 없었습니다. 또한 그녀는 나의 아내이기도 했습니다. 우리의 결혼 생활은 불과 몇 년밖에 지속되지 않았습니다. 레이둔은 결혼한 지 얼마 되지 않아 내게서 등을 돌렸습니다. 예를 들어, 침대에서조차 문자 그대로 등을 돌렸던 것입니다. 우리는 한 지붕 아래에 살면서도 점점 멀어지기 시작했습니다. 결국 나는 애초에 내 집이었던 곳에서 나와야만 했습니다.

이혼의 주된 원인은 펠레 때문이라 해도 과언이 아니었습니다. 레이둔은 스크린도 씨가 눈에 띄는 것마저도 견디지 못했습니다. 그녀는 펠레가 귀에 매우 거슬리는 목소리로 매번 기분 나쁜 말을 던진다며 싫어했고, 그가 부부의 일에 간섭하는 것을 매우 못마땅하게 여겼습니다. 하지만 그녀가 그토록 펠레를 싫어했다면, 심지어는 그녀가 외출 중일 때 내가 펠레와 함께 거실에 앉아 있는 것조차도 못마땅했다면, 집을 나가야 하는 사람은 내가 아니라 그녀여야 마땅한 일이 아니겠습니까. 물론, 내가 그런 말을 하지 않았던 것은 아닙니다. 그러나 결국 짐을 싸서 집을 나왔던 사람은 그녀가 아니라 나였습니다.

그날 오후, 나는 레이둔에게 오스고르스트란에 가기 위해 차를 빌려도 되겠냐고 매우 정중하게 부탁했습니다. 아니나 다를까, 그녀는 양보는커녕 소리만 질러댔습니다. 나는 즉각 포기하고 택시를 부르기로 결심했습니다.

택시는 빨간 메르세데스였습니다. 먼 거리를 가기 위해 비싼 돈을 지불해야만 했던 나는 이처럼 견고한 자동차를 탈 수 있다는 점을 보너스라고 생각하고 만족했습니다. 사실, 나는 택시를 타기 전에는 차체의 화려한 빨간색을 전혀 특별하게 생각지 않았습니다. 문을 열고 뒷좌석에 앉은 후에야 택시의 색깔이 운전수와 너무나 잘 어울린다는 생각을 하게 되었습니다. 안드리네 시게루. 갈색 눈동자와 갈색의 긴 곱슬머리를 지닌 그녀는 30대 후반의 여인으로, 당시의 나보다 두 살 정도 많았습니다.

우리는 차가 출발한 지 얼마 되지 않아, 가벼운 대화를 나누기 시작했습니다. 우리의 대화는 시간이 지나면서 조금씩 삶의 철학적인 면을 다루는 방향으로 흘러갔습니다. 대화를 나누는 동안, 그녀는 자주 백미러를 통해 나를 바라보았습니다. 나는 백미러를 통해 그녀의 얼굴 표정을 살펴볼 수 있었습니다. 그녀의 억양으로 미루어 남쪽 지방에서 자란 것 같았습니다. 물어보니 만달에서 태어났다고 하더군요. 그녀는 2년 전 이혼을 하고, 10대인 딸 하나와 함께 톤센하겐에서 살고 있다고 말했습니다.

두 사람이 함께 차를 타고 갈 경우, 그 분위기 때문에 서로 더욱 가까워지는 일은 종종 있습니다. 이러한 경우, 두 사람은 그 어떤 상황에서보다 더 빠른 시간 내에 깊고 끈끈한 관계를 맺을 수 있습니다. 차창 밖으로 스쳐 가는 자연 풍경을 배경으로 오랜 시간 동석하다 보면, 자연히 분위기에 젖어 평소에는 자주 하지 않던 마음속 이야기도 스스럼없이 꺼내기 마련입니다.

그녀는 운전을 했고, 나는 뒷좌석에 손님으로 앉아 있었습니다. 하지만 우리는 곧 공동의 관심사를 찾아낼 수 있었습니다. 학위를 받은 학자이자 교사였던 나의 경험과 택시 운전을 하는 그녀의 경험을 생각한다면, 우리의 일상은 너무나 다르다고도 할 수 있었습니다. 어쩌면 그 때문에 할 이야기가 더욱 많았는지도 모르겠습니다. 서로에게 해주고 싶은 이야기가 더 많았던 것이지요.

문득, 그로부터 몇 달 전쯤 레이둔과 함께 자동차 여행을 했던 기억이 떠올랐습니다. 그때 우리는 계곡 아래쪽을 지나는 긴 시간 동안 쉴 새 없이 열정적인 대화를 나누었습니다. 물론, 그때는 레이둔이 펠레의 존재를 알지 못했던 시기였습니다.

마지막으로 레이둔과 몇 번 낡은 토요타를 함께 탔을 때, 우리는 단 한 마디도 하지 않았습니다. 그 의미심장한 침묵 속에서 우리는 둘 다 펠레를 생각했을지도 모릅니다. 그러한 자동차 여행이 몇 번 계속되면서, 우리는 되돌릴 수 없는 것이 하나둘씩 생겨난다는 것을 깨닫기 시작했습니다. 아니, 어쩌면 되돌릴 수 없었던 것은 우리의 모든 것이었을지도 모릅니다.

숙모를 방문했던 그날의 일은 자세히 이야기할 필요가 없을 것 같습니다. 나는 그곳에서 한 시간 정도 머물렀을 뿐입니다. 그 이상 머물렀다면 노쇠한 숙모가 힘들어했을 것입니다. 그래서 안드리네는 오슬로까지 빈 차로 돌아가기보다는 그곳에서 나를 기다리는 방법을 선택했습니다. 그녀는 두꺼운 책 한 권을 가지고 있었습니다. 오른쪽 앞 좌석에 놓아둔 그 소설책의 표지는 노란색이었습니다. 제목은 물론 작가의 이름도 생소했기에, 나는 그것이 번역 소설이리라고 짐작했습니다.

점심때였기에 무언가를 먹어야만 했습니다. 우리는 집으로 돌아가기 전에 피오르 옆에 자리한 어느 고즈넉한 카페에서 함께 식사를 했습니다. 그곳은 에드바르 뭉크가 몇 차례 여름을 보내며 〈다리 위의 소녀〉를 그렸던 바로 그 피오르이기도 했습니다. 우리는 양옆에 나란히 자리한 목재 건물 사이의 비좁은 골목길을 한참 걸었습니다. 꽃밭에서는 달콤하기도 하고 시큼하기도 한 향이 올라와 코를 간질였습니다. 우리 중 한 명이 그것은 4월의 향기라고 말했습니다. 식사를 한 후 해변가로 산책을 간 우리는 선착장 사이에서 조용히 헤엄을 치는 두 마리의 백조를 보았습니다. 두 영혼. 생각지도 않았던 말이 입 밖으로 나왔습니다. 아니, 어쩌면 그것은 그녀가 한 말일지도 모릅니다. 어쨌든, 우리 둘 중 한 명이 그렇게 말했고, 나머지 한 명은 고개를 끄덕였습니다.

택시로 되돌아갔을 때, 나는 자연스럽게 안드리네의 옆자리인 앞좌석에 앉았습니다. 만약, 그때 내가 다시 뒷좌석에 자리를 잡는다면 그녀가 언짢아할지도 모른다고 생각했기 때문입니다. 시각은 벌써 오후 6시를 가리켰습니다. 5월이 코앞에 다가왔기 때문인지, 그날 오후는 마치 여름날의 오후를 연상시켰습니다.

그녀가 차의 시동을 걸었습니다. 나는 앞좌석에 있던 노란색 표지의 책을 글러브박스 속에 넣고서, 인도유럽어족의 몇몇 고유어들 간의 연계성에 관해 말을 하기 시작하려 했습니다. 그로부터 며칠 전, 펠레와 함께 앉아 나누었던 대화와 그리 다르지 않았습니다. 당시 나는 레이둔과 따로 살고 있었기에 펠레와 자유롭게 만날 수 있었습니다.

나는 책을 가리키며 '노란색'이라고 중얼거리면서 그녀에게 시선을 돌렸습니다. 당신은 이처럼 너무나 일반적인 단어가 그 뿌리를 어디에 두고 있는지 아시나요?

안드리네는 운전에 온 정신을 집중하고 있었습니다. 도로 한복판을 점거한 트랙터를 추월하기 위해 신경을 곤두세우며 기회를 보는 것 같았습니다. 하지만 나는 그녀가 보일 듯 말 듯 고개를 끄덕였다고 생각했기에 다시 말을 이었습니다.

노란색gul이라는 단어의 게르만어족 기본형은 *gula-입니다. 영어의 yellow, 독일어의 gelb는 바로 여기에 뿌리를 두고 있습니다. 노르웨이어의 gull(황금), 영어의 gold, 독일어의 Gold도 마찬가지입니다.

그게 정말인가요?

매력적인 택시 운전수는 내게 살짝 시선을 던졌습니다.

Gul과 gull, 게다가 yellow라는 단어까지? 전혀 몰랐어요.

단어들 간의 연계성은 우리가 생각하는 것보다 훨씬 깊답니다. 수천 년의 역사를 지닌 단어들도 많이 찾아볼 수 있지요. 우리는 이러한 단어들을 '고유어'라고 부릅니다.

고유어라고요?

그렇습니다. 그러한 단어들은 어원의 뿌리나 그 기본형에서 직접적으로 파생되었기에 고유어라고 부릅니다.

그렇다면 파생어 또는 차용어라고 해야 하는 게 아닌가요?

나는 고개를 저었습니다. 아닙니다. 그건 전혀 다른 것입니다. 서로 다른 언어에서 비슷한 단어를 찾아볼 수 있다면, 그것은 매우 오래전에 그 하나가 다른 하나를 빌려왔기 때문입니다. 우리는 이것을 차용어라고 합니다. 노르웨이어의 '빈vin'은 이탈리아어의 '비노vino'와 매우 비슷합니다. 그 이유는 아주 오래전에 우리가 이탈리아어에서 이단어를 빌려왔기 때문입니다. 영어의 '와인wine', 독일어의 '바인Wein'도 타 언어에서 단어를 빌려온 것입니다.

그녀가 나를 바라보며 미소를 지었습니다.

그런 말씀을 하시니 갑자기 와인을 마시고 싶군요.

다시 운전에 집중하던 그녀가 말을 이었습니다.

그렇다면 gul과 gull, 그리고 yellow는 어떤 식으로 생겨났던 건가요?

나는 그녀가 선생님의 말에 귀를 기울이는 모범적인 학생 같다고 생각했습니다.

그것은 오래된 고유어입니다. 수천 년의 역사를 지닌 단어라고 할 수 있지요. 우리는 고대 인도유럽어의 또 다른 어원인 *ghel-을 생각해볼 수 있습니다. 반짝반짝 빛을 내다라는 의미를 지니고 있으며, 그 철자는 현대 인도유럽어족에서 사용되는 일련의 단어들의 근간이 됩니다. 예를 들어, 라틴어의 helvus, 노르웨이어의 gyllen은 황금색을 의미합니다. 금발 머리gyllent hår 또는 황금시대gylne tider와 같은 문구에서 볼 수 있지요. 노르웨이의 고대 화폐 단위였던 윌덴gylden은 물론, 폴란드의 화폐 단위인 즈워티złoty에서도 나타납니다.

그러한 고유어들은 모두 같은 의미를 지니고 있나요?

꼭 그렇다고 할 수는 없습니다. 하지만 제가 언급했던 단어들은 모두 반짝이다라는 뜻의 *ghel-에 뿌리를 두고 있습니다. 이 단어는 옅은 녹색이라는 또 다른 의미도 포함하고 있습니다. 노르웨이어의 클로르klor(미백, 표백)는 그리스어의 khlorós를 근간으로 하는 차용어입니다. 이 외에도 갈레galle(담낭), 콜레라kolera(콜레라) 등 노란색과 녹색을 연상시키는 일련의 단어들은 슬라브어와 인도이란어에서도 찾아볼 수 있답니다.

오! 안드리네가 별안간 외마디를 흘렸습니다. 나는 황금색의 의미를 포함하는 고유어 쪽이 더 좋은걸요.

그녀가 나를 향해 고개를 돌리며 환하게 미소를 지었습니다.

하지만 그것은 시작에 불과했습니다. 내겐 여전히 할 말이 많이 남아 있었습니다. 나는 인도유럽어의 어원인 *ghel-이 노르웨이어의 글뢰glød(반짝임), 글뢰데gløde(반짝이다), 글로glo(반짝이는 빛, 응시하다), 글라네glane(응시하다), 글란스glans(윤기, 반짝임), 글림트glimt(불빛, 섬광, 흘낏 보다), 글림프레glimre(반짝이다, 불꽃이 튀다) 등과 같이 게르만어파의 다른 여러 언어에도 퍼져 있다고 설명해주었습니다.

운전을 하던 그녀가 다시 재빨리 내게 시선을 던졌습니다.

그 모든 단어들이 그렇다고요? 정말 그렇게 많은 단어들이요?

나는 자신 있게 고개를 끄덕였습니다.

우리가 누군가를 빤히 바라보거나, 무언가가 불꽃을 내며 타들어갈 때 우리는 그러한 단어를 사용합니다. 예를 들어, 빛을 발하며 뜨겁게 달아오른 램프glødelampe나 무언가가 눈부시게 반짝일 때glorete도 같은 어원의 단어를 사용하지요. 이때, 우리가 사용하는 단어는 gull이나 klor와 같은 맥

83

락의 단어입니다. 독일인들은 레드 와인 토디*를 Glühwein 이라고 합니다. 노르웨이인들은 이것을 glovarm(불이 붙을 정도로 매우 뜨거운) 와인이라고 하고, 스웨덴인들은 glödgad 음료라고 하지요. 흥미로운 점은, 서로 다른 언어 간의 유사성을 살펴보았을 때, 그 역사는 무려 6,000년 전으로 거슬러 올라간다는 사실입니다.

나는 그제야 노란 소설책을 글러브박스 안에 집어넣었습니다.

그런데 당신은 어쩜 그렇게 언어에 관한 지식이 풍부한가요? 도대체 어디서 그런 것을 찾아낸 거죠?

나는 단지 언어에 열정적인glødende 관심을 가지고 있을 뿐이라고 대답해주었습니다.

내가 단어의 어원에 관한 사항을 나열했던 이유는, 안드리네가 나처럼 언어와 단어 및 여러 단어의 어원에 관해 흥미를 지니고 있는지 알아보기 위해서였습니다. 그녀는 책을 읽는 것을 매우 좋아하고, 가끔 직접 글을 쓰기도 한다고 말했습니다. 그 대답은 나를 만족시키기에 충분했습니다. 책을 읽고 글을 쓰는 것을 좋아하는 사람이라면, 분

* 더운물을 탄 알코올음료에 설탕을 넣은 것.

명 언어에도 관심을 갖고 있을 것이기 때문입니다.

그녀는 여러 해 동안 택시 뒷좌석의 손님들에게서 들었던 이야기를 모아 책으로 써보고 싶었다고 말했습니다. 택시 운전수는 갖가지 이야기를 듣기 마련입니다. 가끔은 한 개인의 모든 이야기를 접하기도 합니다. 그녀는 택시 운전수로 일하는 동안 조언자, 심리상담자, 법적 자문가 등의 역할을 수없이 하기도 했습니다.

자동차 여행이 길어지면, 그녀는 뒷좌석의 손님에게 살아온 이야기를 해달라고 부탁할 때도 있었습니다. 스스로 대화를 주도하지 못할 때 가끔 찾아드는 어색한 침묵을 피하려는 이유도 있었지만, 그것이 전부는 아니었습니다. 안드리네는 타인의 이야기를 듣는 것을 매우 좋아했기 때문입니다.

그녀는 택시 운전수, 특히 여성 운전수의 경우 승객들로부터 거의 취조를 당하듯 세세하고 불편한 질문을 받을 때가 종종 있다고 말했습니다. 그럴 때면, 승객에게 질문을 던져 역할을 바꾸는 것이 좋다고 덧붙였습니다. 살아온 이야기를 한번 해보세요! 안드리네가 그렇게 말하면 대부분의 사람들은 가슴속에 담아두었던 이야기를 술술 풀어내곤 했습니다. 우리는 모두 각자의 이야기를 지니고 있습니다. 삶을 산다는 것은 서사의 한 장르입니다. 안드리네는 승객들의 가슴과 입을 여는 일이 얼마나 쉬운 일인지 자주 경험할 수 있었다고 말했습니다.

그녀는 매우 선하고 밝은 사람이었고, 언젠가는 뒷좌석의 승객들로부터 들었던 이야기를 모아 책 한 권을 내겠다는 바람을 가지고 있었습니다. 책 제목도 이미 생각해두었다고 말했습니다. 『뒷좌석의 이야기』.

나는 그날의 일을 로맨스라고 말하지는 않겠습니다. 하지만 나는 그 후에도 오스고르스트란에 갈 일이 있으면 그녀의 택시를 탔습니다. 그뿐 아니라 스키를 타고 노르마르카 언덕 반대편의 묄라에 도착했을 때나, 드뢰바크에 갈 때도 명함에 적힌 전화번호를 눌러 그녀의 택시를 탔습니다. 9월의 어느 일요일, 우리는 함께 산책을 하기 위해 솔리회그다로 올라갔습니다. 어떤 일요일에는 함께 노레피엘산에 오르기도 했습니다. 이러한 산책을 제안한 사람은 그녀였고, 택시의 미터기도 작동시키지 않았습니다.

나는 오슬로의 국립극장 카페에 그녀를 딱 한 번 초대했습니다. 바로 그날, 나는 우리가 연인 사이로 발전할지도 모른다는 생각을 했습니다. 나는 그녀의 손을 잡았습니다. 그녀는 내 손을 뿌리치지 않았지만, 잠시 후 천천히 손을 뺐습니다. 그녀의 얼굴에는 그림자가 드리워져 있었습니다. 그녀는 마치 막다른 길에 몰린 가냘픈 짐승처럼 애원하는 눈빛으로 나를 바라보더니, 마치 엄마가 아들에게 하듯, 아니 산책을 함께하는 동료에게 하듯 내 뺨을 살짝 쓰다듬어주었습니다. 그리고, 최근에 한 남자를 만나기 시작했다고 말했습니다. 그의 이름은 롤프였습니다.

그날 이후, 나는 단 한 번도 그녀에게 연락을 하지 않았습니다.

*

그로부터 몇 년이 지난 2002년, 《아프텐포스텐》에서 우연히 부고를 보았습니다. '안드리네는 결국 암과의 힘겨운 싸움을 포기하고 가족들이 지켜보는 자리에서 평안히 눈을 감았습니다.' 장례식은 1월 8일 화요일, 13시에 진행된다는 안내에 이어 다음과 같이 적혀 있었습니다. '조문객들은 장례식 직후 외스트레헤임에서 있을 추모식에도 참석해주시기 바랍니다.' 나는 일말의 망설임 없이 그녀의 장례식에 가기로 정했습니다.

그때는 베스트레 아케르 교회에서 에리크 룬딘의 장례식이 치러진 날로부터 불과 몇 달밖에 지나지 않은 때였습니다. 따라서 톤센 교회에 발을 들여놓는 순간, 윌바와 그녀의 부모인 마리안네, 스베레를 보고는 깜짝 놀랐습니다.

그들은 교회의 중앙통로에서 왼쪽에 자리한 의자에 앉아 있었습니다. 예상치 못한 광경에 너무나 놀랐던 나는, 영화 〈지금 쳐다보지 마Don't Look Now〉의 한 장면을 떠올렸습니다. 줄리 크리스티와 도널드 서덜랜드 주연으로, 노르웨이에 서는 〈죽은 자들의 경고〉라는 제목으로 1970년대 초에 상 영되었습니다.

그들은 나를 보기 전이었습니다. 나는 너무나 당황해 그 자리에 멀뚱멀뚱 서 있었습니다. 금발의 젊은 여자 목사님 이 제단 아래로 내려와 유족들에게 악수를 건네기 시작했 습니다. 나는 당장이라도 장례식장을 뛰쳐나가고 싶었지 만, 순간 오르가니스트가 연주를 시작하는 바람에 이러지 도 저러지도 못한 채 뒷자리에 털썩 주저앉고 말았습니다.

교회 안은 장례식을 찾은 사람들로 반 이상이 채워졌습 니다. 대부분의 조문객들은 '오슬로 택시' 유니폼을 입고 있었습니다. 나는 교회에 들어올 때 받았던 프로그램으로 눈을 돌렸습니다. 빨간 메르세데스 택시 앞에서 포즈를 취 한 40대 후반의 아름다운 갈색 머리 여인의 사진이 눈에 들어왔습니다.

목사님의 추모사는 주로 만달에서 보냈던 안드리네의 어린 시절에 대한 이야기로 채워졌습니다. 목사님은 안드리네가 택시 운전수로 일했던 30여 년 동안 단 한 번도 다른 직업을 꿈꾼 적이 없었다고 말했습니다. 안드리네의 병세가 악화되고, 본인은 물론 가족들까지도 마지막 날을 준비해야 한다는 사실을 깨달았을 때, 의사는 안드리네에게 병가를 내고 집에서 쉬는 것이 좋겠다고 권했습니다. 하지만 안드리네는 서두를 필요가 없다며 의사의 제안을 거절했습니다. 이후, 그녀는 마지막으로 그녀의 택시를 주차시키기 전까지 무려 석 달 동안이나 아픈 몸으로 택시를 몰았습니다.

그녀는 항상 택시 운전수라는 직업이 자유로운 직업이라고 생각했습니다. 지난 15년은 자신의 자동차로 일을 했으며, 항상 빨간 메르세데스를 사용했습니다. 직접 차를 몰지 않는 공휴일이나 휴가 기간에도 다른 사람이 자신의 차를 모는 것을 허락하지 않았습니다.

안드리네는 택시 운전수라는 자신의 직업에 매우 만족했지만, 그렇다고 해서 택시를 모는 일이 그녀 삶의 전부는 아니었습니다. 그녀는 가족에게 헌신했고, 사회적으로도 활발한 활동을 했으며, 특히 여성의 복지와 권리에 큰 관심을 가지고 있었습니다. 그녀의 빨간 택시는 아직도 여성들의 존재적 가치와 권리 존중이라는 문명적 발상의 전진기지적 의미를 내포하고 있습니다.

그뿐 아니라, 안드리네는 책 읽기를 좋아해서 항상 택시 안에 책을 가지고 다녔습니다. 택시 정류장에서 단 2분 이상이라도 정차할 시간이 생기면 책을 꺼내 들었습니다. 차창 밖을 멍하니 내다보거나, 라디오나 음악을 즐겨 듣지도 않았습니다. 이처럼 그녀는 시간만 나면 책을 읽었습니다. 몇몇 가까운 지인들은 그녀가 가끔 짧은 단편을 쓰기도 했다고 말했습니다. 수년 전, 그녀는 한 주간지의 문예전에서 최우수상을 받았고, 이미 가족들도 알고 있듯, 이후에도 계속 글을 썼습니다. 이처럼 안드리네는 글을 써서 돈을 벌기도 했습니다.

목사님의 말에 따르면, 롤프는 약 11년 전부터 안드리네의 삶의 동반자 역할을 했다고 합니다. 그들이 함께 살기 시작했던 것은, 안드리네가 전남편인 페테르와 헤어진 지몇 년 후였습니다. 목사님은 페테르와 안드리네의 외동딸 안라우그, 그리고 그녀의 남편인 알렉산데르도 함께 언급했습니다. 안라우그와 알렉산데르 사이에는 케네트와 마리아가 태어났습니다. 안드리네는 막내 손녀 마리아를 죽기 직전 몇 번 안아본 것이 전부였습니다.

나는 자리에 앉아 목사님의 말을 들으면서도 장례식이 끝나면 어떻게 처신해야 할지 몰라 안절부절못했습니다.

오슬로 택시 유니폼을 입은 남자 세 명과 여자 세 명이 관을 제단 아래로 운반했습니다. 목사님과 관 뒤로, 롤프, 안라우그, 알렉산데르, 그리고 안드리네의 전남편 페테르와 그의 아내가 차례차례 따랐습니다. 페테르의 아내는 목사님이 언급하지 않았기에 이름을 알 수 없었습니다. 그 뒤에는 스베레, 마리안네, 월바가 따랐습니다. 나는 스베레와 안드리네가 남매라고 짐작했습니다.

몸을 숨기고 싶은 충동이 생겼습니다. 할 수만 있다면 땅속으로 꺼져버리고만 싶었습니다. 하지만 실질적으로는 불가능한 일이었기에 나는 그 자리에 가만히 서 있을 수밖에 없었습니다.

나를 발견한 월바가 눈을 휘둥그레 떴습니다. 스베레와 마리안네도 날카로운 눈빛으로 나를 쳐다보았습니다. 하지만 상황이 상황인지라 그들은 모른 척 유족들의 무리에 섞여 관의 뒤를 따랐습니다.

나는 가능한 한 빨리 교회를 벗어나고 싶었습니다. 교회 앞에는 장의차와 함께, 슬픔에 잠긴 고인의 친지와 지인들이 무리를 지어 서 있었습니다. 그날은 구름이 잔뜩 낀 영하의 날씨에 바람이라곤 한 점도 불지 않았습니다. 교회 건물을 둘러싼 아스팔트와 판석 그리고 잔디 위에는 얇디

얇은 막을 이루며 눈이 쌓여 있었습니다. 1월치고는 눈이 매우 적게 내린 날이었습니다.

이제 나는 어떻게 해야 할까요? 사람들의 무리를 지나쳐 신센 교차로로 뛰어 내려갈까요?

하지만 내가 그리해야 할 이유도 없지 않습니까? 고인은 한때, 비록 짧은 기간이긴 했지만 나와 가까이 지냈던 사람입니다. 내가 그녀의 장례식에서 몸을 숨길 필요는 없었습니다. 그녀가 내게 어떤 의미를 지닌 사람인지 따질 수 있는 사람은 그 누구도 아닌 바로 나이니까요. 나의 슬픔을 이해하는 사람은 나밖에 없습니다. 신문의 부고를 보고 내가 얼마나 비통해했는지 이해할 수 있는 사람도 나뿐입니다.

'조문객들은 장례식 직후 외스트레헤임에서 있을 추모식에도 참석해주시기 바랍니다'라고 부고에 언급된 유족의 뜻을 내가 저버릴 이유도 없었습니다. 나는 학창 시절 전통 선술집으로 사용되었던 외스트레헤임에 단 한 번 가보았을 뿐입니다.

교회 앞 사람들의 무리 속에 윌바는 보이지 않았습니다. 그녀의 사촌인 안라우그도 마찬가지였습니다. 스베레와 마리안네를 발견한 나는 멀찍이 떨어진 곳에 서서 가볍게 목례를 하며 아는 척을 했습니다. 나는 유족과 가까운 사이가 아니었기에 멀리 떨어져 있을 수밖에 없었습니다.

문득, 스베레와 마리안네를 과거에도 본 적이 있다는 생각이 다시 스쳤습니다. 만약 내가 그곳에 2~3분만 더 서 있었더라도 그들을 어디에서 만났는지 정확히 기억해낼 수 있었을 것입니다. 하지만 나는 그들을 단 2초도 더 바라볼 용기가 없었기에 얼른 몸을 돌려, 100여 미터 떨어진 트라베르베이엔 거리에 세워놓았던 차를 향해 걷기 시작했습니다.

오르볼 센터와 스티그를 지나 외스트레헤임 쪽으로 차를 몰았습니다. 오르볼 학교로 뻗어 있는 가파른 내리막길에서 대화를 나누며 걷는 윌바와 안라우그를 발견했습니다. 나는 갓길에 차를 세우고 창을 내린 후에, 그들에게 원한다면 추모식장까지 태워주겠다고 제안했습니다. 안라우그는 나의 제안을 거절했습니다. 어쩌면 그녀는 산책을 하며 사촌끼리 사사로운 대화를 나누기를 원했는지도 모릅니다. 안라우그는 어머니를 잃었고, 윌바는 고모를 잃었으니 충분히 이해할 수 있었습니다. 더욱이 곧 알렉산데르가 차를 몰고 그곳을 지나쳐 갈 것이며, 스베레와 마리안네도 추모식장으로 가기 위해 분명 그곳을 지나갈 것입니다.

하지만 윌바는 열린 차창 속으로 머리를 쑥 집어넣고 말했습니다. 당신은 안드리네 고모와 어떻게 아는 사이인지 매우 궁금하군요.

네?

그녀에게선 레몬과 라벤더 향이 풍겼습니다.

설마 고모의 택시 승객이었다고 말할 생각은 아니겠죠?

나는 웃음을 터뜨렸습니다. 사실을 말하자면 그렇습니다. 우리가 처음 만났을 때, 나는 그녀의 승객이었어요.

윌바의 얼굴에 속뜻을 알 수 없는 미묘한 표정이 스쳤습니다.

처음 만났을 때…… 그녀는 단지 내 말을 되풀이할 뿐이었습니다.

나는 변명처럼 말을 이었습니다. 그것은 일반적인 택시 승차는 아니었지요. 추모식장에서 다시 만나서 이야기를 이어갈까요?

나는 갓길에 오랫동안 차를 세워둘 수 없었습니다. 나는 두 젊은 여인에게 손을 흔들고 다시 차를 몰았습니다. 문득, 그들이 내 이야기를 하고 있었던 건 아닌가 하는 생각이 스쳤습니다. 물론 그것은 내 착각일 수도 있습니다. 나는 가끔 현실과는 달리 나 자신이 세상의 중심이라도 되는 듯 착각할 때가 종종 있습니다.

나는 차를 낡은 사격장 앞에 세웠습니다. 그곳은 추모식장으로 사용될 외스트레헤임 선술집에서 엎어지면 코 닿을 거리였습니다. 선술집은 그날로부터 몇 달 후 문을 닫았습니다. 무려 100여 년의 전통을 지닌 그곳이 문을 닫을 결정을 내리자, 그 지역 사람들은 극심한 반대를 했습니다.

나는 1941년 9월 10일, 게슈타포의 총에 죽임을 당하고 사격장 내에 묻힌 비고 한스텐과 롤프 비크스트룀의 추모비 앞에 한참을 서 있었습니다. 추모비에 새겨진 두 명의 저항군 부조 아래에는 '밝은 날이 올 수 있었던 것은 바로 그들의 외로운 희생 덕분이었습니다'라는 글귀가 새겨져 있었습니다.

나는 두 젊은 전쟁 영웅의 외로움이 얼마나 컸을까 생각해보았습니다. 문득, 나 또한 외로운 존재라는 생각이 뒤를 이었습니다. 물론 나와 그들 간의 공통점은 하나도 없었지만 말입니다.

교회에서 나온 사람들이 하나둘 그곳에 도착하기 시작했습니다. 걸어온 사람들도 있었고, 차를 주차시키기 위해 적지 않은 시간을 소비했던 사람들도 있었습니다. 나는 함께 테이블을 나눌 만한 사람들의 무리에 섞여 추모식장 안으로 들어갔습니다.

추모식장을 찾은 사람은 30~40명 정도 되었습니다. 그들 중 두세 명은 오슬로 택시 유니폼을 입고 있었습니다. 나는 이들과 같은 테이블에 자리를 잡았습니다. 내 또래의 남자 한 명이 '리카르'라고 자신을 소개하며 노르웨이 택시 협회의 대변인이라 덧붙였습니다. 그 테이블에는 목사님 도 함께 자리했습니다. '레기네'라고 자신을 소개한 목사님 은 30대 초반의 여성이었고, 그곳 교구에서 일한 지 얼마 되지 않았다고 말했습니다.

나는 유족들과 멀리 떨어진 테이블에 자리를 잡았지만, 사촌지간인 두 젊은 여인은 나의 옆 테이블로 다가와 앉았 습니다.

롤프는 추모식장에 모인 사람들에게 환영의 인사말을 건넨 후, 약 반년 전 암 진단을 받은 안드리네의 말년에 관 해 간단하게 이야기해주었습니다. 방사선치료와 온갖 화 학요법, 그리고 안드리네의 삶에 대한 의지와 용기는 물론, 죽음을 받아들인 순간에도 자신보다는 주변인을 더 챙겼 던 그녀의 이타성과 배려심에 관한 이야기도 함께 이어졌 습니다.

리카르 옆에 앉아 있던 또 다른 택시 운전수가 담뱃갑 을 만지작거렸습니다. 테이블을 돌아다니면서 곧 음식이 나온다고 말하던 롤프가 그 모습을 보고서 흡연자는 바깥쪽 베란다로 나가 담배를 피우면 된다고 말해주었습니다. 하지만 우리가 앉아 있던 그곳은 이미 수십 년간 실내 흡연을 한 곳이어서 벽과 바닥에는 담배 냄새가 진하게 묻어 있었습니다.

곧 테이블 위에는 다섯 종류의 샌드위치와, 마카롱 속을 넣은 크링글, 커피와 생수가 차려졌습니다. 리카르는 내게 안드리네와 어떻게 아는 사이냐고 물었습니다. 혹시 고인의 친척인가요?

나는 오스고르스트란으로 갔던 그날의 이야기와, 그 뒤로 몇 달 동안 이어졌던 그녀와의 만남에 관해 이야기를 해주었습니다. 앙네스, 그 이야기는 이미 내가 이 편지에 썼던 이야기와 비슷합니다. 다른 점이 있다면, 나는 그때 이야기의 앞뒤 순서를 바꾸었던 것뿐입니다. 언어학자들의 용어로는 치환 또는 재배열이라고도 할 수 있습니다. 나는 당신에게 안드리네와 어떻게 만났는지 먼저 이야기를 썼고, 목사님의 추모사를 그 뒤에 언급했습니다. 그날과는 정반대의 배열인 것입니다.

리카르는 내 말에 고개를 끄덕이며 귀를 기울였습니다. 그렇습니다. 안드리네는 바로 그런 사람이었습니다. 그는 내 이야기를 들으며 살아생전의 안드리네를 보는 것 같다고 덧붙였습니다. 택시 안에서 나와 안드리네가 주고받은 이야기를 듣던 리카르는, 그녀가 『뒷좌석의 이야기』라는 제목의 책을 쓸 생각이었다는 말에 한숨을 쉬며 외쳤습니다. 오, 그 책이 발간되었어야만 했는데!

나는 옆 테이블에 앉아 있던 윌바가 우리 이야기에 귀를 쫑긋 세우고 있다는 것을 눈치챘습니다. 테이블 사이를 돌아다니며 나를 비롯해 처음 만나는 사람들에게 인사를 건네던 롤프 역시 내 이야기에 귀를 기울였습니다.

오스고르스트란으로의 여정과 그 일을 계기로 안드리네와 가까워졌던 이야기를 하자, 그는 안드리네가 단 한 번도 그 이야기를 자기에게 하지 않았다고 말하며 당황해했습니다.

그때, 그런 그를 도와주기 위해 레기네가 나섰습니다. 아니, 그녀는 우리를 도와 상황을 무마하기 위해 나섰다고 해야 할 것입니다. 이야기를 맺기 위해 도움이 필요했던 사람은 바로 나였으니까요. 목사님은 내가 안드리네를 만났던 것은 롤프가 그녀를 만나기 전이 분명하다고 말했습니다. 나는 안도하면서, 내가 안드리네를 만남에 초대했던 것은 단 한 번뿐이었다며 다시 말을 이었습니다. 그녀는 오슬로의 국립극장 카페에서, 롤프라는 남자를 사귀는 중이라고 내게 말했고, 우리의 만남은 그날이 마지막이 되었다고 덧붙였지요.

롤프는 마치 오랜 벗처럼 내 어깨에 팔을 두르고 포옹을 건넸습니다. 하지만 내 이야기에 귀를 기울이고 있던 옆 테이블의 윌바는 갑자기 몸을 돌려 이렇게 물었습니다. 택시를 탔을 때 영수증을 요구한 적은 있나요?

그녀의 목에는 지난번에 보았던 사파이어 목걸이가 걸려 있었습니다. 그때는 그 보석이 제3의 눈이라 생각했지만, 지금은 그것이 나의 일거수일투족을 찍는 작은 카메라라는 생각이 스쳤습니다.

담배를 피우기 위해 밖으로 나가는 사람들이 하나둘 생겨났습니다. 롤프는 내가 앉아 있던 테이블의 빈 의자 하나를 당겨 내 옆에 앉았습니다. 우리는 한참 동안 어깨를 나란히 한 채 안드리네에 관한 이야기를 나누었습니다. 그는 아내가 세상을 떠났다는 사실이 아직도 믿어지지 않는다고 말했습니다.

그때, 나의 뇌가 양분된 것 같은 느낌이 스쳤습니다. 아니, 어쩌면 롤프의 한쪽 귀가 갑자기 먹었는지도 모르겠습니다. 왜냐하면 우리가 안드리네에 관한 이야기를 나누고 있을 때, 옆 테이블의 윌바가 자신의 사촌을 향해 던지는 말소리가 오로지 내 귀에만 선명히 들려왔기 때문입니다. 그녀는 신화와 이단 종교 내에 언급되었던 성적인 면을 열정적으로 이야기하고 있었습니다. 망누스 올센의 『스키르니르의 서』[*] 해석본을 언급했던 것은 물론입니다. 다산과 비옥함의 신 프레이가 자신의 신하인 스키르니르를 요툰족의 여인 게르드에게 보내 밀밭에서 의식적인 성교를 치르자며 약속을 하는 이야기였습니다. 월바는 성적인 장면을 묘사하면서 일부러 목소리를 높였고, 심지어는 나를 흘끗 바라보기도 했습니다. 훗날 밀밭의 프레이와 게르드를 주제로 한 작은 황금 부조가 만들어졌던 것은 다산과 후손의 번식을 염원하는 사람들의 의지가 반영된 것입니다. 남편과 아내가 밀밭이나 보리밭으로 나가 성교를 나누는 것도 같은 이유일 것입니다. 월바는 종교 역사의 주제에서 점차 벗어나 오르가슴은 우주에서 가장 의미 있는 감각이라는 말까지 했습니다. 그렇습니다. 그녀는 심지어 오르가슴이 우주의 궁극적인 목적이자 의미라는 말도 서슴지 않고 했답니다. 그녀가 비꼬고 있는 걸까요? 아니, 어쩌면 그녀는 단지 관심을 끌기 위해 좀 과장되게 말을 했을지도 모릅니다.

그녀가 말을 이었습니다. 우리가 서로에게 이토록 강렬한 우주적 감각을 줄 수 있다는 사실이 놀랍지 않니? 아니,

---

• 『고古에다』시가 중 하나.

우리는 이러한 감각적 황홀경을 경험하기 위해 꼭 서로를 필요로 하지도 않아!

이제 그녀는 대놓고 나를 바라보며 말하기 시작했습니다. 누가 보더라도 그녀가 나를 향해 말한다는 것이 분명해졌습니다. 하지만, 그녀는 왜 그랬을까요? 나를 시험하기 위해서였을까요? 아니면, 단지 나를 자극시키고 도발하기 위해서였을까요?

더는 견디기 힘들었습니다. 나는 롤프에게 작별 인사를 건네고 다른 사람들보다 일찍 그 자리를 벗어났습니다. 어차피 나는 그곳에서 외부인에 불과했기에 더 머무를 필요도 없었습니다.

코트를 걸치고 그곳을 빠져나가려는 순간, 윌바가 의자 등받이에 기댄 채 몸을 돌려 내게 오른팔을 내밀었습니다. 마치 상대 남자가 손등에 입을 맞추어주기를 바라는 중세의 귀족 여인을 보는 듯했습니다. 왜 그랬을까요? 내게 모욕을 주기 위해서였을까요? 내가 그녀와는 완전히 다른 구세대 사람이라는 것을 강조하기 위해서였을까요? 하지만 나는 모른 척 가벼운 목례와 함께 작별 인사를 건넸습니다.

스베레와 마리안네에게도 손을 흔들어주었습니다. 순간, 그들이 나를 알아보는 것 같았습니다. 그것은 나만의 착각이 아니었습니다! 적어도 나는 그들이 나를 알아보았다고 확신했습니다. 그들 또한 과거 언제 어디서 나를 보았는지 기억하는 것 같았습니다. 아주 오래전의 일이었습니다. 하지만 그들은 우리가 공유했던 과거를 떠올리고 싶지 않은 것 같았습니다. 나는 얼른 고개를 숙이며 시선을 돌리는 마리안네의 태도로 짐작할 수 있었습니다. 문득, 스베레의 귓불에 박힌 빨간 보석이 다시 눈에 들어왔습니다.

나는 재빨리 추모식장을 빠져나왔습니다. 그 순간, 나는 모든 것을 기억해낼 수 있었습니다. 니세베르게에서의 일이었지요. 나는 바로 그곳에서 30년도 더 전에 스베레와 마리안네를 만났습니다. 나는 그곳에 불과 몇 달밖에 머물지 않았습니다. 조금 더 덧붙이자면 나는 몇 달 후 정신을 차리고 그곳을 떠났고, 마리안네와 스베레는 내가 떠난 후에도 그곳에 한참 더 머물렀던 것입니다.

앙네스, 혹여 우리가 다시 만날 기회가 있다면, 히피족으로 지냈던 나의 과거와 당시의 내 삶에 관해 더 이야기를 해드리겠습니다. 하지만 지금 하려는 이야기는 그것과는 완전히 다른 것입니다. 당신은 왜 나를 붙잡았나요? 왜 당신은 내가 그곳을 떠나도록 가만두지 않았습니까?

나는 사격장 앞에 세워둔 차로 가서 겨울 장화와 산책복으로 갈아입었습니다. 몇 분 후, 나는 린데루콜렌으로 향하는 자갈길을 오르기 시작했습니다. 길 위에는 눈이 얇게 쌓여 있었습니다.

언덕 위의 작은 호숫가에 이르러 추모식장으로 사용된 갈색 건물을 내려다보았을 때는 이미 해가 서서히 저물고 있었습니다. 나는 학창 시절 그곳에 딱 한 번 가본 적이 있습니다. 그때, 나는 외스트레헤임에서 생맥주 한두 잔으로 하루를 마감했던 기억이 있습니다.

수많은 세월이 흐른 후 다시 그곳을 찾으니 기분이 이상했습니다. 언덕 아래 갈색 건물은 이전에 빨간색 건물이었던 것으로 기억합니다.

언덕에서 내려오는 도중, 아니나 다를까 그들과 다시 마주쳤습니다. 해가 뉘엿뉘엇 지던 때였음에도 불구하고 윌바와 안라우그가 언덕을 올라오고 있었습니다. 보아하니 그들은 이미 집에 들러 평상복으로 갈아입고 온 것 같았습니다. 아니, 어쩌면 그들도 나처럼 차 안에 평상복을 보관해두었던 건 아닐까요. 우린 노르웨이 사람들이니까요.

그들은 나와 눈이 마주치자 무엇 때문인지 숨이 넘어갈 정도로 깔깔대며 웃었습니다. 그들에게선 악의를 볼 수 없었지만, 그럼에도 나는 놀림을 당한 것 같은 불쾌한 기분을 감출 수 없었습니다. 월바는 그런 내 기분을 알아차렸는지, 장난기를 담아 말을 걸어왔습니다.

야코브 씨, 지난번 어원과 관련한 당신의 말을 확인해보았더니, 모두 정확하더군요! 그렇다면 당신의 택시 이야기도 사실이겠죠? 어쨌든 제겐 영수증을 보내지 않아도 돼요. 그럴 필요가 전혀 없으니 잊어버리셔도 된답니다!

나는 그들에게 인사를 건넸는지 기억할 수가 없었기에 가볍게 목례를 건넸습니다. 그리고 그들에게 내 기분을 곧이곧대로 내보이지 않으려고 무진 애를 썼습니다. 나는 매우 상처받기 쉬운 상태에 있었습니다. 당시의 나는 외로움에 지쳐 있었으니까요. 그 와중에도 젊은 학자가 나의 어원학과 관련된 지식을 인정해주었다는 사실은 위로가 되기에 충분했습니다. 그녀가 9월의 어느 날, 집으로 가서 내가 언급했던 단어의 어원들을 모두 직접 확인해보았다는 것을 믿을 수가 없었습니다. 그뿐만 아니라 나의 지식이 정확하다고 인정해주기까지 했습니다!

안라우그가 월바의 코트를 잡아당겼습니다. 두 사람은 할 이야기가 많이 있을 것입니다. 더욱이 날은 이미 저물고 있었으니, 내게 시간을 투자할 필요는 없다고 생각했겠지요.

하지만 나는 그대로 사라지고 싶진 않았습니다. 어떻게

든 나를 드러내 보이고 내 입지를 되찾아야 할 필요성을 느꼈기 때문입니다.

우리가 일상에서 그냥 지나쳤던 평범한 단어들, 예를 들어 소와 개, 길과 마차, 또는 멜대와 축, 대지와 영토 등은 모두 인도유럽어족에 포함되는 단어의 일부입니다. 또한, 무엇, 누구, 당신과 나, 심지어는 1부터 10까지에 이르는 숫자들을 포함해, 반의어를 의미하는 접두사 u-가 붙은 셀 수 없이 많은 단어들도요. 이러한 단어들도 고대 인도유럽어족에서 유래된 고유어로서 6,000~7,000년의 역사를 지니고 있습니다. 물론 이러한 단어 상당수가 현재 자취를 감추었지만, 학자들은 현존하는 언어의 음운법칙에 근거하여 고대 언어를 재구성하는 데 성공했⋯⋯

오, 그런가요? 안라우그가 내 말에 끼어들었습니다. 그녀는 곧 자신의 사촌을 돌아보며 외쳤습니다. 정말 흥미롭네!

하지만 나는 빈정대는 그녀를 모른 척하고 말을 맺기 위해 월바에게서 시선을 돌리지 않았습니다.

이것은 언어의 기본적인 문법 구조를 이해해야 가능한 일입니다. 노르웨이어의 소유격을 나타내는 접미사 -s의 역사는 수천 년 이상을 거슬러 올라가지요.

나는 잠시 말을 멈추고 숨을 들이쉬었습니다. 날은 이미 꽤 어두워진 터라 윌바의 표정을 볼 수는 없었습니다. 그녀가 어쩐 일인지 존중심을 가득 담은 목소리로 말을 이어받았습니다. 하지만 나는 거기에 얼마간 비꼬는 듯한 느낌도 분명히 섞여 있다고 느꼈습니다.

아직도 포기를 못 하시는 건가요? 저는 이미 당신이 무척 많이 배운 분이시라고 분명히 말씀드렸을 텐데요?

나는 인도유럽학에 관해 그녀와 토론했던 것을 떠올리고, 거기서 다시 토론을 시작한다면 이상한 사람 취급을 받을 것 같다고 생각했습니다. 하지만 내겐 아직 할 말이 남아 있었기에, 주저하지 않고 대화를 이어나가기 위한 마지막 시도를 해보았습니다. 공유했던 은밀한 대화의 잔재를 정리하기 위해선 단 1분으로도 족했기 때문입니다.

그녀에게 질문을 던져보았습니다. 고대 농경과 가축, 갖가지 연장과 관련된 수많은 문화권의 각각 다른 언어들은 수천 년의 역사를 통해 후세에 전달되었습니다. 그렇다면 종교적 개념도 언어와 같은 발전 과정을 거쳤다고 생각해볼 수 있지 않을까요?

나는 그녀가 어떻게 반응할지 전혀 짐작할 수 없었습니다. 그녀가 예상치 못한 말과 행동을 할 수 있다는 것을 이미 경험한 터였기 때문입니다. 그 자리에서 갑자기 내 뺨을 때린다 하더라도 나는 놀라지 않을 자신이 있었습니다.

그녀의 사촌은 조금 전보다 더 단호하게 코트 깃을 잡아당겼습니다.

하지만 월바는 사촌의 재촉엔 아랑곳하지 않고 내 질문에 대답을 해주었습니다.

비록 몇몇 단어와 문구, 심지어는 이러저러한 신들의 이름들까지 후세에 전달되었다 할지라도, 전체적 신화의 내용 또는 당신이 언급했던 종교적 개념이 수천 년 동안 변하지 않았다고 장담할 수는 없어요.

그녀의 사촌이 슬슬 짜증을 내기 시작했습니다. 월바, 빨리 가자, 응?

나는 월바가 나의 미끼에 걸려들었다고 생각했습니다. 왜냐하면 그녀는 모호한 단어를 사용하지 않고 뚜렷하게 정의를 내렸기 때문입니다.

비교언어학에서는 음운법칙의 도움을 받아 고대 인도 유럽어를 들여다볼 수 있게 되었어요. 엄청난 학문적 성과죠. 하지만 종교 역사학에는 음운법칙이 존재하지 않습니다. 저는 종교와 관련된 인간의 상상력이란 거품이나 플라스틱에 비교할 수 있다고 생각해요. 단어의 의미나 당신이 말하는 문법적 구조보다 훨씬 변하기 쉽다는 말이에요. 어쩌면 신화적 구조에선 지속 가능한 요소를 전혀 찾아볼 수 없을지도 몰라요. 인간의 본성은 매우 독창적이고 창의적이니까요.

나는 그녀의 대답이 매우 현명하고 적절한 대답이라고 말했습니다. 하지만 거기에서 그치지 않고 한마디 덧붙이기를 잊지 않았습니다. 인도유럽 지역의 비교종교학은 그 역사가 오래지 않기에 기저귀를 착용한 갓난아기에 비교할 수 있으며, 그러니 자칫 발을 잘못 디뎌 기저귀를 찬 채 물에 빠질 위험도 없지 않습니다.

두 여인이 크게 웃음을 터뜨렸습니다. 하지만 나는 그들이 왜 웃는지 이해할 수 없었습니다. 내가 나이가 들었다는 의미인지도 모릅니다. 나이가 들면 가끔 젊은이들이 왜 웃는지 이해할 수 없을 때도 있기 마련이니까요.

그들은 숲속으로 들어가 요툰과 트롤을 사냥할 생각이라고 말했습니다. 나는 그들에게 행운을 빈다고 말해주었습니다.

몇 발자국 뗀 다음 나는 걸음을 멈추었습니다. 등 뒤에서 안라우그의 목소리가 들렸습니다.

저 사람 뭐야?

뻔뻔하기 짝이 없는 사람인데, 더는 이야기하고 싶지 않아. 월바의 목소리였습니다.

사촌지간의 두 여인이 나누는 말소리는 잦아드는 어둠에 묻혀 더는 들을 수 없었습니다.

어느덧 하늘에는 구름이 사라졌습니다. 나는 구름 걷힌 선명한 저녁 빛에 몸을 맡기고 사격장까지 내려갔습니다.

문득 오르가슴이 우주의 목적이자 의미라고 했던 윌바의 말을 떠올렸습니다. 나는 은하수를 올려다보며, 윌바가 인간중심적인 생각에 근거해 자못 과장해서 말했을 것이라 짐작했습니다. 나는 하늘의 별들은 성이 없는 중성적 존재라 생각했습니다. 물론, 하늘의 별들은 감각도 없겠지요. 그러니 밤하늘의 별이 오르가슴을 느낄 수는 없을 것입니다.

그렇습니다. 이 세상에는 성과 섹스를 넘어선 그 무언가가 분명 존재합니다. 밤하늘의 별들이 바로 그 예입니다.

*

2013년 5월 18일 토요일, 오순절 전날. 이곳 비스뷔의 날씨는 예년과는 달리 화창하고 무덥기까지 합니다. 해는 이미 수평선 아래로 사라졌지만, 북서쪽의 나직한 하늘은 여전히 불그스름한 빛을 머금고 있습니다. 불과 30분 전만 하더라도 밝은 빛을 띠고 있었는데, 지금은 어스름한 빛이 감싸고 있습니다.

밤하늘의 초승달을 올려다보았습니다. 달의 주변에는 어둑어둑한 빛이 둘러싸고 있었습니다.

노르웨이어의 달måne은 월måned과 깊은 관련이 있습니다. 이것은 수천 년의 역사를 지닌 고유어로서 대부분의 인도 유럽어족에 속한 언어에서 찾아볼 수 있습니다. 이들 두 단어와 관련된 *mēnōs는 무려 6,000년의 역사를 지닌 오랜 고유어로서, 그 뿌리는 '무엇을 측정하다, 재다'라는 의미의 *mē-입니다. 노르웨이어의 mål(목표, 목적), måle(측정하다, 재다), 또는 måltid(끼니) 등은 모두 여기에서 생겨난 단어입니다. 결과적으로 meter(미터), mål(목표), måne(달)는 모두 같은 연결고리를 지니고 있다 할 수 있습니다.

언어는 서로 연결되어 있습니다. 서로 다른 언어라 할지라도 하나의 거대한 가족이라 볼 수 있습니다. 나 또한 이 막강하고 거대한 가족에 속해 있다는 느낌을 지울 수 없습니다.

오랜 인도유럽어의 어원인 *mē-를 포함한 단어를 찾기 위해 더 멀리 갈 필요도 없습니다. 무엇을 측정하다라는 의미의 mäta는 스웨덴어에서도 찾아볼 수 있기 때문입니다.

오랜 옛날, 시간을 측정하기 위한 지표로 사용했던 것은 바로 달이었습니다. 과거 사람들은 초승달이 생겨나고 사라지는 시기를 한 달로 간주하기도 했습니다.

문득, 이상하다는 느낌이 스쳤습니다. 그러고 보니 아렌달에서 당신을 만났던 것은 지금으로부터 정확히 한 달 전이군요. 그날도 초승달이 떠 있었습니다.

호텔방의 창문 두 개를 모두 활짝 열어놓았습니다. 덕분에 갖가지 날벌레와 곤충들이 끊임없이 창을 통해 들어옵니다. 그들은 내일 아침까지 이 방에 머물게 되겠지요.

바깥 기온은 여전히 영상 20도를 맴돌고 있습니다.

루나르

에리크 룬딘의 자손을 다시 만났던 이야기를 하려면 몇 년이라는 시간을 뛰어넘어야 합니다. 내가 이 편지를 쓰는 것은 바로 그들의 이야기를 하기 위해서입니다. 당신도 짐작했듯이, 이 편지에 쓰지 않은 이야기도 많습니다. 그것은 내가 이 편지에 오직 에리크 룬딘의 자손을 만났던 이야기만 쓰려고 결심했기 때문입니다. 그것이 바로 내 이야기의 흐름을 이어가는 연결고리이며, 이 연결고리는 곧 당신에게로 귀결될 것입니다.

이제 나는 시간을 훌쩍 뛰어넘어 2008년 8월의 이야기를 하고자 합니다. 당시 나는 베르겐에 머물고 있었습니다.

개학하기 전 일주일 정도 그곳에 머물면서 산드비켄에서 열릴 세미나 강연을 준비하던 참이었습니다. 주제는 크리스트교 유입 이전 북유럽의 노르드 지명에서 볼 수 있는 고대 신화와 민간 종교와의 관련성이었습니다. 이는 망누스 올센의 연구에 빚진 분야였지요. 나는 신화 속의 신, 울Ull과 튀Ty를 중점적으로 다루기로 마음먹었습니다.

울은 노르웨이 전역과 중부 스웨덴의 지명에서 찾아볼 수 있습니다. 울레른Ullern, 울렌스방Ullensvang, 울레볼Ulleval, 울레비Ullevi 등이 그것입니다. 하지만 덴마크와 아이슬란드에서는 거의 찾아볼 수 없습니다. 울은 전승된 신화 속에서는 그다지 중요하게 다루어지지 않으며,『에다』보다 훨씬 이른 시기의 민간 종교적 발전 과정에서 두드러지게 나타납니다. 울은 게르만어의 '반짝임, 광택' 또는 '신성함'이라는 의미를 지닌 *wulþuz에 뿌리를 두고 있습니다. 이것은 창공과 하늘을 의인화한 것으로 볼 수 있습니다.

튀는 노르웨이와 중부 스웨덴 지역의 지명에서 거의 찾아볼 수 없는 반면, 덴마크의 지명에선 매우 흔하게 찾아볼 수 있습니다. 고대의 신들은 스노레* 사가에서도 볼 수

---

* Snorre Sturlason(1178/79~1241). 아이슬란드 출신의 작가, 시인, 역사가, 정치가. 노르웨이에서 주요한 고문헌인『신에다』와『헤임스크링글라Heimskringla』의 저자로 알려진다.

있듯이 신화 세계에서 각자의 역할을 지니고 있었습니다. 그들은 『고에다』 서사시나 바이킹 시대 이전의 세상에선 더욱 중심적 역할을 했던 것으로 보입니다. 우리는 지금 게르만 문화에서 공통적으로 볼 수 있는 신들의 존재에 관해 이야기하고 있습니다. 그들은 기본적으로 하늘과 깊은 관련을 맺고 있었습니다.

튀르는 고대 게르만어의 '신'을 의미하는 *tiwaz에서 유래되었습니다. 복수형은 tívar입니다. 튀르의 이름은 일주일 중의 하나인 화요일tirsdag에서 볼 수 있습니다. 그것은 Tysdag, 즉 '튀르의 날'이라는 뜻이지요. '신'과 관련된 고대 인도유럽어로는 *deiwos가 있습니다. 산스크리트어로는 devas, 라틴어로는 deus이며, 고대 인도의 베다에서는 하늘의 신을 Dyaus라고 합니다. 그리스어로는 Zeus이며 라틴어로는 '하늘의 신Iov' 또는 Iovpater라고 하는데, 이는 Jupiter와 같은 말입니다. '열린 하늘 아래'라는 뜻의 그리스어는 sub Iove입니다. 이처럼 인도유럽어의 '날, 낮'을 의미하는 단어는 노르웨이어의 dag, 라틴어의 dies처럼 모두 그 뿌리를 함께합니다. Diett(다이어트, 일용식)은 여기에서 파생된 차용어입니다. 고대 인도유럽어 세계에서 볼 수 있는 신 *Dyeus는 한낮의 신이라는 의미를 지니고 있습니다.

여러 사항을 종합했을 때, 고대 노르드 지역에서는 울

또는 튀를 숭배했던 것이 확실하지만, 두 신을 동시에 섬기지는 않았던 것 같습니다. 그렇다면 울과 튀는 현실적으로 두 이름을 가진 동일한 신이라고 볼 수 있을까요? 두 신 모두 하늘의 신이며, 정의를 구현하는 역할을 했습니다. 고대 노르드 지역의 민간전승 신화를 살펴보면, 동일한 신이 서로 다른 이름으로 자신의 역할을 수행하는 것을 자주 볼 수 있습니다. 망누스 올센도 "울과 튀는 동일한 신의 다른 이름"이라고 명백히 지적했습니다.

하지만 울과 튀가 별개의 신으로서 서로 미묘하게 엮여 있다는 관점도 없지 않습니다. 튀는 노르드 세계의 하늘신이며, 특히 인도유럽어족의 '한낮, 날'과 낮에 내리쬐는 빛의 의미를 지닌 단어와 그 이름이 유사한 점으로 미루어볼 때 여름철을 관장했다는 설이 있습니다. 동시에 울은 노르드 세계의 하늘신으로 겨울철을 관장했다고 합니다. 그 이름이 유래된, '반짝임, 광택' 또는 '신성함'이라는 의미를 지닌 어원 *wulþuz 때문입니다. 북유럽의 강렬한 밤하늘, 또 노르웨이와 스웨덴의 북극광은 한낮의 빛과 다르지만 명백히 신성한 현상으로 간주됩니다. 또한, 역사 속에서 울은 '스키의 신'으로도 알려져 있기에, 이는 분명 겨울철과 관련된 신이라 하기에 부족함이 없습니다.

앞서 언급한 내용과 관련하여 나의 미미한 지식으로 어

떤 결론을 내리는 것은 적합지 않다고 생각하지만, 나는 자주 이러한 주제로 강연을 해왔습니다.

강연을 하기 며칠 전, 어느 날 밤이었습니다. 나는 에리크 룬딘과 함께 송은 호숫가를 거닐며 그러한 주제로 토론하는 꿈을 꾸었습니다. 비록 월바와 만난 지 수년이 흐른 때였지만—아니, 어쩌면 바로 그 때문인지도 모르겠지만—, 나는 산드비켄의 세미나장 제일 앞줄에 그녀가 앉아 내 강연을 경청하는 상상을 해보기도 했습니다.《베르겐스 티엔데》—베르겐 지역의 일간지—에 며칠 전 내 강연에 관한 공고문이 실린 터라 그녀가 세미나에 대해 알고 있을지도 모른다는 생각이 들었기 때문이었지요. 나는 강연 주제와 관련해 전문 지식은 물론 깊은 애정도 가지고 있었습니다. 그래서 나는 소위 젊은 천재 소녀라 할지라도 내 강연에 대해 반박을 하고 왈가왈부할 소지는 없다고 자신했습니다. 어쩌면 강연이 끝날 즈음, 그녀는 감동해 마지않으며 힘차게 박수를 보낼지도 모릅니다.

페더 스크린도도 그 자리에 함께 참석했습니다. 그는 자리에 앉아 내가 하는 말을 하나도 빠짐없이 귀 기울여 들었으며, 가끔 내 말에 끼어들어 부연 설명을 하기도 했습니다. 그렇습니다. 자주 있는 일은 아니었지만, 우리는 가끔 강연을 함께 진행하기도 했습니다. 내가 말문이 막히거나 중요한 요점을 미처 언급하지 못했을 때, 페더는 시기 적절하게 나서서 강연의 빗나간 흐름을 바로잡아주는 역할을 했던 것입니다.

당신도 내가 베르겐에 가끔 머문다는 사실을 잘 알고 있습니다. 당신과 함께 차를 타고 아렌달에서 집으로 향했을 때, 내가 정확히 무슨 말을 했는지는 기억이 나지 않지만, 분명 나는 베르겐이라는 도시와 나의 연관성을 언급했습니다.

나의 아버지는 베르겐에서 출생했습니다. 나의 사촌은 지금도 그 한자도시에 살고 있습니다. 그와는 단 한 번도 만난 적이 없습니다. 그러므로 8월 중순, 개학하기 직전 내가 노르웨이의 서쪽 도시에서 매년 일주일가량 머무르는 전통은 가족과 친지 때문이라 할 수는 없습니다.

문득, 컴퓨터 화면에 나타난 '전통'이라는 단어를 보니 기분이 이상해집니다. 이쯤에서 한 가지 짚고 넘어가고 싶은 점은, 이처럼 전통이라 부르는 습관이 타인을 포함하지 않은 상황에서 전적으로 한 개인만의 행동 양식으로 나타날 때, 대부분의 사람들은 그것을 일종의 강박관념으로 해석할 것입니다. 하지만 내가 매년 같은 시기에 베르겐에 머무르는 것은 강박관념과는 거리가 멉니다. 나는 단지 스스로와 체결한 약속 또는 계약을 존중할 뿐입니다.

지난 10여 년 동안, 나는 베르겐에 머무는 시기에 강연을 하곤 했습니다. 시내 중심에서 할 때도 있었고, 외곽의 파나, 오스, 오사네 등에서 강연할 때도 있었습니다. 덕분에 베르겐뿐 아니라 하당어 및 송은 등, 노르웨이 서쪽 지방의 민간전승학과 관련된 학계에선 내 이름이 꽤 알려져 있습니다. '감명 깊은 강연…… 인도유럽어족과 관련된 무궁무진한 지식…… 고대 노르드 세계를 다루는 풍부하고 흥미진진한 강연……' 또는, '청중을 매료시킨 야콥센과 스크린도의 환상적인 팀……'

나는 베르겐에 머무를 때면 항상 '호텔 노르게'에 묵었습니다. 매년 내 생일인 8월 8일에 체크인을 하면, 호텔 안내원은 나를 알아보고서 이렇게 말하곤 했습니다. 야콥센 씨, 우리 호텔에선 당신을 기준으로 시계를 맞춘답니다. 베르겐에 다시 오신 것을 환영합니다!

나는 만족스러웠습니다. 나를 향한 관심은 내가 어떠한 공동체에 속해 있다는 소속감을 주기에 충분했습니다.

호텔 노르게에는 나처럼 일주일 내내 묵는 손님은 거의 없었습니다.

그해, 나는 베르겐으로 향하는 비행기 안에서《베르겐스
티엔데》에 실린 부고를 통해, 루나르 프리엘레가 비극적으
로 세상을 떠났다는 사실을 알게 되었습니다. 부고에는 단
지 '2008년 6월, 칼파레의 자택에서 숨을 거두었습니다'라
고 적혀 있을 뿐이었습니다.

앙네스, 당신도 트룰스에게 들어 그의 죽음에 관해 잘
알고 있을 것입니다. 당신은 트룰스와 자주 연락을 주고받
는다고 말했으니까요.

루나르는 자택에서 '2008년 6월'에 숨을 거두었습니다.
나는 신문에 부고가 실린 날짜가 그의 임종 날짜에서 너무
나 시간이 많이 흐른 때라는 사실을 깨달았습니다. 또한,
부고에 따르면 그의 '장례식은 8월 14일 오후 3시, 묄렌달
의 호펫 예배당에서 치러질 예정'이라 했습니다. 이 또한
고인이 세상을 하직한 날로부터 몇 주나 지난 날입니다.

앙네스! 당신도 그 일에 관해 분명 잘 알고 있을 것입니
다!

부고 하단에는 '고인 루나르를 기리는 추모식은 호텔 테
르미누스에서 있을 예정이며, 고인과의 마지막 순간을 함
께하실 분은 참석해주시기 바랍니다'라고 명시되어 있었
습니다.

루나르. 그에게 도대체 무슨 일이 있었는지 궁금해졌습니다.

나는 그의 장례식에 참석하기로 마음먹었습니다. 만약 그때 내가 베르겐에 머무르지 않았더라면 장례식에 참석할 생각은 하지 못했을 것입니다. 물론, 그날 오슬로의 스토르팅스가텐이나 칼 요한 거리에 자리한 나르베센 편의점에서 우연히 《베르겐스 티엔데》 일간지를 뒤적였다면 그가 세상을 떠났다는 사실에 산을 넘어 장례식에 참석했을지도 모릅니다. 하지만 내가 사는 동쪽 지방에서는 《베르겐스 티엔데》보다는 《아프텐포스텐》이나 다른 일간지를 주로 읽기에, 루나르의 임종을 전혀 몰랐을 가능성은 매우 컸습니다.

나는 그의 장례식이 열릴 8월 14일 목요일에 호텔에서 체크아웃을 할 예정이었습니다. 개학하기 전 충분한 시간을 두고 오슬로에 돌아오고 싶어서였지요. 하지만 나는 서둘러 비행기표를 변경하고, 호텔 노르게에 하룻밤을 추가로 예약했습니다. 물론 검은색 정장을 구입하는 것도 잊지 않았습니다.

목요일이 되어 호펫 예배당에 들어서는 순간, 제일 앞줄에 앉아 있던 리세와 욘페테르 룬딘이 눈에 들어왔습니다.

수년 전 할아버지 장례식 후 추모식에서 사회를 보았던 시그리도 눈에 띄었습니다. 어쩐 일인지 소름이 쫙 끼쳤습니다. 루나르 프리엘레와 그들이 가족 또는 친척 관계에 있다는 사실은 짐작도 못 했기 때문입니다.

시그리가 토마스와 함께 앉아 있는 것으로 보아, 둘은 여전히 함께 사는 것이 분명했습니다. 7년 전, 그들에겐 자식 두 명이 있었습니다. 모르텐과 미리암. 그 후 그들의 가족 수는 더 늘어난 것으로 알고 있었지만, 그날 예배당 안에선 어린아이들은 단 한 명도 볼 수 없었습니다.

앙네스, 그때 뜬금없이 장례식에 참석한 사람들 가운데 미성년자라곤 한 사람도 없다는 생각이 내 머릿속을 스쳤습니다. 나는 부고를 세세히 살펴보았습니다. 어쩐 일인지 장례식의 프로그램마저도 검열을 거쳤다는 생각을 지울 수가 없었습니다. '미성년자 불가'라는 도장이 찍혀 있는 것만 같았습니다.

앞에서 세 번째 줄에는 프레드리크가 앉아 있었습니다. 2000년대 초에 법학과 학생이었던 그는 어엿한 로펌 직원이 되어 있었습니다. 그 사실은 그로부터 몇 시간 후에 알아낸 것입니다. 그의 옆에는 동생 요아킴이 앉아 있었습니다. 수년 전, 파게르보르그 고등학교 3학년 학생이던 그는 의대에 진학해 레지던트로 일하고 있었습니다. 프레드리크와 요아킴의 옆에는 아내 또는 애인으로 보이는 여인들이 각각 자리하고 있었습니다.

나는 리세가 루나르의 누이라는 것을 대번에 알아챘습니다. 수년 전 시아버지 장례식에서 그녀가 선명한 베르겐 억양으로 말했던 것을 기억했기 때문입니다.

그날 오후, 예배당에 앉아 있던 사람들은 대부분 리세와 루나르의 가족 및 친지라는 사실을 알아냈습니다. 부고에 적힌 차례대로, 유족 이름은 다음과 같았습니다. 외이빈, 베른트, 밀드리드. 50대에 접어든 그들은 모두 아내 또는 남편을 대동하고 있었습니다. 20대에서 30대 사이의 젊은 이들은 고인의 조카 또는 그들의 애인이나 동반자라고 짐작했습니다.

나는 예배당의 앞줄에 빈자리가 많이 있음에도 불구하고 뒷줄에 자리를 잡고 앉았습니다. 덕분에 룬딘 가족들 중 나를 발견한 사람은 한 명도 없었습니다.

목사님은 머리숱이 하나도 없는 40대 중반의 남자였습니다. 선명한 순호르들란 지역의 사투리를 사용하는 그의 억양을 통해, 나는 그가 뵘믈로 출신이라고 확신했습니다. 이제 나는 내 기억이 허락하는 한, 고인을 기리는 그의 추모사를 최대한 정확하게 다시 그려보겠습니다.

우리는 형제이자 삼촌이자 동서이기도 한 루나르 프리엘레에게 작별 인사를 고하기 위해 이 자리에 모였습니다.

루나르는 부유하고 화목한 가정에서 막내로 태어나, 대가족의 보호와 사랑을 받으며 어린 시절을 보냈습니다. 여기에서 영국의 바로크 시인 존 던의 시 한 구절을 상기해 보고자 합니다. '누구도 홀로 완전한 섬이 될 수 없습니다. 누구나 대륙의 한 부분일 뿐, 전체의 한 부분일 뿐…… 한 개인의 죽음이 나를 줄어들게 하는 것이니, 그것은 내가 인류에 속해 있기 때문입니다. 그러므로 누구를 위해 저 종이 울리는지 알아보기 위해 사람을 보내지 마십시오. 종은 바로 그대를 위해 울리는 것이니……'

하지만 우리는 세월이 흐름에 따라 루나르가 실질적으로 피를 나눈 가족과 격리된 삶을 살았다는 것을 잘 알고 있습니다. 그는 죽음 또한 가족과 떨어져 외롭게 받아들여야만 했습니다. 나는 이 외로운 한 인간의 옆에 서 있는 목사의 입장에서 루나르에겐 수많은 형제자매가 있었다는 사실을 지적하지 않을 수 없습니다. 하지만, 그들은 루나르를 받아들이지 않았습니다. 아니, 그와는 정반대로 루나르의 형제들은 그를 내치기에 주저하지 않았습니다.

나는 장례식에 앞서 유족들과 긴 대화를 나누곤 합니다. 고인의 삶과 그 흔적을 찾아보기 위해서입니다. 하지만 이

번 장례식에 앞서 유족들과 가졌던 만남에서는 빈손으로 돌아올 수밖에 없었습니다. 오히려 비통함과 절망에 젖어 돌아왔던 것입니다. 머릿속은 온갖 터무니없는 가십과 분노로 가득 차 있었습니다.

루나르의 형제들이 지난 20여 년 동안 한 지붕 아래에서 시간을 함께 보낸 적이 없었다는 사실은 진정으로 받아들이기 힘들었습니다. 물론, 오슬로에 사는 리세는 예외였습니다.

예배당에 앉아 있던 사람들 중에서 눈물을 흘리는 사람은 아무도 없었습니다. 하지만 나는 그들이 수치심에 어쩔 줄 몰라 한다는 것을 느낄 수 있었습니다. 나는 심지어 그들의 수치심을 냄새로 맡을 수 있을 것만 같았습니다. 그들의 모욕감과 수치심은 역겨운 냄새로 구체화되어 내 코를 간질였던 것입니다. 목사님이 말을 이었습니다.

루나르는 매우 능력 있는 사업가였습니다. 그는 부모님이 세상을 떠난 후, 자신의 재능이자 능력이라 할 수 있었던 사업 수완을 발휘하여 부모님이 형제들에게 물려주었던 칼파레의 대저택을 사들였습니다. 그는 오래된 빌라에 생기 있는 색으로 다시 페인트칠을 하고, 마당을 평평하게

고르고, 화단에는 갖가지 꽃을 심었습니다. 자신만의 색깔로 집 안팎을 가꾸었던 것입니다.

장례식에 앞서 고인의 형제들을 만나본 결과, 나는 그들이 루나르가 가족 소유의 빌라를 터무니없이 싸게 구입해 너무나 급하게 변화를 시도했으며, 그 때문에 전통을 담은 오랜 빌라가 쓰레기처럼 변했다고 생각한다는 것을 알게 되었습니다. 루나르는 형제들에게서 빌라를 사들인 후, 그곳을 온 가족이 모이는 만남의 장소로 만들고자 갖은 노력을 했습니다. 성탄절과 신년 파티는 물론, 형제들의 40세, 50세 생일에도 가족들을 모으기 위해 애썼습니다. 왜냐하면 '그 누구도 홀로 완전한 섬이 될 수 없습니다. 누구나 대륙의 한 부분일 뿐, 전체의 한 부분일 뿐'이기 때문입니다. 하지만 루나르의 호의는 무시되었습니다. 그의 간절한 호소는 공허한 외침으로 변했던 것입니다.

루나르는 동성애자입니다. 칼파레의 빌라를 사들인 후, 그는 동반자였던 크누트와 함께 살았습니다. 1988년 11월, 크누트가 에이즈로 세상을 떠나자, 루나르의 세계도 함께 나락으로 떨어졌습니다. 이후 그는 간헐적으로 동성의 친구를 만났을 뿐, 그 관계는 오래가지 않았습니다. 친구이자 지인이기도 했던 그들은 루나르의 집에서 잠시 함께 살기도 했지만, 그들의 관계는 단 한 번도 동반자적 관계로 발전하지 않았습니다.

만남! 어떤 이들에게는 이러한 시간적 한계를 지닌 만남 또는 데이트가 삶의 중요한 부분을 차지하기도 합니다. 그 외에는 다른 의미 있는 일을 찾아보기가 어렵기 때문입니다. 모든 사람들이 평생을 동고동락할 동반자와 함께 살지는 못합니다. 또한 모든 사람들이 자손을 낳고 대를 이어 갈 수 있는 것도 아닙니다.

루나르는 크누트를 대신할 사람을 찾지 못했습니다. 가정을 이루지도 못했습니다. 그 때문에 그는 크누트가 세상을 떠난 후, 일요일이나 성탄절 같은 날이 되면 형제자매들, 친지와 가족들을 모아 함께 시간을 보내기를 간절히 원했습니다. 하지만 그들은—아니, 여러분은—당신들의 형제이자 친척인 루나르의 제안을 매번 거절하고 무시했습니다.

내가 지금 했던 말들은 침묵 속에 묻혀 있을 수도 있었습니다. 하지만 나는 유족들의 동의를 얻어 루나르의 외롭고 비통한 삶을 공개적으로 밝혀보고 싶었습니다. 여러분도 스스로 했던 말을 기억하실 것입니다. 그런 말은 충분히 들을 수 있습니다. 왜냐하면 그건 진실이니까요.

목사님은 유족들을 둘러보았습니다. 여기저기서 눈물을

흘리며 훌쩍이는 사람들이 하나둘 생겨났습니다. 제일 앞 줄에 앉아 있던 사람들도 예외는 아니었습니다. 유족들이 양심의 가책에 괴로워하는 모습을 본 목사님은 조금 전보다 훨씬 부드러운 목소리로 말을 이었습니다.

리세, 욘페테르, 시그리, 프레드리크 그리고 요아킴. 루나르는 이들을 오슬로 사람들이라 불렀습니다. 오슬로 사람들은 베르겐에 올 일이 있을 때마다 항상 루나르에게 연락을 했습니다. 물론, 그들이 서쪽 지방에 오는 일은 자주 있는 일이 아니었기에, 그들의 만남은 몇 년 만에 한 번씩 이루어졌던 것이 전부였습니다. 세월이 흐름에 따라 시그리와 토마스 부부는 자식들에게 루나르 삼촌을 소개시켜 주었습니다. 유족들과의 대화에서 너무나 실망한 나는 결국 시그리에게 전화를 했습니다.

지난 5월, 시그리의 가족들은 오순절 휴가를 베르겐에서 보냈습니다. 어머니인 리세와 삼촌인 루나르가 함께 어린 시절을 보냈던 칼파레의 빌라에서 일주일 정도 시간을 보냈던 것입니다. 벽난로에 불을 피우고, 근사한 요리로 저녁 식사를 하며, 지하 창고에서 꺼내 온 해묵은 고급 와인을 마셨습니다. 시그리는 그 시간을 이렇게 설명했습니다. '마치 다른 가족들이 무시했던 루나르 삼촌의 정성이 우리에게 모두 쏟아진 것만 같았어요.' 그렇습니다. 시그리와 그 가족들은 루나르가 세상을 떠나기 전에 마지막으로 보 았던 사람입니다. 그 이후, 루나르가 누구와 함께 시간을 보냈는지는 알 수 없습니다. 적어도, 그런 일이 있었다고 내게 말했던 사람은 없었으니까요.

5월의 그즈음, 루나르는 모르텐과 미리암을 위해 오래 된 배나무 위에 작은 오두막을 지었습니다. 그들이 나무 위에 올라가 못질을 하고 망치질을 할 때, 홀로 남은 막내 올리비아가 심심해할까 봐 배나무 가지에 작은 그네도 만 들어주었습니다. 아이들의 부모는 그처럼 삼촌 루나르가 아이들을 봐주었던 덕택에 그리그 홀에 가서 음악을 듣기 도 하고, 홀베르그스투엔의 극장에서 연극을 보기도 하는 등 부부만의 오붓한 시간을 즐길 수 있었습니다.

아이들은 루나르 할아버지를 매우 잘 따랐습니다. 할아 버지와 함께 있을 때만큼은 엄마나 아빠를 찾는 일이 없을 정도였으니까요.

*

목사님이 잠시 말을 멈추었습니다. 나는 그 틈을 타, 고 인과 나의 관계를 어떻게 설명하면 좋을지 머리를 굴리기 시작했습니다……

나는 7~8년 전 호텔 노르게의 레스토랑에서 루나르와 만났던 이야기를 하기로 마음먹었습니다. 당시 루나르는 호텔 레스토랑의 단골손님이었고, 항상 페스트플라센과 릴레 룽게고르스반 호수가 보이는 곳에 자리를 잡았습니다. 루나르의 가족들은 그의 저녁 식사 습관에 관해 아는 것이 없으리라 짐작했기에, 그렇게 나를 소개하면 유족들도 의심하지 않으리라고 믿었던 것입니다.

나는 그날 홀로 앉아 식사를 하고 있었습니다. 루나르역시 홀로 식사를 하고 있었습니다. 두 외로운 남자는 가벼운 대화를 나누기 시작했습니다. 흔히 그러하듯 날씨 이야기가 주된 내용이었습니다. 그해 여름엔 평소 비가 많던 베르겐에 며칠 동안이나 비가 내리지 않았기에 그것으로 대화의 주제를 삼기엔 전혀 무리가 없었습니다.

식사를 마친 우리는 디저트와 커피를 한 테이블에서 나누었습니다. 저녁이 무르익을 무렵, 우리는 오랜 벗처럼 스스럼없이 대화를 나눌 수 있게 되었습니다. 우리는 둘 다타인의 눈으로 보았을 때 소위 아웃사이더라는 사실을 인정했고, 가족들에게도 환영받지 못하는 존재라는 공통점을 나누었습니다. 즉, 우리는 '홀로 완전한 섬'을 이룬 존재였던 것입니다.

루나르는 게르만 문헌학에 관해서 무지했고, 나는 그가

관심을 가지고 있는 비즈니스에 무지한 상태였습니다. 덕분에 우리의 간헐적인 만남은 서로에게 무언가를 배울 수 있는 기회가 되었기에 나날이 흥미로워졌습니다.

가끔 나는 비교언어학 쪽의 세상으로 루나르를 초대하기도 했습니다. 그는 비교언어학에 조금의 지식도 없는 상태였던지라, 내가 말하는 '어원' '고유어' 또는 '음운법칙'에 관해선 전혀 몰랐습니다. 물론, 내가 말하는 '인도유럽어족의 언어'가 무슨 뜻인지도 몰랐습니다. 하지만 내가 인도어, 이란어, 그리스어, 라틴어, 게르만어, 또는 슬라브어에 관해 설명을 하면, 그는 적어도 귀 기울여 들어주었습니다. 나는 인도유럽어족의 발트어파에 속하는 리투아니아어가 인도유럽어족에 뿌리를 둔 현대어 중 옛 형태를 가장 잘 보존한 언어라고 말해주었습니다. 켈트어에 관해선 좀 더 설명이 필요했습니다. 사람들은 게르만족에 속하는 고트인, 프랑크인, 앵글인, 그리고 색슨인들이 영국 제도의 북쪽과 서쪽으로 들어오기 전에는 켈트어가 유럽 대륙의 대부분 지역에서 사용되었던 언어라는 사실을 모릅니다.

처음으로 나의 관심 분야에 대해 설명하던 날, 나는 사업가인 루나르의 흥미를 끌 만한 몇몇 고유어를 소개해주었습니다. 먼저 인도유럽어와 관련이 있는 fe(가축)는 화폐가 사용되기 이전부터 물건의 지불 수단으로 사용되었다고 말했습니다. 물론, 아직도 화폐 대신 가축으로 지불을 대신하는 곳도 있긴 하지요.

루나르의 흥미를 불러일으키기는 어렵지 않았습니다. 그는 입가에 살짝 장난기를 담은 미소를 띠었고, 나를 바라보며 진지하게 귀를 기울였습니다.

고대 게르만어의 *féhu-에서 유래된 노르웨이어의 fe는 인도유럽어족의 *peku-까지 거슬러 올라갑니다. 그 의미는 염소나 양, 또는 가축이며, 라틴어의 pecus, 산스크리트어의 paśú와 연결 지을 수 있습니다. 게르만어에서는 같은 어원을 지닌 *fahaz-가 고대 노르드어에서는 fær로 나타나며, 현대 노르웨이어에서는 får로 변형됩니다. 그 의미는 양이지요. 이 고대의 고유어는 일련의 인도유럽어족 언어에서 부를 의미하는 단어로 발전되기도 했습니다. 고대 노르드어의 fé는 상품, 소유지, 금전을 의미하기도 합니다. 같은 게르만어에 뿌리를 둔 고트어에서는 faihu로 나타나며, 영어에서는 요금 또는 수수료를 의미하는 fee로 발전되었습니다. 비슷한 발전 양상을 살펴보면 라틴어의 pecus가 소유지 또는 재산을 의미하는 pecunia로 변형된 것도 찾아볼 수 있습니다. 노르웨이어의 pekuniær는 금전 또는 수당을 의미하는 라틴어의 pecuniarius에서 빌려온 차용어입니다.

나는 유족들에게 루나르와 내가 1년에 두 번 정도 만났다고 말할 생각이었습니다. 우리의 만남은 항상 개학 전인 8월의 어느 날 저녁에 이루어졌습니다. 그런데 어쩐 일인지 올여름에는 루나르의 전화를 받지 못했습니다. 7월이 되면 그는 항상 전화를 해서 만남을 약속했지만, 이상하게도 올해는 아무런 소식이 없었던 것입니다. 그다지 심각하게 여기지 않았던 나는 베르겐에 가면 그에게 연락을 해봐야겠다고 생각했습니다. 당시 우리는 이메일 주소는 주고받지 않았기에 전화만이 유일한 소통 수단이었습니다.

　그와 내가 절친한 친구 사이라 말할 수는 없었습니다. 그렇게 말한다면 너무 앞서간 느낌이 들었기 때문입니다. 그의 장례식에 참석하기 위해 산을 넘어 베르겐까지 올 만큼 가까운 사이는 아니었지만, 이미 베르겐에 머물고 있던 나로서는 지난 몇 년 동안 호텔 노르게에서 함께 저녁을 먹었던 지인인 루나르에게 마지막 작별 인사를 고하는 것도 좋을 것 같아 장례식에 참석했다고 말할 생각이었습니다. 그의 가족들에 관해서는 루나르가 해주었던 이야기를 통해서만 들어 알고 있을 뿐이었습니다. 형제자매, 사촌과 조카들의 이름을 입에 올렸을 때, 루나르의 눈동자는 슬픔에 잠겨 있었습니다. 하지만 크누트에 관해 이야기를 할 때면, 그의 눈빛은 어느덧 밝고 환하게 변하곤 했습니다.

우리가 함께 저녁 식사를 했던 적은 통틀어 열 번 정도 밖에 되지 않았습니다. 우리는 식사에 곁들여 고급 와인을 마셨고, 커피를 마실 때는 항상 코냑 잔을 곁에 두었습니다. 나는 가끔 식삿값을 지불하기 위해 시도해보았지만, 그는 항상 나보다 한발 앞섰습니다. 나는 적어도 각자의 식사를 지불하든가, 아니면 번갈아 내는 것이 좋다고 생각했지요. 하지만 루나르는 교사나 강사의 월급이 변변치 않다고 생각하는 듯, 매번 두 사람 몫의 식삿값을 지불했습니다. 그래도 한두 번쯤은 내가 지불하도록 가만히 보고 있기도 했습니다. 짐작건대, 그것은 우리가 다음번에 만났을 때도 동등한 입장에서 대화를 나눌 수 있도록 배려하는 그의 호의였음이 분명합니다. 그는 대화를 나눌 때 항상 스스럼이 없고 솔직했습니다. 나와 다른 의견을 가지고 있을 때도 이를 숨기는 법이 없었습니다. 그는 나 또한 자신과 마찬가지로 솔직하고 스스럼없이 말하기를 원했습니다.

세월이 흐르면서, 우리는 좀 더 서로에 대해 잘 알게 되었습니다. 하지만 우리가 호텔 노르게 레스토랑 밖에서 만난 적은 단 한 번도 없었습니다. 레스토랑에서 식사를 마친 후엔 바에서 한 잔씩 마시며 하루를 마감할 때도 있었지만, 그가 칼파레의 빌라로 나를 초대한 적은 없었던 것입니다.

*

뷔믈로 출신의 목사님은 약 두 달 전, 칼파레의 빌라에서 무슨 일이 있었는지 있는 그대로 설명해주었습니다. 지금부터 내가 전하는 이야기는 목사님의 설명에 덧붙여, 후에 내가 직접 들었던 이야기와 추모식에서 시그리와 나누었던 대화를 이은 것입니다.

루나르는 냉동고가 있는 지하실로 내려갔습니다. 짐작건대, 그는 위스키에 넣을 얼음 조각을 가지러 갔을 것입니다. 거실의 벽난로 선반 위에 있던 잔 속의 위스키는 그가 세상을 떠난 후엔 이미 말라 없어진 상태였습니다.

옛날에는 지하실에 냉동고와 더불어 자전거와 스키, 유모차 등이 보관되어 있었습니다. 지금은 냉동고만 덩그러니 있을 뿐입니다. 루나르에겐 자식이 없었습니다. 여가 시간에 자전거나 스키를 타지도 않았습니다. 몸을 쓰는 것을 그리 좋아하지 않았던 그는 지하실을 고치고 개조하기보다는 그대로 놓아두는 편을 선택했습니다.

그가 집을 사들였을 때, 지하실 문의 잠금장치에는 문제가 있었습니다. 묵직한 지하실 문을 열 때 안쪽에서 열쇠를 꽂아야 한다는 점이었지요. 반면, 바깥쪽에서 문을 열때는 손잡이만 돌리면 문이 열렸기에 열쇠가 전혀 필요하지 않았습니다. 그 때문에 지하실 안에 갇힐 가능성이 매우 컸습니다.

1960~1970년대에 그곳에 살던 사람들은 항상 지하실 문 안쪽에 열쇠를 꽂아놓았습니다. 그것으로 문제가 해결되었다고 생각했던지, 사람들은 자물쇠 수선공을 불러 근본적인 문제를 해결하는 일을 자꾸만 미루게 되었습니다. 그 집에 아이들이 살 때는 항상 지하실 문 앞에 커다란 물건을 놓아두어서 문이 저절로 닫혀 그 안에 갇히는 일이 없도록 신경을 썼습니다. 바로 그 때문에 지하실 문 앞에는 2.5킬로그램의 묵직한 납덩이가 자리하고 있었습니다. 혹여 납덩이를 문 사이에 밀어두는 일을 잊어버린다 할지라도, 항상 문 안쪽에 꽂혀 있던 열쇠를 이용하면 지하실에 갇히는 일은 없었습니다.

하지만 6월 중순 운명의 저녁날, 루나르는 문 앞의 납덩이를 밀어놓지 않은 채 지하실로 들어갔습니다. 잊어버렸을지도 모릅니다. 어쩌면 지하실을 드나들 때 납덩이를 이용하지 않고 습관처럼 열쇠를 사용했을지도 모릅니다. 문제는 바로 그날, 지하실 문 안쪽에 열쇠가 꽂혀 있지 않았다는 것입니다.

왜 열쇠가 그날 지하실 문에 꽂혀 있지 않았는지는 아무도 모릅니다. 루나르의 형제자매나 경찰들 또는 소방서 구조대원들조차도 그 이유를 알 수 없었습니다. 루나르는 지하실 문이 닫힌 다음에야 문 안쪽에 열쇠가 꽂혀 있지 않았음을 알아챘을 것입니다. 하지만 때는 이미 늦었습니다. 납덩이를 문 앞에 놓아두는 것을 잊어버렸다고 깨닫는 순간, 그는 텅 빈 지하실에 갇혀버렸음을 자각했을 것입니다. 이 시점에서 우리는, 그날 저녁 그가 단지 얼음 조각을 가져오기 위해 지하실에 내려갔는지는 알 수 없습니다.

　루나르는 지하실에 내려갈 때 손전등을 가져갔습니다. 천장의 불이 들어오지 않았기 때문일 것입니다. 적어도 몇 주 후 그가 시체로 발견되었을 때, 지하실 천장의 불은 들어오지 않았습니다. 물론 그때는 손전등의 배터리도 소모된 후였습니다. 그가 지하실에 갇혀 있을 때 손전등은 꽤 오랫동안 작동했을 것으로 짐작합니다. 하지만 그가 손전등의 배터리를 아끼려고 무진 애를 썼던 흔적은 여기저기 남아 있었습니다. 칠흑 같은 어둠 속에 홀로 덩그러니 갇혀 있던 그는 가끔 손전등을 사용했을 것입니다. 그러다가 배터리가 소모되었을 시점에 분명 그는 어둠 속에서 떨었을 테지요.

　루나르가 위스키에 넣을 얼음 조각을 가지러 냉동고가 있는 지하실에 내려갔다면, 왜 그는 위스키 잔을 가져가지 않았을까요? 그 질문에 대한 대답은 쉽게 찾을 수 있습니다. 그에겐 손이 두 개밖에 없었으니까요. 그는 한 손으로는 묵직한 손전등을 들고 있었을 테고, 다른 한 손으로는 휴대전화를 들고 있었을 것입니다. 그가 휴대전화를 들고 있었다는 사실은 매우 흥미롭게 들립니다. 루나르는 누군가의 전화를 기다리고 있었을 것입니다. 그러니 위스키에 넣을 얼음 조각을 가지러 지하실에 내려가면서도 휴대전화를 가져갔겠지요. 곧 걸려올 누군가의 전화를 놓치고 싶지 않았을 테니까요.

루나르가 휴대전화를 들고 지하실에 들어갔다면, 도움을 청하기 위해 외부에 전화를 할 수 있었을 것입니다. 하지만 그는 지하실 문손잡이를 돌리려 휴대전화를 바닥에 내려두었을 것입니다. 문이 저절로 닫혔을 때, 그가 손에 들고 있던 것이라곤 손전등뿐이었습니다. 도움을 청할 수 있는 휴대전화는 운명처럼 그의 손이 닿지 않는 문 너머에 있었습니다.

그 후 루나르는 문밖에서 들려오는 전화벨 소리를 여러 차례 들었을 것입니다. 이 점을 증명하기 위해, 우리는 외부인의 증언에 의존하는 수밖에 없었습니다. 그는 소리 높여 도움을 청하기도 하고, 비명을 질러보기도 했지만, 아무 소용이 없었습니다. 낡은 대저택은 커다란 정원으로 둘러싸여 있었고, 당시 빌라를 나드는 사람은 루나르뿐이었기 때문입니다. 그가 지하실에 갇혀 있는 동안, 적어도 한 번은 누군가 초인종을 눌렀다고 짐작합니다. 물론, 초인종 소리는 지하실에서도 들을 수 있습니다. 훗날 우리는 그때 초인종을 눌렀던 사람이 DHL 택배 직원이라는 사실을 알 아낼 수 있었습니다. 택배 상자 속에는 프레드 아스테어와 진저 로저스가 주연한 옛날 영화가 잔뜩 들어 있었습니다.

이 괴기영화 같은 사건에는 또 다른 증거품이 있습니다. 루나르는 지하실로 내려가면서 무슨 이유에선지 엘리자베 스 아르덴 제품의 루주 하나를 가져갔습니다. 어쩌면 그것 은 한 달 전 시그리가 그곳을 방문했을 때 잊고 간 것일 수 도 있습니다. 어쨌든, 루나르는 그것을 지하실로 가져갔습 니다. 이 루주는 이 사건에서 매우 중요한 역할을 합니다. 그리고 훗날 밝혀진 사실이지만, 그것은 시그리의 것으로 판명되었습니다.

경찰에 의하면, 지하실 문이 닫혔던 바로 그 몇 초의 순 간—앙네스, 그 몇 초의 순간은 루나르에게 얼마나 긴 시 간이었을까요!—부터, 그가 마지막 숨을 쉬었던 순간까지 의 시간은 약 2주였다고 합니다. 그 시간을 정확히 유추하 긴 쉽지 않습니다. 왜냐하면 경찰이 묵직한 지하실 문을 부수고 들어가 루나르의 시체를 부검하고 크리스트교의 의식에 따라 장례식을 치르기까지는 또 몇 주가 더 걸렸으니까요.

어쨌든 우리는 루나르가 그 서늘한 지하실에서 적어도 2주 동안 갇혀 있었다는 사실은 알 수 있습니다. 그가 2주라는 시간 동안 생명을 연장시킬 수 있었던 것은 바로 그곳에 자리했던 냉동고 덕분이었습니다. 냉동고 안에는 그가 보름 동안 살 수 있을 만큼의 충분한 음식과 마실 것이 들어 있었습니다. 냉동고 속에는 빵과 고기 외에도 얼린 구즈베리 즙과 블랙커런트 즙, 그리고 배를 갈아 만든 주스가 들어 있었습니다. 그는 빌라를 사들인 후 정원을 가꾸는 데 온 정성을 들였습니다. 그럼에도 마지막 순간에 이르렀을 때는 마실 것이 부족했던 것으로 보입니다. 왜냐하면 냉동고에는 여전히 빵과 고기가 많이 남아 있었지만, 채소와 주스, 잼 등은 텅 비어 있었기 때문입니다.

물론, 루나르는 그 특별한 상황 속에서 우리가 짐작할 수 있는 또 다른 생리적 현상도 해결해야 했을 것입니다. 하지만 나는 그토록 세세한 사항까지는 여기에서 언급하지 않겠습니다. 그의 마지막 순간을 존중하기 위해서입니다. 지하실은 네 개의 벽으로 둘러싸여 있었고, 냉동고는 그중 한 모서리에 자리하고 있었습니다.

앙네스, 당신도 이 사건에 관해 들어본 적이 있을 것입니다. 어쩌면 나보다도 더 많은 것을 알고 있을지도 모르겠군요. 아니, 어쩌면 리세는 그 치욕적인 가족의 비극에 수치심을 느끼고 아무 말도 하지 않았나요? 충분히 그럴 수도 있을 것입니다. 어쨌든 그 일이 있은 지 약 2년 후, 우리는 우연히 만나게 되었습니다―그때 당신은 깊은 슬픔에 빠져 있었고, 나는 그런 당신을 위로해주려 했지요―. 나는 그 2년이라는 시간 동안, 이 사건에 관해 가족의 일원으로 당신과 리세가 분명 대화를 나누었을 것이라 짐작합니다.

어쨌든 당신은 무언가를 알고 있었습니다. 우리가 이 일에 관해 자동차 안에서 단 한 마디도 나누지 않았다는 것을 생각하니 이해가 되지 않습니다. 우리는 그때 차 안에서 온갖 사사로운 이야기를 나누었지 않습니까.

나는 아직도 당신의 사촌이 우물에 빠졌던 이야기를 기억하고 있습니다. 당신은 사촌 트룰스와 얼마나 가까운 사이였는지 이야기해주었습니다. 그는 성인이 되어 뇌의학 연구원이 되었고, 앙네스 당신은 정신병리학자가 되었습니다. 뇌와 정신. 이 얼마나 비슷하면서도 다른 분야인지요.

리브베리트와 결혼한 트룰스가 아내를 데리고 어린 시절 당신과 함께 시간을 보냈던 곳으로 여행 다니는 것을 보며, 당신은 리브베리트에게 알 수 없는 질투심을 느꼈으리라 짐작합니다. 나는 충분히 이해할 수 있습니다. 그런 모습을 보면 고통스럽고 아프기까지 할 것입니다. 하지만 당신은 이 모든 감정을 뒤로하고 올바른 결정을 내렸습니다. 즉, 리브베리트를 둘도 없는 친구로 만들었던 것이지요.

다시 그날의 자동차 여행으로 돌아가보겠습니다. 조수석에 앉아 있던 당신은 인도유럽어족의 문헌학에 관한 내 이야기를 귀 기울여 들었습니다. 당신은 그 기묘한 동화의 숲에 가득 찬 언어적 존재에 관해 놀라움을 금치 못했습니다. 갖가지 고유어와 관련된 수많은 단어들은 마치 생물학에서 말하는 고양잇과, 설치류는 물론 온갖 잡초를 근원으로 한 수많은 동식물 같다고 말했던가요.

*

루나르는 마지막 순간을 앞에 두고, 자신의 생각과 도움을 바라는 외침을 하얀 석회벽에 빨간 루주로 남겨두었습니다. 음침한 지하실 벽에 그가 적어놓은 글자들은 연결성도 찾아볼 수 없고, 읽어내기에 쉽지도 않았습니다. 알파벳과 단어, 문구와 문장들은 어떻게 해석하느냐에 따라 의미가 달라질 수도 있었으며, 어떤 부분은 그 의미를 단순히 짐작할 수 있을 뿐이었습니다. 알아볼 수 없을 정도로 흐릿하거나 비뚤게 적힌 글자들은 그가 칠흑 같은 어둠 속에 있었기 때문이거나, 또는 기록을 위해 사용했던 도구가 제 기능을 발휘하지 못했기 때문일 수도 있습니다. 물론, 마지막 순간을 앞둔 시점에는 그의 기력이 떨어졌기 때문이라고도 생각할 수 있습니다.

내가 전해 들었던 이 이야기를 바탕으로, 나는 루나르가 지하실 벽에 남긴 기록이 200년대부터 전해 내려온 룬 문자와 비슷하다는 생각을 해보았습니다. 우리는 역사적 배경을 세세히 살펴보기도 전에 여기저기 산재한 기록이나 상형문자를 통해 게르만인들의 생각과 감정을 들여다볼 수 있습니다. 예를 들어, 그 유명한 400년대의 황금 뿔잔에 새겨진 시구가 바로 그것입니다. '나, 홀테의 아들, 이 황금 뿔을 만들다……' 그뿐만 아니라, 룬 문자가 새겨진 막대에는 당시 사람들의 일상이 기록된 것으로 보아, 중세의 소셜미디어 역할을 했던 것으로 짐작할 수 있습니다. '나는 스타방게르에 있을 때 잉게비외르와 사랑을 나누었다.'

이러한 룬 문자 기록물은 무려 1,000년 이상의 기간을 두고 여기저기서 발견되었습니다. 이것은 바다와 같이 드넓은 과거의 시간은 물론, 그 시대의 공간 또한 들여다볼 수 있는 창문에 비유할 수 있습니다. 왜냐하면 게르만인들의 이동은 유럽 대륙 전체에 걸쳐 이루어졌기 때문입니다.

루나르가 시그리의 루주로 지하실 벽에 기록했던 것은,

자신의 죽음을 피할 수 없음을 깨달은 그의 마지막 느낌과 생각들이었습니다. 그 기록에서, 그가 더 늦기 전에 도움을 받을 수 있으리라는 희망은 찾아볼 수 없었습니다.

루나르의 장례식이 있기 전, 그의 형제자매와 친척들은 칼파레의 빌라를 방문했습니다. 그것이 고인을 향한 마지막 예의라고 생각했을 것입니다. 그것은 그들이 치러야 할 피할 수 없는 죄의 대가이기도 했습니다. 그들은 빌라를 부동산 시장에 내어놓아야만 했습니다. 루나르는 재산과 관련된 유서를 남기지 않았습니다.

그들은 집 안을 둘러보며 놀라움을 감추지 못했습니다. 소리 내어 훌쩍이는 사람도 있었지만, 대부분은 조용히 침묵을 지키며 집을 둘러보았습니다.

그들이 자랐던 어린 시절의 빌라는 다시 알아볼 수 없을 정도로 변해 있었습니다. 아르누보 스타일의 오래된 가구들이 있던 거실 앞의 홀은 심플한 홈시어터로 바뀌어 있었고, 공간을 넓힌 부엌은 현대적으로 개조되었습니다. 서재에는 고서와 세계지도, 연감 등이 꽂혀 있던 전통적인 마호가니 책장이 사라지고, 사진책, 예술책, 영화 잡지, VHS와 DVD 필름들로 가득 채운 우아한 유리장이 자리하고 있었습니다. 다른 방들도 옛 모습을 알아볼 수 없을 정도였습니다. 변하지 않은 것이 있다면, 뭉크의 작품 네 점이 걸려 있는 식당뿐이었습니다.

지하실이 어느 정도 청소된 후에 고인의 형제자매들은 무리를 지어 내려갔습니다. 그것은 그들이 원했던 발걸음이 아니라, 스스로에게 부여했던 일종의 책임과 의무였습니다.

경찰에게서 지하실의 상태를 전해 들은 그들은, 청소를 맡았던 용역회사 직원에게 바닥은 청소하되 벽에는 손을 대지 말라고 부탁했습니다. 그들은 벽을 흰색 페인트로 다시 칠하기 전에, 그 섬뜩한 지하실로 내려가 루나르가 적어놓았던 글들을 읽어보아야 한다고 생각했습니다. 조금이나마 양심의 가책을 덜기 위해서였을 것입니다.

시그리는 나와 단둘이 있을 때, 추모식장에서는 소리 내어 얘기할 수 없었던 당시의 일을 세세히 말해주었습니다.

시그리는, 루나르와 나의 만남이 그에게 큰 의미와 위로가 되었을 것이라고 말했습니다. 그도 그럴 것이, 그에겐 가까운 친구나 친지가 거의 없었기 때문입니다. 고인의 매력적인 조카는, 루나르가 기본적으로 매우 수줍음이 많은 사람이며 낯선 사람들과 접촉하는 일을 꺼렸다고 내게 설명해주었습니다. 하지만 그가 호텔 노르게의 레스토랑에서 나와 만났던 첫날부터 내게 마음을 열었다는 건, 나의 성격이나 사람 됨됨이 때문일 것이라 말했습니다. 나는 그녀의 말에 매우 기분이 좋아졌습니다. 그러한 말을 들으면 항상 기분이 좋아집니다. 현대인들은 서로 친절하고 호의적인 말을 주고받는 일이 매우 드물지요.

루나르는 제일 위쪽에 '벽에 남기는 기록'이라고 대문자로 커다랗게 적어놓았습니다. 외이빈, 베른트, 리세 그리고 밀드리드는 그것이 루나르가 가장 먼저 썼던 글자라고 짐작했습니다. 마치 제목이나 표제처럼 말이지요. 그것은 벽에 적힌 다른 글자들과는 달리, 선이 곧았으며 줄도 잘 맞추어져 있었습니다.

보아하니 루나르는 지하실 문이 닫힌 지 얼마 되지 않은 시점에서 이미 작별 인사를 남기기로 결심했던 것 같습니다. 언젠가는 그의 형제자매들이 빌라에 함께 찾아와 그 벽을 바라볼 것이라 예상했을지도 모릅니다. 그렇다면 적어도 그의 마지막 바람은 이루어진 셈입니다. 리세는 루나르가 가족들에게 자신의 마지막 시간을 들여다볼 수 있도록 기회를 주려 노력한 것 같다고 말했습니다.

루나르의 형제자매들은 지하실 벽의 네 모서리 앞에 각각 서서 고인이 벽에 쓴 글자들을 읽었습니다. 눈으로만 읽는 사람도 있었고, 나직이 소리 내어 읽는 사람도 있었습니다. 한쪽 벽을 다 읽은 사람은 다음 벽으로 발을 옮겼고, 이런 식으로 그들은 지하실 네 면의 벽을 모두 눈으로 훑었습니다.

나는 그 당시의 상황을 시그리의 말을 바탕으로 여기에 적어보았습니다. 자연스러움을 부여하기 위해 나의 소설적 창작성을 조금 가미했다는 점도 덧붙입니다.

벽에 기록된 문장과 문구는 세 개의 카테고리로 나눌 수 있습니다. 그 하나는 루나르가 자리했던 방과 집에 관한 공간적 요소를 다루고 있으며, 다른 하나는 금언과 철학적 요소를 담은 것입니다. 마지막 하나는 우리가 흔히 말하는 자전적 기록물로 나눌 수 있습니다.

루나르는 다음과 같이 적었습니다.

비참하고 슬프다…… 전화가 왔다…… 휴대전화가 다시 울린다…… 누군가 초인종을 누른다. 몇 달 만인가. 분명 외판원일 것이다…… 나는 소리를 질러본다. 목이 터질 정도로…… 아무도 듣지 못한다…… 다시 휴대전화가 울린다, 아주 오랫동안…… 손전등의 불빛이 희미해진다. 배터리를 아껴야 한다…… 불이 꺼질까 봐 두렵다…… 조금 눈을 붙였다…… 퀴퀴한 냄새에 숨을 쉴 수가 없다…… 손전등을 꺼놓은 지 몇 시간이 지났다…… 지금 몇 시쯤 되었을까. 한밤중일지도 모른다. 아니, 한낮일까…… 잠에서 깨어났다…… 깊숙한 동굴 속으로 헤엄쳐 들어가는 꿈을 꾸었다. 나는 그곳에서 우주의 수수께끼를 풀 수 있는 해답을 보았다…… 돌고래처럼 유유히 헤엄을 쳐 세상에서 가장 신성한 곳으로 들어갔다. 하지만, 모두 잊어버렸다…… 휴대전화가 울린다. 시그리일 것이다…… 사랑하는 시그리…… 내가 전화를 받지 않으면, 신고를 해주었으면 좋으련만…… 꿈과 현실을 헤매고 있다. 동화 같은 꿈과 꿈이 번갈아 스쳐 지나간다…… 머리에 열이 났지만, 지금은 많이 내린 것 같다…… 희망을 포기하지 않을 것이다…… 시그리, 오직 너만이 나를 구해줄 수 있단다…… 모르텐, 미리암, 올리비아— 언제 다시 너희를 안아볼 수 있을까?

하얀 석회벽에는 또 다른 관점으로 기록한 것도 찾아볼 수 있었습니다.

우리는 유령처럼 환영 같은 존재다…… 우리가 트롤이라는 것을 보았던 이는 나뿐일까?…… 그 반대의 존재는 공허한 무無일 뿐이며, 무의 반대는 전부이다. 내게서 무를 가져가고, 전부를 되돌려달라!…… 전부에 관해 말할 수 있는 것은 없다…… 은하수는 브로드웨이의 거리 같다…… 지구는 병마다. 종양은 50억 년 전에 생성되었다…… 신에게 책임을 물을 것은 너무나 많다. 신의 가장 거만하고 무례한 특징이라면, 신을 찾아볼 수 없다는 점이다. 하지만, 얼마든지 눈감아줄 수 있다. 그 누구도 완벽하진 않으니까…… 의식이라는 것이 존재하지 않는다면, 이곳은 지금과는 완전히 다른 곳이 되어 있을 것이다. 그메인, 아니 글로인이었던가…… 주어진 운명을 벗어날 수는 없다…… 아, 누가 다시 초인종을 누른다. 지저귀는 새소리, 자리바꿈을 한다.

또한 다음과 같은 기록도 볼 수 있었습니다.

오, 나는 이 삶을 얼마나 사랑했던가. 이 도시와 저 산. 푸른 목초지에서 뛰어놀던 아름다운 소년들이여…… 크누트! 자네는 지금 어디에 있나?…… 최근에 시내에서 마음이 맞는 사람을 만났다네.

루나르는 대문 밖에서 소리가 들려오거나, 휴대전화가 울릴 때마다 벽에 무언가를 적었습니다. 그의 시체가 발견되고 모든 것이 끝났을 때, 경찰은 그의 휴대전화를 감식해보았습니다. 물론 그때는 이미 휴대전화의 배터리가 방전되어 있었지만, 경찰은 남아 있는 기록을 되살릴 수 있었습니다.

전화를 건 사람은 시그리였습니다. 루나르가 지하실에 내려가면서도 전화를 기다렸던 사람은 바로 시그리였던 것입니다. 또한 전화를 해도 받지 않자 신고했던 사람도 시그리였습니다. 그녀는 루나르에게 무슨 일이 있었을까 봐 걱정이 되었습니다. 그가 많이 아파 스스로를 돌보지 못할 상황에 있는지 염려했던 것입니다.

시그리는 누군가 그의 집에 가서 살펴봐야 한다고 주장했습니다. 하지만 베르겐에 살던 고모와 삼촌들은 아무도 그 일을 하려 하지 않았습니다. 결국 그녀는 경찰에 신고하는 수밖에 없었습니다. 경찰이 조사에 착수하기까지도 꽤 시간이 걸렸습니다. 그들은 루나르가 출장으로 자주 오래 집을 비운다는 사실을 알아내고 좀 더 기다려보자고 말했던 것입니다. 드디어 경찰 두 명이 빌라로 출동했고, 그들은 잠긴 문을 열고 지하실에 들어가기 위해서 소방서에 도움을 요청해야만 했습니다.

루나르의 집과 재산을 물려받을 네 명의 형제자매는 하얀 석회벽에 루주로 적은 빨간 글자들을 모두 읽어보았습니다. 사방 벽을 돌아가며 차례차례 살펴본 그들은, 그제야 그들의 동생에 관해 좀 더 잘 알 수 있었습니다. 다음 날, 석회벽은 하얀 페인트로 다시 칠해졌습니다.

그레테 세실리에

2011년 12월 22일, 나는 또 다른 장례식에 참석했습니다. 앙네스, 나는 100년도 더 된 베스트레 묘지 앞에 자리한 예배당에서 장례식을 치른 직후, 추모식장에서 당신을 만났습니다. 우리는 이전에 단 한 번도 만난 적이 없습니다. 하지만 나는 예배당에서 당신을 보는 순간, 당신이 그레테 세실리에와 자매라는 것을 알 수 있었습니다. 당신의 눈동자는 그녀의 눈동자와 마찬가지로 생기 있게 반짝이고 있었으니까요.

나는 그곳에서도 에리크 룬딘의 자손과 마주쳤습니다. 에리크의 딸 리브베리트와 당신의 사촌인 트룰스, 그리고 그들 부부의 두 딸 투바와 미아였습니다. 나는 그때까지만 하더라도 당신과 그들이 얼마나 가까운 사이인지 전혀 알지 못했지요.

투바는 10년 전 외할아버지의 장례식에서 그리그의 곡에 붙인 『하우그투사』 서사시를 노래로 불렀습니다. 그리고 당시 열다섯 살의 소녀에 불과했던 미아는 어느덧 스물다섯 살의 성숙한 여인으로 변해 있었습니다. 그녀는 다섯 살 위인 언니보다 훨씬 아름답고 우아했습니다. 알고 보니, 그녀는 부동산 중개업자로 일하고 있었습니다. 그 사실을 모른 채 그녀의 직업을 짐작하라고 했다면, 나는 완전히 다른 직업을 댔을 것입니다. 위그드라실*의 같은 가지에서 떨어진 열매라 하더라도 전혀 다를 수 있음을 보여주는 예이지요. 그녀는 틀림없이 집과 건물을 수도 없이 사고팔았을 것입니다.

하지만 왜 내가 이런 이야기를 당신에게 하는지 모르겠군요. 당신은 투바와 미아를 어렸을 때부터 보아왔으니 나보다 훨씬 그들에 관해 잘 알고 있을 것입니다.

나는 지난 10여 년간 그곳에 모인 룬딘 가족들과는 마

---

* 북유럽 신화에 나오는 세상의 나무로, 아홉 개의 세계를 연결하는 존재라고 알려진다.

주친 적이 없었습니다. 비록 오슬로는 손바닥만 한 도시이고, 노르웨이는 조그마한 나라이긴 하지만, 같은 가족들을 장례식 때마다 만난다는 것은 좀 이상하지 않습니까. 벌써 네 번이나 있었던 일입니다.

마치 솔리테어 카드 게임에서 거의 마지막 단계에 이른 듯한 느낌이었습니다. 그날의 장례식까지 나는 에리크의 자손들과 그 가족들을 모두 따로따로 만나보았기 때문입니다. 안드리네의 장례식에선 마리안네와 스베레 그리고 월바를, 루나르의 장례식에선 욘페테르와 리세 그리고 그 자녀들을, 마지막으로 그레테 세실리에의 장례식에선 리브베리트와 트룰스 및 그들의 두 딸과 마주쳤습니다.

혹시 나와 룬딘 가족 사이에 보이지 않는 비밀스러운 연결고리가 있는 건 아닐까요?

적어도 나는 이쯤에서 그런 질문을 던지는 것이 적합하다고 생각합니다. 이 편지의 후반부에서 이와 관련된 이야기를 한 번 더 하겠습니다. 그것은 내가 던진 질문의 자연스러운 해답이 될 수도 있을 것 같습니다. 어쨌든 지금은 그러한 점에 관해 생각하지 않는 편이 좋을 것 같습니다. 하지만 다시 이 이야기로 돌아오겠다고 약속드립니다.

부고에는 이렇게 적혀 있었습니다. '나의 사랑하는 딸, 우리의 자매이자, 시누이자, 고모 및 이모인 그레테 세실리에 베르그 올센은 1959년 2월 8일 태어나, 2011년 12월 13일 오슬로에서 갑작스럽게 세상을 떠나게 되었습니다 ……'

부고 아래에는 그레테 세실리에의 어머니인 니나, 그녀의 형제 얀올라브, 울프 및 그들의 아내인 노룬, 잉리, 그리고 이제 남은 형제 중 막내인 당신의 이름 앙네스가 적혀 있었고, 그 밑으로는 '그 외 가족 및 친지'라는 말로 마무리되었습니다.

내가 아는 사람은 아무도 없었습니다. 하지만 나는 그레테 세실리에의 임종을 알리는 부고가 《아프텐포스텐》에 실리기 며칠 전부터 미디어는 물론, 학교 동료들을 통해 그 비극적인 일을 전해 들어 알았습니다.

그레테 세실리에는 내가 사는 곳의 반대쪽에 자리한 한 학교에서 수학과 물리학을 가르쳤습니다. 게다가 그녀는 천체물리학 박사학위도 가지고 있었습니다.

성탄절 이틀 전날 오후, 나는 프로그너 공원의 주차장 옆을 거닐고 있었습니다.

그해 가을은 학교 교실은 물론, 교무실에서도 갖가지 일로 매우 바쁘게 지내던 터였습니다. 어떤 학생들은 나와 거의 동료처럼 지내기도 했습니다. 각자의 자리를 잘 알고 서로를 존중심으로 대했기 때문이지요. 하지만 몇 안 되는 이러한 학생들은 수업을 지켜워하는 대부분의 학생들 무리에 섞여 눈에 잘 띄지 않습니다. 수업을 지켜워하는 학생들 앞에서는 나 또한 수업이 지겨워지기 마련입니다. 야성적인 테스토스테론을 분비해내는 학생들의 머리에 인도유럽어의 음운법칙을 집어넣기란 쉬운 일이 아닙니다.

그날은 전형적인 겨울 날씨였습니다. 영하 2도의 기온에 머리 위에는 거뭇거뭇한 구름이 무겁게 내려앉았습니다. 예배당으로 향하는 오솔길에는 오전에 내린 눈이 얇게 쌓였고, 양옆에는 잔디 깔린 묘지와 앙상한 떡갈나무가 줄지어 서 있었습니다. 비록 성탄절까지는 이틀이나 남아 있었지만, 대부분의 묘 앞에는 이미 촛불이 밝혀져 있었습니다. 성탄절 휴가를 얻어 도시를 떠나는 사람들이 미리 가족과 친지들의 묘를 찾은 것이 틀림없었습니다.

나는 왼쪽으로 눈길을 돌려 집시 여왕이라는 애칭으로 불렸던 롤라 카롤리의 근사한 무덤을 바라보았습니다. 내 머릿속은 그레테 세실리에와 북적북적한 성탄절 무렵에 갑자기 그녀를 덮친 비극적인 사고에 관한 생각으로 가득 차 있었습니다……

그녀는 보그스타베이엔 거리에서 길을 건너려던 참이었

습니다. 인도 쪽이었지만, 아마도 주변을 제대로 보지 못했던 것 같습니다. 어두컴컴한 겨울 저녁이었기에 시야가 넓지 않았을 것입니다. 더욱이 그날 오후는 거센 바람과 함께 비가 쏟아지고 있었습니다. 그녀는 홀테가텐에서 한 블록 떨어진 곳에서 막 방향을 돌리려던 브리스케뷔 전동차에 치여 숨을 거두었습니다. 그레테 세실리에는 그 자리에서 즉사했고, 전동차 운전수는 그날 일을 계기로 일을 그만두었습니다……

당신은 이 모든 일을 잘 알고 있을 테니, 굳이 내가 여기에 적지 않아도 될 것 같군요. 하지만 당신은 어쩐 일인지 그날의 일을 상세히 설명해달라고 부탁했습니다. 내가 그날을 어떻게 받아들이고 경험했는지 하나도 빠짐없이 말해달라고 했지요. 그래서 나는 화강암과 동석으로 지어진 낡은 예배당 앞에 무리를 지어 서 있는 사람들에게 걸어가던 그때, 내가 무슨 생각을 했는지 여기에 적고 있는 것입니다.

나는 예배당 앞에서 투바를 발견했습니다. 그녀와 함께 서 있는 젊은 여인은 여동생 미아가 틀림없다고 생각했습니다. 미아에게선 10대 소녀의 모습을 더 이상 찾아볼 수 없었습니다. 두 젊은 여인은 근사한 모자를 쓰고 고모의 장례식장을 찾았습니다. 그렇습니다. 나는 그제야 그레테 세실리에가 트룰스의 사촌이라고 짐작할 수 있었습니다. 리브베리트는 결혼 후에도 남편의 성을 따르지 않았습니다. 하지만 테이블 위에 자리한 이름표를 통해, 트룰스의 성은 베르그 올센이라는 것을 확인할 수 있었습니다. 에리크 룬딘의 추모식에서, 그는 자신이 노르드 학계의 전설적인 학자, 망누스 올센과 먼 친척이라고 자랑스레 말하기도 했습니다. 나는 그레테 세실리에의 부고를 보면서도 트룰스와 고인의 연결성을 찾지 못했습니다. 그것은 나의 실수였습니다. 하지만 가끔은 세세히 확인하지 못하고 그냥 지나칠 때도 있습니다. 세상에는 너무나 많은 이름들이 존재하니까요.

투바와 미아는 예배당 안으로 들어갔습니다. 그로부터 30분 후 바케크로엔 추모식장에 들어갈 때까지도 그들은 나를 발견하지 못했던 것 같습니다. 추모식장 앞에서 나와 마주친 투바는 깜짝 놀라는 눈치였습니다. 베르겐과 톤센 교회에서 있었던 장례식에도 내가 참석했다는 사실을 이미 들어 아는 것 같았습니다. 나는 그녀의 경고가 담긴 눈빛에서 그것을 명확히 읽을 수 있었습니다.

솔직히 그녀의 입장에서 본다면, 내가 그 장례식에도 모습을 드러냈다는 사실은 매우 이상하고 놀랍기까지 한 일일 것입니다.

나와 마주친 투바가 깜짝 놀라는 모습을 보며, 나는 내가 유령이 된 것만 같은 느낌이 들었습니다. 물론 그것은 기분 좋은 느낌과는 거리가 멀었지요.

귀신이나 유령과 만난 사람들이 어떤 반응을 보이는지 묘사한 문학이나 영화는 수도 없이 많습니다. 대부분은 질겁하며 놀랍니다. 하지만, 그러한 사람들과 마주친 유령들은 어떤 반응을 보일까요? 유령들은 자신의 후손들과 마주치는 것을 받아들입니다. 그렇게 함으로써 이 세상에 계속 남을 수 있을 테니까요.

어쩌면 유령들도 감정과 느낌을 지니고 있을지도 모릅니다. 유령들의 이러한 면을 묘사한 문학은 너무나 적어 찾아보기 힘듭니다. 다른 분야도 마찬가지입니다. 이 세상에는 외계인을 만나 질겁하는 사람들의 이야기를 다룬 영화와 이야기들이 수없이 많습니다. 하지만 정작 사람들과 마주친 외계인에 대해 다룬 이야기는 거의 없습니다. 그들은 우리와 마주쳤을 때 어떤 반응을 보일까요? 적어도 우리는 그들의 느낌과 감정에 대해 한 번쯤은 생각해봐야 하지 않을까요?

우리는 또한 뉴미너스* 그 자체라고 할 수 있습니다. 나는 독일의 비교종교학자 루돌프 오토의 표현을 빌려, 우리 인간이 신비감과 경외심을 불러일으키는 존재를 대표

한다고 말하고 싶습니다. 다른 존재들의 눈에는 우리 인간이 매우 신비롭고 경이로운 존재로 비칠 것이 틀림없기 때문입니다. 단지, 우리만이 그 사실을 보지 못하고 있지요. 우리는 우리의 존재에 대해 전혀 놀라지 않습니다. 어쩌면 우리는 전 우주에서 가장 큰 미스터리일지도 모릅니다. 물론 이를 뒷받침할 일상적 증거는 없습니다. 하지만 우주에서 인간이 아닌 외계적 존재가 이곳에 와서 우리를 발견한다면, 그들이 어떤 반응을 보일지 한번 생각해보는 것도 좋을 것 같습니다!

투바가 깜짝 놀라는 모습을 보며, 나도 적잖이 당황했습니다. 나는 투바 덕분에 타인의 눈으로 나를 바라볼 수 있게 되었습니다. 그녀의 입장에서 본다면, 나는 매우 특별하거나 수수께끼로 가득 찬 미스터리한 인물로 보였을 것입니다. 그때의 우리는 마치 숨바꼭질을 하다가 갑자기 술래와 마주친 상태에서, 둘 다 깜짝 놀라 소리를 지르는 아이들의 모습과 다르지 않았을 것입니다.

당신도 기억하겠지만, 목사님은 추모사에서 그레테 세

---

* numinous. '신성'이라는 뜻을 지닌 라틴어 누멘numen에서 파생된 말로, '성스러운 것' 내지 '신적, 영적인 감정을 고양시키는 것'을 의미한다.

실리에가 하필이면 성 루치아의 날에 갑작스럽게 세상을 떠난 것이 불가사의하게 여겨진다고 말했습니다. 그 순간, 예배당 내의 전구들이 깜박이기 시작했습니다. 기억하십니까?

밖은 이미 뉘엿뉘엿 날이 저물고 있었습니다. 그날은 동짓날이었습니다. 1년 중 가장 밤이 긴 날이지요. 깜박이던 전구들은 순식간에 꺼져버렸고, 남아 있는 불빛이라곤 촛불밖에 없었습니다. 물론, 전구의 불이 갑자기 꺼져버렸던 것은 우연에 불과하겠지만, 많은 사람들은 그 순간 그레테 세실리에가 옆에 있는 것 같다고 느꼈을 것입니다. 그 때문에 사람들은 스테인드글라스 앞에 조화로 덮인 채 놓여 있는 하얀 관을 보는 것이 더욱 가슴 아팠을 테지요.

목사님은 그레테 세실리에가 이 땅에 살았을 때 먼 하늘의 빛을 연구하는 데 평생을 바쳤다고 말했습니다. 나는 그녀의 천문학적 관심은 물론, 그녀의 학문적 공로에 대해서도 잘 알고 있었습니다. 나는 그녀의 박사학위 논문까지 읽어보았습니다. 그녀의 논문은 아마추어인 내게도 흥미롭게 다가왔습니다. 제목만 봐도 흥미진진했으니까요. 「우리의 의식은 우주적 우연이라 할 수 있는가?」

제목을 보는 순간, 그 의미가 나의 경추에 깊숙이 박혀 들어오는 것 같았습니다. 나는 그녀의 질문이 세상에서 가장 적절한 질문이라 생각했습니다. 동시에, 이처럼 일반적이고 대중적인 질문이 과학을 다루는 학문적 세계에서 어느 정도로 심각하게 받아들여졌을지 궁금해졌습니다.

내가 그레테 세실리에의 연구에 관해 거의 이해할 수 없었다는 말은 굳이 하지 않아도 될 것 같습니다. 하지만 나는 그 명백한 논쟁을 통해 원자 물리학을 조금이나마 이해할 수 있게 되었습니다. 그렇습니다, 앙네스! 나는 빅뱅이 일어난 직후 100만분의 1초 사이에 원자핵과 전자껍질을 포함한 전자는 물론, 쿼크-글루온 플라스마 상태에 있던 별과 행성, 살아 있는 세포, 신경세포들이 연접을 일으키는 과정을 떠올려보았습니다. 또한 우주의 성장을 지각하는 의식에 관해서도 생각해보았습니다. 우리는 빅뱅에 관해서는 무지하다 해도 과언이 아닐 것입니다. 우리는 빅뱅이 일어나고 130~140억 년이나 지나서야 그것에 관해 고찰해보고 있습니다. 이 또한 한 번쯤은 생각해볼 만한 문제가 아닐까요.

그레테 세실리에는 자신의 존재와 삶을 우주적 관점에서 바라보았습니다. 이러한 행위는 언어적 측면에서 '세계주의자'라는 말로 표현할 수 있지만, 관점의 광범위함을 고려한다면 이 말은 '세속' 또는 '행성'이라는 단어로 보충해야 할 것입니다. 하지만 이 또한 시간과 공간에 바탕을 둔 편협한 설명이 될 수밖에 없습니다.

우리는 자주 '나는 누구인가?'라는 질문을 던집니다. 그레테 세실리에가 이토록 간단한 질문을 던졌을 때는, 우주 그 자체가 자문을 하는 것에 비교할 수 있습니다. 나는 어디에서 왔는가? 나는 어디로 가는가?

우주는 인간의 지능을 통해 스스로의 불가사의함을 깨닫고, 그 비밀을 끄집어내보려 시도합니다.

당신은 그레테 세실리에의 논문에 나타난 이러한 관점에 대해 잘 알고 있을 것입니다. 물론, 형제라 하더라도 서로의 일과 직업에 세세한 관심을 쏟지는 않을 테지요. 형제자매 간에는 그들만의 규칙이 있기 마련입니다. 이러한 규칙은 보편적 범위의 관점보다 더욱 중요하게 작용할 때도 많습니다.

예배당 안에 들어서자마자, 나는 에리크 룬딘의 장례식에서 보았던 키 큰 사나이를 발견했습니다.

그는 바케크로엔 추모식장에 가기 전까지는 나를 못 보았던 것 같습니다. 예배당에 모인 사람들이 꽤 많았기 때문이겠지요. 그와 마주치게 된다면 마지못해 가벼운 목례라도 건네야 할 것 같았습니다. 나는 가능한 한 그 일을 피하고 싶었기에 근사한 현대적 레스토랑 안에 들어서자마자, 그가 서 있는 곳에서 되도록 멀리 떨어진 곳에 자리를 잡았습니다.

덕분에 나는 당신과 같은 테이블에 앉게 되었습니다. 긴 테이블에는 사람들이 빽빽하게 앉아 있었습니다. 우리 테이블에는 투바와 미아도 함께 자리를 잡았습니다. 투바는 의자에 앉으려다 말고 등 뒤를 한 번 휙 돌아보았습니다. 마치 나와 같은 테이블에 앉는 것을 피하기 위해, 다른 빈 자리가 있는지 확인해보는 것 같았습니다. 그러나 추모식장은 이미 꽉 찼고, 남은 빈자리도 거의 없었습니다. 따라서 그 젊은 성악가에겐 다른 대안이 없었습니다.

미아는 10년 전에 나를 만났다는 사실을 기억 못 하는 것 같았습니다. 나는 그녀에게 단지 나이 많은 낯선 남자에 불과했기에, 그녀는 내게 조금의 관심도 보이지 않았습니다.

테이블에 둘러앉은 사람들은, 나를 제외하고선 모두들 이미 서로 아는 사이 같았습니다. 그래서 나는 고인이 된 그레테 세실리에와도 거의 친분이 없었던 사람으로 분류가 되었습니다.

어색한 분위기를 무마하려는 듯, 투바가 나를 바라보며 말을 걸었습니다. 우린 이전에도 만난 적이 있는 것 같군요. 혹시, 우리 외할아버지의 옛 제자가 아니었던가요?

나는 고개를 끄덕였습니다.

게르만족의 신들과 송은 호숫가의 학자적 산책?

나는 다시 고개를 끄덕였습니다. 내게 말을 건 젊은 여
인의 기억력에 기분이 좋아지기 시작했습니다. 동시에 미
아도 내가 누군지 기억해낸 것 같았습니다. 10여 년 전, 그
녀는 조그만 소녀에 불과했습니다. 그때는 나와 같은 테이
블에 투바, 미아뿐 아니라 그들의 부모인 리브베리트와 트
롤스도 함께 앉아 있었습니다. 짐작건대, 미아는 그날 이후
나에 관한 이야기를 여기저기서 들어본 것 같았습니다. 무
슨 이야기를 들었는지는 알 수 없지만, 나를 바라보는 그
녀의 눈빛은 마치 기괴한 괴물을 보는 것만 같았습니다.

문득, 투바가 내게 말을 건넸던 것은 내게 관심을 표현
하거나, 자신의 기억력이 정확한지 확인해보려는 의도가
아니라, 옆에 앉아 있던 여동생에게 내가 누구인지 은밀하
게 알려주기 위해서라는 사실을 깨달았습니다.

바로 그러한 이유 때문에, 나는 얼른 그레테 세실리에와
의 친분을 설명하기 시작했습니다. 모두들 내게 시선을 고
정시켰습니다. 당시의 분위기는 당신도 잘 알고 있을 것입
니다. 그때 당신도 내게 궁금한 눈빛을 던졌으니까요. 하지
만 당신은 그날 내가 겪었던 일을 하나도 빠짐없이 설명해
달라고 말했습니다. 바로 그 때문에 나는 지금 고틀란드에

앉아 이 편지를 쓰고 있는 것입니다.

나는 그레테 세실리에의 자연을 향한 진실된 애정에 관해 몇 마디 하는 것으로 서두를 대신했습니다. 그녀의 그러한 면은 헨리크 베르겔란*을 떠올리기에 충분했습니다. 그녀는 산에 오르는 것을 좋아했고, 송네 피오르와 서쪽 지방의 자연에 특별한 애정을 가지고 있었습니다. 그녀는 사람의 발길이 닿지 않은 자연일수록, 그 본연의 모습을 더욱 많이 지니고 있다고 자주 말했습니다. 사람의 발길이 닿지 않은 자연을 경험하기 위해선 더 높은 곳으로 올라가야 하는 것은 당연한 일입니다.

당신은 열정적으로 고개를 끄덕였습니다. 나는 그런 당신의 모습에 고무되어 계속 말을 이었습니다. 아마 이렇게 말했던 것 같습니다.

그레테 세실리에는 일곱 살 때쯤부터 우리가 살고 있는 이 세상과 우주에 깊은 관심을 보였습니다. 그렇다고 해서, 그녀가 스스로 발을 딛고 사는 이 땅의 다양한 삶에 관해 전혀 관심이 없었다는 말은 아닙니다. 하늘의 별과 지구의 나비 또는 도롱뇽의 복잡 미묘한 삶을 비교할 수는 없지 않습니까? 그녀는 어렸을 때부터 지구가 어떻게 생겨났는

---

* Henrik Wergeland(1808~1845). 노르웨이의 낭만파 시인.

지 자주 질문을 던지곤 했습니다. 천체물리학은 그녀가 몸을 담고 살았던 정원이라 해도 과언이 아닐 것입니다. 그 정원을 배경으로 한 동화는 어떻게 생겨났을까요?

당신은 다시 고개를 끄덕였습니다. 나는 당신이 내 말에 고마워한다고 짐작했습니다. 당신은 미소를 지었습니다.

나는 다시 말을 이었습니다. 그레테 세실리에는 신화적 존재에 관한 인간적 관점에 웃음을 터뜨릴 때도 많았습니다. 그녀는 스스로 종교적인 사람이 아니라고 자주 말하곤 했지요. 하지만 나는 그녀에게서 자주 자연주의자이며 신비주의자적인 면을 볼 수 있었습니다. 그녀는 제비꽃 한 송이를 집어 들고, 이 세상의 어떤 제비꽃도 똑같지 않다고 말할 수 있는 사람이었습니다. 그녀는 자연 속의 각각의 개체뿐 아니라, 자연 그 자체를 볼 수 있는 사람이기도 했습니다. 우리가 발을 딛고 사는 이 지구의 자연뿐 아니라, 저 우주를 포함한 이 세상의 모든 것은 결국 빅뱅으로 귀결됩니다. 작은 미나리아재비 한 송이는 물론, 나뭇가지 위의 참새 한 마리도 무궁무진한 변화의 산실인 우주에 귀속되어 의존합니다. 밤하늘의 달과 행성, 또는 블랙홀도 마찬가지입니다. 그뿐 아니라 생명을 지닌 모든 미미한 존재들도 빅뱅 직후 100만분의 1초 사이의 시간에 그 바탕을 두고 있습니다. 우리의 몸을 구성하는 원자들은 빅뱅을 거쳐 우주로 내보내졌습니다……

당신은 세 번째로 고개를 끄덕였습니다. 나는 당신의 한껏 고무된 표정을 볼 수 있었습니다. 하지만 부동산 중개업자인 미아는 내가 무슨 말을 하는지 이해를 못 하는 것 같았습니다. 어쩌면 그녀는 내가 왜 신이 나서 이야기를 하는지 이해를 못 했을지도 모릅니다.

나는 이미 내가 교사라고 소개를 했습니다. 그래서 당신은 내가 그레테 세실리에의 학교 동료냐고 물어보았지요. 고인과 나는 어떤 관계일까요? 그 대답을 궁금해하는 사람은 투바뿐만이 아니었습니다.

나는 그레테 세실리에와 수년 전 서쪽 지방의 아울란즈달렌에 위치한 뵈 별장에서 만난 적이 있다고 말했습니다. 당시 우리는 그곳에 머물렀던 유일한 손님이었습니다. 게다가 우리는 서로 안면도 모르는 미혼자의 신분에서 같은 버스를 타고 그곳에 갔던 것입니다……

당신은 내 말을 듣고 생각에 잠기는 듯했습니다. 나는 그 이유를 알 수 없었습니다. 미혼자라는 단어 때문이었을까요? 그때, 그녀가 미혼인지 기혼인지 모르고 있다 한들 그것이 과연 그토록 큰 실수라 할 수 있을까요?

우리는 그날 저녁 와인 한 잔을 나누며 다음 날 아침 일찍 바스뷔그디 계곡의 장관을 함께 보러 가기로 약속했습니다. 그리고 그곳에 도착한 다음엔 택시를 타고 플롬의 프레트헤임 호텔로 가기로 했지요.

미아가 이맛살을 찌푸리며 언니를 바라보았습니다. 그녀의 언니 또한 어이없다는 표정을 짓고 있었습니다. 금방이라도 내 말을 끊어 가로챌 기색이었습니다. 하지만 당신은 투바에게 엄한 눈길을 던졌습니다. 그 눈빛은 마치 이렇게 말하는 것 같았습니다. 안 돼, 투바! 그의 말에 끼어들지 마! 당신은 미아에게도 시선을 던졌습니다. 미아, 너도 가만있어. 당신은 테이블에 앉아 있는 모든 이들에게 그러한 신호를 보냈습니다.

당신은 다시 나를 바라보며 고개를 끄덕였습니다. 내게 말을 계속하라는 신호였지요.

나는 그레테 세실리에와 함께 아울란즈달렌 계곡을 거닐었던 일을 상세히 설명했습니다. 우리가 몸을 담고 있는 이 우주를 배경으로 존재의 불가사의함에 관해 나누었던 깊은 대화도 조금의 뿌듯함을 담아 자랑스레 묘사했습니다. 우리가 암흑 물질이라 부르는 것과 암흑 에너지라 부르는 것은 과연 무엇인가? 그보다도 먼저, 빅뱅이란 무엇인가? 하지만 우리의 대화는 우주에만 국한되지 않았습니다. 나는 산책을 하면서 보았던 온갖 산과 들의 꽃을 예로 들며, 우리 인간이 어떤 식으로 식물의 종과 속을 분류

했는지도 설명했습니다. 그 밖에도, 나는 긴 산책으로 얻은 아픈 발과, 모닥불을 피웠던 일, 옷을 벗어 던지고 강물에서 헤엄을 쳤던 이야기도 했습니다.

아픈 발이라 하니 생각납니다. 그렇습니다. 우리는 두 발로 걸어 산책을 했습니다. 나는 그 기회를 놓치지 않고 발과 관련된 나의 풍부한 전문적 지식을 늘어놓았습니다. 나는 그레테 세실리에게 인도유럽어의 단어와 그 어원을 소개했습니다. 그 첫 번째 예로 발이라는 의미를 지닌 단어 풋fot의 인도유럽어족 어원을 들어보았습니다. 발은 고대 노르드어로 fótr이며, 영어로는 foot, 그리고 독일어로는 Fuss입니다. 이들 단어는 게르만어의 *fōt-에서 유래되었으며, 그 어원은 고대 인도유럽어의 *ped-입니다. 이것은 인도유럽어족에 속하는 다른 언어에서도 자주 찾아볼 수 있습니다. 예를 들어, 산스크리트어의 pad-는 발을 의미하는 접두사이며, 팔리어로 기록된 불교 경전인 『법구경』에서는 이것이 '발걸음' 또는 '운율'의 의미로 나타납니다. 라틴어에서는 pes로 파생되었으며, 그 소유격은 pedis입니다. 이는 다시 현대 노르웨이어의 차용어인 pedal(페달), pedikyre(페디큐어)에서 볼 수 있습니다. 그리스어에서는 poús로 나타나며, 이는 다시 차용어인 포디움podium(지지대, 연단)의 형태로 변형되었습니다―나는 그 말을 할 때 투바에게 눈길을 던졌습니다—. 예를 들어, podium에서는 『하우그투사』 시에 멜로디를 붙여 노래를 할 수도 있겠지요.

나는 그레테 세실리에와 함께 늦은 저녁 프레트헤임 호텔에 체크인했을 때의 상황도 상세하게 설명했습니다. 물론, 우리는 사전에 각자의 방을 따로 예약해둔 상태였습니다. 우리는 호텔의 코스 요리로 저녁을 먹은 후, 호텔 정원으로 나가 서늘한 밤기운에 몸을 맡기고 다시 심오한 대화를 나누었지요.

그때, 당신이 끼어들었습니다. 당신의 표정은 미묘하기 그지없었습니다. 하지만 그레테 세실리에의 하반신은 마비되었어요. 여섯 살 때부터 하반신이 마비되어 걸을 수가 없었죠. 그때도 자동차 사고 때문이었습니다. 그래서 일곱 살 때 천체 망원경을 선물로 받았던……

아, 그렇군요. 나는 그렇게밖에 대답할 수 없었습니다.

당신이 말을 이었습니다. 그레테 세실리에는 글을 읽기도 전에 하늘에서 무엇을 보았는지 우리에게 이야기를 해주었어요. 그녀는 휠체어에 앉아 정확하게 조준된 렌즈를 통해 몇 시간이나 하늘을 바라보았답니다. 목성의 위성이나 달 표면을 볼 때도 있었고, 우리 은하계에서 몇백 광년이나 떨어진 안드로메다 은하를 볼 때도 있었지요. 이처럼 비록 하반신은 마비되었지만, 그녀가 빛의 속도로 우주 속을 여행하는 데는 전혀 지장이 없었어요.

나는 망연자실했습니다. 결국은 이렇게 탄로가 나는구나 싶었습니다. 동시에 왠지 마음이 가벼워졌습니다. 그것은 싸움에서 패배한 후 느낄 수 있는 일종의 체념과 안도감 같은 것이었습니다.

나는 그곳을 벗어나기 전, 독이 든 술잔을 마셔야만 했습니다.

미아가 어처구니없다는 표정을 지었습니다. 그녀는 이야기로만 들어 알고 있던 상황을 이제 직접 두 눈으로 본 셈이었습니다. 투바는 내게 경멸의 눈빛을 던졌습니다. 그녀의 표정은 마치 가면을 쓰고 베네치아의 카니발에 참석한 사람처럼 뻣뻣하게 굳어 있었습니다.

모든 것이 끝난 상황에서 나는 추모식장 안을 둘러보았습니다. 이젠 무대에서 퇴장할 때가 왔다는 생각이 스쳤습니다. 갑자기 말할 수 없는 피곤함이 온몸을 휘감아왔습니다. 어머니가 돌아가셨을 때부터 지속적으로 느껴왔던 나른한 피곤함과 비슷했습니다. 나는 시내에 가서 한잔 마셔야겠다고 생각했습니다. 호텔 브리스톨의 겨울정원 바를 찾거나, 호텔 콘티넨털의 로비도 괜찮을 것 같았습니다.

추모식장의 반대편에는 키 큰 사나이가 한 무리의 사람

들과 함께 유쾌하게 대화를 나누고 있었습니다. 하지만 그는 우리 테이블에서 무슨 일이 있었는지 지켜보고 있었던 것이 틀림없었습니다. 그리 넓지 않은 장소였으니 이상할 일은 없었습니다. 나와 눈이 마주친 그의 입가에 차가운 미소가 스쳤습니다. 그것은 싸움에서 승리한 의기양양한 자의 모습과 다를 바가 없었습니다.

나는 의자에서 반쯤 몸을 일으키고 당신을 향해 말했습니다. 실례지만 이제 가봐야 할 것 같습니다. 장례식장을 잘못 찾아온 것 같군요……

그때 당신의 표정을 어떻게 표현하면 좋을까요? 당신은 혐오와 경멸과는 거리가 먼, 솔직하고 궁금한 표정을 지었습니다. 하지만, 당신은 내게 단 한 마디만 했을 뿐이었습니다. 장례식장을 잘못 찾아오셨다고요?

나는 머리가 텅 빈 것 같았습니다. 너무나 수치스럽고 당황스러웠습니다. 내가 아는 그레테 세실리에는 잘 살고 있는 것 같습니다.

나의 말은 너무나 이상했습니다. 그레테 세실리에라는 이름으로 천체물리학 박사 논문을 쓴 사람이 도대체 몇 명이나 있을까요?

나는 그곳을 빠져나가기 위해 몸을 일으켰습니다. 그 순간 당신이 내 팔을 잡으며 그곳에 남아 있으라고 부탁했습니다. 추모식이 끝날 때까지만이라도 그곳에 있어달라고 말했습니다. 당신은 난처한 내 입장을 충분히 이해했음에도 불구하고, 내게 가지 말라며 거의 애원하듯 말했던 것입니다.

나는 그러한 당신의 반응이 모순적이며 이해 불가능한 것이라 생각했습니다. 그런 내게 당신은 이렇게 말했습니다. 당신은 내 동생의 살아생전 모습을 마치 사진을 보는 것처럼 잘 묘사해주셨어요. 그렇습니다. 당신은 내가 그린 고인의 초상화를 감사하게 받아들였습니다. 당신은 내 이야기가 처음부터 끝까지 일관되고 매우 특별하다고 말했습니다. 내 이야기에서 틀린 점은 하나뿐이었습니다. 바로 고인의 하반신이 마비되었다는 사실. 하지만 당신과 살아생전의 그레테 세실리에가 입버릇처럼 말했듯, 사람들은 그녀가 두 발로 걸을 수 없다는 사실에 필요 이상으로 집중하는 경향이 있었습니다. 그 때문에 예배당에서도 이 사실은 언급되지 않았습니다. 부고에서도 마찬가지였습니다. 그것은 유족들의 바람이기도 했습니다. 따지고 보면, 교통사고로 세상을 떠난 이가 두 발로 걸을 수 있든, 휠체어를 타고 다니든 그 무슨 상관이겠습니까. 그레테 세실리에와 학창 시절 함께 공부했던 나의 동료도 그녀의 하반신이 마비되었다는 사실을 말해주지 않았습니다. 그것은 그레테 세실리에라는 한 인간을 설명하는 데도, 보그스타베이엔에서 발생했던 사고를 설명하는 데 있어서도 본질적인 정보라고는 할 수 없었기 때문일 것입니다.

앙네스, 당신은 세상을 떠난 동생이 내 이야기에서처럼 산을 오를 수 있었다면 얼마나 좋았을까라고 말했습니다. 동생이 나와 같은 남자와 함께, 땀에 젖은 티셔츠를 입고, 야외에서 모닥불을 피우고, 강에서 헤엄을 치고, 밤늦게까지 호텔 정원에서 존재의 신비에 관해 대화를 나눌 수 있었으면 좋았겠다는 바람을 가지고 있었기에, 내게 남아달라고 부탁했던 것입니다.

내 이야기에서 들어맞지 않았던 부분은 바로, 두 발로 거친 산행을 했다는 점뿐이었습니다. 하지만 당신은 이렇게 말했습니다. 이젠 산행을 했던 동생의 모습도 그려볼 수 있어 기쁩니다.

나는 당신의 온화함과 관대함에 감동하지 않을 수 없었습니다. 나는 추모식장을 나서며 당신에게 가벼운 포옹을 건넸던 것으로 기억합니다. 적어도 그것만큼은 분명히 기억하고 있습니다. 왜냐하면 나는 성격상 누구에게 포옹을 건네는 일이 거의 없으니까요. 물론 당신에게 포옹을 건넬 때도 쉽지는 않았습니다. 하지만, 그때 당신에게 포옹을 건넸던 사람은 내가 아니었습니다. 그 포옹은 그레테 세실리에와 함께 산행을 했던 그녀의 동료가 건넨 것이었습니다.

몸을 돌려 코트를 가지러 갈 때, 등 뒤에서 당신의 목소리가 들렸습니다. 어떻게 동생의 모습을 그토록 생생하게 그려낼 수 있었는지 이해할 수가 없어⋯⋯

나는 아직도 내게 추모식이 끝날 때까지만이라도 남아 달라고 부탁했던 당신의 뜻을 이해할 수 없습니다.

바케크로엔 앞의 작은 잔디밭에는 아름다운 소녀의 바로크식 조각상이 서 있었습니다. 나는 허리를 숙여 금속판에 새겨진 글을 읽어보았습니다. 토르 보의 〈일곱 살〉.

나는 한참이나 그곳에 서서 멍하니 소녀의 조각상을 바라보았습니다. 내겐 자식이라곤 한 명도 없습니다. 문득, 딸이 있었다면 얼마나 좋을까 하는 생각이 스쳤습니다.

조각상 소녀는 그레테 세실리에가 천체 망원경을 선물받았던 때와 마찬가지로 일곱 살이었습니다. 하지만 그때 그레테 세실리에는 휠체어에 앉아 있었지요.

펠레

나는 오슬로로 이사 온 1970년대 초부터 장례식을 찾아 다니기 시작했습니다.

나는 할링달의 올 출신이었기 때문에 수도에는 아는 사람이 한 명도 없었습니다. 어머니는 내가 오슬로로 이사 오기 전해에 세상을 떠났고, 아버지는 내가 대여섯 살이 되던 해부터 연락을 해 오지 않았습니다. 하지만 나는 아버지를 선명히 기억하고 있습니다. 아버지의 머리는 길고 짙은 색이었으며, 코에는 커다란 사마귀가 나 있었습니다. 그리고 아버지는 자주 큰 소리로 웃었습니다. 그는 별것 아닌 일에도 웃음을 터뜨리곤 했습니다.

아버지의 이름은 에드바르 야콥센이며, 앞서도 말했듯

베르겐에서 태어났습니다. 그는 올에 가끔 들렀을 뿐입니다. 내가 태어난 후, 그리고 시골집 마당을 아장아장 걸으며 때로는 외양간이나 창고에서 숨바꼭질을 할 때까지도, 아버지는 그곳에 가끔 들렀을 뿐, 결코 오랫동안 머무른 적이 없었습니다. 어머니는 아버지에 관해 단 한 번도 자세하게 이야기해준 적이 없습니다. 나 또한 어머니에게 물어본 적이 없습니다. 의미 없는 일이었기 때문입니다. 어머니는 내가 대여섯 살 때부터 세상을 떠날 때까지 홀로 살았습니다. 사진첩에는 아버지와 내가 함께 찍은 사진이 꽤 많이 있습니다. 강가에서 긴 장화를 신고 낚싯대를 든 사진, 집 앞마당에서의 사진은 물론, 밧츠와 레이네스카르베 산山에서 찍은 사진도 있습니다. 그 사진들만 본다면, 아버지는 올에 산 적이 없다고 말해도 틀리진 않을 것입니다. 그곳에서 살며 일상을 보냈다면, 집 주변에서 매일 소소한 사진을 찍진 않았을 테니 말입니다. 적어도 그 당시엔 그랬습니다. 나는 어머니가 훗날 내게도 한때는 아버지라는 사람이 있었다고 증명하기 위해 그 사진들을 보관해두었다고 생각합니다.

학교에 입학했던 그해 8월 초, 어머니는 홀스다겐*으로 나를 데려갔습니다. 나는 그곳에서 말을 타고 지나가는 신혼부부를 보았습니다. 짐작건대 과거 할링식의 전통 결혼식이 어떻게 진행되었는지 보여주는 일종의 행사 같았습니다. 우리는 홀스피오르 해안가를 행진하는 신혼부부의 뒤를 따라 사람들과 함께 발을 옮겼습니다. 그 모습은 마치 5월 17일 독립기념일 축제를 한여름으로 옮겨놓은 것처럼 장관이었습니다. 그 외의 일은 거의 기억나지 않습니다. 나는 당시 일곱 살에 불과했으니까요. 행진이 끝나고 홀 마을 박물관에 왔을 때, 나는 어머니가 주었던 돈으로 제비뽑기를 했습니다. 운이 좋았던지 나는 잘 포장된 꼭두각시 인형 하나를 손에 넣을 수 있었습니다. 그가 바로 펠레입니다. 그는 공식적인 자리에선 페더 엘링센 스크린도라는 이름으로 불립니다.

앙네스, 당신도 그를 만나보았습니다. 당신은 아렌달에서 출발한 차 안에서 이미 그에게서 좋은 인상을 받았던 것으로 기억합니다. 그가 마음에 든다고 했던가요. 몇 킬로미터를 더 달린 후엔, 그가 매우 마음에 든다고 되풀이해서 말했습니다.

당신에게 보내는 이 편지 역시 펠레와 함께 쓰는 것이랍니다.

• 노르웨이의 전통 마을.

그 옛날, 펠레를 내 팔에 처음 끼웠을 때 그는 내 어깨까지 닿았습니다. 어머니에겐 겨우 팔꿈치에 닿을 정도였지요.

당신도 경험했듯이, 스크린도 씨는 인생의 황금기에 있는 남자입니다. 직업은 알 수 없지만, 그는 항상 은단추가 달린 짙은 청색의 블레이저와 하얀 바지를 입고 있습니다. 내가 어렸을 때는 그가 바다를 항해하는 배의 선장이라고 생각했습니다만, 지금은 확신할 수 없습니다. 나는 펠레의 과거에 관해 아는 것이 없습니다. 그는 입양된 아이와 다름이 없었습니다. 그렇습니다. 나는 펠레가 내게 오기 전에 어떤 삶을 살았는지 전혀 모릅니다. 하지만 우리는 처음 만난 날부터 떼려야 뗄 수 없는 벗이 되었습니다.

펠레는 이미 8월 오후의 그날, 홀에서 집으로 돌아오는 길에 내게 말을 걸었습니다. 나는 그의 솔직하고 스스럼없는 말을 매우 심각하게 받아들였고, 최대한 성의를 담아 대답을 해주었습니다. 평생을 두고 이어진 우리의 대화는 그때부터 시작된 것입니다.

나는 우리가 대화를 나눌 때, 그의 입에서 나오는 말은 그 누구의 것도 아닌 펠레 자신의 것이라 믿어 의심치 않습니다. 그는 단지 내 목소리를 빌려 말을 할 뿐입니다.

스크린도 씨는 내 삶의 전환점 역할을 했을 뿐 아니라

내게 매우 큰 의미를 지니고 있습니다. 나는 1959년 홀스다겐에서의 그날 이후, 아버지를 한 번도 본 적이 없습니다. 만약 아버지와 펠레가 만났다면, 나는 그 일을 잊지 못할 것입니다. 물론, 아버지도 마찬가지일 것입니다. 펠레는 거침없고 솔직하게 말하는 데 일가견이 있습니다. 나 같으면 차마 입 밖에 내지 못할 말도 그는 스스럼없이 할 수 있습니다.

당신도 아렌달에서 펠레가 얼마나 터무니없고 때로는 거북한 말을 할 수 있는지 경험해보았을 것입니다. 펠레는 당신에게 자명하다고도 할 수 있는 몇몇 질문을 던졌습니다. 하지만 그러한 질문은 내 입장에선 차마 던질 수 없는 매우 개인적인 질문이었습니다. 나는 그가 선을 넘었다고 생각했습니다. 당신과 처음 만난 자리에서 그 같은 질문을 던지다니요. 하지만 당신은 전혀 기분 나빠하지 않고, 솔직하고 스스럼없이 대답해주었습니다. 당신은 펠레의 눈을 바라보며, 그의 질문에 성심을 다해 대답했던 것입니다.

우리가 E18번 도로에서 나오기 위해 방향을 틀었을 때, 나는 당신에게 스크린도 씨의 무례한 태도를 대신 사과했습니다. 하지만 당신은 내가 펠레의 말과 태도까지 책임질 필요는 없다고 말했습니다. 나는 당신의 말에 동의한다고 말했습니다. 당신의 말은 현명하기 그지없었습니다. 그렇습니다. 나는 펠레가 무슨 말을 하든 그의 말까지 책임질 필요는 없습니다.

보편적인 진실과 사회적 예절을 생각했을 때, 만약 아버지가 그런 스크린도 씨를 만났다면 즉시 그의 머리를 비틀어버렸을 것입니다. 어쩌면 벽난로 속에 던져버렸을지도 모릅니다.

아버지는 내게 한 번도 폭력을 행사한 적이 없습니다. 그럴 만한 이유도 없었으니까요. 그러니 아버지가 어떤 사람이었는지 정확히 묘사하기는 쉽지 않습니다. 솔직히 나는 아버지가 어떤 사람인지 이해하려 시도해본 적도 없습니다. 하지만 아버지가 펠레를 못마땅하게 여겼으리라는 내 생각에는 변함이 없습니다.

펠레는 내가 학교에 입학했을 때부터 지금까지 내 삶의 든든한 지원자 역할을 해왔습니다. 그와의 관계가 잠시 단절되었던 적은 내가 아내와 함께 살았을 때뿐입니다. 당시 펠레는 컴컴한 옷장 속에서 비참한 삶을 살았기에, 나는 그런 펠레를 매우 안쓰럽게 여겼습니다. 그가 옷장 속에서 나왔을 때도 아내는 그를 한없이 경멸했기에 내 가슴은 찢어질 정도로 아팠습니다.

어린 시절, 외양간이나 창고에서 펠레와 이야기를 나눌

때, 그는 항상 꽤 높은 톤으로 말을 했습니다. 나는 내가 가지고 있던 본연의 목소리로 말을 했고, 펠레는 어른 목소리를 흉내 내는 듯한 내 목소리를 빌려 말을 했지요. 이렇듯 그는 내 목소리를 빌리긴 했지만, 항상 일관된 톤으로 자신만의 색깔을 유지했습니다. 가끔은 쉴 새 없이 말하는 펠레 때문에 성가실 때도 있었습니다. 그럴 때면 그의 목이 아니라 내 목이 아파왔기 때문입니다. 천으로 만든 인형이 목을 아파할 일은 없을 테니까요.

우리가 함께 대화를 나눌 때, 둘의 말을 구별하기는 어렵지 않았습니다. 서로 다른 목소리를 가졌기도 하거니와, 성격과 말투도 달랐기 때문입니다. 우리는 자주 의견 일치를 보지 못해 말다툼을 하기도 했습니다. 우리가 한 지붕 아래서 살고, 떼려야 뗄 수 없을 만큼 가까운 관계라는 점을 고려한다면, 많은 면에서 이처럼 서로 다른 의견을 지니고 있다는 사실은 매우 특이하다고도 할 수 있습니다.

우리는 둘 중 한쪽이 대화를 시작하거나, 또는 대화를 마무리 지으려 할 때 주로 의견 충돌을 경험했습니다. 특히 저녁 무렵에 그런 일이 자주 일어났습니다. 저녁이 되면 나는 조용하게 쉬고 싶을 때가 많았던 반면, 펠레는 더욱 말이 많아지기 때문입니다. 그럴 때면 나는 그에게 조용히 하라고 소리를 치기도 했습니다. 내가 일을 시작해 다음 날 아침 일찍 출근해야 할 때면 더욱더 귀찮기만 했습니다. 학교에서 강의를 하려면 전날 저녁 충분한 휴식을 취해야 합니다. 하지만 펠레에겐 그럴 이유가 없었습니다. 그는 하루 종일 집에서 자신만의 시간을 즐기기만 하면 됩니다. 나이가 꽤 든 후에는, 펠레의 말을 들어주기 귀찮을 때 단호하게 그를 내 팔에서 벗겨내기도 했습니다. 하지만 젊었을 때는 마음이 아파 결코 그러지 못했답니다.

물론 우리의 역할이 바뀔 때도 없지 않았습니다. 그 때문에 나는 펠레에게 불평을 늘어놓을 처지가 아니었습니다. 가끔은 내가 먼저 펠레에게 말을 걸 때가 있었지만, 펠레는 입을 굳게 다문 채 대답하지 않았습니다. 내게 화를 내고 있거나, 복수를 하기 위해서였을 것입니다. 어쩌면 자신만의 생각에 빠져 홀로 있고 싶었을지도 모릅니다. 그럴 때면, 나는 무시를 당한 것 같아 기분이 좋지 않았습니다. 그래서 펠레를 억지로 왼팔에 끼운 후, 그에게 소리를 지르기도 하고 그를 마구 흔들어보기도 했습니다. 그러나 아무 소용이 없었습니다.

나이가 좀 든 후엔, 펠레는 더 이상 내 목소리에 의지하지 않았습니다. 덕분에 내가 목이 아플 때 먹는 약을 구입하는 일도 점점 줄어들었습니다. 우리는 일종의 텔레파시를 통해 대화를 나누기 시작했습니다. 얼마간 시간이 흐르자, 우리는 같은 공간에 있지 않을 때도 대화를 나눌 수 있게 되었습니다. 나는 내 머릿속에서 들려오는 펠레의 목소리를 느낄 수 있게 되었고, 그에게 생각만으로 대답을 돌려주는 일이 가능하다는 것을 깨달았습니다. 펠레는 내가 무슨 생각을 하는지 즉각 알아차렸습니다. 나는 그런 펠레의 능력에 감탄했지요. 이쯤에서 한 가지 짚고 넘어가야 할 것이 있습니다. 나는 '초자연적 현상'을 믿지 않습니다. 따라서, 나와 펠레의 텔레파시 능력은 일종의 대화 기술이라 말하고 싶습니다.

우리가 대화를 나누는 방식에는 정해진 규칙이 없습니다. 나는 펠레의 말에 대답을 할 때 나직이 속삭이기도 하고, 크게 소리를 치기도 합니다. 우리가 물리적으로 다른 공간에 떨어져 있을 때도 마찬가지입니다. 가끔 기차나 버스를 타고 갈 때, 이러한 나의 행동은 주변 사람들의 관심을 모으기도 합니다. 하지만 지난 몇 년 동안 우리 사회는 급진적으로 변했습니다. 내게는 잘된 일입니다. 특히 휴대전화의 부품으로 나오는 작은 마이크를 재킷이나 셔츠 주머니에 넣어놓으면, 공공장소에서 눈길을 끌 이유도 없었습니다. 그 전에는 사람들이 내게 틱 장애의 일종인 투렛 증후군이 있다고 생각했겠지만, 지금은 길을 가며 누군가와 대화를 하듯 혼잣말을 하는 사람이 꽤 많습니다. 덕분에 사람들은 내가 펠레와 대화를 하는지, 아내와 휴대전화를 통해 대화를 나누는지 구별할 수가 없을 것입니다. 두 경우 모두 무선 통신의 형태를 바탕으로 하는 대화니까요. 무선 통신이라 해도 대화를 하는 데는 전혀 지장이 없습니다.

그렇다고 해서 우리가 평범한 방식으로, 즉 목소리를 이용해 대화를 나누는 것을 포기했다는 말은 아닙니다. 많은 경우, 펠레는 내 팔에 앉아 이야기를 합니다. 그가 내 팔에 앉아 있지 않을 경우엔 실질적인 대화를 나누기가 쉽지 않으며, 최근엔 더욱 그런 경향이 두드러졌습니다. 우리가 서로 다른 공간에 있을 때는 주로 짤막한 한 마디나 소리를 쳐서 의사소통을 하지만, 같은 공간에 있을 때면 펠레는 내 팔에 앉으려 꽤 귀찮게 굴기도 합니다.

나는 장거리 여행을 할 때 자주 펠레와 동행합니다. 펠레를 위해서이기도 하지만, 나 역시 말동무가 필요하기 때문입니다. 때로는 하루가 길어질 때도 있습니다. 나는 저녁에 호텔방에서 텔레비전을 보며 소일하는 것을 그리 즐기지 않습니다. 하지만 펠레가 내 팔에 앉아 있다면 문제없이 저녁을 보낼 수 있습니다. 우리가 할 이야기는 무궁무진하며, 나는 여전히 펠레의 생각과 의견에 호기심을 느낍니다. 아침 식사를 하러 내려가면, 부부로 보이는 남녀가 함께 앉아 있으면서도 말 한 마디 나누지 않는 광경을 자주 볼 수 있습니다. 어쩌면 그들에겐 더 할 이야기가 없을지도 모릅니다. 나는 그런 그들이 안쓰러워 견딜 수가 없습니다.

서쪽 지방에서 강연을 할 때, 나는 펠레에게 그가 할 수 있는 역할을 부여했습니다. 이제 내가 연단에 올라서 홀로 이야기하는 일은 거의 없습니다. 나는 펠레와 대화 형식으로 강연을 이끌어갑니다. 그 주제는 주로 인도유럽어족의 고유어와 고대 신화와 관련된 것입니다. 나는 바로 이러한 점 때문에 내가 세미나 초청 연사로서의 입지와 명성을 쉽게 구축할 수 있었다고 믿습니다. '야콥센과 스크린도 팀은 강연장을 뜨겁게 달구었다……'

펠레를 학교 교실에 데려가본 적도 있습니다. 뉘노스크어* 문법 시간에 그를 교육적 지원 도구로 사용하기 위해서였습니다. 하지만 그것은 생각처럼 큰 효과를 거두지 못했습니다. 심지어는 그 일이 있은 후 몇 년 동안, 학생들은 내 등 뒤에서는 물론 나의 면전에서도 서슴지 않고 나를 펠레라고 불렀습니다. 그 일은 교무실에서도 화제가 되었습니다. 어느 날은 한 동료가 내게 다가와 학생들이 왜 나를 펠레라고 부르는지 물어보기도 했습니다. 그는 당신의

---

* 신新노르웨이어로, 보크몰어와 함께 노르웨이의 공용어로 쓰인다.

동생과 함께 물리학을 전공했던 사람이기도 합니다.

*

올의 낡은 집을 팔고 오슬로로 이사 왔을 당시, 아버지
는 오슬로의 남동쪽 지역에 살고 있었으며, 몇 년 후 세상
을 떠났습니다. 그에겐 동거인, 또는 적어도 한 지붕 밑에
서 사는 여인이 있었습니다. 그녀의 이름은 솔베이였다고
기억합니다. 둘 사이에는 자식이 없었습니다. 유일한 상속
자였던 나는 아버지가 세상을 떠난 후 꽤 많은 재산을 물
려받았습니다. 그 때문에 나는 아직도 아버지가 살아생전
에 무슨 일을 했는지 가끔 궁금해하기도 합니다.

나는 아주 어렸을 때부터 그를 만나지 않았지만, 그는
아버지로서의 역할을 조금이나마 해내려고 나름의 노력을
했던 것 같습니다. 어머니가 보관해두었던 사진에서도 그
흔적을 찾을 수 있습니다. 그뿐 아니라, 내가 열여덟 살이
될 때까지 그는 해마다 내 생일과 성탄절에 빠짐없이 카드
를 보내주었습니다. 나는 아직도 그 카드들을 간직하고 있
습니다.

대학에 다닐 때, 나는 크링쇼의 학생 마을에서 큰돈을
들이지 않고 자취를 했습니다. 하지만 아버지가 물려준 재
산 덕분에 앞날에 대한 걱정은 크게 하지 않았습니다. 혹

여 자취방을 나갈 일이 있다 하더라도 집을 살 수 있을 정도의 돈이었으니까요.

나는 평생을 외동으로 자랐습니다. 올에는 사촌 두 명이 있을 뿐입니다. 그들의 이름도 여기에서 밝힐 수는 있지만, 굳이 그럴 필요는 없다고 생각합니다. 그들의 아버지는 돌아가신 내 어머니의 유일한 형제였습니다. 엠브리크 삼촌은 어머니가 세상을 떠난 직후, 트랙터 사고로 숨을 거두었습니다.

나는 단지 두 명의 사촌 때문에 고향인 올에 다시 돌아갈 이유는 없다고 생각했습니다. 가족적 소속감이라는 진부한 말에 혹해 그곳으로 다시 돌아가고 싶진 않았던 것입니다. 성탄절이나 신년, 또는 계절마다 건초를 쌓아 올릴 때나 겨울이 오기 전 양 떼를 몰아 안으로 들여올 때도 마찬가지였습니다. 친지의 결혼식이나 그만큼 중요한 일이 있을 때 초대를 받은 적도 있지만, 나는 단 한 번도 그런 초대에 응하지 않았습니다.

만약 내게도 자식이 있었더라면, 친척을 찾아보기 위해 올에 갈 수도 있었을 것입니다. 사촌들은 가끔 내게 자식들의 사진을 보내주기도 했습니다. 그 아이들 네 명 중 두 명은 결혼을 해서 가정을 이루었습니다. 몇 달 전, 나는 그들로부터 갓난아기의 사진을 MMS로 전송받았습니다. 보아하니 건강한 사내아이 같았습니다. 물론, 나는 그 아이에게 어떠한 부정적인 감정도 가지고 있지 않습니다.

나는 여행하는 것을 좋아합니다. 특히 국내 여행을 좋아해서 전국 방방곡곡 안 가본 곳이 없을 정도입니다. 물론 해외여행도 몇 차례 해본 적이 있습니다. 스웨덴과 덴마크, 심지어는 아이슬란드와 페로 제도에도 가보았지요. 하지만 올에는 한 번도 간 적이 없습니다. 이유는 단 하나뿐입니다. 내가 올을 방문하지 않는 것은, 내가 그곳에서 자랐기 때문입니다. 홀어머니와 살며, 가끔 뜬금없이 우리를 방문했던 아버지에 대한 기억을 되새기고 싶지 않기 때문이기도 합니다.

1950~1960년대에 남편 없이 홀로 사는 여인에 대한 인식은 지금과는 많이 달랐습니다. 따라서 어머니의 삶은 사회적으로나 경제적으로 매우 어려웠을 것입니다. 그뿐 아니라, 그 자손도 자신의 사회적 입지에 대한 회복 불능의 오명을 짊어진 채 살아야 했습니다. 아버지라는 남자가 가끔 찾아와 하루 정도 머문다고 해서 사람들의 평판이 좋아질 리도 없었습니다. 오히려 아버지가 아예 찾아오지 않는 편이 훨씬 나았을지도 모릅니다. 다행히도, 그는 자식이 학교에 들어가자 발길을 끊었습니다.

학급 친구들은 내가 홀어머니와 산다는 것을 알았고, 나의 아버지는 철새처럼 떠도는 방랑자에 불과하다는 사실도 알고 있었습니다. 심지어 어떤 아이들은 아버지의 코에 커다란 사마귀가 있다는 사실까지 알고 있었습니다. 그들은 아버지의 코에 왜 사마귀가 자랐는지 저마다의 이론을 내놓기까지 했습니다. 그건 아버지가 베르겐 사람이기 때문만은 아니었습니다.

그때의 일을 이야기하라면 끝도 없이 할 수 있습니다만, 여기에 세세히 늘어놓을 필요는 없을 것 같군요.

하지만, 단 한 가지 짚고 넘어갈 사항이 있습니다. 나는 올 지역은 물론, 그곳에 살고 있는 사람들 또는 그곳에 살았던 사람들에 대해서 그 어떤 나쁜 감정도 없습니다. 내가 만약 오슬로나 베르겐, 예를 들어 오르볼이나 필링스달렌에서 자랐더라면, 올에 이사를 가서 그곳에 자리를 잡고 살 수도 있었을 것입니다. 오늘날의 올 지역에는 문화 행사가 빈번히 열리는 데다, 강에는 아직도 물고기가 살고 있으며, 차만 타면 약 20년 전만 하더라도 스카르브헤이멘이라고 불렸던 계곡 너머의 마을까지 단숨에 갈 수 있기 때문입니다.

나는 어렸을 때 그 지역의 산을 자주 올랐습니다. 특히 열여섯 살 생일에 어머니가 스쿠터를 사준 후에는 더욱 산을 오르는 일이 잦아졌습니다. 이후, 나는 어머니가 아버지의 돈으로 내게 스쿠터를 사준 게 아닌가 자주 궁금해했습니다. 아버지가 세상을 떠난 후 꽤 많은 유산을 받자, 그 궁금증은 더욱 커졌습니다. 나는 열여섯 살 이전에도 자주 산을 올랐습니다. 자전거를 타고 갈 때도 있었고, 두 발로 걸어 올에서 약 20킬로미터나 떨어진 산을 오를 때도 있었습니다. 가파른 산을 오를 때는 힘들었지만, 내려올 때는 레벨이나 보튼달렌을 거쳤기에 힘들이지 않고 걸을 수 있었습니다.

히치하이킹은 한 번도 해보지 않았습니다. 이미 그 당시에도 산 위로 향하는 자동차를 볼 수 있었습니다. 특히나 여름철이 되면 산중에 별장을 소유한 사람들이 자동차를 타고 몰려들었습니다. 오늘날과 비교하면 그 수는 매우 적습니다. 반면, 히치하이킹을 하면 차를 얻어 탈 확률은 그때가 훨씬 컸습니다. 당시의 인심도 오늘날과 비교할 수 없을 정도로 좋았습니다. 또한, 그때는 차를 소유한 사람이 매우 드물었기 때문에 갓길에 엄지손가락을 치켜들고 히치하이킹을 한다고 해서 부끄럽게 여길 필요도 없었습니다. 하지만 나는 절대 그런 일은 하지 않았습니다. 어떤 사람이 차를 세워줄지도 알 수 없었거니와, 그가 어떤 의도로 차를 세워주었는지도 알 수 없었기 때문입니다.

산을 오를 때, 내 배낭 속에는 도시락과 몇몇 필수품 외에도 항상 펠레가 들어 있었습니다. 그 때문에 나는 누군가가 내 배낭을 낚아채 내용물을 남김없이 털어버릴까 봐 자주 걱정했습니다. 그러면 스크린도 씨가 불쾌해할 것은 물론, 상처를 입을 수도 있으니까요.

마을 사람들은 내 아버지뿐 아니라, 펠레에 관해서도 잘 알고 있었습니다. 뉘세틀리아 길을 거쳐 산을 오를 때 나와 펠레가 나누는 대화를 누군가가 엿들었던 일이 딱 한 번 있었습니다. 나는 그때 길 위에 서서 오른손으로는 자전거 핸들을 잡고, 왼팔에는 펠레를 끼운 채 서 있었습니다. 같은 반 여학생 두 명이 각자 양동이를 하나씩 들고 떡갈나무 사이의 덤불 속에서 블루베리를 따고 있다는 사실은 전혀 모르는 채, 펠레와 나는 폭포수처럼 말을 뱉어냈습니다. 한참이나 지나서야 여학생들이 덤불 밖으로 모습을 드러내고 우리를 향해 큰 소리로 웃어댔습니다. 그날 이후, 목격자들의 증언을 바탕으로 한 소문은 레벨과 올 지역에 바이러스처럼 퍼졌습니다.

나는 이미 그때부터 내가 또래 아이들에게 두들겨 맞고 왕따를 당했던 것이 아버지 때문만은 아니라는 생각을 하기 시작했습니다. 내게 우연처럼 찾아드는 불쾌한 일들은 그 누구도 아닌 바로 나 때문이라고 생각했던 것입니다. 성인이 된 지금도 마찬가지입니다. 나는 사회 속에서 외톨이이자 아웃사이더라는 점을 충분히 자각하고 있습니다.

당시 올과 같은 시골 마을에서는 집합적 망각 현상은 찾아볼 수 없었습니다. 그런 현상은 텔레비전이 들어온 후에야 시작되었지요. 하지만 텔레비전이 일상화된 것은 1970년대부터였습니다. 읍내에 있던 순드레할 극장은 온갖 소문의 근원지 역할을 했고, 그렇게 따진다면 교회 예배당도 마찬가지였습니다. 나는 오슬로에 이사를 오기 전에는 단 한 번도 극장이나 예배당에 발을 들여놓지 않았습니다. 하지만 교회 전례에 참석한 적은 가끔 있었습니다. 그곳에 가면 멀찍이 떨어져 사람들을 바라보는 것이 가능했고, 심지어는 그들과 몇 마디 나눈다 할지라도 여전히 홀로 조용히 나만의 자리를 지키는 일이 가능했기 때문입니다.

교회 성전의 천장은 조그마한 예배당보다 문자적으로나 시각적으로나 훨씬 높았습니다. 나는 교회에 가면 항상 마음이 편안했습니다. 수년 후 대학에서 철학과 노르드학을 공부했을 때 부전공으로 크리스트교 종교학을 선택했던 것은 그 때문인지도 모릅니다.

물론, 부전공 과목을 선택하는 데 가장 큰 역할을 했던 것은 바로 나의 학문적 관심이었습니다. 그 때문에 훗날 나는 고등학교에서 노르웨이어와 종교 과목을 둘 다 가르칠 자격을 얻을 수 있었습니다. 철학과 크리스트교의 조합은 내가 교사로서 일할 수 있는 탄탄한 배경이 되었습니다. 세상의 종교는 인생관과 윤리를 다루며, 여기에는 철학이 포함될 때도 있기 때문입니다.

나는 기차를 타고 베르겐으로 갈 때면 할링달을 거쳐 갔습니다. 기차가 욀역에 멈출 때면, 심장이 거세게 뛰고 눈물이 흐를 때도 있었습니다. 기차가 다시 움직이면, 나는 창가에 서서 또는 좌석에 앉아 감정을 추스르지 못했다는 사실에 수치심을 느끼기도 했습니다. 기차가 욀에서 몇 분 이상 멈추어 있을 때도 나는 기차에서 내린 적이 없습니다. 만약 그랬다면 감정을 주체할 수 없어 쓰러졌을지도 모릅니다. 혹여, 그곳에서 학교를 함께 다녔던 아이가 NSB*에 취직해 일을 하거나, 같은 기차를 타고 여행 중일지도 몰랐기에, 그런 일은 절대적으로 피해야만 했습니다.

한두 번쯤은 직접 차를 몰고 국도를 달려 아울란이나 예일로를 거쳐 욀까지 간 적이 있습니다. 기차에서는 내가

---

* 현재의 민간철도회사 VY 이전에 노르웨이의 철도를 담당했던 국립철도공사.

살던 시골집을 볼 수 있었지만, 새로 생긴 국도에서는 그 집을 볼 수 없었습니다.

오슬로로 이사하고 1년쯤 지난 날, 나는 처음이자 마지막으로 기차를 타고 올까지 가보았습니다. 오직 내가 자랐던 시골집을 보기 위해서였습니다. 나는 핀세역에 내리자 큰 숨을 들이쉬며 신선한 산 공기를 마신 후, 곧바로 반대편 기차를 타고 오슬로로 돌아왔습니다. 내가 살던 시골집에는 낯선 사람들이 살고 있었습니다. 돌아오는 길에는 문득, 옛집에 아이들도 살고 있는지 궁금해졌습니다.

그곳의 산속에 자리한 오솔길을 걸은 적도 있습니다. 하지만 산마을 쪽으로는 한 번도 발을 옮긴 적이 없습니다. 이상하게 들릴지도 모르겠지만, 여름철에는 헴세달에서 시작되는 파니툴베이엔 유료도로를 이용하면 할링달의 올까지 차를 타고 갈 수도 있습니다. 즉, 여름에는 레벨이나 밧츠를 거치지 않고서도 레이네스카르베산 꼭대기까지 올라가는 것이 가능했지요.

나는 할링달의 산을 찾은 적이 없습니다. 이제는 불쾌한 기억은 모두 사라지고, 그리움만 남아 있을 뿐입니다. 그곳을 찾을 때는 어느 정도의 위험을 감수해야 합니다. 어렸을 때 같은 마을에 살았던 이웃과 갑자기 마주칠 수 있으니까요. 그도 그럴 것이 당시는 이미 저명한 영국의 산악인 슬링스비가 노르웨이의 산을 오르며 서쪽 지방 농부들에게 등산을 일종의 스포츠로 각인시켰던 때로부터 무려 150여 년이나 지난 때였기 때문입니다.

하지만 나는 그처럼 우연한 만남을 위해서도 만반의 준비를 했습니다. 예를 들어, 아버지의 코에 왜 사마귀가 생겼는지 안다고 주장했던 그와 마주치게 된다면 사마귀에 관한 적절한 해명도 이미 생각해두었습니다. 왜 고향 마을을 찾지 않았느냐고 묻는다면, 매우 특별한 일 때문에 산 너머 반대쪽에 자리한 헴세달에 머물고 있어서라고 말할 생각이었습니다. 이처럼 나는 만약을 대비해 매우 상세하게 꾸민 이야기들을 미리 준비해놓았던 것입니다.

한때 나의 아내였던 여인과도 함께 그 산을 오른 적이 있습니다. 그녀는 지도를 무릎 위에 놓고서, 왜 내가 군이 이처럼 가파르고 울퉁불퉁한 길을 달리는지 이해하지 못했습니다. 산에서 내려갈 때는 레벨이나 보튼달렌으로 향하는 7번 국도를 타고 할링달을 가로지르면 훨씬 짧은 시간에 편히 갈 수 있는데도 말입니다. 하지만 거리와 편안함은 가끔 상대적으로 작용합니다. 별스럽다고 해야 할까요. 나는 헴세달을 가로지르는 길고 울퉁불퉁한 길이 훨씬 더 짧고 가깝다고 느꼈습니다.

나는 산행을 하기 며칠 전, 아내에게 올에서 보냈던 나의 어린 시절에 관해 모두 이야기해주었습니다. 내가 과거에 왕따의 희생양이었다는 사실도 밝혔습니다. 그녀는 내가 아버지 없이 홀어머니 아래서 자랐다는 사실은 첫 만남 때부터 이미 알고 있었고, 전혀 개의치 않았습니다. 하지만 그녀는 왕따를 당했던 사람과 결혼했다는 점을 견디지 못했습니다. 마치 나의 수치심과 모욕감이 그녀에게 전염된 것만 같았습니다.

그날의 산행은, 레이둔이 나만 열어볼 수 있는 옷장 서랍 속에서 펠레를 찾아내고 며칠 지나지 않아 이루어졌습니다. 학교에서 회의를 마치고 집으로 돌아오니, 그녀가 현관에 서서 펠레를 마구 흔들어댔습니다. 나는 그녀에게서 펠레를 받아 들고 왼팔에 끼운 후, 그녀에게 펠레를 소개시켜주었습니다. 나는 스크린도 씨가 자신의 특이한 목소리로 자유롭게 말하도록 가만히 내버려두었습니다. 그때 펠레의 목소리는 나의 목소리보다 한 옥타브 정도 높았습니다. 내가 변성기를 거쳤기 때문이지요. 펠레는 레이둔에게 직접 자기소개를 했습니다. 하지만 그녀는 전혀 매력을 느끼지 못했습니다. 놀라운 일은 아니었습니다. 바로 그 때문에 내가 펠레를 옷장 속에 숨겨두었던 것이니까요.

나의 아내는 매우 아름다운 여인이었습니다. 적어도 매

우 아름다운 눈을 가진 여인이었습니다. 하지만 그녀는 농담을 하거나 장난을 치는 일이 거의 없었습니다. 그녀와 함께 게임을 하거나 재미로 타인을 가장하는 놀이는 생각도 할 수 없었습니다. 내가 하얀 챙 모자를 쓰고 검은 선글라스를 낀 채 화려한 버뮤다 반바지를 입고 그녀를 유혹하려 시도해본 적도 있지만, 전혀 먹혀들지 않았습니다. 그 일이 있은 후, 그녀는 몇 달 동안이나 나와 말을 섞지 않았습니다. 어느 날 저녁 잠자리에 들기 전, 내가 그녀의 분홍색 잠옷을 입고 침대 위에 누워보기도 했지만, 역시 마찬가지였습니다. 그녀는 불같이 화를 내며 나를 쳐다보려 하지도 않았습니다.

지금에서야 그녀의 장점을 짚어본다면, 그녀는 매우 깔끔하고 정리정돈을 잘하는 여자라 말할 수 있습니다. 또한, 우리는 가끔 와인을 함께 마시며 기분 좋게 대화를 나눌 때도 없지 않았습니다. 하지만 레이둔은 단 한 번도 농담을 하거나 장난을 치는 일이 없었습니다.

그날의 산행은 결혼 생활을 유지시키기 위한 나의 눈물겨운 노력이었습니다만, 결과는 내 예상과는 달리 공허할 뿐이었습니다. 나는 레이둔이 야생적이고 아름다운 고향 마을의 자연을 접한다면, 그곳에서 보낸 나의 유년 시절을 조금이나마 이해할 수 있을지도 모른다고 생각했습니다.

하지만 그녀는 조금도 달라지지 않았습니다. 내가 그곳의 자연을 내 어린 시절과 연관시키면 시킬수록, 그녀는 마음의 문을 더욱 굳게 닫아버렸습니다. 궁지에 몰린 나는, 내가 경험했던 산마을의 '기묘한 일'에 대해서도 이야기해주었습니다. 나는 레이둔이 「페르 귄트」*를 읽지도 보지도 않았다는 걸 잘 알고 있었기에, 그 작품에 나오는 표현을 사용했던 것입니다. 심지어 그녀는 페르 귄트가 누구인지도 몰랐습니다. 하지만 그녀의 마음을 돌릴 수는 없었습니다. 그녀는 산마을의 자연 속에서 왕따의 희생양이었던 한 인간의 비참한 그림자만 보았던 것입니다. 그녀는 자연 신비주의자였던 그레테 세실리에와는 정반대의 인간이었습니다. 나는 라우브달스브레아 고원을 가리키며 펠레와 내가 함께 앉아 우주의 미스터리를 주제로 심오한 대화를 나눈 적이 있다고 말했습니다. 하지만 그녀는 귀머거리가 된 듯 내 말에 전혀 관심을 보이지 않았습니다.

나의 아내는 레벨과 보튼달렌을 거쳐 오슬로의 집으로 가는 동안에도 나를 이해하려는 기미를 보이지 않았습니다. 하지만 나는 포기하고 싶지 않았습니다. 거기서 물러설

---

* 노르웨이의 대문호인 헨리크 입센의 희곡. 몽상에 빠져 방랑하던 페르 귄트가 늙어서 고향에 돌아와 아내인 솔베이의 사랑에 의하여 구원을 받는다는 줄거리이다.

마음도 없었습니다. 나는 할링달을 거쳐 차를 몰 생각은 없다고 단호히 말했고, 내 말을 지켰습니다.

소크나에 이르렀을 때, 조수석에 앉아 있던 그녀가 화장실에 가야 한다며 차를 세우라고 말했습니다. 나는 루스타드 카페 앞에 차를 세우고 그녀를 내려주었습니다. 그날 차를 타고 가며 우리가 나누었던 말은 그 한 마디뿐이었습니다. 나는 운전석에 앉아 그녀가 돌아올 때까지 기다렸습니다. 그때 시동을 끄고 기다렸는지는 기억이 나지 않습니다.

그로부터 한 시간 후, 우리는 집에 도착했습니다. 나는 펠레가 옷장 속에 있다는 것을 알고 있었습니다. 레이둔이 침실에 들어가는 것을 보지 못했으니까요. 그럼에도 나는 레이둔이 깊은 잠에 빠질 때까지 뜬눈으로 기다렸습니다. 언제 그녀가 벌떡 일어나 펠레를 공격할지 알 수 없었기 때문입니다.

*

중학교를 마친 후, 나는 집에서 몇십 킬로미터나 떨어진 골에 있는 할링달 고등학교에 입학했습니다. 한마을에서 살던 익숙한 얼굴만 보다가 다른 지역에서 모여든 낯선 또래들과 만나니 새롭기만 했습니다. 하지만 말에는 전염성이 있다고 하지요. 그것은 수천 년 동안 지속된 일이기도 합니다. 얼마 가지 않아, 내가 누구인지 전교생이 모두 알게 되었습니다.

네스에서 온 한 여학생과 운동장에 서서 대화를 나누고 있을 때, 그녀가 뜬금없이 질문을 던졌습니다. 아버지의 코에 난 사마귀가 나 때문이냐고. 나는 아버지를 10년 이상이나 보지 못했습니다. 그럼에도 아버지의 사마귀는 여전히 멍에처럼 나를 따랐던 것입니다. 그뿐 아니라, 어느 날 매우 귀엽고 상냥한 여학생과 이야기를 나눌 때, 그녀는 내게 아직도 인형을 가지고 노느냐고 물었습니다. 펠레와 대화를 나누는 모습을 뉘세틀리아에서 블루베리를 따던 여학생들에게 들킨 지 수년이나 지났는데도 말입니다.

나는 고등학교에 입학할 때 이미 스쿠터를 소유하고 있었습니다. 덕분에 일시적이긴 하지만 또래 아이들은 부러움을 담은 눈으로 나를 보았고, 나는 잠시나마 왕따를 면할 수 있었습니다. 나는 스쿠터가 있음에도 매일 버스를 타고 등하교를 했습니다. 올-골-올에 이르는 거리는 스쿠터를 타기엔 너무나 멀었고, 연료비도 꽤 비쌌습니다. 그로부터 1년 후, 열여덟 살이 되던 해, 나는 운전면허를 땄고 여름방학 때 베르고 식료품점에서 아르바이트를 해서 모은 돈으로 중고차 한 대를 마련했습니다. 졸업반이었던 고등학교 3학년 때는, 여전히 버스를 타고 등하교를 하는 대부분의 아이들과는 달리 직접 차를 운전해 학교에 갔습니다. 낡은 포드는 학교 건물 앞 교사 전용 주차장에 세워두었기에 아이들의 눈에 띌 수밖에 없었습니다. 그 후에는 아이들이 나를 따돌리지 않았습니다. 하지만 나는 여전히 외톨이로 남아 있었습니다. 이전과는 다른 이유 때문이긴 하지만 말입니다. 자주 있는 일은 아니었지만, 나는 주말에 파티를 열고 술을 마시는 아이들을 위해 운전수 역할을 하기도 했습니다.

할링달 고등학교에 재학 중, 나를 구렁텅이에서 구해주었던 사람은 바로 노르웨이어 선생님이었습니다. 그의 이름은 하랄 인드레이데였고 순뫼레 출신이었습니다. 나를 지금의 나로 만들어주었던 사람은 바로 그였습니다. 그는 언어와 언어의 역사에 대한 나의 관심은 물론, 특히 전통 서사 문학과 전통의상에 부착하는 은 브로치에 숨겨진 이야기를 통해 고대 노르드 문화에 대한 나의 호기심을 일깨워주었습니다. 물론, 북유럽의 고대 역사를 살펴보면 아이슬란드인을 향한 불공평하고 피에 젖은 과거를 피할 수 없었습니다. 노르드 문학은 엄밀히 따졌을 때 '고대 노르웨이 문학'이 아니라, 아이슬란드 문학이라 해야 합니다.

교과서에는 '인도유럽어'에 관해 게르만어와 고대 노르

드어의 근원적 언어로만 간단히 설명되어 있었습니다. 하지만 나의 호기심은 거기에서 멈추지 않았습니다. 나는 인도유럽어와 그 문화가 고대 북유럽 신화와도 밀접한 관계가 있다는 사실에 매력을 느꼈습니다. 현재의 나를 이루는 뿌리는 바로 거기에서 흔적을 찾아볼 수 있습니다. 어느 날 우연히—그렇습니다, 우연이라고 말할 수밖에 없겠지요—하랄 인드레이데 선생님은 내게 조르주 뒤메질을 읽어보라고 권했습니다. 그는 나 같은 학생이 있다는 사실이 감사하다며, 내게 자신의 책을 빌려주기 시작했습니다. 덕분에 나는 오슬로에 오기 전부터 이미 문헌학자로서의 자질을 갖출 수 있었습니다.

나의 학문적 발전에 도움을 주었던 사람은 할링달 고등학교의 노르웨이어 선생님뿐만이 아닙니다. 학교 과제와 전공과목을 공부하는 데 페더 스크린도 또한 내게 의미 있는 도움을 주었습니다. 그는 내가 배운 것을 복습하는 일을 매일같이 도왔습니다. 그는 놀랍게도 나보다 기억력이 훨씬 좋았습니다. 나는 이 사실을 같은 반 친구들에게 절대 말하지 않았습니다. 심지어는 하랄 인드레이데 선생님도 내가 펠레의 도움을 받았다는 사실을 몰랐습니다. 나는 펠레 덕분에 매년 기말고사와 공식 졸업 시험에서 보크몰, 뉘노스크를 포함한 노르웨이어 과목의 필기시험은 물론 구두시험에서도 최고 점수인 6점을 받을 수 있었습니다. 여기서는 최고 점수를 받은 사람이 나라고 말하기보다는 '우리'라고 해야 적합할 것 같군요.

몇 년 후, 스크린도 씨는 스스로 '스크린도유럽인'이라고 말했습니다. 이렇듯 그는 재치 있는 농담을 하는 데도 나보다 한 수 위였습니다.

나는 대학에서 기초과목을 이수한 후, 전공으로 노르웨이어학, 또는 당시의 학문명으로는 노르드학을 선택했습니다. 프랑스어, 이탈리아어와 같은 다른 과목은 생각지도 않았습니다. 노르드학은 스웨덴어와 덴마크어도 일부 포함하고 있었습니다. 나는 그 자체만으로도 충분히 매혹적이라고 생각했습니다. 물론 주로 다루었던 것은 스웨덴어나 덴마크어가 아니라 고대 노르드어였지만, 그렇다고 해서 관심이 줄어들었던 것은 아닙니다. 우리가 사용하는 언어의 뿌리인 노르드어, 또는 노르드 게르만어를 연구한다는 것은 매우 흥미로운 일입니다. 하지만 게르만어는 인도유럽어족의 여러 갈래 중 하나에 불과할 뿐입니다. 인도유럽어족에서 파생된 언어는 인도이란어, 이탈리아어, 켈트어, 발트슬라브어, 그리스어, 아르메니아어, 알바니아어뿐 아니라, 현재는 사멸된 아나톨리아어와 토카라어도 있습니다.

당시 노르웨이어학에서는 지역어 또는 사투리를 연구하는 과정도 있었습니다. 그것은 바로 나를 다루는 학문이라 해도 과언이 아니었지요. 나는 지역어, 더 정확히 말하자면 사투리를 사용하는 살아 있는 예라 할 수 있었습니다. 노르웨이어의 사투리는 지역적 특색이 매우 강합니다. 그 옛날에는 깊은 계곡과 피오르, 높은 산 때문에 타 지역과의 접촉이 거의 이루어지지 않았고, 덕분에 각 지방에서는 고유의 사투리를 오래도록 보존할 수 있었습니다. 고립되었던 지역 간에 소통이 이루어지기 시작했던 것은 오슬로 전기 발전소에서 수력 발전소를 세우기 위해 길을 닦은 후였습니다. 이 나라의 문명과 생활수준 향상에 큰 역할을 했던 수력 발전소는 그 후, 북극해에서 발견된 석유와 자리바꿈을 했습니다.

1970년대 초반만 하더라도, 시골 사투리를 사용하는 것은 자주 부끄럽고 수치스러운 요소로 작용했습니다. 하지만 노르드어학이나, 민간전승학을 공부하는 학생들에겐 매우 유리하게 받아들여졌습니다. 그러한 환경에서는 고유의 지역어나 사투리를 완벽하게 구사하고, 특히 고전적 단어나 표현을 현재형, 과거형과 나누어 정확히 구사할 수 있는 사람들을 존경과 감탄의 눈으로 바라보기까지 했지요. 그것은 문법형태소의 변형과 활용을 정확히 이해해야만 가능한 일이기도 했습니다. 내가 사용했던 사투리에는 고대 인도유럽어의 흔적이 곤이곤대로 나타납니다. 할링달에서는 지금도 여전히 시제가 아닌 주어의 형태에 따라 동사 형태가 변화되는 양상을 보입니다. 그 예로, '나는 걷는다-그들은 걷다, 나는 본다-그들은 보다, 나는 존재한다-그들은 존재하다e går-dei gå, e ser-dei sjå, e æ-dei æra' 등을 들 수 있습니다. 동사의 과거 시제는 접미 또는 접두 음소를 변형시키는 것으로 구별합니다. '나는 걸었다-그들은 골었습니다, 나는 보았다-그들은 부았다, 나는 존재했다-그들은 준재했다e jikk-dei jingo, e såg-dei sogo, e va-dei voro'* 등의 예를 들 수 있습니다.

이제 문헌학자적 내 입장을 구구절절이 설명하는 것은 이쯤에서 접어야 할 것 같습니다. 단 한 가지 강조하고 싶은 점이 있다면, 나는 항상 두 언어를 상용하는 사람으로 살아왔다는 것입니다. 나는 현재까지도 할링달 사투리는 완벽하게 구사할 수 있습니다. 또한 오슬로에서 살기 시작했던 첫날부터는 표준어인 보크몰을 완벽하게 구사했습니다. 언젠가 내가 아버지라 불렀던 사람이 보수적인 표준어

---

* 원문의 음소 변형에 따른 의미적 번역은 우리말로 불가능하기에 한국어의 변형꼴은 역자의 재량에 따라 표기했음을 밝힌다.

를 사용했던 점이 큰 도움이 되었던 것 같습니다. 더욱 중요한 것은, 그때까지 내가 읽었던 책들은 모두 보크몰로 기록되어 있었다는 사실입니다. 게다가 내가 언어를 감지할 수 있는 매우 정확하고 세련된 귀를 가지고 있다는 것도 큰 역할을 했던 것이 틀림없습니다.

두 언어를 구사할 수 있다는 점은 때로 매우 유용합니다. 내가 어느 지역 출신인지 굳이 밝히고 싶지 않을 때는 표준어를 사용하면 됩니다. 반면, 할링달 사투리를 사용하는 것이 장점으로 작용할 때도 있습니다. 최근 몇 년 동안, 나는 펠레와 대화를 나눌 때 거의 매번 표준어인 보크몰을 사용했지요. 그러면 펠레는 할링달 사투리로 대답을 했습니다. 그 역할을 바꾸어 할 때도 있었습니다. 우리에겐 역할을 바꾸는 것이 전혀 문제 되지 않았습니다. 우리는 둘 다 양쪽 언어를 완벽하게 구사할 수 있었으니까요.

앙네스, 당신이 나의 억양을 귀 기울여 들어본 적이 있는지 모르겠군요. 짐작건대, 그다지 큰 관심을 두지 않았을 것입니다. 나는 당신과 이야기를 나누었을 때 오슬로를 포함한 동쪽 지방 사투리가 아닌, 완벽한 표준어로 말을 했습니다. 하지만 다음번에 당신을 만나게 된다면 1960년대의 할링달 사투리로 말을 해보겠습니다. 당신의 반응을 보는 것도 흥미로울 듯합니다.

내가 너무 앞서 나간 건 아닌가 걱정이 됩니다. 현재로선 우리가 언제 다시 만날 수 있을지 알 수 없기 때문입니다.

*

나는 오슬로에서 처음 몇 달 동안 히피족으로 살았습니다. 이미 말한 적이 있다고 기억합니다. 내가 마리안네와 스베레를 만났던 것은 바로 그때였습니다. 펠레를 제외하고 내 삶의 또 다른 진정한 벗이라 할 수 있는 욘욘을 만난 것도 바로 그 시기였습니다. 그것은 불과 몇 달에 지나지 않는 매우 짧은 기간이었습니다.

그 시기의 이야기는 이쯤에서 접는 것이 좋겠습니다. 그것은 내가 이 편지에서 풀어가려는 이야기와 완전히 다른 시기의 일들이기 때문입니다. 어쨌든, 당시 고립된 생활을 하던 나는 일종의 소속감과 연대감을 찾기 위해 왕궁 앞 공원을 서성거렸습니다. 당시 홀로 수도를 찾았던 이는 나만이 아니었습니다. 그들 또한 소속감을 찾기 위해 무리 속에서 헤맸습니다. 나는 그곳에 모여 있던 사람들이 평균 이상의 지적 소유자라고 생각했습니다. 물론, 내 생각이 틀릴 수도 있습니다.

니세베르게의 전형적인 히피 문화를 지금 당신에게 보여줄 수 없는 게 아쉽습니다. 그곳에서 함께 생활했던 히

피족들은 내가 올에서 상경한 가난한 시골 청년이라고는
생각지도 않았습니다.

나는 히피족의 삶을 살며, 나 스스로를 펠레라고 불렀습니다. 욘욘에게 펠레를 소개시켜줄 기회가 생겼을 때는, 그를 야코브라는 이름으로 소개했습니다. 왜 그랬는지는 나도 모릅니다. 어쩌면 나는 그 연극 같은 히피족의 삶에서 우리의 역할을 바꾸고 싶었는지도 모르겠습니다. 야코브라는 내 이름이 플라워 차일드*의 이름으로는 적합지 않다고 생각했을지도 모릅니다. 반면, 대학에서의 나는 의심의 여지 없이 항상 야코브 야콥센이라는 이름으로 불렸습니다. 따지고 보면, 나는 당시 두 개의 정체성을 가지고 살았던 것이나 다름없습니다. 내가 소푸스 부게관**에서 강의를 들을 때나, 도서관에서 공부를 할 때, 펠레는 크링쇼에 있는 내 자취방의 창틀에 앉아 나를 기다렸습니다.

공원에서 플라워 차일드로 살았던 삶에도 나름의 규칙과 질서가 있었습니다. 히피 문화는 여러 면에서 볼 때 인도 문화에 뿌리를 둔 철학적 움직임이라 할 수 있었습니

* 1960년대 히피족들은 스스로를 플라워 차일드 즉 '꽃의 아이들'이라 칭했다.
** 오슬로 대학의 인문학관 명칭으로, 노르웨이의 저명한 언어학자이자 문헌학자인 소푸스 부게의 이름을 딴 것이다.

다. 나는 오슬로에 오기 전부터 인도 철학, 특히 아드바이타 베단타*에 관심이 많았습니다.

산스크리트어로 '아드바이타advaita'는 '둘이 아닌' 또는 '불이不二'라는 의미를 지니고 있습니다. 즉, 우리는 지금 불이일원론적 철학을 이야기하고 있는 것입니다. 아드바이타의 '아a-'는 고대어에서 부정을 의미하는 접두사로 사용되었으며, 그리스어의 agonistiker(불가지론학자)의 a-, 노르웨이어의 umulig(불가능한)의 u-와 같은 역할을 합니다. 또한 드바이타dvaita는 인도의 이원론적인 철학을 대표하는 학풍입니다. 어원적으로는 노르웨이어의 숫자 2를 가리키는 to와 뿌리를 같이하며, 이것은 고대 인도유럽어의 *dwo-에서 유래되었습니다. 고트어의 twai, 독일어의 zwei, 영어의 two, 라틴어의 duo도 마찬가지입니다. 이와 관련하여, 고대 인도유럽어의 흔적을 가장 분명하게 볼 수 있는 언어는 스웨덴어입니다. 스웨덴에서는 två라고 하지요. 노르웨이어에서는 tvetydig(모호한, 두 가지 뜻으로 사용될 수 있는), tvekamp(결투), tveegget(칼의 양날),

---

* 인도 육파六派의 하나인 베단타 학파 계통의 한 분파로, 8세기 철학자인 샹카라가 창시했다. 절대 변치 않는 가장 내밀하고 초월적인 자아(영혼)인 아트만Atman, 我이 세상 전체에 퍼져 있는 우주적 영혼이자 우주의 근본원리인 브라만brahman, 梵과 동일하다는, 즉 불이일원론을 주창했다.

tvekjønnet(양성, 자웅동체), tvisyn(이원론), tvinne(꼬다, 뒤틀다), tviholde(양손으로 단단히 쥐다)와 같은 단어에서처럼 변형되어 사용되기도 합니다. 이처럼 대부분의 인도유럽어족에 속하는 언어에서는 숫자를 지칭하는 단어가 거의 변형 없이 이어져 내려오는 것을 볼 수 있습니다. 드바이타dvaita는 라틴어의 차용어인 dualism(이원론)과 어원적으로나 철학적 의미로나 깊은 관련이 있습니다.

나는 안드리네의 추모식 직후, 숲속의 오솔길에서 윌바를 만났을 때 왜 이 말을 하지 않았는지 아직도 가끔 후회합니다. 인도유럽 문화를 살펴볼 때 밀접한 관계에 있는 것은 언어뿐만이 아닙니다. 인도유럽적 사상 또한 서로 밀접한 관련이 있습니다. 사고와 언어는 떼려야 뗄 수 없는 관계에 있으니까요. 그렇다면, 그 옛날 인도와 지중해 연안의 국가들 사이에는 의미심장한 문화적 교류가 있었다고 생각해볼 수 있습니다. 윌바도 바로 그 점을 강조하고 싶었을지 모릅니다. 인도철학의 이원론적 성격은 서양의 철학자인 플라톤과 데카르트에게서도 볼 수 있습니다. 소크라테스 이전의 철학가인 헤라클레이토스의 사상에서는 불교 철학을 연상시키는 요소를 많이 찾아볼 수 있습니다. 헤라클레이토스와 석가모니는 비슷한 시기에 살았고, 그때는 불교의 가르침이 지중해 연안에 널리 퍼지기 전이었습니다. 인도 철학자 중에서는 서양의 스피노자를 연상시키는 사람도 있습니다. 800년대 초에 전성기를 맞았던 샹카라는 아드바이타 철학, 즉 불이일원론적 철학 또는 범신론적 철학의 바탕이 되는 사상을 정립했던 사람이기도 합니다. 이 사상에서는 신의 세계와 인간의 세계를 구분 짓지 않습니다. 존재하는 모든 것은 영원한 단일 개체이며, 그 모든 것은 신이라고 믿었습니다. 우리가 경험하는 현상 세계는 단지 실체 없는 허상인 마야maya, 환상, 환영에 바탕을 두고 있을 뿐이지요.

왕궁 앞 공원에 발을 들여놓았을 때, 나는 이미 『우파니샤드』*와 『바가바드 기타』를 읽은 후였습니다. 물론, 내가 읽었던 『바가바드 기타』는 이 세상에서 가장 광범위한 영웅 신화를 다룬 『마하라바타』의 20만 개가 넘는 운문의 일부분일 뿐입니다. 이처럼 나는 관련된 지식을 바탕으로 히피 문화 내에서 독립적인 입지를 차지할 수 있었습니다.

나는 그곳에서 학자적 태도를 드러내지 않으려 무진 애를 썼습니다. 머리에 떠오르는 말이 있다면, 존재의 가치를 중요하게 여기는 여느 히피족들과 마찬가지로 지나가다

---

* 힌두교의 철학 사상을 나타내는 문헌의 집합체. 베다의 종결이라는 의미에서 베단타라고도 불린다. 우주적 실체인 브라만과 인간 내면의 자아인 아트만의 궁극적 일치, 즉 범아일여梵我一如를 주장한다.

갑자기 생각난 듯 무덤덤하게 한 마디씩 내뱉곤 했던 것입니다. 그들은 이런 나를 점차 감탄과 존경의 눈으로 바라보기 시작했습니다. 나는 가끔 산스크리트어를 사용하기도 했습니다. 아함 브라흐마스미Aham brahmāsmi. 이것은 "나는 브라만이다" 또는 "나는 세상의 궁극적인 존재다"라는 의미입니다. 나는 니세베르게의 장미 덤불을 무덤덤하게 가리키며 깊은 깨달음을 얻은 듯한 목소리로 이렇게 말하기도 했습니다. tat tvam asi—"그것은 너이다!"

그 장미 덤불은 당신입니다! 당시 나는 타트tat가 노르웨이어의 det(그것), 트밤tavm이 du(당신), 아시asi가 er(이다)라는 단어와 어원을 같이한다는 설명은 입 밖에도 내지 않았습니다. 만약 그랬다면, 모처럼 피어오르는 비눗방울을 발로 툭 차서 터뜨려버리는 셈이나 마찬가지였을 겁니다. 즉, 그들이 내게 보였던 신뢰감은 한순간에 사라져버렸을 테고, 니세베르게에서의 내 삶은 시작도 전에 끝이 났을 것입니다.

*

오슬로에서 산 지 몇 달이 지난 후, 나는 장례식을 찾아다니기 시작했습니다. 정확히 따지자면, 내가 그런 일을 의도적으로 '시작했던' 것은 아닙니다. 어느 날 펠레와 함께 앉아 《아프텐포스텐》지를 뒤적이던 나는, 우연히 낯선 이의 부고를 보게 되었습니다. 어쩐 일인지 그것은 즉각적으로 내 흥미를 일깨웠습니다. 아니, 그것은 흥미라기보다는 동경과 일종의 그리움이었다고 생각합니다.

나열된 유족의 이름을 보며, 그들이 가장의 죽음을 함께 추모하는 대가족이라는 사실을 짐작했습니다. 부고의 단어와 문장 하나하나에는 가족의 연대감과 소속감이 묻어 있었으며, 장례식 직후 있을 추모식에 고인의 죽음을 추모하기 위해 발걸음을 하는 사람들은 모두 환영한다는 말로 마무리되어 있었습니다.

나는 올에서 가져온 검은색 정장을 꺼냈습니다. 그것은 내가 성인식 때 입었던 옷입니다. 당시 내게는 검은색 정장이라곤 그것밖에 없었습니다. 그 옷을 입은 나는 처음으로 장례식에 발을 들여놓았습니다. 나의 데뷔라고 해도 될 것입니다. 물론, 이것은 지금에 와서야 적합한 말이라 할 수 있습니다. 당시에는 한 번 경험하고 그칠 일종의 사회적 실험이라 생각했을 뿐, 내가 앞으로도 습관처럼 장례식을 찾으리라곤 전혀 짐작도 못 했습니다.

나는 대부분의 사람들과 비교해 무감각한 사람이라 생각지 않습니다. 오히려 어떤 경우에는 지나치리만큼 감성에 몸을 맡길 때도 있습니다. 쉽게 눈물을 흘리는 편이지만, 긴장하거나 초조해한 적은 거의 없습니다. 내겐 이미 히피족으로 생활했던 과거도 있습니다. 그 때문에 낯선 사람들이 모이는 장례식에 모습을 드러내는 것이 그다지 불편하다고는 생각지 않았습니다. 형형색색의 히피족 삶보다는 좀 더 음침하고 어두운 일종의 연극 무대라고 생각했을 뿐입니다.

노르스트란 교회 안에 들어섰을 때 맥박이 빨리 뛸 정도로 긴장하거나 식은땀을 흘리진 않았습니다. 교회 안은 사람들로 가득 차 있었습니다. 부고에 실린 수많은 유족들의 이름으로 보아 놀랄 일은 아니었습니다. 더욱이 나는 할링달의 커다란 농가에서 자랐기 때문에 그다지 불편하지도 않았습니다.

내가 전혀 긴장하지 않았던 이유는 여러 가지가 있습니다. 당시 오슬로에서 아는 사람이라곤 히피족 몇 명을 제외하고선 오슬로 대학의 블리네른 캠퍼스에서 마주쳤던 한두 명의 학생뿐이었습니다. 따라서 낯선 장례식에 들어서면서도 전혀 부끄러움이나 수치심을 느끼지 않았습니다. 수치심이라는 것은 수치심을 느끼게 하는 상대자가 있어야 가능한 감정적 결과물입니다. 그렇게 본다면, 수치심은 꽤 사치스러운 감정적 현상이라고도 할 수 있습니다.

즉, 장기적으로 사회적 삶을 산 사람들만이 느낄 수 있는 감정이지요. 그렇다고 해서 내가 수치심을 전혀 느끼지 못하는 사람이라는 말은 아닙니다. 뻔뻔함이라는 것은 수치심을 보일 만한 상대자가 없을 때 가질 수 있는 감정이자 태도입니다. 다시 말해서, 수치심이나 뻔뻔함을 느낀다는 것은 집합적 '상대자'가 존재하거나, 적어도 그 감정의 소유자인 '자기 자신'이 있어야 가능한 것입니다. 앙네스, 내가 이 세상에서 가장 큰 수치심을 느끼는 사람은 바로 당신이라는 사실을 고백하고 싶습니다. 그리고 이것은 절대 과장된 표현이 아닙니다.

나는 부고를 바탕으로 사전에 고인에 대해 많은 조사를 해보았습니다. 유족들과 마주쳤을 때 필요할지도 모른다는 생각 때문이었습니다. 할링달에서였다면 이런 일은 필요치 않았을 것입니다. 할링달의 장례식에서는 그 부근에 산다는 사실만으로도 조문객으로 참석하기에 족했습니다. 장례식에 참석한 사람이 고인과 관계가 멀면 멀수록, 더욱 큰 존중을 받을 수 있답니다. 하지만 도시의 장례식은 그와는 정반대입니다.

당시, 조문객으로서의 경험이 전혀 없었던 나는 사람들의 눈에 띄지 않는 구석에 주로 서 있었습니다. 물론, 고인과 어떻게 아는 사이인지 물어오는 사람이 있을 경우를 대비해 만반의 준비는 해놓았습니다. 하지만 내가 이미 짐작했듯, 고인과 관련하여 내가 지어낸 이야기를 써먹을 기회는 찾아오지 않았습니다. 커피 잔을 앞둔 자리에서, 딱 한 번 누군가 내게 다가와 유족이냐고 물어보았을 뿐입니다. 나는 당시 고인보다 60세나 어린 젊은 청년이었습니다. 나는 말없이 고개를 저었습니다. 무슨 이유에선지 그 뒤에는 내게 같은 질문을 해 오는 사람이 없었습니다.

그로부터 일주일 후, 나는 또 다른 장례식장을 찾았습니다. 다시 일주일이 흐른 후에도 마찬가지였습니다. 이렇게 매주 장례식장을 찾는 일은 서서히 나의 습관 또는 삶의 한 형태로 자리를 잡기 시작했습니다. 악습이라 말하는 사람도 있을 것입니다. 하지만 내가 가족의 연대감과 소속감을 느낄 수 있는 방법이라곤 그것밖에 없었습니다.

한번은 크링쇼의 집 책상 앞에 펠레와 함께 앉아 있었습니다. 우리는 '아버지' '어머니' '형제' '자매' '아들' '딸'과 같은 단어들이 인도유럽어족에 뿌리를 둔 서로 다른 언어에서 어떤 형태로 나타나는지 찾아보았습니다. 현존하는 언어는 물론, 사멸된 언어까지 샅샅이 뒤져보았지요. 그 결과로, 이들 여섯 개의 단어는 모두 고대 인도유럽어에 근간을 두고 있다는 사실을 발견했습니다. *ph2tēr, *me2htēr, *swesōr, *bʰreh2tēr, *suHnus, 그리고 *dʰugh2tēr가 바로 그것입니다. (음성 표기법에 의거해 우리는 고대 유럽어의 발음을 유추할 수 있습니다.) 가족 간의 연대감은 대부분의 사람들에게 삶의 기둥이라 할 수 있습니다. 하지만, 내게는 그런 것이 없었습니다. 진정한 의미에서의 아버지도 없었고, 어머니는 일찍 세상을 떠났습니다. 형제자매도 없었습니다. 앞으로 딸이나 아들을 낳을 기회도 없을 것입니다.

앙네스! 당신은 내가 왜 그레테 세실리에의 장례식에 모습을 드러냈는지 설명해달라고 말했습니다. 나는 적어도 당신이 이해할 수 있는 설명을 하기 위해 노력은 해볼 것입니다. 나는 가족의 정과 유대감을 모르고 자랐습니다. 어린 시절은 외톨이 또는 아웃사이더의 낙인이 찍힌 채 보냈습니다. 제2차 세계대전 이후 약 10년 동안 자주 회자되었던 표현이자 논쟁의 여지가 있는 표현, 즉 소위 '거대한 공동체'에 몸을 담지 못했던 것은 나의 잘못이 아닙니다.

어머니가 보관했던 나와 아버지의 사진은, 어린 자식과 아내를 보기 위해 가끔 시골 마을에 들렀던 그의 과거를 상쇄하지 못합니다. 깊은 산중의 한 시골 마을에 사는 여인과 사내아이의 삶을 이해하기 위해서였을까요. 동네 사람들은 갖가지 이야기를 지어내어 호기심을 채웠습니다. 전 세계에서 그 예를 찾아볼 수 있는 구전의 관습은 수천 년의 시간 동안 노르웨이의 깊은 산중에서 특히 활발했다고 할 수 있습니다. 노르웨이의 겨울은 길고, 특히 겨울밤은 더욱 깁니다. 사람들은 해가 저문 후에 무언가 할 이야기를 찾아야만 했고, 이웃들의 사사로운 일상은 그 목적에 매우 적합했습니다. 어머니와 나는 바로 그 혼란스러운 말의 소용돌이의 희생양이 되었던 것입니다.

또 다른 이유도 없지 않았습니다. 비록 우리는 가문 대대로 이어져 내려오던 커다란 농장에서 부족함 없이 살았지만, 그곳에서 농사를 짓진 않았습니다. 양이나 소, 닭을 키우지도 않았고, 떡갈나무 숲에서 직접 장작을 패서 겨울을 나는 일도 없었습니다. 언젠가 우연히 들었던 기억에 의하면, 우리가 그 농가에 살 수 있었던 것은 구제연금 혜택을 받은 덕분이라고 합니다. 올 스파레방켄 은행에서는 농가를 저당 잡고 어머니와 나의 삶을 보장해주었습니다. 그 빚은 어머니가 세상을 떠난 후 내가 농가를 팔면서 모두 갚았습니다. 나는 그 누구에게도 빚을 지고 싶지 않았습니다. 올 사람들에겐 더더욱 그러했습니다. 빚을 갚고 나니 농가를 판 돈은 한 푼도 남지 않았습니다. 그래서 나는 농가의 가구를 비롯한 온갖 물건들까지 다 팔아버렸습니다.

우리는 다른 이들과 같지 않았습니다. 우리는 공동체에 속하지 못했습니다. 사람들은 우리를 사회의 쓸모없는 찌꺼기나 기생충으로 여겼던 것입니다.

오슬로에 이사를 해서 새로운 삶을 시작했던 나는, 대가족의 삶에 저항할 수 없는 매력을 느꼈습니다. 나는 항상 광범위한 공동체에 속하기를 바라왔기 때문입니다. 내가 다른 사람들과 특별히 다르다고는 생각지 않습니다. 하지만 나의 과거는 내가 특히 가족의 정을 갈구하는 사람으로 만들기에 충분했습니다.

나는 세상의 모든 어머니와 아버지, 아들과 딸들, 시가와 처가 식구들, 삼촌과 사촌, 조카와 질녀, 고모와 이모들에게 애정을 가지고 있습니다. 나는 그러한 가족 간의 밀접한 연대감과 소속감, 그리고 가족에게서만 느낄 수 있는 따스함을 좋아합니다. 그뿐 아니라, 가족 내 각 개인의 역할과 관계는 물론, 애정과 결혼이라는 이유만으로 오래도록 지속될 수 있는 가족이라는 테두리에 포함된 사람들조차도 부러워합니다.

이미 말했듯 나는 결혼한 적이 있습니다. 몇 년 동안 부부의 한 일원으로 살아본 적이 있기에, 결혼이나 가정을 이루는 일을 그다지 이상적이라 생각지는 않습니다. 부부

간의 불화나 형제자매 간의 시기심에 관해서도 잘 알고 있습니다. 심리적 잔학 행위 또는 정신적 학대에 관해서도 너무나 잘 알고 있습니다. 거의 3년 동안 함께 살았던 내 아내도 친척이라곤 없는 가난한 가정에서 나처럼 외동으로 자랐습니다. 아시다시피 우리는 결혼한 후에 자식을 낳지 않았습니다. 우리의 결혼 생활은 비옥하다고는 할 수 없었습니다. 심지어는 펠레조차도 들어설 자리가 없었지요. 레이둔과 나는 소위 함께 살긴 했지만 우리의 결혼 생활은 또 다른 형태의 외로움일 뿐이었습니다.

외로움이라는 것은 그 당사자에겐 매우 공허하게 느껴질 것입니다. 하지만 나는 함께 살며 외로움을 느끼는 것보다는 홀로 살며 외로움을 느끼는 것을 선호합니다. 혼자 산다면 적어도 원하는 일을 마음대로 할 수 있는 자유를 누릴 수 있습니다. 나는 그러한 자유를 뻣뻣한 부부 관계에서보다는 대가족 내에서 누리고 싶었습니다.

이런 이야기는 이쯤에서 접는 것이 좋겠군요.

장례식을 찾는 일은 점차 습관처럼 변했습니다. 나는 가족이라는 것을 찾아 헤매는 개처럼 변했던 것입니다. 내게 고유한 의미의 가족은 없었기에 변질된 형태의 가족에게나마 속해보고 싶었기 때문입니다.

나는 장례식에서 외부인으로서의 역할에 만족하지 않았습니다. 오히려 그 반대였습니다. 나는 항상 가능한 한 공동체의 한 부분으로서의 역할을 해내고 싶었습니다.

장례식의 시작을 알리는 교회의 종소리는 나를 위한 것이었습니다.

나는 장례식에 갈 때마다 세상을 떠난 고인과, 신문의 부고에서만 접한 이름이긴 했지만 남은 유족들을 향해 진심으로 신실한 조의를 표했습니다.

내가 만났던 가족들, 적어도 인사를 나누었던 가족들의 깊은 슬픔은 내게도 꽤 오랫동안 영향을 미쳤습니다. 그렇기에 나는 그간 참석했던 모든 장례식과 관련된 부고와 추모식의 프로그램을 모두 간직하고 있습니다. 이것은 고인과 유족을 기억하고 그들을 배려하는 나만의 방식이라고도 할 수 있습니다. 대부분은 신문에서 오려낸 종잇조각에 불과하지만, 나는 이 정제되고 기품 있는 문서들을 시가 상자 속에 시간 순서대로 차곡차곡 모아두었습니다. 그것은 내가 삶과 죽음의 길에서 만났던 모든 가족들과 각개인의 포트폴리오를 형성한다 해도 과언이 아닙니다. 이렇게 표현하면 자칫 혐오스럽게 들릴 수도 있을 것입니다. 하지만 다른 사람들은 이 같은 일을 페이스북을 통해 매일같이 하고 있습니다. 반면, 나는 페이스북이 아닌 현실에서

하고 있는 셈입니다. 그들 또한 가족이 세상을 떠나면 장례식에 참석하지 않습니까.

나는 시가 상자 속의 이름들을 일종의 내 삶의 벗으로 여깁니다. 언젠가 펠레도 이런 말을 했지요. 이건 자네의 개인적 인구조사 목록이군. 이런 수집품을 간직한 사람은 이 세상에서 자네 외엔 아무도 없을 거야.

페더 스크린도는 자기가 한 말이 어떤 의미를 지니는지 잘 알고 있었습니다. 그는 매우 오랫동안 옷장 서랍 속에서 시간을 보냈습니다. 시가 상자를 보관해두었던 바로 그 서랍 속에서 말입니다.

아내는 펠레를 서랍 속에서 끄집어냈던 날, 시가 상자도 살펴보았습니다. 당시 시가 상자 속에는 열두어 개의 부고가 보관되어 있었습니다. 그녀는 펠레를 견디지 못했습니다. 특히 내가 펠레를 팔에 끼우고서 그간 내가 그녀에게 말했던 방식과는 달리 너무나 자유롭고 직접적으로 말을 건넨 후에는 불같이 화를 냈습니다. 게다가 시가 상자까지 발견한 후였으니……

나는 그녀와 함께 살았던 시기에는 장례식에 자주 가지 않았습니다. 당시에는 내 삶이 있었고, 내 곁에는 레이둔도 있었으니까요. 그럼에도 장례식에 완전히 발을 끊었던 것은 아닙니다. 그럴 때면 일면식도 없는 사람들의 장례식에 참석하는 나를 두고 혹여 아내가 의심하는 건 아닐지 걱정하기도 했습니다. 지레 겁을 먹은 나는 고인과 내가 어떤 관계였는지 미리 지어둔 이야기를 늘어놓곤 했습니다. 그 이야기는 이미 장례식장에서 시험을 해보았고 잘 먹혀든다는 것을 확인한 후였기 때문에 아무런 문제가 되지 않았습니다.

하지만 나는 아내가 내 말을 완전히 믿는다고는 생각지 않았습니다. 한번은 아내가 내게 결혼 전에 그토록 많은 친구와 지인이 있었다면 왜 지금은 단 한 명도 얼굴을 볼 수 없냐고 따져 물었습니다. 그날 이후 며칠 동안 아내는 더욱 꼬치꼬치 캐묻기를 거듭했습니다. 왜 당신 친구들은 우리 집에 아무도 찾아오지 않나요? 왜 당신 친구들은 우리를 저녁 식사나 경조사에 초대하지 않나요? 왜 우리는 이 집에 밤낮으로 얼굴을 맞대고 앉아 서로 신경을 곤두세우며 살고 있는 거죠?

나는 유족들이 고인을 기리고 추모하기 위해 외부인들의 관심을 피하려는 의사를 밝힐 때면, 단 한 번도 그들의 뜻을 계획적으로 무시한 적은 없습니다. 그럴 때면 장례식이 교회, 예배당, 또는 묘지 등 어디에서 진행되든 간에 항상 유족과 거리를 두고 그들에게 방해가 되는 일은 하지 않았습니다. 교회에서의 장례식 후 따로 추모식이 진행될 때에도 그것이 외부인을 배제한 가족만의 의식일 경우, 나는 거기에 발을 들여놓지 않았습니다.

나는 '장례식 후 진행될 추모식에 참석하는 분들은 모두 환영합니다'라는 밝고 열린 느낌의 어법에 큰 매력을 느꼈습니다. 추모식이 예배당에서 이루어지든, 도심 한가운데의 우아한 레스토랑에서 열리든 내겐 상관없었습니다.

가끔은 장례식을 주도하던 목사님이 유족을 대신해 그곳에 온 사람들에게 추모식에도 참석해달라고 부탁할 때도 있었습니다. 그처럼 공개적인 초대가 있을 경우, 나도 초대를 받은 자에 속한다고 생각했습니다. 목사님이 거짓말을 하거나 특별한 사람들에게만 은밀하게 메시지를 전달할 이유는 없지 않습니까?

유족들이 장례식에 참석한 사람들 사이를 슬쩍 돌아다니며 추모식에 와달라고 개인적으로 메시지를 전할 때도 자주 있었습니다. 나는 고인과 가까운 관계에 있던 사람이라면 고인을 기리는 추모식에 누가 참석할지 결정하고 그 당사자에게 은밀하게 다가가 귓속말로 초대의 말을 전하는 것은 얼마든지 있을 수 있다고 생각합니다. 그러한 경우, 나는 초대를 받지 못하는 좌절감을 의연히 이겨낼 수 있었습니다. 주변인들에게 가볍게 목례를 하고 조용히 그 자리를 빠져나오면 그만이었던 것입니다. 나는 어렸을 때부터 그러한 행동에 익숙했습니다. 추모식에 초대를 받지 못하는 날이면, 나는 말끔한 정장 차림이 헛되지 않게 시내의 레스토랑이나 호텔 바에 가서 술 한 잔을 시켜놓고 나만의 추모 시간을 보내기도 했습니다. 교회나 예배당의 엄숙함과 장엄함은 그 자체만으로도 매혹적입니다. 반면, 추모식장의 분위기는 자주 설명적인 요소가 등장합니다. 추모의 말이나 아름다운 음악이 바로 그것입니다. 나는 항상 아름다운 노래나 음악에 큰 매력을 느껴왔습니다.

한번은 추모식에 초대받지 못해 홀로 호텔 바에서 시간을 보내다가, 바로 그곳에서 가족들만 모인 소규모의 추모식이 진행되고 있다는 사실을 뒤늦게야 알게 되었습니다. 추모식이 진행되던 호텔 레스토랑에서는 호텔 바의 등받이가 높다란 의자를 정면으로 볼 수 있었습니다. 추모식에 참석한 사람들은 홀로 화이트 와인—아니, 위스키였을지도 모릅니다—한 잔을 앞에 두고 앉아 있던 나를 흘깃흘깃 바라보았습니다. 하지만 나는 자리에서 일어나지 않았습니다. 인색한 유족들이 그 호텔을 전세 낸 것도 아니었으니까요. 어쩌면 그들은 와인이나 위스키를 마시고 있던 나를 부러워했을지도 모릅니다. 하얀 다마스크 천으로 장식

한 그들의 테이블 위에는 무알코올 음료와 콜라밖에 없었지요. 나는 보란 듯이 한 잔을 더 시켰습니다.

물론, 나도 가까운 가족들만 모여 추모식을 거행하려는 사람들의 뜻을 충분히 이해하고 존중합니다. 다만, 내 안에는 나 또한 그 무리에 속할 수 있는 선택받은 사람이라면 더욱 좋겠다는 강렬한 열망이 자리하고 있을 뿐입니다.

앞서도 언급했지만, 나는 혼자가 아니었습니다. 내가 알기로는 적어도 한 명이 더 있었습니다. 키가 크고 피부가 가무잡잡한 그 남자는 나처럼 장례식을 여기저기 찾아다녔습니다. 즉, 교회라는 배에 무임승차한 사람은 나만이 아니었던 것입니다.

나는 그가 무슨 생각으로 장례식을 찾아다니는지 전혀 알지 못했습니다. 우리는 단 한 번도 대화를 나누어본 적이 없었지요. 하지만 우리는 서로에 대해 알고 있었습니다. 수년 전부터 장례식마다 마주쳤기에 어느 날 갑자기 우리는 가볍게 목례를 하며 아는 척을 하기 시작했습니다. 그이후, 우리는 불가피하게 마주쳤을 때를 제외하고선 가능한 한 서로를 피했고, 대부분은 은밀한 눈짓만 주고받았습니다.

나는 그 키가 크고 피부가 가무잡잡한 사나이를 나의 동료라 해야 할지, 또는 나의 경쟁자라 해야 할지 명확히 정의를 내릴 수 없습니다. 단 한 가지 분명한 것은, 내가 그를 가슴 깊이 경멸하고 혐오한다는 사실입니다. 어쩌면 그것은 나 자신을 향한 경멸과 혐오일지도 모릅니다.

장례식을 찾아다니며 한 번 이상 마주쳤던 사람은 그 남자 외에도 몇 명이 더 있습니다. 나는 지난 수년 동안 거의 200여 곳 이상의 장례식에 가보았습니다. 그곳에서 만난 사람의 수를 따지자면 모두 합쳐 수천 명은 될 것입니다. 어쩌면 2~3만 명에 이를지도 모릅니다. 이렇듯 나의 '가족'은 해를 거듭함에 따라 광범위해졌습니다. 아니, 나의 무리라고 해야 할까요. 그러니 한 번 이상 마주친 사람은 수도 없이 많을 테고, 서너 번 이상 마주친 사람도 꽤 있을 겁니다. 하지만 그들과 마주쳤을 때 '여기서도 뵙는군요?'라며 말을 거는 일은 왠지 엉뚱하게 여겨지기에 아는 척을 하는 일은 없습니다. 그들도 마찬가지일 겁니다. 어쨌든 내겐 면식이 있는 사람이라곤 너덧 명의 주변인들뿐이고, 나는 단 한 번도 고인이나 유족의 아들, 형제, 사촌이나 친구의 역할을 해본 적이 없습니다.

지난 수년 동안 장례식을 다니며 특히 에리크 룬딘의 자손들과 여기저기서 자주 마주쳤던 일을 적어보자니 꽤 이상하게 여겨지기도 합니다. 하지만 따져보면 그다지 이상한 일도 아닙니다. 예를 들어, 복권의 상금이 크면 클수록 일등 당첨금도 더욱 커지기 마련이니까요. 또한 복권을 사는 데 투자를 많이 하면 할수록 당첨될 확률도 더 높아지는 건 당연한 일입니다.

투자와 관련된 이야기를 조금 하자면, 나는 돌아가신 아버지에게서 꽤 많은 유산을 물려받았습니다. 덕분에 남들처럼 매일 일을 할 필요가 없었습니다. 따라서 수업이 없는 날이면 소위 나의 대리 가족을 살펴보기 위해 밖으로 나서곤 했습니다. 고백하건대, 이 일에 조금의 패러독스가 존재한다는 사실을 인정해야겠습니다. 내게도 남들처럼 평범한 아버지가 있었다면 나는 여기저기 장례식을 찾아나서지 않았을지도 모릅니다. 반면, 내게 많은 유산을 물려주었던 아버지가 있었기에 나는 가족생활의 부족한 점을 뒤늦게나마 나의 방식대로 메꿀 수 있었습니다.

나는 장례식에 참석하기 전에 항상 고인과 유족에 관해 철저한 조사를 했습니다. 10여 년 전이었다면, 이것은 많은 시간과 노력을 요구하는 일이었을 것입니다. 하지만 요즘엔 이런 일이 식은 죽 먹기로 다가옵니다. 덕분에 가끔은 장례식장에 가기 직전 컴퓨터 앞에 앉아 잠시 자판을 두드려 해결할 때도 있습니다. 나 같은 사람은 인터넷과 소셜미디어 덕에 훨씬 쉬운 삶을 살 수 있게 된 셈입니다. 삶의 공적인 부분이 커짐에 따라 개인적인 부분은 더욱 줄어들었습니다. 에피쿠로스 학파의 좌우명은 공적인 생활을 단념하고 "숨어서 조용히 살라"는 것이며, 이는 현대의 삶을 살아가는 데 있어 그 어느 때보다 더 중요한 기술로 여겨지고 있습니다.

가끔은 준비 없이 장례식을 찾을 때도 있습니다. 일종의 블라인드 미팅이라고도 할 수 있겠지요. 즉, 부고에서 찾을 수 있는 조금의 정보만을 참고할 뿐, 고인이나 유족에 관해 전혀 지식이 없는 상태로 장례식을 찾았던 것입니다. 그럴 때면 천연덕스럽게 임기응변을 발휘하며 카멜레온처럼 상황에 적응해야만 합니다. 이처럼 뻔뻔하고 대담한 태도는 고인이 유명한 사람일 때보다 대중에게 잘 알려지지 않은 사람일 때 더욱 필요합니다. 유명한 예술가나 정치인의 장례식에 참석할 때는 굳이 나를 드러내지 않아도 됩니다. 단지 추모인들의 무리 속에 섞여 있기만 하면 되니까요. 이러한 공적인 장례식은 규모가 큰 농촌의 마을 장례식에 비교할 수 있습니다.

*

나는 에리크 룬딘을 1970년대 오슬로 대학의 블리네른 캠퍼스에서 강의하던 교수로 기억하고 있습니다. 당시 우리는 개인적으로 만나 대화를 나눈 적이 없습니다. 이를 상쇄하기 위해, 30년이 지난 지금 옛 제자의 한 사람으로 그를 배웅하는 일은 꽤 적합한 일이라고 생각합니다.

룬딘 교수는 화요일 11시 15분부터 13시에 걸친 수업에서 『볼루스파』강의를 몇 번 한 적이 있습니다. 그의 강의를 들었던 나는 큰 영감을 얻었습니다. 종말을 경험한 세상에 새로운 기회가 주어졌다는 사실에 크나큰 감동을 받았던 나는 신화적 서사시의 마지막 시편을 특별히 연구했고, 그와 관련된 질문 몇 가지를 생각해냈습니다.

룬딘 교수가 강의실을 나서기 직전, 제일 뒷줄에 앉아 있던 나는 서둘러 앞쪽으로 나아갔습니다. 다음 주 화요일 수업에는 『그림니르의 서』*에 관해 강의를 하겠다고 말하는 그에게 질문을 던졌습니다. 나는 이미 『코덱스 레기우스』** 원문은 물론, 현대어 번역문까지도 철저하게 읽어본 후였습니다.

『코덱스 레기우스』의 마지막 시편 원문은 다음과 같습

---

* 『고에다』 신화의 시가 일부로, 그림니르는 오딘이 변장한 모습 중 하나이다.
** Codex Regius. 『왕의 서』라고도 불린다. 『에다』 시가를 보존한 아이슬란드어 필사본(코덱스)으로, 북유럽 신화 연구에서 중요한 1차 자료이다.

니다.

Þar kømr inn dimmi

dreki fliúgandi,

naðr fránn, neðan

frá niðafiǫllom,

berr sér í fiǫðrom

−flýgr vǫll yfir−

niðhǫggr nái−

nú mun hón søkkvaz.

그리고 이바르 모르텐센-엥눈의 뉘노스크어 번역문은
다음과 같습니다.

Kjem den dimme

Draken fljugande,

Fråneorm, nedan

Fra Nidafjelli,

Ber lik i Fjørom,

Flyg over voll

Nidhogg nåbleik.

No mun ho søkke.

(거무스레한 용이 온다

매끄럽게 반짝이는 뱀처럼

니다 산봉우리에서.

날개로 시체를 감싸 안은

니드호그*가

볼바의 머리 위를 스치고,

할 일을 마친 볼바는 자취를 감춘다.)

긴장감에 두 다리가 떨리고 심장이 마구 뛰었습니다. 식은땀이 흐르는 것을 애써 감춘 채 룬딘 교수를 향해 거친 할링달 사투리로 질문하자고 마음먹었습니다. 그렇게 하면 그가 내게 관심을 보일 것이라 생각했기 때문입니다. 그렇습니다. 나는 이전에 그와 한 번도 얼굴을 마주하고 대화를 나눈 적이 없었습니다.

나는 갑자기 생각난 듯, 중세에 작성된 코덱스 원문에서 자취를 감추는 주체가 볼바인지, 아니면 혼돈의 원천인 니드호그인지 물어보았습니다. 홀로 연구를 해본 결과 그 주체가 누구인지 이견이 있다는 것을 발견했기 때문입니다.

* 북유럽 신화에 등장하는 전설의 용.

룬딘 교수는 눈을 치켜뜬 채 매우 타당한 질문을 해주었다고 말했습니다. 다음 순간, 생각지도 않았던 일이 일어났습니다. 그가 베르겔란 캠퍼스에 자리한 자신의 연구실에서 함께 커피 한잔을 하자며 나를 초대했던 것입니다. 1970년대에는 제자나 동료를 비공식적으로 초대하는 일이 매우 드물었습니다. 교수와 학생 간의 정치적 이견이 두드러졌던 시대였기 때문일지도 모르겠습니다. 따라서 에리크 룬딘 교수의 초대는 작은 센세이션으로까지 여겨졌습니다. 당시의 나로 말할 것 같으면, 할링달의 시골구석에서 자란 보잘것없고 소외된 존재였습니다. 그 때문에 나는 소푸스 부게관에서 베르겔란관까지 가는 그 짧은 거리를 어떻게 걸어갔는지도 기억할 수 없을 정도로 들떠 있었습니다.

그의 연구실에서 함께 마주 앉은 우리는 앞서 언급한 부분의 해석을 두고 이견을 보였습니다. 우리는 각자의 주장을 펼치며 그 시간을 꽤 즐겼습니다. 학위도 없는 대학 초년생에 불과했던 나는 세상의 종말을 다룬 고대 서사시의 주석을 두고 그의 주장을 반박했습니다.

그는 전체적 흐름을 볼 때, 시가의 마지막 부분에서 땅속으로 자취를 감춘 주체는 신의 말을 전하는 무녀, 즉 볼바가 틀림없다고 주장했습니다. 하지만 혼란스러운 전쟁 직후, 선한 신들이 혼돈의 괴물들을 물리쳤다는 것을 감안한다면 마지막에 땅속으로 자취를 감추었던 주체는 검은 용이라고 볼 수도 있다고 덧붙였습니다.

나는 두 가지 해석이 있을 수 있다는 그의 말에 반박했습니다. '용'과 용의 이름인 '니드호그'는 남성 명사이며, 'hón'은 여성 대명사이기 때문에 그 주체가 볼바라는 점에 의심의 여지가 없다고 설명을 덧붙였습니다.

룬딘은 내가 예상했던 것처럼 『코덱스 레기우스』의 원문에는 'hón'으로 표기되어 있지 않다고 말했습니다. 고대 양피지에는 단지 h만 표기되어 있으나, 소푸스 부게의 주석본에는 이 h가 hon으로 표기되어 있으며, 특히 *on*은 이탤릭체로 명시되어 있다고 했습니다. 그러니 공식적으로는 그 주체가 니드호그라 해도 틀리지 않다는 것이었지요.

토론에 점점 흥미를 느꼈던 나는 그에게서 연필과 종이 한 장을 빌렸습니다.

나는 『에다』를 다룬 소푸스 부게의 논문에 기입된 저자의 주석을 휘갈겨 썼습니다.

교수는 궁금한 눈빛으로 나를 바라보았지만, 나는 아랑곳하지 않고 말을 이었습니다.

저자는 양피지에 기록된 원문의 h 뒤에 h'처럼 축약형 표식이 되어 있다고 기록했으며, 주석에서는 이렇게 설명

했습니다. 'hon은 h°로 표기되어 있기에 이를 남성 대명사로 간주할 수는 없다.'

나는 저자의 주석을 적은 종이를 교수에게 내밀었습니다. 그는 종이를 한동안 뚫어지게 바라보았습니다.

나는 물론 소푸스 부게의 주장이 틀릴 수도 있다고 덧붙였지만, 그렇게 말했던 것은 분위기를 무마하고 예의를 갖추기 위해서였습니다.

나는 에리크 룬딘이 보일 듯 말 듯 고개를 절레절레 흔드는 것을 보았습니다. 그는 단지 '이 사항은 완전히 잊고 있었군'이라고 말했을 뿐입니다.

나는 거기서 그치지 않고, 가장 마지막으로 발견된 중세의 필사본인 『하우크의 서』에도 의심의 여지 없이 'hon'으로 표기되어 있다고 말하며, 여기에도 소푸스 부게가 언급했던 것처럼 그것은 여성 대명사로 간주해야 한다는 주석이 발견된다고 덧붙였습니다.

룬딘 교수는 고개를 끄덕였습니다. 그렇지. 『하우크의 서』만 두고 본다면, 그 대명사가 할 일을 마치고 지하 세계로 되돌아가는 무녀, 볼바를 가리킨다는 사실에 의심의 여지가 없어.

나는 그의 말에 만족하지 않고, 두 고서의 주석에 근거해 학계의 추앙을 받는 그가 지하의 세계로 자취를 감추는 주체가 니드호그가 아니라 볼바라는 사실을 분명히 밝히기를 요구했습니다. 그 점은 1867년부터 존속해온 소푸스 부게의 『에다서』 이후 학계의 정설로 인정되었기 때문이기도 했습니다.

몇 초간 서로 눈빛을 교환한 후, 룬딘 교수는 고개를 끄덕이며 책상을 정리하기 시작했습니다. 나는 우리의 만남을 정리할 때가 되었다는 뜻으로 이해하고 자리에서 일어났습니다.

우리는 그날 처음으로 대화를 나누었고, 그날 이후엔 단한 번도 대화를 나눈 적이 없습니다. 한번은 우연히 학교내의 비좁은 오솔길에서 마주친 적이 있었습니다. 그 길은 10여 년 후에 소푸스 부게관과 프레데리케 서비스센터를 잇는 오솔길로 변했습니다. 우리는 그날, 서로를 존중하는 눈빛을 담아 가볍게 목례를 한 후 말없이 지나쳤습니다. 그날의 그 눈빛은 수십 년 후 내가 에리크 룬딘 교수의 장례식에 참석하게 되었던 이유이기도 합니다.

나의 짧은 결혼 생활에 관한 이야기는 이미 언급한 적이 있습니다. 이 편지에 적은 결혼 생활은 단 한 마디도 더하거나 빼지 않고 내가 기억하는 그대로입니다. 내가 집을 나온 후에는 여전히 공동 소유였던 토요타 코롤라를 누가 사용할지를 두고 주로 말다툼을 했습니다. 그 당시 내가 오스고르스트란에 살던 나이 많은 숙모를 가끔 방문했던 것도 사실입니다. 그녀가 납세명세서를 작성하는 데 도움을 주었던 사람도 바로 나였습니다. 하지만, 나는 단 한 번도 오슬로에서 오스고르스트란까지 택시를 타고 간 적은 없었습니다.

《아프텐포스텐》지면에서 안드리네 시게루의 부고를 보기 전에는 그녀의 이름을 들어본 적도, 만난 적도 없었습니다. 그녀의 장례식은 아무런 사전 준비 없이 참석했던 첫 장례식이었습니다. 외스트레헤임의 추모식에서 내가 지어냈던 이야기는 전적으로 장례식장의 목사님 말씀과, 프로그램 표지의 빨간 메르세데스 앞에 서 있는 안드리네의 사진에 근거한 것이었습니다.

그곳에서 마리안네, 스베레, 그리고 윌바를 만났던 것은 내게 큰 충격이었습니다. 그럼에도 이상하다거나 놀랄 만한 우연은 아니라고 생각했습니다. 셀 수 없이 많은 장례식을 찾아다니다 보면 다시 마주치는 사람이 있기 마련입니다. 솔직히 그들과 더 자주 만나지 못했다는 점이 오히려 더 이상하게 생각될 뿐입니다. 하지만 왕궁 공원에서 함께 시간을 보냈던 히피족들과 장례식에서 만난 것은 그날이 처음이었습니다. 나는 과거를 내보이지 않으려 애써 모른 척하는 마리안네와 스베레가 이상하다고 생각했습니다. 과거 한때 히피족의 일원으로 살았다는 사실을 입 밖에도 내지 못할 정도의 비밀로 간직해야 할 필요가 있을까요?

루나르 프리엘레의 장례식에 관해 적었던 내용은 내가 경험한 그대로입니다. 유족들을 매섭게 꾸짖는 목사님의 말씀과 호텔 테르미누스에서 있었던 추모식에 관한 이야기도 마찬가지입니다. 장례식이 끝난 후, 고인의 가족들이 루나르의 빌라에 함께 모였던 일도 시그리에게서 전해 들은 이야기를 그대로 적었습니다. 단지, 나는 불행한 삶을 살았던 고인을 호텔 노르게뿐 아니라 그 어떤 장소에서도 직접 만나본 적이 없었을 뿐입니다. 루나르와 관련된 이야기, 그리고 호텔에서 그와 나누었던 이야기는 묄렌달 교회의 목사님 말씀을 바탕으로 지어냈던 것입니다.

나는 이미 말했듯이, 매년 8월 베르겐에서의 연례 방문을 마치고 집으로 돌아가려던 참이었습니다. 우연히 《베르겐스 티엔데》의 부고를 본 나는 베르겐에서 하루 더 머물기로 결심하고 시내에 가서 검은색 양복을 구입했습니다. 검은 양복을 입을 일은 앞으로도 자주 있을 것이라 생각하고 조금의 투자를 했던 셈입니다. 양복으로 갈아입은 나는 곧바로 택시를 타고 묄렌달 교회로 향했습니다.

그날도 사전 준비 없이 무작정 장례식에 갔던 날 중의 하나였지만, 나는 개의치 않았습니다. 울과 퉤 지역에서 스크린도와 함께 강연을 한 지 얼마 되지 않았기에 사람들을 만나는 일에 꽤 자신이 있었기 때문입니다. 그렇다고 해서 세상을 떠난 이에게 추모의 마음이 없었던 것은 전혀 아닙니다. 부고를 보았던 순간, 나는 매우 당황했고 슬프기까지 했으니까요.

장례식에서 나는 다시 룬딘의 가족과 맞닥뜨리게 되었습니다. 나는 이미 앞서 룬딘 가족과의 만남을 중심으로 이 편지를 적어가겠다고 말했습니다. 물론, 룬딘 가족이 아니라 내가 참석했던 수많은 장례식장에서 만났던 다른 가족 이야기를 중심으로 이 편지를 엮어갈 수도 있었을 것입니다. 내게 레퍼토리는 충분히 있으니까요. 하지만 이 편지는 처음부터 룬딘 가족을 중심으로 엮어나가겠다고 했으니, 그 약속을 지키도록 하겠습니다.

그렇다면 나는 왜 굳이 룬딘 가족을 중심으로 이 편지를 쓰고 있는 걸까요? 그건 바로 룬딘 가족이 우리의 만남을 이루는 근거가 되었기 때문입니다. 우리는 당신의 여동생 장례식에서 처음 만났고, 그곳에는 당신의 사촌인 트롤스와 그의 아내인 리브베리트 룬딘, 그리고 그들의 두 딸 투바와 미아가 자리했습니다. 앙네스, 당신은 그들을 두고 이렇게 말했지요. 그들은 내게 가족과 같은 사람들이에요. 당신은 트룰스와 형제처럼 가까이 지냈고, 리브베리트와는 단짝 친구처럼 지냈다고 했습니다. 나는 아렌달에서 집으로 오는 차 안에서 당신이 해주었던 작은 시골 마을 발레르에 관한 이야기에 진심으로 큰 매력을 느꼈습니다.

당신은 나와 그레테 세실리에와의 관계가 거짓으로 지어낸 이야기임을 알아차렸으면서도 내게 추모식에 남아달라고 거의 애원하듯 부탁했습니다. 이쯤에서 나는 다시 당신에게 질문을 던지고 싶습니다. 당신은 왜 그날 자리를 뜨려던 나를 붙잡았습니까?

그 순간을 기점으로 당신과 당신의 가족 역시 내가 엮어가는 이 이야기의 중심이 되었습니다.

당신도 알다시피, 나는 그레테 세실리에의 장례식에 참석하기 전 꽤 많은 사전 조사를 통해 준비를 철저하게 했습니다. 하루 종일 대학 도서관에 앉아서 우주의 생명체와 천체물리학에 관한 그녀의 박사 논문을 읽기도 했습니다.

나는 보그스타베이엔 거리에서 있었던 끔찍한 교통사고 소식을 접하고 상당히 당황했습니다. 이미 말씀드렸듯, 내 학교 동료 중에는 그레테 세실리에와 학창 시절을 함께 보냈던 이도 있었습니다. 나는 그의 이야기를 참고하는 한편, 그레테 세실리에의 홈페이지도 큰 관심을 가지고 차근차근 읽어보았으며, 그녀의 사진도 찾아볼 수 있었습니다. 덕분에 나는 장례식에서 당신을 보는 순간, 당신이 그녀와 매우 닮았다는 것을 첫눈에 발견할 수 있었습니다.

하지만 그 어느 누구도 그레테 세실리에가 하반신 마비로 거의 평생을 휠체어에 의지해 살았다는 사실은 이야기해주지 않았습니다. 그녀의 홈페이지에도 그러한 사실은 일절 언급되어 있지 않았습니다. 심지어는 추모식에서 목사님도 그러한 사실을 입 밖에 내지 않았습니다. 우리는 지난번에 만났을 때 여기에 관해 대화를 나눈 적이 있습니다. 나의 동료도 언급한 적이 있듯, 그레테 세실리에의 장애는 한 인간으로서 그녀를 이해하는 데 절대 강조될 수 없는 것이었습니다. 그녀의 장애는 결코 중요하지 않았으며, 특히 천문학과 우주 연구에 중점을 둔 그녀의 삶과 연관 지어서는 안 되는 것이었습니다.

그럼에도 나는 그녀의 장애에 관해 단 한 마디도 입 밖에 내지 않았던 내 동료가 원망스러웠습니다. 하지만 그가 그녀의 장례식에 참석하려는 내 의도를 알 리는 없었습니다. 그는 내가 그레테 세실리에의 장례식과 추모식에 참석하리라고는 생각지도 못했을 것입니다. 추모식에서 고인과 내가 가파르고 험악한 아울란즈달렌산을 올랐다며 지어낸 이야기를 떠벌리는 내 모습은 상상하지도 못했을 것입니다. 만약 그가 내 의도를 조금이라도 예상했더라면 분명 내게 사전에 경고를 해주었겠지요.

나는 솔직히 그가 장례식에 모습을 드러내지 않았다는 사실에 적잖이 놀랐습니다. 만약 그를 만났다면, 나는 고인의 사망 소식에 충격을 받은 나머지 장례식에 꼭 참석해 고인을 기리고 싶었다고 변명할 생각이었습니다. 물론 그것은 누가 들어도 이상하기 짝이 없는 변명일 것입니다. 하지만 나는 항상 사회 주류에서 벗어난, 조금은 이상한 사람으로 취급되어왔으니 그리 신경 쓸 필요는 없다고 생각했습니다. 아마, 앞으로도 나는 대부분의 사람들 눈에 별종으로 보일 것이 틀림없습니다.

그곳에 내 동료가 왔더라면, 나는 추모식장에 발을 들이지 않았을 것입니다. 굳이 타인에게 나를 소개하며 다가갈 필요도 느끼지 못했을 것입니다. 그랬더라면 들킬 이유도 없었겠지요. 하지만 추모식장에 가지 않았더라면 당신을 만나지 못했을 것입니다. 당신을 만나지 못했더라면, 지금 이 자리에 앉아 이런 편지를 쓸 이유도 없었을 것입니다.

이처럼 여러 가지 상황을 가정하고 그 결과를 유추해내는 것은 그다지 어려운 일은 아닙니다.

안드레아스

　우리는 약 반년 후에 다시 만났습니다. 그날은 정확히 2013년 4월 15일이었습니다. 우연이라 하기에는 참으로 이상한 일이 있었던 날이지요. 나는 눈에 보이지 않는 힘을 믿지 않습니다. 영혼이나 신이 있다고도 생각지 않습니다. 그 때문에 어찌 보면, 우리가 장례식에서 만난 것도 그리 이상한 일이라 할 수 없을 것입니다. 당신은 슬픔에 빠진 채 그곳에 왔습니다. 나도 마찬가지였지만 당신과는 다른 이유였을 것입니다.

　당신의 여동생 장례식에 다녀온 후, 나는 앞으로 다시는 장례식에 발을 들여놓지 않으리라 결심했습니다. 적어도 오슬로의 장례식엔 가지 않으려 했습니다.

최근 몇 년 동안은 길을 걸을 때마다 누군가가 나를 지켜보고 있다는 느낌을 지울 수 없었습니다. 나만의 착각일 수도 있겠지만, 특히 학교에선 몇몇 제자들의 눈빛으로 미루어보아 그들이 장례식과 관련된 나의 이야기를 어디선가 들었다는 느낌도 받았습니다. 물론, 장례식장에서 나의 제자들을 만난 적도 가끔 있습니다. 수년 동안 지속되었던 나의 행위와 경험이 사양길로 접어드는 것을 느끼며, 반짝이는 경고의 불빛을 본 것 같은 내 생각은 결코 헛된 망상이라 할 수 없을 것입니다.

나는 전환점에 접어들었습니다. 다시 장례식장에 가게 된다면, 오슬로 밖으로 나갈 수밖에 없을 것이라 생각했습니다.

그럼에도 나는 여전히 신문에 실린 부고를 시간이 날 때마다 읽어보았습니다. 설사 장례식장에 다시 발을 들여놓지 않는다 하더라도, 그 일만큼은 멈출 생각이 없었습니다. 어느 날, 나는 안드레아스 단네비의 갑작스러운 죽음을 알리는 부고를 신문에서 보았습니다. 인터넷을 뒤져본 결과, 그의 장례식은 아렌달에서 열린다는 것을 알게 되었습니다. 그 장례식만큼은 꼭 가야 한다는 생각이 스쳤습니다. 어쩌면 내가 참석하는 마지막 장례식이 될지도 모르는 일이었기에……

나는 근처 샛길에 차를 주차시키고 펠레에게 작별 인사를 건넨 후, 튀홀멘 위로 높이 솟아오른 삼위일체 교회를 향해 발을 옮겼습니다. 오슬로에서 이토록 멀리 떨어진 곳이니만큼 나의 정체가 발각될 리는 없다고 생각했기에 불안하진 않았습니다. 그렇지만 항상 그랬듯 그 유명한 해양 연구가와 내가 어떻게 알고 지냈는지 설명할 수 있는 완전 무결한 거짓말은 미리 준비해두었습니다.

긴장이 되지도 않았고, 불안하지도 않았습니다. 단지 마음이 조금 들떴다고나 할까요. 다시 한번 가족의 정과 삶을 느낄 수 있으리라는 사실에 흥분이 되기까지 했습니다. 나는 불과 55세의 나이에 마지막 말을 남길 기회도 얻지 못한 채 갑자기 세상을 떠난 안드레아스 생각에 깊은 슬픔을 느꼈습니다. 그는 히쉬위아섬 부근의 바다 위, 자신의 조그마한 해양연구선에서 급성 심장마비를 일으켜 홀로 숨을 거두었습니다.

나는 그의 죽음이 남 일 같지 않다는 생각에 깊은 슬픔을 느꼈고, 그의 아내 마르티네와 네 명의 아들딸, 바르브로, 에우로라, 페테르, 운디네에게 진정 어린 애도의 마음을 전하고 싶었습니다. 나는 인터넷에서 찾아낸 안드레아스의 인터뷰 기사 등 관련 문서를 참고하는 한편, 온갖 상상력을 동원해 우리의 관계에 한 점의 허점도 보이지 않도록 견실한 거짓말을 만들어내기 시작했습니다.

그곳에서 혹여 에리크 룬딘의 자손을 만나게 된다 하더라도 나의 알리바이는 완벽할 것이라 자신했습니다. 심지어 내 시가 상자 속에 무엇이 들어 있는지 속속들이 잘 알고 있는 사람, 즉 한때 나의 아내였던 레이둔과 그곳에서 만나게 된다 하더라도 내 이야기에서 허점을 찾기는 어려울 것이라 확신했습니다. 나는 이 세상 그 어느 누구라도 안드레아스 단네비의 장례식을 찾은 내게 손가락질할 수 없다고 굳게 믿었던 것입니다.

안드레아스는 올 지역의 밧츠에서 헤스트호브다에 이르는 조용하고 외딴 산등성이에 별장을 소유하고 있었습니다. 그 지역에 깊은 애정을 지녔던 안드레아스는 자주 별장으로 연구 과제를 가져가 가족이나 동료와 떨어져 홀로 일을 하기도 했습니다. 떡갈나무가 무성한 산등성이의 별장은 그에게 견고한 삶의 뿌리이자 또 다른 세상으로 향하는 문이기도 했습니다. 그와 나는 산책을 좋아한다는 공통점을 지니고 있었습니다. 우리는 몸을 움직이지 않고서는 생각을 할 수 없으며, 산을 오르는 것은 생각을 하기 위한 한 방편이라는 점에 동의했습니다. 즉, 우리에게 등산이라는 행위는 인식을 현실화하는 행위이기도 했던 것입니다.

우리는 8월 말 해가 화창하게 내리쬐는 오후에 레이네 스퇼렌에서 처음 만났습니다. 나는 아직도 그 옛날의 목축업에 관해 우리가 나누었던 첫 대화를 기억합니다. 해를 거듭할수록 우리가 함께 산을 오르면서 대화를 나누는 일은 점점 더 많아졌으며, 우리의 관계도 더욱 돈독해졌습니다. 우리는 라우브달스브레아 꼭대기에 올라 북쪽의 요툰헤이멘에서 남쪽의 가우스타톱펜에 이르는 웅장한 자연 풍경을 감상한 적도 있었고, 레이네스카르베 꼭대기까지 올라 눈이 부시도록 화창한 가을날을 만끽한 적도 있었습니다. 진들딸기의 수확기가 막 지나긴 했지만, 가을을 품은 강렬한 자연의 색은 여전히 남아 있던 시기였습니다. 우리는 바위 위에 걸터앉아 주로 우리 세대가 직면한 치명적인 탄소 산화량, 지구 온난화, 해양 산성화, 그리고 냉혹한 결과를 가져오는 광범위한 생태계의 파괴 등에 관해 대화를 나누었습니다. 나는 이미 1980년대부터 신문 지상을 통해 관련 기사들을 눈여겨보아왔기에 이 분야에 결코 무지하다고는 할 수 없었습니다. 하지만 세상의 지붕이라 해도 과언이 아닐 정도로 높은 산꼭대기에 앉아 대화를 나누었던 그날, 나는 그의 깊은 과학적 통찰력에 빠져들지 않을 수 없었습니다. 그는 약 5500만 년 전 대기 중 이산화탄소량이 증가하기 시작했던 원인의 하나가 인도 대륙이 북쪽으로 이동하면서 해저 바닥과 마찰을 생성했고, 그로 인해 화산 작용이 시작되면서 엄청난 양의 탄소를 분출했기 때문이라고 설명해주었습니다. 그 결과로 비교적 짧은 시기에 지구의 기온은 급격히 높아졌고, 빙하가 녹기 시작하면서 해수면이 수십 미터나 상승했습니다. 그는 현대인들이 과거 인도 대륙 이동 시 분출되었던 양만큼의 탄소를 분출하고 있다고 덧붙였습니다. 다른 점이 있다면, 그 시간이 수십 배나 짧다는 것이었지요. 그 때문에 지구의 탄소량이 재균형을 이루기까지는 수십만 년이나 걸릴 것이라 예상했습니다.

나는 그에게 우주의 다른 행성에도 지능을 가진 생명체가 살고 있다고 믿는지 물어보았습니다. 그는 이렇게 대답하더군요.

생명체는 분명 존재할 것입니다. 하지만 그것이 지능을 지닌 생명체라고는 확신할 수 없습니다. 우리는 아직 우주의 생명체에 관해 들어본 적이 없습니다. 지금껏 외계 문명과의 접촉이 없었다는 점은, 어쩌면 우리가 지금 이야기한 바로 그 이유 때문일 수도 있습니다. 즉, 탄소 산화와 관련이 있다는 말이지요.

나는 그가 무슨 말을 하는지 이해할 수 없었기에 되물어보았습니다.

안드레아스는 생각에 잠긴 눈빛으로 나를 바라보며 말을 이었습니다.

생명체는 오직 생명 친화적 환경에서만 찾아볼 수 있습니다. 그러한 환경은 암반과 침전물, 식물과 죽은 동식물의 잔여물, 즉 화석층 내에 엄청난 양의 탄소가 존재한다는 것을 전제로 생성될 수 있지요. 하지만 기술적으로 진보한 문명사회는 그러한 화석층 내의 탄소가 추출되고 산화되기 전에는 거의 성립 불가능하다는 패러독스도 생각하지 않을 수 없습니다. 또한 탄소의 산화 작용이 일어나고 행성의 환경이 급변하게 되면 그곳에 사는 생명체도 머지않아 존멸하기 마련입니다.

우리가 앉아 있었던 곳은 레이네스카르베 꼭대기, 은하수의 꼭대기였습니다. 아니, 어쩌면 그곳은 병든 행성의 어느 한 지점이었을지도 모릅니다.

나는 이 모든 이야기를 면밀하고도 부드럽게 묘사할 작정이었습니다. 더욱이 할링달 사투리를 사용한다면 더욱 특별할 것이라 믿었습니다. 작은 시골 농가에서 자란 촌뜨기가 아렌달의 해양 연구가와 함께 산책을 하고 환경에 관한 대화를 나누었다는 사실은 사람들의 관심을 끌기에 충분했으니까요. 내가 현재 올에 살고 있지 않다는 사실은 아무런 문제가 되지 않았습니다. 나는 유년 시절을 보냈던 산골 마을에 깊은 애정을 지니고 있었기에 성인이 된 후에도 자주 차를 몰아 그곳을 찾았다고 말할 생각이었습니다. 혹여 장례식장에서 고향 사람들을 만나게 되면 산 너머 헴세달 쪽에 작은 별장을 소유한 터라 수년 동안 근처의 산을 자주 올랐다고 둘러대면 그만이었습니다.

하지만 삼위일체 교회에 모습을 드러낸 사람은 바로 당신이었습니다. 이전에도 말한 적이 있듯, 동시에 눈을 마주친 우리는 깜짝 놀랐습니다. 그날의 특별한 상황에도 불구하고 당신은 매우 아름답고 우아했습니다. 검정 망토의 깃 위로 흘러내린 아름다운 머리카락. 당신은 친근하고도 고상했으며 부드러우면서도 어딘지 모르게 차갑게 보였습니다. 당신을 보는 순간, 나는 지난 몇 년 동안 꽤 자주 당신을 떠올렸다는 점을 기억해냈습니다. 다시 당신을 만나면 기분이 어떨까?

당신도 나처럼 당황하긴 마찬가지였습니다. 나는 그때 이미 자리에 앉아 있었고, 내 옆에는 빈자리가 충분히 있었습니다. 나는 당신이 어디에 자리를 잡고 앉을지 궁금했습니다. 마음 같아서는 품격을 지닌 신사를 흉내 내어 우아하게 당신에게 손을 내밀고 빈자리로 인도하고 싶었습니다만, 그럴 만한 상황도 아니었고 시간도 없었습니다. 앙네스, 당신은 어쩔 줄 몰라 하며 잠시 생각에 잠겼다가 곧 나를 지나쳐 제단 바로 앞줄에 자리를 잡고 앉았습니다.

장례식이 끝나고 교회 밖으로 나와 검은색 장의차를 배웅할 때, 우리는 눈빛으로 서로를 찾았고, 무리 속에 섞여 추모식이 진행될 클라리온 호텔 튀홀멘으로 향했습니다. 당신은 세상을 떠난 안드레아스와 학창 시절을 함께 보냈고, 졸업한 후에도 지속적으로 연락을 주고받았다고 했지요. 그때 당신은 꼭두각시 인형극에 대해서도 잠깐 언급했던 것으로 기억합니다.

당신은 내게 안드레아스와 어떤 관계인지 묻지 않았습니다. 나는 당신이 나를 배려해서 일부러 그런 질문을 하지 않았다고 생각했습니다. 아니, 어쩌면 당신은 나의 거짓말을 듣고 싶지 않았을지도 모릅니다.

우리가 호텔 안으로 들어갔을 때, 당신은 나를 바라보며 이렇게 말했습니다. 같은 테이블에 앉을까요?

당신은 왜 그런 제안을 했을까요? 당신의 제안에 내가 어떤 반응을 보였는지는 지금 기억할 수 없습니다. 우리는 당신의 제안대로 같은 테이블에 앉았습니다. 마치 한 가족처럼. 누군가와 함께 어딘가를 방문한다는 것은 내게 매우 익숙지 않은 일이었습니다.

테이블에는 우리를 포함해 모두 여덟 명이 앉아 있었습니다. 보아하니 나를 제외한 나머지 일곱 명은 이전부터 서로 잘 아는 사이 같았습니다. 그뿐 아니라, 모두들 고인이 된 안드레아스와 어떤 식으로든 관련이 있는 사람들 같았습니다. 나만 소외된 느낌이었습니다. 하지만 나는 그러한 내 모습에 매우 익숙했기에 개의치 않았습니다.

그들은 시험하듯 내게 궁금한 눈빛을 던졌습니다. 하지만 그 눈빛은 의심이라기보다는 호의를 담고 있었습니다. 얼마간 시간이 흐른 후, 나는 피할 수 없는 냉혹한 질문을 받아들여야만 했습니다. 당신은 안드레아스와 어떤 사이였나요?

당신도 알다시피, 나는 이미 그에 대한 대답을 철저한 거짓으로 완벽하게 준비해왔습니다. 할링달의 울, 밧츠, 레이네스카르베, 등산과 대화……

그러나 나는 아무 말도 할 수 없었습니다. 내 곁에는 당신이 앉아 있었고, 당신은 나를 잘 알고 있었습니다. 나는 단 한 마디도 입 밖에 낼 수 없었습니다. 당신은 그런 나를 지켜보았습니다. 내가 금방이라도 자리를 박차고 뛰쳐나갈 것이라고 생각했던 걸까요?

나는 당신을 바라보며 무언의 메시지를 보냈습니다. 내가 안드레아스와 전혀 모르는 사이라고 말해도 될까요? 이곳에 당신과 함께 왔을 뿐이라 말해도 될까요?

매우 복잡하고 힘든 상황이었습니다. 마치 폭풍 전야의 순간과도 같았습니다.

순간, 당신이 내 어깨를 살짝 건드렸습니다. 당신은 사람들을 둘러보며, 안드레아스는 살아생전에 나를 만난 적이 없다고 말했습니다. 나는 단지 그녀와 함께 장례식에 참석했을 뿐이라고 덧붙였습니다.

당신의 말이 끝나자, 우리 테이블의 사람들은 모두 안도의 한숨을 내쉬는 것 같았습니다. 내 역할을 분명하게 알아냈다고 생각했기 때문인지, 당신이 동행인과 함께 아렌달까지 왔다는 사실 때문인지는 확인할 길이 없었지요.

어쨌든 당신은 그 상황에서 나를 구해주었습니다. 당신이 나를 구해준 것은 그날로 이미 두 번째가 되었습니다.

우리는 거대한 스피커에서 흘러나오는 추모의 말에 귀를 기울였습니다. 어떤 이들은 추모의 말을 전하며 흐느껴 울기도 했습니다. 안드레아스는 아무런 말도 없이 갑자기 세상을 떠났습니다. 거친 비바람에 표류되어 자신의 연구선 안에서 숨진 채로 발견되기 전까지 행방불명 신고도 되어 있지 않았습니다. 숨겨 있던 그를 발견한 남자도 추모식에 함께 참석했습니다.

테이블에 둘러앉은 사람들은 고인에 관해 이야기를 나누기 시작했습니다. 그곳에 모인 이들 대부분은 환경 연구가였습니다. 아렌달 외곽 플뢰데비겐 지역에 자리한 해양 연구소에서 안드레아스와 함께 근무했던 연구원 두 명도 그곳에 자리했습니다. 덕분에 환경에 관한 이야기가 곧 뒤를 이었습니다. 지구의 대기 중 이산화탄소량은 80만 년 만에 처음으로 400ppm을 넘어섰고, 이 기록적인 수치는 인간의 탄소 산화 행위에 근거한 것이라 했습니다. 현재로서는 이산화탄소 배출을 전적으로 중단시킨다 하더라도 지구 환경을 개선시키기엔 충분치 않다고 했습니다. 대기 중의 이산화탄소를 감소시키기 위해서는 화석연료 배출을 경감시키는 잠재적인 수단인 탄소 포집 바이오연료 사용을 광범위하게 늘려야 한다고 했지요.

*

당신이 나를 동행인이라고 소개했던 덕분에, 우리는 추모식장을 나설 때도 자연스럽게 보이기 위해 함께 걸을 수밖에 없었습니다. 우리는 호텔 밖으로 나오자마자 무리에서 떨어졌지만, 언제 어디로 가서 어떻게 헤어져야 할지 알 수 없었습니다.

우리는 잠시 발걸음을 함께하며 이런저런 이야기를 나

누었습니다. 폴렌 주변과 튀홀멘 부둣가를 몇 번이나 왔다
갔다 했던 것으로 기억합니다. 우리는 둘 다 오슬로로 갈
예정이었습니다. 나는 직접 차를 몰고서, 당신은 그날 저녁
셰비크에서 출발하는 비행기를 탈 예정이었지요. 나는 당
신을 먼저 공항까지 데려다준 후 북쪽으로 차를 몰 생각이
었습니다.

나는 차 문을 열고 운전석에 앉았고, 당신은 조수석의
문을 열었습니다. 조수석에는 여느 때와 마찬가지로 펠레
가 앉아 있었습니다. 나는 얼른 펠레를 집어 올려 뒷좌석
으로 던져버리려 했습니다. 그리해도 문제가 될 일은 없었
습니다. 꼭두각시 인형에 불과한 펠레가 아픔을 느끼진 않
을 테니까요……

하지만 당신이 조수석에 앉는 순간, 나는 나도 모르게
펠레를 왼쪽 팔에 끼웠습니다. 그는 기회가 왔다는 듯 곧
바로 당신에게 말을 걸었습니다. 그는 고개를 깊이 숙여
인사를 하고 그만의 특이한 목소리로 정중하게 자신을 소
개했습니다.

"나는 페더 스크린도라고 합니다. 대부분의 사람들은 저
를 펠레라고 부르지요."

당신의 얼굴이 환하게 밝아졌습니다. 당신도 펠레를 바
라보며 말을 걸었지요.

"나는 앙네스라고 해요. 앙네스 베르그 올센입니다."

펠레가 다시 정중하게 말을 이었습니다.

"그렇다면 혹시 전설적인 노르드학 연구가인 망누스 올센과 혈족 관계에 있는지요?"

올센이라는 성은 노르웨이에서 가장 흔한 성의 하나였기에 그런 질문을 한다는 것은 자칫 우스꽝스럽게 여겨질 수도 있었습니다. 하지만 당신은 진지한 표정으로 고개를 끄덕였습니다.

"그래요, 우린 친척이랍니다. 아주 먼 친척이긴 하지만."

펠레는 분위기를 띄우려는 듯 다시 말을 시작했습니다.

"그렇습니까, 마이 레이디? 그건 그렇고, 그가 이 도시에서 자랐다는 사실도 알고 있나요?"

펠레의 말에 당신은 어리둥절한 표정을 지었습니다.

"아니, 그건 몰랐어요. 전혀!"

"그의 조카도 이곳 아렌달 출신이라는 사실은 알고 있었습니까? 그는 베르겐 대학에서 고대 노르드학 교수로 재직하기도 했답니다. 그의 이름은 루드비 홀름올센이지요."

당신은 관심을 보이며 미소를 지었습니다.

"그것도 모르고 있었어요."

"사람인 이상 모든 것을 다 알 수는 없지요."

당신은 펠레에게서 눈을 떼지 않았습니다. 당신이 무슨

말인가를 하려다가 머뭇거리는 것을 본 펠레가 먼저 말을 가로챘습니다.

"결혼은 하셨나요?"

당신은 웃음을 터뜨리며 고개를 끄덕이다가, 잠시 후 고개를 저었습니다.

펠레는 고갯짓을 하며 뒤통수로 나를 가리키고 말했습니다.

"이 남자도 마찬가지랍니다."

하지만 당신은 내게 시선을 던지기는커녕 펠레만 뚫어지게 바라보았습니다. 당신의 얼굴에 한순간 검은 그림자가 스쳤습니다.

"정확히 말하자면 결혼한 적이 있었어요."

펠레는 다시 나를 가리키며 갑자기 생각난 듯 말을 뱉었습니다.

"이 남자도 결혼한 적이 있답니다. 믿을 수 있나요? 하하, 어쨌든 이 사람은 지금 홀몸이랍니다. 당신은 어떤가요? 사귀는 사람이 있나요?"

당신은 다시 웃음을 터뜨렸습니다. 너무나 크게 웃어 딸꾹질을 할 정도였습니다. 당신은 여전히 내겐 눈길도 주지 않고 펠레만 뚫어지게 바라보고 있었습니다. 당신은 웃음을 멈추지 않았습니다.

나는 스크린도 씨를 팔에서 벗겨내고 뒷좌석에 힘껏 던졌습니다. 나는 그를 도무지 이해할 수 없었습니다. 특히 이번엔 그가 필요 이상으로 뻔뻔하고 무례했다고 생각했습니다.

시동을 걸고 기어에 손을 얹자, 당신이 내 손을 살짝, 그러나 힘 있게 잡아 쥔 후, 얼른 손을 거두었습니다. 나는 운전을 하기 시작했습니다.

E18번 도로를 벗어나 셰비크 공항이 자리한 왼쪽으로 방향을 틀기 직전, 당신이 오슬로까지 함께 차를 타고 가면 안 되느냐고 물었습니다. 내가 당신 때문에 굳이 반대 방향으로 차를 몰아 시간을 낭비하는 것 같아 조금의 죄책감을 느낀다고 덧붙였지요.

덕분에 우리는 수도에 도착할 때까지 몇 시간을 함께할 수 있었습니다. 우리는 온갖 이야기를 가볍게 나누었습니다. 당신은 그레테 세실리에와 아울란즈달렌을 산책했던 이야기를 더 해달라고 내게 부탁했습니다. 나는 당신을 바라보며 진심으로 하는 말이냐고 되물었습니다. 아울란즈달렌에서 그레테 세실리에와 함께 산책했던 이야기를 더 해달라고요? 당신은 환하게 미소를 지으며 비밀스럽게 고개를 끄덕였습니다. 당신은 마치 군것질거리를 앞에 둔 작은 어린아이처럼 들떠 있었습니다. 나는 이야기를 시작할 수밖에 없었습니다.

우리는 당신의 사촌인 트룰스에 관해 이야기를 하기 시작했습니다. 그의 이름을 먼저 입에 올렸던 것은 나였다고 기억합니다. 그의 이마에 난 특이한 상처에 관해 물어보았던 것 같습니다. 오슬로까지는 먼 길이었기에 이야기를 할 시간은 충분했습니다.

당신과 트룰스는 1957년 11월에 태어났습니다. 당신은 오빠들과 나이 차이가 많이 났기 때문에, 트룰스와는 어렸을 때부터 형제들보다 더 가까이 지냈으며 성인이 된 후에도 자주 연락을 주고받았습니다.

트룰스는 학창 시절에 만난 리브베리트와 결혼해 가정을 이루었고, 당신은 그들의 두 딸에게도 마치 친부모처럼 애정을 주었습니다.

당신은 유명한 신경학자이자 뇌의학 연구가로 이름을 떨친 트룰스를 매우 자랑스러워했습니다. 그는 학계에서 이미 세계적인 명망을 얻었으며, 얼마 전 오슬로에서 개최되었던 국제 세미나에서 주요한 역할을 하기도 했습니다. 세미나의 주제는 트룰스의 전문 분야인 '인간의 뇌와 기억 작용'이었습니다.

나는 당신에게 질문을 던졌습니다. 그는 기억 작용에 관해 어떻게 설명하던가요?

당신은 웃음을 터뜨렸습니다. 나도 같은 질문을 수도 없이 해보았답니다. 트롤스가 어떻게 대답했는지 아시나요?

나는 고개를 저었습니다.

그도 아는 바가 없다고 대답했답니다. 트롤스는 세계 최고의 뇌의학 연구가예요. 그런데도 그는 뇌와 기억 작용에 관해선 이해할 수 없다고 대답했어요.

나는 당신의 말에 웃지 않을 수 없었습니다. 앙네스, 우리는 그날 차 안에서 참으로 화기애애한 시간을 보냈습니다.

당신은 10대 아이들조차도 기억한다는 것이 어떤 의미인지 잘 알고 있다고 덧붙였습니다. 대부분의 아이들은 우주에 관해서도 상당한 지식을 가지고 있습니다. 하지만 우주가 무엇이냐는 질문을 천문학자들에게 던진다면, 그들은 머리를 긁적이며 알 수 없다는 말만 되풀이할 뿐이죠.

우리는 함께 웃음을 터뜨렸습니다.

그런데 그의 이마에 난 상처는 무슨 이유였습니까? 나는 앞서 했던 질문을 다시 던졌습니다. 당신은 대답을 피할 수 없었습니다.

트롤스와 당신은 방학이 되면 조부모가 살던 발레르에서 많은 시간을 함께 보냈습니다. 트롤스는 사내아이였고 당신은 여자아이였지만, 10대 초반에 이르기까지 같은 방을 사용했습니다. 양측 부모들은 당신들을 떼어놓으려 완곡하게 조언을 하기도 했지만, 도움이 되지 않았지요.

당신과 트룰스는 아침 해가 뜰 때까지 밤새 이야기를 나눈 적도 많았습니다. 여름방학 때는 새벽 4시에 동이 틉니다. 당신들은 뜬눈으로 밤을 지새운 후 새벽에 창 밖에서 들려오는 나이팅게일 소리에 함께 귀를 기울이기도 했습니다. 힘차고 아름답게 지저귀는 새소리를 들으면서 당신들은 서로를 마주 보며 웃기도 했습니다. 가끔은 웃음을 멈출 수 없어 딸꾹질을 하기도 했습니다.

그러던 어느 날, 사과나무 정원에서 뛰어놀다가 큰 사고를 경험하게 되었습니다. 당신은 그때 여덟 살이었다고 기억했지요. 그레테 세실리에가 휠체어에 의지해 생활했던 첫해 여름이었기 때문입니다. 트룰스와 당신은 낡은 우물의 뚜껑을 가지고 놀았습니다. 나무로 만들어진 뚜껑은 매우 두껍고 묵직했으나, 우물의 콘크리트 벽에 제대로 고정되어 있지 않았습니다. 당신들은 힘을 모아 뚜껑을 옆으로 밀치고 우물 속을 내려다보았습니다. 우물 속에는 물이 차있지 않았기에 어둠으로 가득 찬 수 미터 아래의 바닥을볼 수 있었습니다.

당신은 이야기를 하다 말고 기억에 관한 말로 주제를 돌렸습니다. 당신은 그날 무슨 일이 있었는지 아무것도 기억할 수 없다고 말했습니다. 그것은 충격으로 인한 일종의 단기 기억상실증일지도 모릅니다. 어쨌든, 트룰스는 우물 속에 머리부터 빠져버렸습니다. 당신은 소리를 지르며 도움을 요청했고, 잠시 후 어른 네 명이 급히 그곳으로 왔습니다. 그들은 트룰스를 우물에서 구해냈지만, 당신은 그 과정을 전혀 기억하지 못했지요. 당신의 기억 속에 남아 있던 것은 사촌의 이마에 생긴 커다란 상처에서 피가 철철 흘러내렸다는 사실뿐이었습니다. 다행히도 그는 의식을 잃지는 않았습니다. 울지도 않았습니다.

당시에는 섬이었던 발레르와 육지 사이에 다리가 연결되어 있지 않은 탓에 그들은 트룰스를 크로케뢰이까지 보트로 이송해야만 했습니다. 육지에 이른 그들은 대기하고 있던 구급차를 타고 프레드리크스타 병원으로 이동할 수 있었습니다. 당신은 섬에 남아 기다릴 수밖에 없었습니다. 당신은 트룰스가 다친 것이 당신 때문이라는 생각에 죄책감을 떨칠 수 없었습니다. 주변 사람들이 당신에게 질책하는 눈빛을 보낸다는 느낌도 지울 수가 없었습니다. 그도 그럴 것이, 당시 당신의 가족들은 반년 전 있었던 그레테 세실리에의 불행에서 벗어나지 못하고 있었기 때문입니다.

그날 늦은 저녁, 트룰스와 그의 아버지가 병원에서 돌아왔습니다. 트룰스의 이마에는 붕대가 칭칭 감겨 있었습니다. 열일곱 바늘을 꿰매야 했던 그의 상처는 지금도 흉터로 남아 있습니다.

이야기를 마친 당신은 다시 기억이란 참으로 이상한 것이라고 되풀이했습니다. 당신이 그날 있었던 일을 세세하게 기억할 수 없는 것이 이상할 뿐이라고 덧붙였지요. 하지만 당신이 정확하게 기억하던 일도 한 가지 있었습니다. 트룰스는 병원에서 돌아오는 길에 커다란 사탕 한 봉지를 얻었습니다. 그는 집에 돌아와 당신과 함께 사탕을 먹기 전에는 절대 봉지를 열지 않겠다고 고집을 피웠습니다.

당신은 말을 마친 후, 잠시 멍하니 창밖을 바라보다가 내게 고개를 돌려 조금 수줍은 듯 한 마디를 던졌습니다. 왜 내가 이런 이야기를 늘어놓는지 이해할 수가 없어요!

하지만 나는 당신이 왜 그런 이야기를 했는지 잘 알고 있었습니다. 내가 이야기를 해달라고 당신에게 부탁했기 때문이지요.

행복했습니다. 당신의 이야기를 듣고 있자니 너무나 기분이 좋았습니다. 마치 우리가 오래도록 알고 지냈던 사이 같기도 했습니다.

하지만— 피해 갈 수 없는 질문도 생겨나는군요. 나는 왜 지금 이런 이야기를 하고 있는 걸까요? 왜 나는 지금 고틀란드에 앉아 지난 이야기를 하나하나 들추어내고 있는 걸까요? 우리가 차 안에서 나누었던 이야기는 당신도 잘 알고 있습니다.

그렇습니다, 앙네스. 나는 지난 이야기를 하는 것을 매우 좋아합니다. 당신은 무척이나 선명하고 생기 있고 따스하게 이야기를 할 수 있는 사람입니다. 당신의 이야기를 듣고 있노라면 기분이 좋아지는 것은 피할 수 없는 사실입니다. 고백하건대, 나는 이러한 친밀감에 전혀 익숙지 않은 사람입니다.

나도 차를 타고 가며 대화를 나눈 적이 없지 않습니다. 하지만 그건 수년 전의 일입니다. 오스고르스트란에 택시를 타고 가며 안드리네와 대화를 나누었던 것은 모두 내가 지어낸 이야기입니다. 실제로 일어났으면 좋겠다는 나의 바람을 입 밖에 냈던 것에 불과할 뿐입니다.

나는 그처럼 이야기를 지어내는 일을 지난 몇 년간 너무나 자주 해왔습니다.

차를 차고 오슬로로 가던 중, 당신은 펠레와 이야기를 나누고 싶다며 고속도로 쉼터에 잠깐 차를 세워달라고 말했습니다. 그는 대체로 예의를 지키며 말을 했습니다만, 주제가 바뀌면서 그의 이야기를 듣는 것이 조금씩 불편해지기 시작했습니다. 나는 그가 당신에게 개인적인 질문을 필요 이상으로 많이 던진다고 생각했습니다. 당신은 인내심을 가지고 그의 말에 귀를 기울였고, 가끔 웃음을 터뜨리기도 했습니다. 하지만 그가 곤란한 질문을 던져오면 당신은 현명하게 공을 맞받아쳐서 그에게 되묻기도 했습니다. 펠레는 1959년 홀스다겐에서 야코브, 즉 내가 제비뽑기장에서 그를 발견했던 날 이전의 일은 전혀 기억나지 않는다고 말했습니다.

오슬로에 가까워지면서, 우리의 긴 자동차 여행도 마무리를 해야만 했습니다. 그때, 누가 먼저였는지는 기억할 수 없지만, 홀메스트란의 마르셰에서 저녁을 함께하자고 제안했습니다. 식사 후 커피를 마시며 우리는 내가 먼저 당신에게 편지를 쓰는 일에 동의했습니다. 다시 만날 약속은 하지 않았습니다. 그럴 가능성에 대해서도 입 밖에 내지 않았습니다. 하지만 당신은 내게 편지를 보내라고 부탁했습니다. 당신은 내가 어떤 사람인지, 또 그레테 세실리에의 장례식에 왜 모습을 드러냈는지 이해해보고 싶다고 말했습니다.

내가 선명하게 기억하고 있는 것이 하나 더 있습니다. 오슬로에 도착했을 때도 우리는 다시 만날 약속을 하지 않았습니다. 하지만 당신은 기회가 된다면 펠레를 다시 만나

보고 싶다고 말했습니다. 그뿐 아니라, 당신은 내게 약속하기를 종용하기까지 했습니다. 그 때문에 나는 당신이 펠레를 다시 만날 수 있는 자리를 꼭 만들겠다고 약속을 해야만 했습니다.

나는 아직까지도 이 편지를 당신에게 보내야 할지 마음의 결정을 내리지 못했습니다. 최종 결심을 하기 전에, 나는 이곳 고틀란드에서 경험한 일을 더 적어보겠습니다. 역시 룬딘과 관련된 이야기입니다. 그 이야기를 제외한다면, 이곳에서의 일은 오직 호텔방에 앉아 편지를 썼던 것이 전부입니다.

스벤오케

2013년 5월 20일 월요일, 오순절 둘째 날

나는 여전히 책상 앞에 앉아 창밖의 알메달렌 공원과 발트해를 바라보고 있습니다. 바람 한 점 없는 날, 태양은 수면 아래로 자취를 감추려 하고, 바다는 푸른빛으로 반짝이고 있습니다.

나는 두 개의 창을 모두 활짝 열어놓았습니다. 오순절 무렵의 날이 이처럼 무더운 건 난생처음인 것 같습니다.

나는 이 호텔방에서 무려 나흘 동안 꼼짝 않고 앉아 당신에게 편지를 썼습니다. 물론 장을 보거나 가끔 와인 한잔이 생각나 저녁 무렵에 호텔 밖으로 나가본 적도 있습니다. 나는 항상 와인을 잔으로 주문합니다. 마시다 보면 결국은 병째로 주문하는 것과 비슷한 양이 되지만, 처음부터 과할 필요는 없다고 생각하기 때문입니다. 더욱이 나는 빈잔을 테이블 위에 늘어놓는 것도 좋아합니다. 비스뷔에서 내가 자주 찾는 레스토랑은 볼라게라고 합니다. 오래전 레스토랑이 자리했던 낡은 건물의 이름인 쉬스템볼라게*를 딴 것이라는 말을 들었습니다.

이 편지에서 할링달 시절을 제외한다면, 내 이야기의 시간적 범위는 12년 정도 됩니다. 에리크 룬딘 석좌 교수의 장례식에서 당신의 사촌을 만나고, 윌바와 인도유럽어족 언어에 관해 격렬한 토론을 벌였던 것은 이미 오래전의 일이 되었습니다. 그날로부터 불과 몇 달이 지난 어느 날, 나는 안드리네의 추모식장에서는 물론, 몇 시간 후 거닐었던 오르볼 숲속의 오솔길에서 다시 그녀와 마주쳤습니다.

그 이후 나는 그녀를 본 적이 없습니다. 하지만 그저께 바로 이곳 고틀란드에서 윌바를 보았습니다. 그러니 이 편지에서 다시 그녀에 관해 언급할 수밖에 없겠군요. 그날은 5월 17일, 내가 이 섬에 온 지 이틀째 되는 날이었습니다.

---

* 스웨덴 정부 소유의 주류 판매점 체인.

내가 고틀란드에 온 이유는 글자 그대로 세상에서 나를 고립시키기 위해서였습니다. 나는 오순절 휴가 직전에 학생들의 과제를 미리 확인했습니다. 고틀란드의 호텔방에선 오직 앙네스, 당신에게 편지를 쓰는 일에만 몰두하고 싶었기 때문입니다. 적어도 편지를 쓰는 일을 시도는 해보겠다고 당신에게 약속을 한 터였으니까요.

이곳에서의 일에 관해 쓰기 전에, 먼저 당신과 마지막으로 만난 후 일주일쯤 시간이 흘렀을 때의 이야기부터 해야 할 것 같습니다. 그날 오전, 나는 볼일이 있어 옵페고르 코뮈네에 갔습니다. 일을 마친 후 나는 콜보튼 교회를 지나 기차역까지 걸어갔습니다. 교회의 석조 건물을 지나칠 때, 나는 그곳에서 장례식이 진행되고 있다는 사실을 알아챘습니다.

나는 오랜 버릇처럼 교회 안으로 들어갔습니다. 제단 앞에는 간소한 조화와 하얀 관이 자리하고 있었습니다. 교회 안에는 제단 위의 목사님과, 왼쪽 벤치에 나란히 앉아 있는 세 사람 그리고 제일 뒤쪽에 앉은 장의사 두 명뿐이었습니다. 나는 제자리에 잠시 멍하니 서 있었습니다.

나는 입구의 작은 의자 위에서 가져온 장례식 순서와 고인의 이름이 적힌 프로그램에 그제야 눈을 돌렸습니다. 제일 앞장에 있는 고인의 사진을 보는 순간, 나는 깜짝 놀랄 수밖에 없었습니다. 그는 바로 장례식장에서 자주 마주쳤던 키가 크고 피부가 가무잡잡한 바로 그 사나이였습니다.

나는 서둘러 발길을 돌려 나왔습니다. 숨이 찰 정도로 정신없이 뛰어 콜보튼 기차역에 도착할 때까지 내 머릿속에는 단 하나의 생각뿐이었습니다. 관 속에 누워 있던 사람은 나였을 수도 있다고!

인생의 과정에서 한 부분이 막을 내렸다는 생각은 점점 뚜렷해졌습니다. 나는 다시는 장례식에 발을 들여놓지 않으리라 굳게 마음먹었습니다. 그레테 세실리에의 추모식에서 만났던 당신과 대화를 나눈 후부터 줄곧 그런 생각을 했던 것도 사실입니다.

그럼에도 나는, 고틀란드로 가기 위해 짐을 챙길 때 만약을 대비해서 반짝반짝 광이 나도록 잘 닦은 검은색 구두와 검은색 양복을 함께 넣었습니다.

솔직히 나는 고틀란드에서 며칠을 지내며 완전히 고립된 생활을 할 수 있으리라고는 생각지 않았습니다. 물론 슈퍼마켓의 점원과 레스토랑의 웨이터, 호텔 뷔페식당과 로비의 안내원들과는 몇 마디 인사치레로 말을 주고받을 순 있을 것이지만, 나는 그들에게 이상하고 우스꽝스러우며 귀찮은 존재에 지나지 않으리라는 사실도 잘 알고 있었습니다.

나는 펠레도 함께 데려왔습니다. 그는 여행을 할 때 항상 나와 함께합니다. 심심할 때면 그와 기분 좋은 대화를 나눌 수 있기 때문입니다.

비스뷔 공항의 입국장에 도착한 우리는 짐을 찾기 위해 기다리는 동안 휴지통에 버려진 《고틀란다 알레한다》라는 지역신문 한 부를 슬쩍 가져왔습니다. 벌써 나흘 전의 일이군요.

나는 타지를 여행할 때 자주 그곳의 지역신문을 찾아 읽습니다. 그곳에서 무슨 일이 일어나고 있는지 지역 사정을 좀 더 잘 알아보기 위해서입니다.

그것은 발행일로부터 여러 날이 지난 신문이었습니다. 호텔방에 앉아 신문을 뒤적이던 나는 신학자이자 성직자인 스벤오케 가르델의 장례식이 다음 날 브로 교회에서 거행된다는 것을 알게 되었습니다. 브로 교회는 비스뷔에서 북동쪽으로 약 10킬로미터 떨어진 곳, 포뢰섬으로 향하는 길목에 자리하고 있었습니다. 장례식 일자는 5월 17일, 오순절 휴가 첫날이었습니다.

나는 신문에 난 부고를 여러 차례 찬찬히 읽어보며 고인에 관한 생각에 잠겼고, 그날 저녁 나는 스벤오케의 장례식에 참석하리라 결심했습니다. 장례식에 관한 나의 길고 광범위한 삶의 과정을 마무리하기에 적절한 기회라 생각했습니다. 더욱이 나는 국내를 벗어나 있었기에 결단을 내리기가 그리 어렵지 않았습니다. 고국에 있을 때는 어렵게만 여겨지던 일이 국경 밖으로 나오면 이상하리만큼 쉽게 느껴질 때가 있습니다. 이런 경험을 했던 사람은 나만이 아니리라 믿습니다.

나는 호텔방에 앉아 인터넷으로 스벤오케에 관해 검색해보았습니다. 다음 날 있을 그의 장례식에 모습을 드러낼 적절한 이유를 찾던 나는, 몇 개의 매우 합당한 이유를 떠올렸습니다. 생각을 하면 할수록 나 자신은 물론, 나의 도덕관념도 국제적으로 변했다는 느낌을 지울 수가 없었습니다.

가르델은 스웨덴의 성직자들 중 가장 진보적인 인사로 알려져 있었습니다. 그 때문에 그는 살아생전 자주 고틀란드 지역뿐 아니라 스웨덴 전체에서 야기되었던 갖가지 갈등을 접해야만 했습니다. 그는 신의 아들인 예수의 존재를 자신만의 개념으로 이해했던 사람이었습니다. 그는 예수를 신의 입양아로 간주했으며, 그것은 인간을 죄악에서 구원하기 위해서가 아니라 스스로의 인간적 행위에서 비롯된 것이라고 이해했습니다. 따라서 가르델은 『마태복음』과 『누가복음』의 기록과는 달리 예수가 동정녀 마리아에게서 태어났다는 점을 받아들이지 않았습니다. 그는 예수의 탄생을 기록한 복음서가 『이사야서』(7장 14절)의 잘못된 번역일 뿐이라고 주장했습니다. 『이사야서』의 예언은 마리아를 '알마almá'(젊은 여인)로 지칭한 히브리어 원문을 따랐던 반면, 예수 탄생 이전 약 200년 동안의 역사를 기록한 히브리어 원문을 그리스어로 번역한 『칠십인역』*에는 '동정녀parthenos'로 오역되어 있습니다. 『마태복음』과 『누가복음』에서는 바로 이 오역을 그대로 인용한 것이라는 설이 있습니다.

가르델은 거기에서 그치지 않고, 그의 크리스트교 성도로서의 정체성은 예수의 부활과 승천, 성령 강림과 관련된 교조주의적 교리와는 전혀 관계가 없다고 천명했습니다. 그의 이러한 주장은 한 라디오 인터뷰에서 했던 '만약 예수의 부활이 사실이 아니라면, 지금의 내가 예수 그리스도라 해도 상관없는 일이 아닌가'라는 그의 발언과 함께 정통파 크리스트 교계에서 자주 인용되었으며 큰 파장을 일으키기도 했습니다. 정통파에서는 그에게 이 발언을 취소

* Septuaginta. 현존하는 구약성경 번역판 중 가장 오래된 판본의 하나.

하라고 압력을 넣었지만, 그는 자신의 주장을 굽히지 않았습니다.

나는 몇 시간을 투자해, 그와 내가 어떻게 서로 알게 되었으며 또 어떻게 여러 해 동안 친목을 유지해왔는지 거짓말을 꾸며내었습니다. 그와 함께 했던 신학적 토론은 물론, 그와 인간적으로도 친밀한 관계를 유지하게 된 이유를 꾸며내는 일은 그리 어렵지 않았습니다. 대학에서 신학 공부를 잠깐 했다는 점을 이용해, 내가 가르델의 신학적 견해를 깊이 있게 표현해낼 수 있었다는 것은 크나큰 이점으로 작용했습니다.

나는 특히 신앙고백에 관한 그의 주장에 큰 감명을 받았습니다. 수많은 신학자들은 개인적 신앙을 공식적으로 드러내는 데 주저합니다. 그들의 본질적인 믿음은 천사와 악마, 인간의 원죄와 심판에 관한 교회의 일반적 교리와는 거리가 멉니다. 나는 교회의 예배나 미사 시간에 드리는 의식적 기도에만 충실하고, 개인적으로 따로 신실한 기도를 올리는 성직자는 거의 없다고 믿습니다. 즉, 개인적으로는 종교적 믿음과 신앙을 간과한 채, 그들이 속한 종교와 교회가 이끄는 대로 따르는 눈먼 성직자가 많다는 이야기입니다.

나는 항상 타인의 종교와 믿음을 존중해왔습니다. 어쩌

면 그것은 히피족으로 지냈던 나의 과거에 뿌리를 둔 것일 지도 모릅니다. 그러나 나는 모태종교에서 벗어나 스스로 종교적 인식에 눈을 뜨고 자신의 길을 독자적으로 개척한 성직자들에게 더욱 큰 존중심을 가지고 있습니다. 반대로, 스스로의 양심과 믿음은 물론, 회의와 의구심마저 숨긴 채 겉으로만 드러나는 종교적 삶을 사는 일부 성직자들은 위선자에 불과할 뿐입니다.

*

고틀란드의 중세풍 교회 수는 면적 대비는 물론, 인구 대비로 따졌을 때도 전 세계에서 가장 많습니다. 그중에서도 브로 교회는 가장 아름답고 웅장하기로 유명합니다.

교회의 벽에서는 400년대부터 제작된 각종 다신교적 심벌과 상징을 볼 수 있습니다. 그중에서도 가장 눈에 띄는 상징물은 커다란 태양과, 두 개의 장미 문양, 그리고 큰 배 안에서 노를 젓는 뱃사람의 그림입니다. 이것은 모두 고틀란드의 교회에서 자주 볼 수 있는 흔한 상징이기도 합니다. 종탑 아래쪽에는 사암을 깎아 그 속에 넣어둔 아름다운 세라믹 세례대를 볼 수 있습니다. 그것은 1200년대에 만들어진 것으로 하나의 예술품이라 해도 과언이 아닙니다. 또한 제단의 왼쪽에는 에덴동산을 묘사한 그 크기가 이루 말할 수 없이 거대한 작품을 볼 수 있습니다. 그것은 신의 은총을 입은 아담과 이브가 온갖 짐승들과 가축들에 둘러싸여 행복한 표정을 짓는 그림, 뱀이 내민 선악과를 받아 든 이브로 인해 원죄 없는 아름다운 세상이 무너지는 모습이 담긴 그림으로 이루어져 있습니다. 오, 이브! 그녀는 자신이 무슨 짓을 했는지 알았을까요?

나는 장례식이 시작되기 한 시간 전쯤에 교회에 도착했습니다. 다른 이들이 오기 전에 교회 안과, 하얀 돌울타리로 둘러싸인 작은 교회 건물 주변을 찬찬히 살펴보고 싶어서였지요. 교회 묘지에는 가르델이라는 이름이 새겨진 비석이 꽤 많았습니다. 그중에는 세상을 떠난 가르델 신부의 입관을 기다리는 비석도 있었습니다.

가르델은 옛날부터 고틀란드에서 흔히 볼 수 있는 성이며, 현재도 많은 사람들이 사용하고 있습니다. 1700년대 중반, 이곳의 라르스 베르톨트 할그렌이라는 성직자는 가르데Garde, 또는 가르다Garda라고 불리는 교구의 이름을 따서 개명을 하기도 했습니다. 그 뜻은 '울타리로 둘러싸인 지역'입니다. 노르웨이인의 성 중에서 고더Gaarder는 농장gård, 울타리gjerde라는 의미를 지닌 노르웨이어와 어원을 같이하며, 이는 독일어의 garten, 프랑스어와 스페인어의 jardin,

이탈리아어의 giardino, 그리고 영어의 garden과도 그 뿌리를 같이합니다. 그뿐 아니라 영어의 안뜰, 마당의 의미를 지닌 courtyard의 yard도 같은 어원에서 유래되었습니다. 이들 단어는 고대 인도유럽어의 '둘러싸다, 포함하다'라는 의미를 지닌 *gher-에서 유래되었지요. 관련된 단어는 미드가르드Midgard 신화에서도 찾아볼 수 있습니다. 미드가르드의 신화적 의미는 인간의 세계를 뜻하고, 아스가르드Åsgard는 신들의 세계, 우트가르드Utgard는 요툰헤이멘, 즉 요툰과 트롤이 사는 곳을 가리킵니다. 인간의 세계를 의미하는 미드가르드는 고대 노르드어에서 찾아볼 수 있는 단어, 콘스탄티노플과 비잔틴, 또한 '거대한 도시'라는 의미를 지닌 미클라가르드Miklagard와 그 가지를 함께합니다. 인도유럽어에 뿌리를 두고 있는 *gher-에서 유래된 단어로는 집 또는 삶터를 의미하는 산스크리트어의 grhás, 정원을 의미하는 라틴어의 hortus 등도 있습니다. 관상화인 수국hortensia은 바로 여기에서 유래된 이름입니다. 그뿐 아니라, 울타리를 의미하는 그리스어의 khórtos, 흙을 의미하는 아일랜드어의 gort도 마찬가지입니다. 중세 교회 슬라브어의 grad(도시)는 러시아의 레닌그라드Leningrad에서 찾아볼 수 있으며, '신도시'라는 의미의 노브고로드Novgorod처럼 러시아어의 gorod에서도 그 흔적을 발견할 수 있습니다.

나는 왜 언어의 뿌리와 계보에 이처럼 큰 관심을 가지고 있을까요? 그 대답은 너무나 간단합니다. 내겐 뿌리와 계보가 없기 때문입니다. 인도유럽어족 계보를 제외하고선 내가 속한 가족적 계보는 찾을 수 없습니다. 물론, 나도 한 인간의 소속감이나 정체성은 언어와는 별개라는 것을 잘 알고 있습니다. 나는 할링달 사투리를 듣고 사용하며 자랐습니다. 할링달 방언은 노르웨이어의 일족이며, 노르드어 또는 북게르만어군에 뿌리를 두고 있습니다. 북게르만어군은 게르만어족에 뿌리를 둡니다. 게르만어족에서 갈라져 나온 어군은 북게르만어군뿐만이 아니라, 영어, 독일어, 네덜란드어, 프리슬란트어, 이디시어를 포함하는 서게르만어군, 고트어를 포함한 동게르만어군도 있습니다. 고트어는 현재 사멸하여 사용되지 않지만, 그 옛날에는 기록문자로서 큰 역할을 했습니다. 300년대 중반에 고트어로 기록된 울필라스 성경은, 룬 문자와 고대 게르만 문자를 사용한 기록물을 제외하고선 가장 오랜 역사를 자랑합니다. 전체적으로 보았을 때 게르만어족은 인도유럽어족에서 갈라져 나온 하나의 가지일 뿐입니다.

내게는 자식이나 손자가 없습니다. 형제자매나 부모도 없습니다. 하지만 나는 언어와 함께 살고 있습니다. 이 언어는 인도유럽어족에 속해 있으며, 아이슬란드부터 스리

랑카에 이르는 지역에 걸쳐 수많은 친척과 자손 등을 포함하는 광범위한 계보를 자랑합니다. 또한 이 계보를 거슬러 올라가면 무려 6,000년 전이라는 시간적 공간과 접하게 됩니다.

나는 지금 언어의 생물학적 유전자에 관해 말하는 것이 아닙니다. 생물학적 유전자는 언어와 아무런 관계도 없습니다. 내가 말하는 언어는 지금으로부터 약 5,000~6,000년 전 살았던 고대 인도유럽인 또는 러시아 남쪽의 초목지역에 살았던 초기 인도유럽인들이 사용한 언어에 뿌리를 두고 있습니다. 내가 사용하는 언어와 대부분의 단어는 그들로부터 물려받은 것입니다.

즉, 나는 인간적 계보가 아닌 언어적 계보에 깊고 굳건한 소속감을 가지고 있는 것입니다. 시대를 거슬러 올라가면 내가 사용하는 언어의 조부모, 증조부모, 고조부모, 삼촌, 고모, 조카, 오촌, 육촌까지도 찾아볼 수 있습니다. 그렇게 따진다면, 나도 수 세기에 걸쳐 면면히 내려오는 한 가족에 속해 있다고 말할 수 있겠지요. 반면, 나는 중국티베트어족에 관해서는 아무런 지식이 없습니다. 이 언어는 전 세계에서 두 번째로 많은 사람들이 사용하는 언어임에도 불구하고 말입니다. 아프리카의 서로 다른 수천 개의 언어를 포괄하는 니제르콩고어와 반투어군에 속하는 여러 언어에 대해서도 아는 것이 없습니다. 하지만 아프리카-아시아어족에 속하는 몇몇 단어들은 짚어낼 수 있습니다. 여기에는 히브리어, 아랍어, 이집트어 등이 속해 있기 때문입니다. 이 어족에 속하는 단어 중 적어도 하나는 이미 언급한 적이 있습니다. 바로 '젊은 여인'을 의미하는 히브리어의 알마^{almá}입니다. 또 다른 예는, '아버지'라는 뜻을 지닌 아람어의 압바^{abba}입니다. 이것은 신약 성경에서 예수가 신을 부르며 간구할 때 사용했던 단어이기도 합니다.

내가 인도유럽어족이 아닌 다른 어족의 언어들을 무시하는 것은 절대 아닙니다. 그들 언어는 단지 내가 속한 언어군이 아닐 뿐입니다.

*

교회는 시골 마을의 도로변에 덩그러니 서 있었습니다. 하나둘 모여드는 사람들을 보며, 문득 어렸을 때 결혼식이나 장례식이 있으면 온 마을 사람들이 모여들었던 시골 마을을 떠올렸습니다. 번호가 붙어 있는 좌석은 금방 사람들로 꽉 찼고, 뒤편의 성수대 근처와 중앙 통로에는 자리를 찾지 못한 사람들이 모여 있었습니다.

신부님은 예수의 부활에 관한 신앙고백을 했습니다. 하지만, 동시에 그는 예수가 자신을 따르는 사람들에게 단

한 번도 이러한 신앙을 강요하지 않았다고 강조했습니다. 십자가에 매달렸을 때 옆에 있던 강도도 천국의 자리를 약속받지 않았습니까? 그렇다면 그 누가 성직자로서의, 또는 진실한 크리스트교 신자로서의 스벤오케 가르델을 심판할 수 있단 말입니까?

그는 다음과 같이 마무리를 했습니다. 나는 스웨덴의 성도들에게 마음을 더욱 열어야 한다고 말하고 싶습니다. 우리는 예수가 정확히 어떤 말을 했는지도 모르고, 예수가 자신의 역할을 스스로 어떻게 정의했는지도 알지 못합니다. 하지만 나는 오늘 스벤오케 가르델의 장례식에 온 여러분들과 함께 성 바울의 말을 빌려, 예수 그리스도의 부활이 없었다면 우리의 신앙과 메시지도 무의미하다는 것을 천명하고 싶습니다. 신은 스벤오케를 너그러이 거두어 주실 것입니다. 설사 고인이 부활을 믿지 않는다 하더라도, 우리는 그의 부활을 갈구하고 희망해야 할 것입니다!

나는 동료 성직자의 신앙에 관해 언급하는 그의 말에 전적으로 동의하지 않았습니다. 하지만 내가 나설 자리가 아니었기에 침묵을 지켰습니다. 장례식이 끝난 후에 기회가 있을지도 모른다는 생각을 하며 인내심을 가지고 기다렸던 기억이 납니다. 나는 스벤오케의 신앙과 믿음을 그 어느 누구보다 잘 이해하고 있다고 생각했기에 사후에도 그의 믿음과 주장을 지켜주어야 한다는 일종의 책임감까지 느꼈습니다.

신부님은 입관식이 끝난 후 진행될 추모식에 여기 모인 사람들을 초대했습니다. 나는 추모식장이 교회 내인지, 아니면 교회 근처의 다른 곳인지 전혀 알 수 없었습니다. 그가 장소를 지칭하는 말을 하긴 했지만, 나는 그것이 마을 이름인지 사람 이름인지도 구분할 수 없었습니다. 하긴, 사람들 대부분의 성이 마을 이름을 딴 것이니 내가 혼란스러워했던 것은 그리 이상한 일이 아닐 겁니다. 게다가 나는 그곳에 난생처음으로 가보았으니 충분히 이해할 수 있는 일입니다.

마지막 오르간 곡이 연주되면서 교회 건물에서 40~50미터가량 떨어진 묘지로 관이 옮겨졌습니다. 따가운 햇살 아래, 신부님은 성경의 한 구절을 읽었고, 관이 내려졌습니다. 잠시 후, 그는 흙을 떠서 관 위에 뿌렸고, 모인 사람들은 함께 성가를 불렀습니다. 검은색 옷을 입고 모여 섰던 사람들은 하나둘 흩어지기 시작했습니다. 포옹을 건네고 눈물을 흘리는 사람들도 꽤 많았지만, 입가에 부드럽고 조용한 미소를 머금은 사람들도 보였습니다.

우리는 교회 앞마당을 벗어나 하얀 돌울타리 밖에 서서

서로에게 가벼운 인사를 건넸습니다. 그곳에 서 있던 사람들은 언뜻 보기에도 150명쯤은 되는 것 같았습니다. 내가 그 많은 사람들 중에 하나라는 소속감을 느끼는 순간, 가슴이 벅차올랐습니다.

그곳에 모인 사람들은 모두 고틀란드에서 오진 않았습니다. 보아하니 육지에서도 스벤오케 가르델에게 마지막 인사를 건네기 위해 그곳을 찾은 사람들은 꽤 많은 것 같았습니다. 살아생전에는 스웨덴 종교계에서 논란이 많던 성직자였지만, 그를 따랐던 사람들도 적지 않았던 것이 분명했습니다.

나는 내게 말을 거는 사람들에게 노르웨이어로 대답을 했습니다. 사실, 그럴 필요는 없었습니다. 나는 스웨덴어는 물론 고틀란드의 지방어까지 원어민처럼 자유자재로 구사할 수 있었기 때문입니다. 하지만 나는 나의 뿌리를 명확히 드러내 보이고 싶었습니다. 거의 40여 년 전, 나는 룬드 대학의 서머스쿨에 등록해 '스웨덴 언어와 문학'을 주제로 한 강좌를 들은 적이 있었습니다. 하지만 허세를 부리는 것도 때와 장소를 보아가며 해야 할 일입니다. 특히나 순수함과 진실함을 대표하는 장례식에서는 더더욱 그렇습니다.

흙 속에 완전히 묻히지도 않은 관을 보노라니, 스벤오케와의 만남을 거짓으로 꾸며 늘어놓을 생각을 했던 내가 부끄럽게 여겨지기 시작했습니다. 문득, 아렌달에서 당신과 함께 나누었던 이야기, 마르셰에서 저녁을 하며 나누었던 이야기도 떠올랐습니다. 하지만, 묻는 말에는 대답을 하지 않을 수 없었습니다. 나는 내게 말을 걸어오는 사람들에게, 수년 전 스톡홀름의 전기독교 컨퍼런스에서 스벤오케를 처음 만났고, 그 이후로 자주 안부를 주고받았지만 매우 친밀한 사이는 아니라고 둘러댔습니다.

말을 하면서 나는 생각에 잠겼습니다. 좀 더 거짓말의 수위를 낮추어야만 할 것 같았습니다. 나는 스벤오케의 장례식에 참석하기 위해 고틀란드에 온 것이 아니라고 덧붙였습니다. 그가 세상을 떠난 사실도 이 섬에 오고 나서야 알았다고 말했습니다. 그래서 그날 오전 부랴부랴 그의 장례식을 지켜보고자 브로 교회에 왔다고 했습니다.

그러던 중, 스벤 베르틸과 구닐라 룬딘이라는 중년 부부와 마주치게 되었습니다. 나는 그들의 이름을 듣고 깜짝 놀랐습니다. 나는 그녀에게 혹시 오슬로 대학의 저명한 교수였던 에리크 룬딘의 친척이냐고 물어보았습니다. 그들이 당황하는 모습을 본 나는, 내 짐작이 틀림없다고 확신했습니다. 동시에 룬딘 교수의 장례식장에서 고틀란드어 방언을 사용하는 부부를 보았던 것 같다는 기억이 스쳤습니다. 그 때문에 나는 에리크 룬딘과 그의 자손, 손자 손녀와 수년 동안 친밀한 관계를 맺어왔다고 떠벌렸습니다. 두 사람은 서로 눈빛을 교환하더니, 스웨덴에서 룬딘이라는 이름은 매우 흔하며, 그 성을 가진 사람은 1만 5,000명 이상이나 된다고 말했습니다. 그 말을 들은 나는 괜한 허세를 부렸다는 생각에 부끄러워졌습니다.

그들은 내게 추모식에 함께 가자고 권했으나, 나는 비스뷔에서 누군가와 만나기로 해서 서둘러 돌아가야 한다며 정중하게 사양했습니다.

내가 사람들의 모임에 따스하고 정이 느껴지는 초대를 받았음에도 불구하고 사양했다는 것은 처음 겪는 일이라 이상하기까지 했습니다. 초대의 말 그 자체만으로도 나는 행복하기 그지없었습니다. 하지만 나는 이미 마음의 결정을 한 후였습니다. 이젠 이 일에서 손을 떼야 한다고 말입니다.

자신의 태도와 반응을 제삼자의 눈으로 지켜본다는 것은 모순적으로 느껴질 때도 있습니다. 가끔 그러한 일은 예상치 못한 낯선 경험으로 다가오기도 합니다.

나는 펠레를 찾아 나섰습니다. 그는 그리 멀지 않은 곳에 있었습니다. 그는 물 한 병, 책 한 권과 함께 내 배낭 속에 들어 있었습니다. 나는 검은 양복을 입을 때라도 한쪽 어깨에 배낭을 메고 다니는 것을 그다지 이상하다고 생각지 않았습니다. 그 배낭도 검은색이라면 문제 될 것이 없지 않습니까.

*

검은색 옷의 무리가 마치 느린 영화 속의 한 장면처럼 서서히 사라질 때, 나는 커다란 나무 옆에 홀로 서 있었습니다. 주변이 텅 비어감에 따라 가슴속의 멍울은 점점 커졌습니다. 잠시 후, 나는 중세식 교회 건물의 울타리 밖에 덩그러니 혼자 서 있게 되었습니다. 마치 달콤한 마법에 홀리기 직전, 어떤 보이지 않는 힘에 의해 제정신을 차린 것 같은 느낌이 스쳤습니다.

나는 어떻게 다시 비스뷔로 돌아가야 할지 알 수 없었습니다. 그곳으로 갈 때는 택시를 탔지만, 돌아갈 때는 어디서 택시를 타야 할지 몰랐습니다. 정처 없이 시내 쪽으로 걷고 있으려니 푸른색으로 아름답게 페인트칠을 한 벤치와 지붕 없는 버스 정류장이 눈에 띄었습니다. 시간표를 보니 한 시간 후에 포뢰에서 출발하는 버스가 그곳을 지나칠 예정이었습니다. 그 시간이라면 걸어서 목적지의 반은 갈 수 있을 것 같았습니다. 하지만 날씨가 너무나 무더웠기 때문에 나는 벤치에 앉아 버스를 기다리기로 마음먹었습니다.

배낭을 열어 물을 한 모금 마시고 펠레를 꺼내 내 옆에
앉혀놓았습니다. 하지만 그는 벤치보다는 내 팔 위에 앉으
려 몸을 들썩였습니다. 나는 잠시 쉬고 싶었지만, 할 수 없
이 펠레를 팔 위에 올려놓았습니다. 그는 내 팔에 올라앉
자마자 나를 쳐다보며 말을 걸었습니다.

"이제 뭘 할 생각인가?"

"버스를 기다려야지…… 버스가 오기까진 거의 한 시간
이나 남았어."

"그 시간 동안 그냥 여기 앉아서 멍하니 있을 건가? 한
시간이나?"

"오딘의 까마귀 놀이를 하는 건 어때? 여기 앉아 있는
동안 주변을 둘러보고 각자 눈에 보이는 것을 설명하는 놀
이 말이야."

그가 머리를 홱 돌려 도로변을 바라보았습니다.

"난 지금 길을 보고 있다네. 고대 노르드어의 vegr(길)
는 노르웨이어의 vogn(짐마차)으로 변했고, 게르만어의
*wagna-는 영어의 wagon, 독일어의 Wagen으로 변형되었
지. 이들 단어는 모두 인도유럽어의 *wegh-에서 유래되었
으며, 라틴어의 veho와 마찬가지로 무언가를 운송하다, 옮
기다라는 의미를 지니고 있어. 탈것이 움직이며 만들어내

는 소리인 베히켈vehikkel이라는 단어는 바로 여기에 근간을 둔 차용어지. 산스크리트어의 옮기다, 운송하다라는 의미의 현재형 동사 vahati는 게르만어의 움직이다bevege, 움직이는bevegelig, 움직임 또는 동작을 의미하는 bevegelse는 물론, 무게를 재다veie, 무게vekt라는 단어와 깊은 관련이 있어. 이들은 모두 고대 게르만어의 움직이다, 들어 올리다, 무게를 재다라는 의미를 지닌 *wegan-에 뿌리를 두고 있지."

스크린도 씨가 고개를 들어 나를 뚫어지게 바라보았습니다.

"훌륭하군." 나의 말에 그는 안도의 숨을 쉬었습니다. 동시에 팔목을 통해 느낄 수 있는 그의 움직임도 조용하고 편안해졌습니다.

나 또한 펠레와 비슷한 말을 했을 것이지만, 영어의 vehicle과 관련된 노르웨이어의 차용어 vehikkel은 생각지도 못했습니다. 솔직히 펠레가 언급하기 전에는 그 어디에서도 그 단어를 읽거나 본 적이 없었습니다. 나는 새삼 펠레의 정보를 곰곰이 생각하지 않을 수 없었습니다.

그가 말문을 여는 바람에 생각을 멈추고 다시 제정신으로 돌아왔습니다.

"자네는? 자네는 지금 뭘 보고 있는가?"

나는 고개를 돌려 그와는 반대 방향의 길 너머를 바라보았습니다. 그곳은 예전에는 농경지로 사용되었던 비옥한 땅이었지만, 지금은 잡초만 무성하게 자라 있었습니다.

"나는 지금 경작되지 않은 조악한 평야를 보고 있다네. 평야라는 뜻의 노르웨이어 åker는 고대 게르만어의 *akra-에서 내려왔고, 이는 다시 인도유럽어의 *agro-에서 그 뿌리를 찾아볼 수 있어. 여기에서 유래된 단어는 산스크리트어의 ajra, 라틴어의 ager, 그리스어의 agros를 들 수 있고, 차용어인 노르웨이어 agronom(농경학자)은 여기에서 생겨났지. 짐작건대 인도유럽어 어원의 그 기본적 의미는 땅과 가축을 관리하는 인간의 행위를 포함하는 것 같아. *ag-는 어떤 행위를 하거나 움직인다는 의미를 가지고 있지. 여기에서 생겨난 단어로는 노르웨이어의 ake를 들 수 있어. 그것은 자네도 잘 알다시피 썰매를 타거나 무언가를 타고 미끄러져 내려오는 행위를 뜻하지. 망치의 신인 토르는 하늘에서 마차를 타고 움직이기 때문에 aka-Tor라고도 불린다네. 같은 어원을 지닌 단어로는 라틴어에서 차용한 agere(행동하다), agent(에이전트), aktiv(능동적인) 등이 있고, 그리스어에서 차용한 demagog도 들 수 있어. 그 의미는 유언비어를 퍼뜨려 사람들을 혹하게 만드는 사람이지. 아이들을 이끌어주는 사람이라는 뜻의 pedagog 역시 같은 맥락으로 볼 수 있어."

나는 어느새 길 건너편의 벌판에서 시선을 돌려 펠레를 바라보고 있었습니다. 평소에도 펠레에게 말을 할 때면 항상 그에게 시선을 집중하곤 합니다. 당연한 일이지요. 말을 마친 나는 그의 반응을 기다렸습니다.

"어때? 적절한가?"

펠레는 흡족한 듯 고개를 끄덕였습니다.

"좋아. 수레나 쟁기를 끄는 가축은 멍에ǎk에 구속되어 있지. 관련 파생어로는 일, 노동이라는 의미의 økt과 일에 지친 말을 의미하는 øk도 있어. 노르웨이어의 ǎk는 고대 노르드어의 ok, 독일어의 Joch, 영어의 yoke 등은 고게르만어의 *juka-에서 유래되었고, 이것은 인도유럽어의 *yugó-에서 유래되었으며 그 어원은 *yeug-라고 볼 수 있어. 산스크리트어의 요가yoga는 이를 근거로 한 차용어라고 볼 수 있지."

나는 펠레의 말에 끼어들었습니다.

"ǎk는 전 인도유럽어에 걸쳐 찾아볼 수 있어. 심지어는 라틴어와 그리스어, 켈트어와 발트슬라브어는 물론, 토카라어와 히타이트어에서도 볼 수 있지. 여기에서 우리는 고대 인도유럽어족의 바탕이 되는 문화도 엿볼 수 있어. 즉, 이 문화권의 고대인들은 매일 생존을 위해 전쟁을 치르듯 열심히 일하는 농부들이었다는 점을 알 수 있지."

문득 펠레가 내 손목을 홱 잡아챘습니다. 나는 이러한 펠레의 갑작스러운 움직임 때문에 인대에 염증이 생긴 적도 몇 번 있었습니다. 그 때문에 나의 왼쪽 손목은 내 것이 아니라 펠레의 것이라는 생각도 해보았습니다. 내가 글을 쓸 때 오른손을 사용한다는 것은 그나마 다행이라고 생각합니다.

펠레가 다시 말을 이었습니다.

"일을 할 때 løfte, 즉 무엇을 들어 올려야 하는 행위와 bære, 즉 무언가를 지탱하고 운반하는 행위는 필수적이지. løfte라는 단어는 공중, 공기라는 의미의 luft, 그리고 높은 곳 또는 다락이라는 의미의 loft와도 밀접한 관련이 있어. bære는 품다, 출산하다라는 뜻을 가진 게르만어의 *beran-에서 유래되었으며, 여기에서 파생된 단어는 bør(짐, 부담), båre(관, 상자), byrd(출생, 혈통), byrde(짐, 부담, 질곡), barn(어린이), barsel(출산, 세례), bursdag(생일) 등이 있지. 이들 단어들의 뿌리를 찾자면 고대 인도유럽어의 어원 *bher-로 거슬러 올라가며, 그 파생어로는 나라명인 인도를 지칭하는 힌디어의 Bhārat를 들 수 있어. 이것은 고대 인도의 왕이었던 Bharata의 이름을 딴 것이며 그 뜻은 '무거운 짐을 진 자'라고 알려져 있지. 동일한 어원을 지닌 라틴어의 ferre에서 파생된 단어들도 적지 않아. referere(가리키다, 참조하다), differere(수정하다, 변화하다), fertil(다산의, 비옥한) 등을 예로 들 수 있어."

펠레는 하고 싶던 말을 다 할 수 있었던 덕분인지 만족한 듯 길게 숨을 내쉬었습니다.

우리가 버스 정류장에 앉아 대화를 나누는 동안 꽤 많은 자동차와 모터사이클이 지나갔습니다. 어떤 이들은 나이가 지긋한 중년의 남자가 꼭두각시 인형과 대화를 나누는 모습을 이상한 듯 흘낏 쳐다보기도 했습니다. 하지만 나는 개의치 않았습니다. 지금껏 그다지 많은 사람들과 이야기를 나눌 기회가 별로 없었기도 하거니와, 사람이 바글바글한 오슬로의 공원에 앉아 있는 것도 아니었으니까요. 우리는 발트해의 한 섬마을에 앉아 있었습니다. 간단한 예를 들어볼까요. 대부분의 사람들은 집에서 멀리 떨어진 곳에선 벌거벗고 헤엄을 치는 일에도 주저하지 않습니다. 나 또한 외국의 한 시골 마을 길가에 앉아 있었기에 펠레와 함께 스스럼없이 대화를 나눌 수 있었습니다. 사람들의 눈길은 전혀 문제가 되지 않았습니다. 어차피 나의 제자들이 나를 보고 있는 것도 아니니 말입니다. 하긴, 제자들이 보고 있다 하더라도 나는 개의치 않았을 것입니다.

"그들에겐 말도 있었지." 나는 펠레의 말을 이어받았습니다. "말과 관련된 단어는 고대 노르드어와 인도유럽어의

jór를 들 수 있어. 요르빅Jórvik*도 바로 여기에서 뿌리를 찾
아볼 수 있지. jór는 오늘날 영국의 요크York, 또는 미국의
뉴욕New York으로 변형되어 이어지고 있어. 노르드어에 뿌리
를 둔 인명으로는 요스테인Jostein도 있어. 글자 그대로 풀이
해보자면 '말 돌'이라는 뜻이지. 짐작건대 말에 올라탈 때
발을 디디는 받침돌을 의미했던 것 같아. 또한 기마병을
의미하는 Jóarr도 그 뿌리는 같다고 볼 수 있지. 같은 맥락
에서 고대 인도유럽어의 *ekwos는 라틴어의 equus, 그리
스어의 híppos의 근원이라고 할 수 있으며, 노르웨이어의
경마장이라는 단어 hippodrom은 바로 그리스어에서 유래
한 것이라고 할 수 있어. 그뿐 아니라 같은 어원에서 파생
된 것으로 이오니아어의 ikkos, 미케네어의 ikkwos, 산스크
리트어의 ásva-도 예를 들 수 있지. 여기에서 우리는 고대
인도유럽인들의 생활이 말과 밀접한 관련을 맺고 있었다
는 사실을 유추할 수 있어."

　　나는 다시 왼쪽 손목에 힘이 들어가는 것을 느꼈습니다.
그와 동시에 펠레가 말문을 열었습니다.

　　"……마차도 있어."

---

* 　오늘날의 요크셔가 9세기 말경 노르드인의 지배를 받았던 시절을 가
　리키는 말.

"뭐?"

"인도유럽인들의 삶은 말과 마차에 바탕을 두고 있었다고."

"하지만 그건 이미 언급했던 사항이잖아. 우린 길과 마차에 관해 이야기하고 있었다고."

하지만 펠레는 포기하지 않았습니다. 나의 왼팔 전체가 경련을 일으키듯 바르르 떨림과 함께 펠레가 다시 말을 이었습니다.

"말과 마차를 사용했다는 사실은 바퀴가 있어야 한다는 점을 전제로 하고, 바퀴는 축aksel이 있어야 돌아갈 수 있지. 이건 콜럼버스의 달걀만큼이나 자명한 일이야. 고대 인도유럽인들은 바로 이 기술에 매우 익숙해 있었음이 분명해. aksel이라는 단어는 인도유럽어족에 속하는 많은 언어에서 볼 수 있어."

그의 말에는 틀림이 없었습니다. 노르웨이어의 aksel은 고대 노르드어의 바퀴축을 의미하는 Qxull에서 유래되었으며, 이는 신체의 축 또는 어깨를 의미하는 Qxl과 관련이 있고, 다시 게르만어의 *ahslō, 인도유럽어의 *aks-로 거슬러 올라갑니다. 산스크리트어의 akṣa-, 그리스어의 aksōn, 라틴어의 axis 또한 바퀴의 축을 의미합니다.

마침 버스가 왔기에 우리는 거기서 대화를 마무리해야

만 했습니다. 버스가 속도를 내는 데akselerere 아무 문제가 없도록 바퀴의 축aksel이 굳건하기만을 바랄 뿐이었습니다.

나는 펠레를 팔에서 벗겨내 차곡차곡 접은 후 검정 배낭 속에 집어넣었습니다.

그는 내 팔에서 벗어나면 반항할 수 없습니다. 나는 그것을 잘 알고 있기에, 가끔 그가 한없이 귀찮아지면 재빨리 그를 팔에서 벗겨 내리곤 합니다.

하지만 그는 기회만 생기면 다시 내 팔 위에 올라오려 안절부절못한다는 것을 나는 잘 알고 있습니다.

그의 이러한 성마른 성격은 약 2년 동안이나 옷장 속에 갇혀 있었던 그 시절에서 비롯된 것이라 할 수 있습니다. 나는 당시 레이둔이 집을 비우기만 하면 그를 꺼내 와 긴 대화를 나누곤 했습니다. 아쉽게도 그런 날은 너무나 드물었고, 그는 레이둔의 발자국 소리만 들리면 다시 옷장 속으로 몸을 숨겨야만 했습니다.

레이둔과 헤어지기 전 몇 달 동안은 그녀가 예고도 없이 평소보다 몇 시간이나 일찍 집에 돌아오는 날이 부쩍 많아졌습니다. 결코 기분 좋은 일은 아니었습니다. 그 일은 몇 주가 흐르면서 더욱 자주 일어났기에, 이상하게 생각되지 않을 수 없었습니다.

나는 그녀가 펠레와 나를 감시한다고 짐작했습니다. 그녀는 옷장 속의 펠레가 몇 밀리미터라도 움직인 흔적이 있는지 매의 눈으로 관찰한다고 생각했습니다. 그녀가 집을 비운 동안 나와 펠레가 함께 시간을 보냈는지 알아보기 위해서일 것입니다. 나는 레이둔이 나를 궁지에 몰아넣기 위해 옷장 속을 뒤져보다가 펠레의 존재를 알아차렸고 이를 이용한다고 생각했습니다.

어느 날 수업을 마치고 집에 돌아오니 그녀가 펠레를 들고 현관문 앞에서 나를 기다리고 있었습니다. 그 모습을 보는 순간, 나의 의심과 짐작은 사실로 증명이 된 셈이었습니다. 그녀는 이미 오래전부터 펠레와 내가 비밀스러운 공생 관계를 유지한다고 확신했을 것입니다. 내가 그녀에게서 펠레를 받아 들고 팔에 끼우자마자 펠레는 자유롭게 이야기를 하기 시작했습니다. 그녀의 의심이 사실로 드러나자마자, 펠레는 다시 옷장 속으로 들어가야만 했습니다. 그녀와 내가 일종의 타협을 보지 않았더라면, 스크린도 씨는 옷장이 아니라 쓰레기통으로 향했을 것입니다.

*

호텔로 돌아온 나는 검정 양복을 벗어 던지고 밝고 가벼운 옷으로 갈아입은 후, 산책을 나갔습니다. 판석이 깔린 길을 지나 스토라 토르게를 거쳐, 비스뷔에 도착했던 날 저녁에 잠깐 지나쳤던 스카페리에 카페로 가보았습니다. 진달래와 라일락, 데이지꽃이 활짝 핀 카페 앞 정원에는 미처 꽃봉오리를 틔우지 못한 과일나무도 몇 그루 볼 수 있었습니다.

날씨는 무더웠습니다. 짐작건대 25도는 되는 것 같았습니다. 하지만 나무의 그림자와 카페의 흰색 벽, 그리고 분수대의 물소리 때문에 충분히 서늘한 기운을 느낄 수 있었습니다.

대여섯 살 된 금발의 여자아이가 분수대를 발견하곤 할아버지로 보이는 노년의 남자에게 소리쳤습니다. 할아버지, 여기 와보세요!

문득, 그의 입장이 되어보았습니다. 결코 어려운 일은 아니었습니다. 그가 소녀의 머리를 쓰다듬었을 때, 매끄러운 소녀의 머릿결을 내 손으로 직접 만져보는 것 같은 생생한 느낌이 찾아들었습니다. 매우 이상하고도 신기한 느낌이었습니다. 왜냐하면 나는 이전에 단 한 번도 어린 소녀의 머리를 쓰다듬어본 적이 없기 때문입니다.

나는 카페 안으로 들어가 치즈와 햄, 채소를 넣은 샌드위치 그리고 레드 와인 한 잔을 주문한 후, 카페의 정원에 자리한 테이블에 앉았습니다. 다음 날 오전에 나는 내게 음식과 와인을 서빙한 웨이트리스의 이름이 이다라는 것을 알아냈습니다. 그날 이후, 나는 카페를 찾을 때마다 그녀와 함께 짤막하고 가벼운 대화를 나누었습니다. 보아하니, 그녀는 스웨덴어를 유창하게 구사하는 노르웨이인과 대화를 나누는 일이 재미있다고 생각하는 것 같았습니다. 그녀는 자신의 친구가 오슬로의 한 카페에서 일한다고 이야기해주었습니다.

나는 카페의 정원에 앉아 그곳을 찾은 사람들과, 여기저기 보이는 꽃과 나무들, 바닥에 떨어진 빵 부스러기를 찾아다니는 참새와 개똥지빠귀, 그리고 지붕과 선착장에 앉아 손님들이 남기고 간 음식에 눈독을 들이는 갈까마귀들을 바라보았습니다.

문득, 추모식에 참석하지 않았던 것이 전혀 후회되지 않는다는 생각이 스쳤습니다.

종종걸음으로 카페의 정원에 들어오는 여인이 눈에 띄었습니다. 윌바 룬딘이었습니다. 그녀는 한 손으로는 새빨간 슈트케이스를 끌고, 다른 한 손으로는 찻잔을 들고 있었습니다. 검정 블라우스와 검정 스커트를 입은 그녀를 보며, 이토록 무더운 날씨에 그러한 옷차림을 한 것이 이상하다고 생각했습니다. 그녀의 새빨간 슈트케이스와 검정 옷은 강렬한 대조를 이루고 있었습니다. 그 반대라 해도 잘 어울렸을 것입니다. 그녀의 목 언저리를 비추어 내리는 햇살을 시선으로 따라가니, 푸른 사파이어 목걸이가 눈에 들어왔습니다.

나를 발견한 그녀가 발을 멈추었습니다. 그녀도 예기치 못한 갑작스러운 만남에 나만큼이나 놀란 것 같았습니다. 나는 뜨거운 찻잔을 들고 있던 사람이 내가 아니라는 사실에 적잖이 안도했습니다. 우리는 지난 10여 년 동안 단 한 번도 마주친 적이 없었습니다. 하지만 나는 그 시간 동안 그녀의 가족과 친척들을 만난 적이 있었고, 그 때문에 그녀는 그들을 통해 내 이야기를 전해 들었을 것이 분명합니다. 이상하고 기괴한 미행자라고 말입니다.

그녀의 얼굴이 환하게 밝아졌습니다. 나는 그녀의 표정이 일종의 반가움을 표현한 것이라 멋대로 짐작하며, 내 테이블의 빈자리를 그녀에게 권했습니다.

그녀는 마치 미리 예정되었던 만남이기라도 하듯, 당당하고 우아하게 의자에 앉았습니다. 30대 후반에 들어선 그녀에게선 성인의 분위기가 물씬 풍겼습니다.

이곳에 혼자 오셨나요? 그녀가 내게 물었습니다.

나는 고개를 끄덕였습니다.

당신은요?

그녀는 두 손으로 찻잔을 감싸 쥐고 몸을 숙이더니, 말 없이 고개를 끄덕여 대답을 대신했습니다.

문득, 그녀와의 대화는 반은 말의 형태로, 반은 몸의 움직임으로 이어질 것이라는 생각이 스쳤습니다.

두 마리의 갈까마귀가 지붕 위에 앉아 우리를 내려다보고 있었습니다. 어쩌면 그들이 내려다본 것은 우리가 아니라 음식이 담겨 있는 우리의 접시였을지도 모릅니다. 윌바가 갈까마귀를 손으로 가리키며 말했습니다.

저들은 모든 것을 보고 있어요.

이 카페에 있는 모든 사람들 말입니까?

그녀가 고개를 저었습니다. 후긴과 무닌*이죠.

나는 웃음을 터뜨렸습니다. 그렇다면 저들은 우리의 일 거수일투족을 오딘에게 보고하겠군요.

그녀가 고개를 끄덕였습니다. 발할에 있는 외할아버지에게도 보고하겠죠. 그러면 외할아버지는 우리가 고틀란드에서 만났다는 사실도 알게 될 거예요. 할아버지는 이곳 고틀란드를 특별히 사랑했어요. 이곳에 가족도 있답니다.

---

* 북유럽 신화에 나오는 한 쌍의 까마귀로, 미드가르드 구석구석을 날아다니며 정보를 모아 오딘 신에게 보고하는 존재로 알려진다.

나는 이곳에서 오순절 휴가를 지낼 예정이었습니다. 윌
바는 이곳에서 이미 일주일 동안 머물렀고 그날 오후 오슬
로로 돌아갈 예정이라고 했습니다.

그녀는 비스뷔의 역사 박물관인 포른살렌을 들러봤다
고 했습니다. 그곳에서 고틀란드의 유명한 태양십자 암석
화와, 신화 속의 오딘과 그의 애마인 발 여덟 개가 달린 말
슬레이프니르를 주제로 한 그림, 그리고 게르만 전설 속의
영웅 시구르드를 그린 그림을 보았으며, 그날 오전에는 알
메달렌 도서관에 들러 고틀란디카 사전을 읽어봤다고 했
습니다. 그녀는 도서관에서 지금껏 존재하는지도 몰랐던
희귀한 도서들을 많이 발견했다고 덧붙였습니다. 그중에
는 자신의 연구에 새로운 빛을 던져줄 서적도 있었다고 말
했습니다. 물론, 그것은 몇 안 되는 소수의 서적이라는 점
을 강조하는 것도 잊지 않았습니다.

보아하니 윌바는 외할아버지의 학문적 전철을 밟고 있
는 것 같았습니다. 그녀는 대학에서 종교 역사학과 조교수
로 일하며, 신화와 전설 속의 오딘을 주제로 한 박사 논문
을 마무리하는 과정에 있다고 말했습니다. 나 때문에 그러
한 전공을 선택했느냐고 물어보았더니, 그녀는 한 번도 생
각해본 적이 없었다는 듯한 표정으로 잠시 침묵을 지킨 후
알 수 없는 눈빛을 내게 던졌습니다. 몇 초 후, 그녀는 고개

를 비스듬히 젖히며 말했습니다. 그럴지도 모르죠?

금요일이었던 그날은 노르웨이의 국경일이었습니다. 그녀는 전기 자동차를 몰고 친척의 여름 별장이 있는 포뢰에 다녀오는 길에 브로 교회에 잠깐 들렀다고 말했습니다. 나는 놀라지 않을 수 없었습니다. 그녀 또한 내가 방금 다녀온 교회에서 오는 길이라고 말했기 때문입니다. 그녀는 교회 내의 에덴동산을 주제로 한 벽화에 관해 이런저런 이야기를 늘어놓았습니다. 나 역시 불과 몇 시간 전에 그 벽화를 보고 왔습니다. 그리고 그 교회 안에는 흰색 관도 있었는데, 그녀는 왜 거기에 대해선 아무 말도 하지 않는 걸까요?

갑자기 정신이 아득해졌습니다. 그녀는 나를 조롱하고 있는 걸까요?

장례식이 열렸던 교회 안에는 수많은 사람들이 있었습니다. 윌바도 그중 한 사람이었을 것이 분명했습니다. 내가 교회 앞에서 그곳에 왔던 사람들과 대화를 나누었을 때, 그녀는 의식적으로 나를 피해 그곳을 빠져나갔던 것일까요? 아니면 그로부터 한 시간 후, 나와 펠레가 버스 정류장에 앉아 있을 때 전기 자동차를 몰고 우리 앞을 지나쳤던 것은 아닐까요? 그렇다면 왜 차를 멈추고 우리를 태우지 않았을까요? 어쩌면 그녀도 레이둔처럼 꼭두각시 인형에 알 수 없는 공포심을 느꼈던 것은 아닐까요?

나는 그곳에서 룬딘이라는 성을 지닌 중년의 부부와 대화를 나누기도 했습니다. 그렇다면 그들은 오래전 세상을 떠난 룬딘 교수와 친척지간이라는 사실을 일부러 부정했던 것일까요? 어쩌면 그들은 내가 누구인지 이미 알고 있었을지도 모릅니다. 나의 기괴한 행동과 허풍에 관한 소문이 이미 오래전에 이웃나라의 섬마을까지 퍼졌을지도 모르는 일이니까요. 그도 그럴 것이, 그들은 내가 에리크 룬딘과 아는 사이라고 말했을 때 그들만의 은밀한 눈빛을 주고받았습니다.

어쨌든, 윌바가 포뢰의 친척을 방문했다는 것은 자명한 사실이었습니다. 어쩌면 그녀가 방문했던 친척의 이름이 스벤 베르틸은 아니었을까요?

그녀는 내 앞에 앉아 브로 교회 내의 에덴동산과 원죄를 주제로 한 벽화에 관해 천연덕스럽게 이야기를 늘어놓았습니다. 나는 그녀가 인간의 원죄와 관련해 성적인 면을 필요 이상으로 부각시킨다고 생각했습니다. 어쩌면 그녀는 그런 이야기를 집중적으로 해서 나의 이성적 균형을 무너뜨리려 시도했을지도 모릅니다. 하지만 나는 그녀의 의도에 휘둘리지 않으려 마음을 다잡았습니다. 문득, 10여 년 전 외스트레헤임의 옆 테이블에서 과장된 몸짓과 목소리로 주변의 시선을 집중시켰던 그녀를 떠올렸습니다.

나는 이번만큼은 결코 침묵으로 일관하지 않겠다고 마음먹었습니다. 더욱 공격적으로 나갈 필요가 있다는 생각도 해보았습니다. 나는 그녀가 이미 브로 교회를 두세 번이나 언급했다는 사실을 짚어내며, 나 또한 그날 오전에 교계의 성직자이자 신학자인 스벤오케 가르델의 장례식에 참석하기 위해 그곳을 방문했다는 말을 했습니다. 윌바도 그를 알고 있을까요? 적어도 그녀는 관련 학계를 통해 교계의 진보적 상징으로 통하는 고인에 관해 들어 알고 있을 것이 분명합니다.

하지만 그녀는 시치미를 뗀 채 아무 말도 하지 않았습니다. 그저 내 눈만 뚫어지게 바라볼 뿐이었습니다. 당황한 나는 그녀의 목에 걸린 푸른 사파이어 목걸이로 시선을 돌렸습니다. 그녀는 그러한 내 움직임도 놓치지 않았습니다.

내겐 다른 선택권이 없었기에 다시 말을 이을 수밖에 없었습니다. 나는 1980년대의 어느 날 스톡홀름에서 있었던 스벤오케와의 만남에 관해 늘어놓았습니다. 이미 던져진 주사위는 우리 테이블 위에서 빙글빙글 돌고 있었습니다.

*

나는 그녀가 듣고자 하는 말이 정확히 무엇인지 잘 알고 있었습니다.

나는 교회와는 거리가 먼 삶을 살았지만 한때 그들의 기독교적 윤리에는 긍정적인 시선을 보냈던 적이 있습니다. 크리스트교의 화해와 용서, 사랑을 바탕으로 하는 믿음과 교리는 경이롭긴 하지만, 현대 시각으로 볼 때 비이성적인 면도 있다는 점을 인정해야 할 것입니다. 따라서 모든 사회 구성원이 성경의 교리를 문자 그대로 따를 경우 불편한 점도 많이 있습니다. 인간의 존재적 핵심은 다양성이라 할 수 있습니다. 크리스트교가 약 2,000년이라는 시간 동안 지속될 수 있었던 것도 다양성이라는 사항을 바탕에 두었기 때문이 아닐까요? 그렇다면, 교계 내에서 다양한 사고와 의견을 교환할 수 없고, 전교도적인 의식도 치를 수 없다는 것은 이율배반적일 수밖에 없습니다.

화두를 던진 나는 잠시 말을 멈추고 윌바의 반응을 살피기 위해 그녀의 눈을 바라보았습니다. 내가 말을 계속해도 되는지, 또는 내가 전개해나갈 이야기의 방향이 틀리지는 않을지 살펴보기 위해서였습니다. 하지만 윌바는 아무런 반응을 보이지 않았습니다. 그저 눈에 보일 듯 말 듯 가볍게 고개를 끄덕였을 뿐입니다. 나는 그녀의 몸짓이 내게 이야기를 계속하라는 신호라고 해석했습니다. 왜냐하면, 그녀에게선 의심이나 거부감은 전혀 찾아볼 수 없었기 때문입니다. 다시 말하자면, 그녀는 이미 내 이야기에 빨려 들어왔다고나 할까요.

웁살라에서 대규모 기독교 회의가 있던 날로부터 20년 이 지난 1986년, 스톡홀름 외곽에서 다시 전기독교적 총회 가 열렸습니다. 나는 신앙을 지닌 교인이나 기독교 단체를 대표하는 성직자가 아닌, 고등학교의 종교과목 선생 또는 관찰자의 입장으로 그곳에 참석했습니다. 나는 내가 담당 한 과목의 동시대적 움직임에 관해 더 잘 알고 싶었을 뿐 이었습니다. 또한, 일찍부터 이웃나라이자 형제국가였던 스웨덴에 특별한 애정을 지니고 있었기에 총회가 스톡홀 름에서 열린다는 점은 내게 보너스로 작용했습니다. 나는 바로 그곳에서 성직자이자 고틀란드의 지식인으로 알려져 있던 스벤오케 가르델과 만날 수 있었습니다. 우리는 참석 자를 확인하는 리셉션에서 서로 자기소개를 한 후 대화를 나누었습니다……

윌바는 고개를 숙이며 두 손으로 찻잔을 감싸 쥐었습니 다. 그녀가 찻잔을 감싸 쥐었던 것은 손이 시렸기 때문은 아닐 것입니다. 그날의 기온은 30도에 이르렀으니까요. 그 녀가 고개를 들고 나를 뚫어지게 바라보았습니다. 나는 그 녀의 눈빛에서 호의를 발견하고, 그녀가 내 이야기를 더 듣고 싶어 한다고 멋대로 짐작했습니다.

그녀가 질문을 던졌습니다. 그 컨퍼런스가 어디에서 열렸다고 했나요?

스톡홀름이었습니다.

그녀가 입가에 희미한 미소를 머금으며 말했습니다. 정확히 스톡홀름 어디였나요? 나는 스톡홀름 주변의 지리를 잘 알고 있거든요.

나는 몇 초간 침묵을 지킨 후 말을 이었습니다. 내가 이미 스톡홀름 외곽이었다고 말하지 않았습니까? 그곳은 시그투나였습니다. 스톡홀름과 웁살라 사이에 있는 오랜 도시지요. 더 정확히 말하자면 컨퍼런스가 열렸던 장소는 시그투나 피오르 북쪽 끝에 자리한 멜라렌이라는 곳이었습니다.

그녀의 얼굴이 환해졌습니다. 그녀가 미소를 머금었을까요? 그랬을지도, 어쩌면 아닐지도 모릅니다. 그녀가 다시 말문을 열었습니다. 그렇다면 그곳은 시그투나 학교였겠네요?

나는 스톡홀름 주변의 지리를 잘 안다고 했던 그녀의 말이 단순한 허풍이 아님을 눈치챘습니다. 그렇습니다. 컨퍼런스는 그 학교뿐만 아니라 근처의 민중고등학교에서도 동시에 진행되었습니다. 그것은 컨퍼런스를 빙자한 도시 전체의 페스티벌이라 해도 과언이 아니었습니다. 시내의 모든 길목이 축제 분위기였으니까요. 당신도 알다시피, 그 도시는 지난 100여 년 동안 스웨덴의 인문학과 종교학과 관련해 중심적 역할을 해왔습니다.

그녀가 다시 고개를 끄덕였습니다. 그녀가 시그투나에 관한 나의 지식을 용인한 것이라 받아들였던 나는 그 진보 성향의 성직자와의 만남에 관한 이야기로 말을 이었습니다. 나는 여전히 그녀와 가르델 신부가 어떤 관계에 있는지, 또한 그녀가 그의 장례식에 참석했는지의 여부도 알지 못했습니다. 비록 그녀가 검정 옷을 차려입고 장례식이 있었던 교회에 관해 이야기를 늘어놓긴 했지만 말입니다.

그녀가 찻잔을 감쌌던 손을 내려놓았습니다. 찻잔은 어느새 텅 비어 있었습니다. 그녀가 고개를 들고 나를 바라보았습니다.

당신은 어떤 연유로 그 유명한 고틀란드의 성직자와 알게 되었나요? 당신은 그와 매우 특별한 사이였다고 말하지 않았나요?

나는 잠시 생각에 잠겼습니다. 정말 그 모든 이야기를 듣고 싶으신가요? 그럴 만한 시간은 있는지요?

그녀는 말없이 나를 바라보았습니다. 나는 그녀의 눈빛에서 긍정의 대답을 발견하고 이야기를 시작했습니다.

컨퍼런스를 마친 후, 스벤오케와 나는 스톡홀름으로 가는 길에 다시 마주치게 되었습니다. 우리는 그날 저녁 늦게 각각 스톡홀름에서 오슬로와 비스뷔로 향하는 비행기를 탈 예정이었습니다. 나는 비행기에 오를 때까지 시간이 많이 남았기에 스타즈후스브론 항구에서 페리를 타고 드로트닝홀름성城을 방문해보고 싶다고 말했습니다. 그는 매우 좋은 생각이라며 자신도 함께 가겠다고 나섰습니다. 그러한 연유로 우리는 함께 지난 세기에 건조된 낡은 증기선인 S/S 드로트닝홀름선을 타게 되었지요.

우리는 페리의 지하층에 자리한 고급스러운 레스토랑에서 근사한 점심을 먹었습니다. 목적지까지는 약 한 시간이 소요되었습니다. 우리는 점심을 먹으며 전채로 화이트 와인을 마셨고, 요리를 먹으며 레드 와인 한 병을 비웠으며, 커피와 코냑으로 디저트를 대신했습니다.

나는 당시에 이미 스벤오케의 믿음이 기독교의 정통 교리와 거리를 두고 있으며, 이것이 그의 진보적 믿음의 바탕이 된다는 사실을 잘 알고 있었습니다. 우리는 교회의 정교적 교리에서 조금만 벗어난다면 서로 다른 신앙 사회가 좀 더 쉽게 공존할 수 있는 바탕이 되리라는 데 의견을 모았습니다. 그는 바로 이것이 교회 믿음의 핵심이며, 용서와 화해를 설교했던 예수 교리의 정수이자, 인간의 삶과 공존을 이루는 바탕이 된다고 주장했습니다. 물론 그의 이러한 주장은 바리새인의 삶이나, 역사적 관점에서 소위 정통 신앙이라 일컫는 이론적 교리와는 배치되는 것이기도 합니다.

그는 두 잔의 화이트 와인을 채 비우기도 전에 테이블 너머로 상체를 숙여 내게 소리쳤습니다. 들어보세요! 인간은 역사를 통틀어 항상 어떤 종류든 간에 믿음을 지니고 살아왔습니다. 이 지구상에는 시간과 장소를 막론하고 신과 천사, 악마와 귀신, 또는 자연령과 같은 초자연적인 존재에 관한 이야기로 채워졌지요. 하지만 이런 것들은 모두 인간이 만들어낸 이야기가 아니었던가요. 전적으로 인간이 만들어낸 이야기라는 말입니다. 제 말을 이해하십니까?

물론 나는 그가 무슨 말을 하는지 잘 알고 있었습니다. 그가 어떤 방향으로 이야기를 이끌어갈 것인지도 정확히 알고 있었습니다. 당시의 내겐 모태 신앙의 자취는 거의 남아 있지 않았습니다. 내게 교회는 신앙을 중심으로 한 단체라기보다는 일종의 사회적 개념에 지나지 않았습니다. 나는 그때나 지금이나 사람에 대한 호의는 변하지 않았기에 가끔 교회에서 주관하는 사교 모임에도 참석하곤 했습니다. 그런 내가 스웨덴 교계의 중심적 존재인 그와 마주 앉아 함께 대화를 나눈다는 사실은 내게 너무나 큰 명예로 다가왔습니다.

　나는 이야기를 하는 도중에도 월바가 내 말에 관심을 보이는지 끊임없이 확인했습니다. 그녀는 고개를 끄덕이지도 않았고, 마치 넋이 나간 듯 멍하니 앉아 있었습니다. 나는 내 이야기에 그녀가 깊이 감동했다고 생각했습니다. 종교 역사 전문가이자 전설적인 룬딘 교수의 손녀가 내 이야기에 귀를 기울이고 있다 생각하니 뿌듯하기 그지없었습니다. 물론, 그녀는 나의 거짓말을 사실이라 곧이곧대로 믿고 있을 것이 틀림없었습니다.

　나는 이야기를 이었습니다. 나 역시 온갖 초자연적인 존재를 내세우는 갖가지 종교와 믿음에서 거리를 둔 지 오래되었습니다. 하지만 나는 아직도 스스로 크리스트교인이라 말합니다.

　그가 와인 잔을 들어 올리며 건배를 청했습니다. 오, 형제여! 그가 소리쳤습니다. 그렇다면 결국 요점은 우리가 신의 계시에 맹세와 서약 따위는 생각지 않고 오직 크리스트교인으로서 얼마나 인간답게 살아가는가 하는 점에 귀결되지 않겠습니까. 불타는 덤불과 갈대밭의 선지자, 예수와 그의 부활과 승천을 두고 신앙고백을 하기보다는 당신과 나, 살아 있는 우리의 존재를 증명하고 증언하는 것이 더 가치 있는 일이 아니겠습니까? 우리와 같은 생각을 지닌 사람은 그리 많지 않을 것이라 짐작합니다만…… 글쎄요, 또 누가 알겠습니까? 어쩌면 교회 내에서도 단지 용기가 없어서, 또는 경제적 이유 때문에 솔직하게 말하지 않는 사람들도 있을 것입니다.

그때는 가르델이 라디오 인터뷰에서 그 유명한 말을 하기 몇 해 전이었습니다. '만약 예수의 부활이 사실이 아니라면, 지금의 내가 예수 그리스도라 해도 상관없는 일이 아닌가.' 나는 그 자리에서 그의 말을 반박하고 경고를 줄 수도 있었습니다. 하지만 나는 그렇게 하지 않았습니다.

낡은 증기선은 드로트닝홀름성 앞에 정박했습니다. 우리는 두 시간 후 다시 배에 오를 때까지 성 안의 수많은 정원을 둘러보며 더욱 깊은 대화를 나누었습니다. 배에 오른 후엔 꽤 피곤했기에 잠시 눈을 붙이는 것도 좋겠다고 생각했습니다. 하지만 우리는 스톡홀름으로 되돌아가는 배 안에서 다시 성사를 치르듯 샤블리 와인 한 병을 나누어 마셨습니다. 차가운 포도주 때문이었는지, 우리는 다시 생기를 찾을 수 있었습니다.

우리는 스타즈후스브론에서 알란다 공항까지 함께 움직였습니다. 공항에 도착한 후, 스벤오케는 국내선을, 나는 국제선을 타기 위해 작별 인사를 나누었지요.

아, 그랬군요. 윌바가 환한 미소를 지으며 말했습니다.
그 미소는 진실하고 따스했으나, 그녀가 속으로 무슨 생각
을 하는지는 알 수 없었습니다.

그녀가 시계를 흘낏 훔쳐보더니, 내게 슈트케이스를 봐
달라고 말한 후 종종걸음으로 카페 안으로 들어갔습니다.
그녀는 눈 깜짝할 새에 다시 돌아와 자리에 앉았습니다.
너무나 시간이 짧았던지라 그녀가 화장실을 다녀왔다고는
생각되지 않았습니다. 나는 대부분의 여인들이 화장실에
가는 것만큼이나 거울을 보며 화장을 고치는 것을 중요하
게 여긴다는 걸 잘 압니다. 그러니 윌바가 카페 안에 있던
거울만 살짝 훔쳐보고 왔을지도 모르는 일이었습니다. 하
지만 자리에 돌아와 앉은 그녀의 얼굴을 보니 루주나 마스
카라를 고친 흔적은커녕 머리를 다듬은 흔적도 찾아볼 수
없었습니다.

나는 그녀가 왜 카페 안에 들어갔다 왔는지 궁금해졌습
니다. 하지만 몇 분 후 이다가 샤블리 와인 한 병과 목이 긴
와인 잔 두 개를 우리 테이블에 올려놓았을 때 궁금증을
해소할 수 있었습니다. 그녀는 내게 와인 시음을 해보라며
병을 내밀었고, 나는 와인 한 모금을 음미하며 고개를 끄
덕였습니다. 동시에, 나는 그녀의 행동에 놀라지 않을 수

없었습니다. 문득 그녀의 외할아버지 장례식에서 마셨던 아쿠아비트가 떠올랐습니다. 그럼에도 나는 놀라움을 감출 수 없었습니다.

윌바가 내 눈을 바라보며 잔을 들어 올렸습니다.

건배! 우리는 잔을 맞부딪쳤습니다.

그녀가 진심으로 나를 경멸했다면 화이트 와인을 주문하고 이처럼 생기 있는 모습으로 내게 건배를 권하지는 않았을 것입니다.

그녀의 날카로운 질문이 시작되었습니다. 그중 하나는 바로 스톡홀름 주변의 지리를 잘 안다는 그녀의 지식에 바탕을 두고 있었습니다. 그녀는 왜 가르델과 내가 다시 스톡홀름으로 돌아왔는지 궁금해했습니다. 시그투나에 머물다가 멜라렌까지 배를 타고 왕복한 후에 공항으로 갈 수도 있었을 것이라고 말했습니다. 시그투나에서 공항까지는 엎어지면 코가 닿을 정도로 가까운 거리였으니까요.

그녀는 질문을 던진 후, 한숨을 푹 내쉬며 말을 이었습니다. 당시 도시 전체가 축제 분위기로 둘러싸일 정도의 대규모 컨퍼런스였음에도 그녀는 아무것도 모르고 있었다고 말했습니다. 그녀는 최근 기억력이 감소되기 시작했다며 다시 한숨을 내쉬었습니다. 저도 분명히 그 컨퍼런스에 관해 들었을 거예요. 그녀는 양팔을 활짝 벌리며 말했습니다. 하지만 잊어버렸을 게 분명해요!

그녀는 본심을 숨기고 있는 게 틀림없었습니다. 나는 그녀가 단 1초도 내 이야기를 진실이라 믿지 않았다고 생각했습니다. 그녀는 외할아버지와 고모의 장례식에서도 내말을 믿지 않았습니다. 지금껏 단 한 사람만 제외하고선모든 사람들이 내 말을 진실이라 믿고 귀 기울여 들었습니다. 덕분에 나는 내가 지어낸 이야기가 신빙성을 지니고있다고 자부했지요. 하지만 그녀는 예외였습니다. 그럼에도 그녀의 눈빛으로 미루어보아, 그녀는 내 이야기에 흠뻑빠져들었음을 짐작할 수 있었습니다. 아니, 어쩌면 바로 그때문일까요. 그녀는 전설과 신화학 연구가였기에 나의 거짓말에 더욱 특별한 관심을 가졌을지도 모릅니다.

나는 그녀와 작별 인사를 나누기 전까지도, 그녀가 그날 오전 장례식에 참석하기 위해 브로 교회에 갔는지 알아내지 못했습니다. 나와 펠레가 정류장에 한 시간이나 앉아버스를 기다렸을 때, 그녀가 차를 타고 우리 앞을 지나쳐간 적이 있는지도 알아내지 못했습니다.

하지만 우리는 더 이상 그러한 질문과 설명에 연연하지않았습니다. 그것은 어느새 중요하지 않은 사항으로 변해버렸기 때문입니다. 무엇이 진실인지, 또 무엇이 거짓인지밝혀내는 것은 필요치 않았습니다.

그렇기에 내가 학창 시절 에리크 룬딘 교수의 연구실에서 그와 함께 『볼루스파』 서사시의 마지막 줄 'nú mun hón søkkvaz'(할 일을 마친 볼바는 자취를 감춘다)에 관해 토론했던 이야기를 끄집어냈던 것은 더욱 흥미롭다고 할 수 있었습니다.

월바는 웃음을 터뜨렸습니다. 내 말을 한 마디도 믿지 않았기 때문이었지요. 심지어는 내가 이야기를 지어내는 데 특출한 재능이 있다고 나를 추켜세우기까지 했습니다. 그녀는 내가 허풍쟁이에 거짓말쟁이라는 것을 잘 알고 있었습니다. 그럼에도 그녀는 내게 미소를 짓고 웃어주었습니다. 가슴 한편이 아파오기 시작했습니다. 왜냐하면 그 이야기만큼은 사실이었기 때문입니다.

나는 그녀에게 말없이 미소만 되돌려주었습니다. 내 이야기가 진실이라 우기며 증명하다 보면 화기애애한 분위기를 망칠 수 있다고 여겼기 때문입니다. 설사, 그녀가 이 이야기를 믿어준다 한들 별 도움이 되진 않았을 것입니다. 그 전에 했던 모든 거짓말로 인해 나의 진정성은 이미 바닥에 떨어질 대로 떨어져 있었으니까요. 또한 내가 진실을 주장하면, 우리가 함께 앉아 웃을 일도 없지 않겠습니까?

와인병이 바닥을 드러낼 즈음, 나는 그녀에게 꼭 들어야 할 대답을 얻기 위해 중요한 질문 하나를 던졌습니다.

나는 외스트레헤임에서의 추모식을 화두로 꺼냈습니다. 『고에다』의 일부인 『스키르니르의 서』를 언급하며, 일찍이 그녀가 끄집어냈던 성적인 묘사에 관해 슬쩍 물어보았습니다. 그녀는 내가 무슨 말을 하는지 이해할 수 없다는 표정을 지었습니다. 나는 그녀가 일부러 모른 척하는 것이라 확신하며, 내겐 자주 있는 일은 아니었지만 그때만큼은 펠레가 하듯 공격적으로 나가보았습니다.

최근에 매우 강렬한 오르가슴을 느낀 적이 있는지요? 나는 그녀의 눈을 뚫어지게 바라보며 질문을 이었습니다. 전 우주적 차원의 오르가슴 말입니다.

윌바는 한참 침묵을 지킨 후 나를 바라보았습니다. 나는 그녀가 갑작스러운 질문에 매우 당황했다고 생각했지만, 그녀는 뜻밖에도 태연자약한 표정을 유지했습니다.

문득, 그녀의 얼굴에 짙은 그림자가 드리워졌습니다. 당신 생각은 어떤가요? 당신은 내가 왜 안드리네 고모의 추모식에서 그런 식으로 말을 했다고 생각하나요?

내가 대답하지 않자, 그녀는 말을 이었습니다. 짐작했겠지만, 나는 당신을 이겨보고 싶었어요……

나를요?

후! 그녀가 입을 모아 큰 숨을 내뿜었습니다. 당신은 추모식장에서 그 누구도 능가할 수 없는 지식인인 척 매우 대담하고 거만한 태도를 보였어요. 나는 그런 당신에게 본때를 보여주고 싶었지만 불가능했죠. 참, 그때 택시 영수증은 아직도 가지고 계신가요?

나는 웃음을 터뜨렸습니다. 곧 그녀도 나를 따라 함께 웃기 시작했습니다.

와인병을 비운 후, 윌바는 알란다 공항으로 가기 위해 자리에서 일어났습니다. 그녀는 나를 향해 몸을 숙여 가벼운 포옹을 건넸습니다. 나는 기분이 좋아졌습니다. 그녀가 내게 작별 인사를 건넸습니다. 야코브, 다시 만나서 반가웠어요. 특히 당신이 트룰스의 사촌과 만나 정겨운 대화를 나누었다는 사실 덕분에 더욱 기분이 좋군요.

앙네스, 윌바는 분명히 그렇게 말했습니다. 그녀는 말을 마친 후, 새빨간 슈트케이스를 끌고 카페의 정원을 벗어났습니다.

그녀는 친척들에게서 내 이야기를 전해 들었을 것이 분명합니다. 아울란즈달렌에서의 산책에 관한 이야기도 토씨 하나 빠트리지 않고 전해 들었을 것입니다.

그렇다면 그녀는 펠레에 관해서도 알고 있을 것입니다.

나는 한동안 제자리에 멍하니 앉아 있었습니다.

윌바^Ylva. 또는 ulvinne(암컷 늑대). 그녀에게 잘 어울리는 이름이라는 생각이 스쳤습니다. 이것은 고대 노르드어의 ulfr, 게르만어의 *wulfa-에서 뿌리를 찾아볼 수 있는 단어며, 영어와 독일어에서는 wolf로 나타납니다. 이는 인도유럽어의 *wlkʷo-, 러시아어의 volk, 산스크리트어의 vrka-s, 그리스어의 lúkos, 그리고 라틴어의 lupus에서 찾아볼 수 있습니다.

머릿속에서 공회전을 하는 듯한 느낌이 스쳤습니다. 생각을 멈출 수가 없었습니다. 새빨간 슈트케이스. 빨간색을 의미하는 노르웨이어 rød는 독일어의 rot, 영어의 red와 마찬가지로 게르만어의 *rauda-에 그 뿌리를 두고 있으며, 러시아어의 rúdyi, 산스크리트어의 rudhirá-, 그리스어의 eruthrós, 라틴어의 ruber는 차용어의 형태를 지닌 rubin(루비)과 함께 인도유럽어의 *reudh-에 뿌리를 둡니다.

스베레의 한쪽 귀에 달려 있던 빨간 보석! 그것은 루비였습니다! 나는 그것을 수십 년 전에 보았습니다.

문득, 오랜 수수께끼가 풀린 것 같은 느낌이 스쳤습니다. 조각난 퍼즐이 이제야 하나하나 제자리를 찾아가는 것 같기도 했습니다.

아니, 퍼즐 조각들은 더욱 제자리에서 멀어지고 있는 걸까요?

2013년 7월, 로포텐 제도

은은

나는 개학하기 몇 주 전에 비스뷔에서 돌아왔습니다.

집으로 돌아오자마자 나는 당신에게 썼던 편지를 다시 한번 살펴보기로 마음먹었습니다. 그런 다음에 당신에게 용기를 내어 편지를 보낼지 여부를 결정하기로 했습니다. 내 편지를 읽고 안 읽고는 당신에게 달려 있다는 생각이 스쳤습니다. 어쩌면 당신은 나를 다시 만날 생각조차 하지 않고 있는지도 모릅니다.

나는 온갖 생각에 머리가 복잡했습니다. 그중에서도 가장 큰 문제는 내게 자긍심이 부족하다는 점이었습니다. 나는 내가 보통 사람들과는 달리 조금 별나다는 것을 잘 압니다. 그런데도 당신이 그레테 세실리에의 추모식에서 나를 쫓아내지 않았던 점, 더욱이 내가 나가려는데도 나를 붙잡았다는 점은 아직도 이해할 수가 없습니다. 심지어 당신은 아렌달에서 오슬로까지 내 차에 동승했습니다. 이미 지불했던 비행기 삯을 환불받을 수도 없고, 비행기로 돌아오는 시간보다 훨씬 더 오랜 시간을 내 차에 앉아 있어야 했는데도 말입니다.

나는 스벤오케의 장례식 이야기로 이 편지를 마무리하려 했습니다. 나는 처음부터 장례식과 관련된 이야기만 하려고 마음먹었고, 지금껏 이 주제에서 벗어나지 않으려 무진 애를 썼습니다. 그중에서도 에리크 룬딘의 자손들과의 만남이 이루어졌던 장례식만 골라보았습니다. 예외가 있다면 아렌달에서 있었던 안드레아스의 장례식뿐입니다. 하지만 나는 그곳에서 당신을 만났지요. 윌바가 브로 교회의 장례식에 참석했는지 여부는 이제 아무런 의미가 없습니다. 장례식 이후 아름다운 카페의 정원에서 그녀를 만났고, 나는 바로 그 자리에서 스벤오케를 추모하려 지어냈던 이야기를 늘어놓을 수 있었으니까요. 또한 장례식장에서는 룬딘이라는 성을 가진 부부를 만나 잠깐 대화를 나누기도 했습니다. 그러한 예외적 이야기가 이 편지의 주제에서 얼마나 벗어나는지는 내가 스스로 대답할 수 있는 것이 아니라 생각합니다.

나는 오슬로는 물론, 동쪽 이웃나라를 비롯하여 지난봄에 다녀왔던 스웨덴 베름란드의 순네, 보후스랜의 피엘바카에서 있었던 장례식에도 다녀왔지만, 룬딘의 자손과 관련이 없는 장례식에 대해서는 단 한 마디도 이 편지에서 언급하지 않았습니다. 어찌 보면, 당신이 읽고 있는 이 편지는 일등 번호가 이미 정해져 있는 복권과도 같은 것이라는 생각이 스칩니다.

이제 나의 이야기는 마무리 단계로 접어들었습니다. 검은색 옷을 입고 새빨간 슈트케이스를 끌며 스카페리에의 정원에 들어왔던 윌바의 이야기로 마지막을 장식하는 것도 좋겠지요. 그것은 마치 영화의 마지막 장면을 연상시키기도 하니까요. 영화의 종결을 알리는 음악이 흐르고, 배우와 관계자들의 이름이 자막으로 흐르는 마지막 컷이 연상되기도 합니다. 가장 마지막 장면은 빈 와인병을 앞에 두고 검정 양복을 입은 채 테이블에 홀로 앉아 있는 내 모습으로 장식하는 것도 좋으리라 생각합니다만, 그건 영화감독이 결정할 일이겠지요.

문득, 내 이야기의 마지막 변환점으로 작용할 수 있는 또 다른 이야기를 덧붙여야겠다는 생각이 스칩니다.

개학 직전, 신문을 뒤적이던 나는 욘욘의 부고를 발견했습니다. 그는 그 옛날 내가 절망의 시절을 살고 있을 때 친구라 이름 붙일 수 있었던 단 한 사람이었습니다. 식탁에 앉아 있던 나는 깜짝 놀라 온몸이 마비되는 것 같았습니다. 그가 세상을 떠났다는 사실보다, 그가 아직까지 살아 있었다는 사실에 더 놀랐습니다. 많은 이들은 그가 이미 수십 년 전에 세상을 떠났다고 믿었습니다. 그를 마지막으로 보았던 것은 1970년대의 어느 날이었으니까요.

문득, 당시의 일이 생생하게 떠올랐습니다. 나는 마리안네와 스베레를 생각했습니다. 중년에 이른 현재의 모습이 아니라 히피족으로 지냈던 젊은 시절의 그들이 내 머릿속을 스쳤습니다.

우리는 당시 서로의 이름만 알고 있었을 뿐, 성은 몰랐습니다. 마리안네는 마리안네일 뿐이었습니다. 그녀가 유명한 교수의 딸이라는 사실도 몰랐습니다. 스베레는 남쪽 지방에서 온 스베레일 뿐이었습니다. 또한 얼마 전 세상을 떠난 요한네스 스크로바는 항상 욘욘이라는 이름으로만 불렸습니다. 나는 이미 말했듯, 당시 펠레라는 이름을 사용했습니다. 욘욘은 펠레와 단 한 번밖에 만나지 못했습니다. 둘은 만나자마자 신나게 대화를 이어갔습니다. 그때 펠레는 야코브라는 이름을 사용했고, 욘욘은 입 밖에 내어 말하지는 않았지만 우리가 이름을 바꾸어 사용한다는 것을 짐작하는 듯했습니다.

부고에는 요한네스 '욘욘' 스크로바가 오랜 병마를 이겨내지 못하고 마침내 눈을 감았다고 적혀 있었습니다. 그의 생년월일과 이어지는 문장으로 미루어 세상을 떠난 이는 내가 아는 욘욘이 분명했습니다.

나는 그의 장례식에 참석하기 위해 로포텐 제도로 가기로 결심했습니다. 부고는 《아프텐포스텐》에 실려 있었습니다. 그의 자손들은 고인의 1960~1970년대 지인들에게도 죽음을 알리기 위해 수도 및 전국에 배부되는 일간지에 부고를 낸 것이었습니다. 그래서 나는 그의 장례식에 마리안네와 스베레도 참석할 것이라 확신했습니다. 아니, 그들은 따로 앉아 신문을 보다가 부고에 관한 대화를 나누는 것을 잊어버렸을까요?

문득 또 다른 생각이 스쳤습니다. 만약 그들이 욘욘의 장례식에 온다 하더라도 윌바는 데려오지 않으리라는 것이었습니다. 물론 윌바가 그의 장례식에 참석할 이유는 없었습니다. 그녀는 욘욘을 한 번도 만난 적이 없었고, 그 어떤 식으로든 고인과 연결될 일도 없었습니다. 하지만 나는 왜 그때 그런 생각을 했을까요? 생각은 완성할 수 없는 것입니다. 가끔은 충동적으로 떠오르는 조각난 생각들을 정리해서 하나의 완전무결한 아이디어로 마무리할 수 없을 때도 많습니다.

나는 욘욘의 장례식장에서 마리안네와 스베레를 만날지도 모른다는 생각을 머릿속에서 지울 수가 없었습니다. 그들도 장례식장에서 나를 만나리라는 생각을 했을 것입니다. 나를 아직도 펠레로 알고 있든, 야코브로 알고 있든, 그것은 전혀 문제 될 일이 없었습니다. 나는 어쨌거나 이번 장례식에 꼭 참석해야겠다고 결심했습니다. 그래야만 그들도 내가 이전에 여기저기 장례식에 다녔던 것이 결코 재미 삼아 가볍게 했던 일이 아님을 깨닫게 될 테니까요. 또한, 이 장례식은 룬딘 가족들이 나를 다시 보게 되는 계기가 될 수 있을지도 모릅니다. 매우 유혹적이고 만족스러운 생각이 아닐 수 없었습니다.

나는 지금 또 다른 호텔방에 앉아 편지를 쓰고 있습니다. 나는 어제 새벽같이 일어나 비행기를 타고 보되에 간 후, 거기에서 페리를 타고 스볼베르로 향했습니다. 이곳에 도착한 것은 어젯밤 9시경이었습니다.

이제 나는 욘욘의 장례식에 관해 편지를 쓰려 합니다. 그 전에 먼저 여담을 해도 될까요. 당신은 최대한 자세하게 편지를 써달라고 말했습니다. 그 때문에 나는 가끔 주제에서 벗어난다고 여길지언정 조금의 여담도 덧붙여야 할 필요성을 느낍니다.

나는 비행기를 타는 것을 그리 좋아하지 않습니다. 아마 그 때문에 가르데르모엔 공항에서 비행기를 타기 직전 화이트 와인 두 잔을 마셨던 것 같습니다. 비행기에 탑승하니, 내 옆자리에는 30대의 여인이 한 명 앉아 있었습니다. 우리는 가벼운 목례를 나누었고, 자리에 앉기 직전 신문과 손가방을 내려놓으며 예의 바르게 몇 마디 주고받았을 뿐, 비행기가 이륙한 후에는 단 한 마디도 섞지 않았습니다. 나는 와인에 기분 좋게 취해 있었던지라 비행시간 내내 눈을 감고 있었습니다.

나는 그녀의 창가 좌석 왼편에 앉아 있었습니다. 안전벨트를 착용할 때, 그녀가 내 팔목을 살짝 건드렸습니다. 우리는 둘 다 반팔 옷을 입고 있었습니다. 나는 검은색 티셔츠를 입고 있었고, 그녀는 꽃무늬 원피스 차림에 목깃의 단추를 몇 개 풀어 헤친 상태였습니다. 날씨가 매우 무더웠기 때문에 그리 이상한 일은 아니었습니다. 그녀의 살과 나의 살이 부딪치는 순간, 전기에 감전된 듯한 느낌이 나의 몸을 휘감아왔습니다. 나는 그 기분 좋은 느낌을 잊을 수가 없었기에, 보되로 가는 도중 그러한 일이 몇 번 더 반복되었으면 좋겠다고 바랐습니다. 나는 그녀가 내 팔을 건드렸던 것이 우연이 아니라 미리 계획된 것이라 믿었습니다. 와인 때문에 그런 생각을 했는지도 모릅니다. 하지만 그녀가 내 팔을 건드렸던 시간은 3~4초는 족히 될 정도로 길었습니다. 게다가 내 살에 그녀의 손이 닿았을 때, 그녀는 화들짝 놀라 손을 빼지도 않았습니다. 오히려 내가 생각하기에 한참이나 되는 시간이 지난 후, 그녀는 그제야 천천히 손을 제자리로 가져갔습니다. 그녀의 손이 머물렀던 자리는 나의 깊은 동경과 그리움으로 채워졌습니다. 물론, 나는 그녀에게 시선을 돌려 바라보는 일 따위는 하지 않았습니다. 나는 눈을 감고 자는 척을 했습니다.

나는 그녀가 무심결에 했던 행동을 결코 성적으로 받아들이진 않았습니다. 오히려 그 반대였습니다. 나는 한 시간이나 되는 비행시간 내내 그녀가 다시 한번 내 팔을 건드려주기를 간절히 바랐습니다. 너무나 많은 증오와 악이 존재하는 이 세상에서, 보잘것없는 한 중년 남자에게 친절함과 호의, 따스한 배려와 관심을 보이는 사람도 있다는 걸 확인하고 싶었던 것입니다. 옆자리의 젊은 여인은 북쪽 지방 사투리를 사용했습니다. 문득, 북쪽 지방 사람들은 다른 지방 사람들보다 스킨십을 선호하는 경향이 있다는 말을 들었던 기억이 났습니다. 그들에 비하면, 노르웨이의 다른 지방 사람들은 차갑고 냉정하며 무뚝뚝하기 그지없다고 했던 것 같습니다. 나는 대낮에 마신 술기운에서 벗어나지 못했던 것이 틀림없습니다. 어쩌면 바로 그 때문에 옆자리의 여인이 다시 한번 내 팔을 건드려주기를 그토록 간절히 원했는지도 모릅니다. 만약 그런 일이 다시 일어난다면 이번에는 3~4초가 아니라 1분 정도의 시간 동안 내 팔 위에 손을 얹어주기를 은근히 바랐답니다.

내가 왜 이런 이야기를 당신에게 하는지 모르겠습니다. 하지만 나는 이 이야기도 충분히 편지에 포함될 자격이 있다고 생각합니다. 곰곰이 생각해보니, 나는 삶을 살아오며 스킨십에 노출된 적이 거의 없습니다. 학생들에게도 포옹을 건네지 않습니다. 반면, 동료 교사들과 그들의 제자가 가벼운 스킨십을 통해 인사를 대신하는 모습은 자주 볼 수 있습니다. 내가 이상한 것일까요.

레이둔과 함께 살 때도 우리는 신체적 접촉을 거의 하지 않았습니다. 물론 우리는 다른 여느 부부와 마찬가지로 한 침대에서 잤습니다. 우리 집에는 침대가 하나밖에 없었으니까요. 하지만 우리는 더블 사이즈 침대에서 각자 팔을 쭉 뻗고 잘 수 있을 정도로 멀찍이 떨어져 잤습니다. 가끔 잠결에 어느 한쪽이 상대방에게 팔을 두를 때도 있었지만, 그럴 때면 상대방이 잠에서 깨지 않도록 매우 조심스럽고 정중하게 팔을 치우곤 했습니다.

나는 이 편지를 마무리하기 위해 스볼베르의 한 호텔에 앉아 있습니다. 마리안네와 스베레도 로포텐에 왔더군요. 만약 이곳에 룬딘 가족이 모습을 드러내지 않았다면, 이 편지의 마지막 장을 로포텐의 장례식 이야기로 마무리하는 것은 적절치 않았을 것입니다.

오늘은 2013년 7월 1일, 나는 방금 욘욘의 장례식이 치러졌던 보간 교회에서 돌아왔습니다. 보간 교회는 로포텐 대성당이라는 이름으로 불리기도 합니다. 이 이름은 약 100년 전 지어졌던 이 교회가 1,200여 석의 좌석을 보유한 꽤 넓은 건물인 덕에 붙여진 애칭이기도 합니다. 로포텐은 전통적으로 매년 1월부터 4월 사이에 대구잡이가 성행합니다. 그래서 이 기간에는 전국 각지는 물론 이웃나라에서도 대구를 잡기 위해 이곳으로 사람들이 모여들곤 합니다. 그들 또한 주말이 되면 예배를 보아야 했기에 널찍한 교회가 필요했습니다.

거의 북쪽 끝에 위치한 이곳이지만, 오늘은 숨이 막힐 정도로 기온이 높습니다. 내가 묵는 호텔방은 커다란 스위트룸이며, 베란다에 나가면 북쪽과 서쪽으로 뻗은 산을 볼 수 있습니다. 아래쪽으로 시선을 돌리면 커다란 시내 광장이 눈에 들어옵니다. 하지만 베란다에 앉아 있으려니 너무 덥기도 하거니와 햇살 때문에 컴퓨터 화면을 제대로 볼 수 없기에, 나는 지금 실내에 들어와 편지를 쓰고 있습니다.

*

'사랑의 여름'이라고 불렸던 1967년 여름, 노르웨이의
수도에 모여든 초창기 히피족들 사이에서 열일곱 살이라
는 비교적 어린 나이에도 불구하고 중심적 역할을 했던 사
람은 바로 욘욘이었습니다. 몇 년 후, 내가 처음으로 그를
만났을 때, 그는 이미 히피족들 사이에서 전설적인 인물로
대접을 받고 있었습니다. 당시, 올이라는 작은 시골 마을에
서 상경한 나는 화려한 색의 헐렁한 옷을 차려입고 니세베
르게의 히피 문화에 입문했습니다.

나는 그곳에서도 고향인 할링달에서와 마찬가지로 아웃
사이더에 지나지 않았습니다. 나는 할링달에서 버림받은 자
였고 소외된 자였습니다. 하지만 오슬로의 왕궁 앞 공원에
서는 공동체의 한 사람이라는 기분을 누릴 수 있었습니다.

나는 그때 난생처음으로 긍정적인 공동체 의식을 느낄
수 있었습니다. 욘욘은 나의 과거와 가족에 관해서는 전혀
몰랐으며, 내게 묻지도 않았습니다. 설사 그가 나의 과거에
대해 알았다 하더라도 그것은 히피족의 환경을 생각했을
때 일종의 보너스로 작용했을 것입니다. 왕궁 앞 공원에서
터를 잡은 히피족들의 대부분은 부모에게 독립해 홀로 사

는 젊은이들이었습니다. 집을 나온 사람도 꽤 많았습니다. 나는 욘욘이 북쪽 지방 사투리를 쓴다는 것을 제외하고선, 그의 배경이나 과거에 대해 아무것도 몰랐습니다.

히피 문화는 일반적으로 소속감과 공동체 의식을 바탕으로 하지만, 내부적으로는 다른 사회단체와 마찬가지로 은밀한 불문율을 찾아볼 수 있습니다. 당시 히피족들 사이에선 욘욘을 모를지라도 그의 이름을 들어본 사람은 많았습니다. 그의 이름조차도 모른다는 것은 일종의 핸디캡으로 작용할 정도였습니다. 그 때문에 나는 일찌감치 그와 소위 명상을 함께했습니다. 가부좌를 틀고 앉아 마치 성스러운 의식을 치르듯 그와 함께 대마초를 피웠던 것입니다. 그로 인해 나는 히피 사회 내에서 이름을 얻을 수 있었고, 불과 몇 달 후에는 그와 함께 중심적 역할을 하게 되었습니다.

1970년대 초에 왕궁 앞 공원에서 히피족으로 살았다는 것은 여러 면에서 대가족적인 삶을 맛본 셈이나 다름없었습니다. 히피로서의 삶은 내게 공동체 의식을 심어주었고, 당시 내가 절실히 필요로 했던 존재적 뿌리도 부여해주었습니다. 여타 조직과 다른 점이 있다면, 자주 어리석고 바보 같은 말을 들어야만 한다는 것이었지만 그 또한 시간이 흐르면서 익숙해졌습니다. 공원 내에서는 그 어떤 형태의 검열도 없었고, 다수의 일방적 목소리도 들을 수 없었습니다. 여러 형태의 사고와 이를 이해하는 다양한 방식이 존재할 뿐이었습니다. 한마디로 열린 하늘 아래 불가능한 것은 찾아볼 수 없었던 사회였지요. 바로 그 때문에 대마초 흡연 등 일련의 행위로부터 스스로를 보호하는 것도 다른 사회와 비교해 결코 쉽지 않았습니다.

훗날 대학에서 〈산왕의 궁전에서〉와 「페르 귄트」를 공부하며, 나는 자주 니세베르그에서의 삶을 떠올렸습니다. 왕궁 앞 공원 내 작은 언덕과 산왕의 궁전 사이에 다른 점이 있다면, 산왕의 궁전은 트롤이 사는 상상의 세계라는 것이고, 니세베르그는 현실의 세계라는 것뿐이었습니다.

히피의 삶을 접은 뒤에도, 나는 마치 페르 귄트가 그러했던 것처럼 자주 니세베르그 쪽을 넋이 나간 듯 멍하니 바라보곤 했습니다. 당시 나는 히피족의 사고가 너무나 편협하다고 생각했습니다. 그도 그럴 것이, 그들은 잔디 위에 멍하니 앉아 시간을 보내기만 했으니까요. 심지어는 대마초보다 더욱 강한 마약을 즐기는 이도 적지 않았습니다.

마리안네 룬딘은 욘욘의 애인으로 소개되었습니다. 당시 열일곱 살이었던 그녀는 이미 1967년 늦여름부터 욘욘의 짝으로 자리매김을 했던 것입니다. 형형색색의 헐렁한 천 조각을 걸친 두 사람은 오슬로의 '사랑의 여름'을 대표하는 인물이었고, 노르웨이 히피족을 대표하는 사람으로 신문 지상에 자주 사진이 오르내리기도 했습니다.

우리는 가족처럼 지냈습니다. 모두들 친구로 지냈으며, '베스트프렌드'라는 개념은 찾아볼 수 없었습니다. 적어도 내가 히피의 삶을 살 때는 그러했습니다. 하지만 마리안네와 욘욘은 예외였습니다. 욘욘에게는 마리안네를 제외하고선 거의 경호원처럼 가장 가까이에 두고 지냈던 이가 있었는데, 그가 바로 스베레였습니다.

스베레와 욘욘은 집에서 도망쳐 나온 상태였습니다. 스베레는 남쪽 지방에서, 욘욘은 북쪽 로포텐에서 왔던 것입니다. 두 사람은 오슬로에 같은 날 도착해, 동부 기차역에서 마주쳤습니다. 그들은 처음 만난 날부터 오늘날 소위 우리가 말하는 베스트프렌드가 되었습니다. 그로부터 몇 주 후, 욘욘은 마리안네를 만났고, 두 사람은 첫눈에 반해 애인 사이로 발전했습니다. 두 사람이 어디에서 만났는지는 들은 바가 없습니다. 어느 날 욘욘은 공원에 마리안네를 데려왔습니다. 어쩌면 도시 어느 골목길에서 만나 바로 공원으로 데려왔는지도 모릅니다. 물론, 그 시대 그 문화에선 그 어떤 일도 가능했습니다. 마리안네가 온 후에도 욘욘과 스베레의 우정은 변치 않았습니다. 세 사람은 마치 세 개의 클로버 잎처럼 항상 함께 다녔습니다. 그로부터 4년 후, 나는 세 사람을 함께 만났습니다. 즉, 내가 오슬로 대학에 입학하기 위해 할링달의 올에서 상경했을 때도 세 사람의 사이는 변치 않았던 것입니다.

불과 몇 달 후, 나는 히피족의 중심 역할을 하는 멤버가 되었고, 마리안네는 욘욘에게서 떨어져 스베레의 품에 안겼습니다. 히피 문화 내에서는 복잡한 애정 관계를 흔히 찾아볼 수 있습니다. 그러한 현실을 제어하는 도덕적 장치가 아예 없었다 해도 과언이 아니었으니까요. 하지만 마리안네는 다시 욘욘에게 돌아가지 않았습니다. 그때부터 욘욘은 외로운 늑대처럼 지냈고, 히피족의 중심 역할도 하지 않았습니다. 질투와 증오, 실연의 슬픔은 가벼움과 밝음을 지향하는 히피족의 삶과 어울리지 않았던 것입니다. 나 또한 시간이 흐르며 히피 문화에서 서서히 발을 뗐습니다. 반면, 마리안네와 스베레의 애정은 더욱 깊어졌으며 매우 오래 지속되었습니다.

내가 욘욘과 단둘이 만났던 것은 그가 마리안네와 헤어진 후였습니다. 그는 당시 오슬로 대학의 블리네른 캠퍼스를 자주 찾았습니다. 나는 그가 오슬로 대학의 학생이라곤 생각지 않았습니다. 그는 마치 리베로처럼 각 캠퍼스를 번

갈아 찾아다니며 어슬렁거렸기 때문입니다. 한번은 그가 내게 다가와 구르지예프의 『놀라운 사람들과의 만남』이라는 다 낡아 해어진 책 한 권을 건네주었습니다. 또 한번은 J. D. 샐린저의 『호밀밭의 파수꾼』을 내게 주기도 했습니다.

욘욘은 내가 살던 크링쇼의 자취방에 딱 한 번 찾아온 적이 있었습니다. 무슨 연유로 내가 그를 자취방에 초대했는지는 기억나지 않습니다. 하지만, 그가 그날 펠레를 처음 만났던 것은 아직도 똑똑히 기억하고 있습니다.

자취방에 들어서자마자 나는 펠레가 욘욘에게 인사를 건네고 싶어 한다는 것을 직감적으로 알 수 있었습니다. 나는 얼른 창가에 앉아 있던 펠레를 나의 왼팔에 끼웠습니다. 동시에 펠레는 폭포수처럼 말을 쏟아내기 시작했습니다. 그는 내가 히피족 사이에서 펠레라는 이름으로 통한다는 것을 잘 알고 있었기에, 자신을 야코브라 소개했습니다.

"야코브라고 합니다. 당신은?"

펠레의 말을 듣는 순간, 욘욘의 얼굴에 생기가 돌기 시작했습니다. 그도 나처럼 외로움에 지쳐 있었기 때문일 것입니다. 그는 펠레와 함께 신나게 대화를 나누었습니다. 한 시간이나 지났지만 그들은 대화를 멈추려 하지 않았습니다. 나도 그들의 대화에 끼고 싶었지만, 펠레와 욘욘은 내가 곁에 있다는 것도 잊어버린 듯했습니다. 나는 둘의 대화에 짜증이 나기 시작했습니다. 둘이 예의를 벗어난 행동을 하고 있다는 생각조차 하게 되었습니다.

사실 내겐 욘욘이 내 자취방을 방문했다는 사실만으로도 영광이었습니다. 나는 그를 위해 양주 한 병도 준비해놓았지만, 그는 내가 안중에도 없다는 듯 펠레에게만 관심을 쏟았습니다. 더 참지 못한 나는 펠레를 팔에서 홱 벗겨버렸습니다. 그와 동시에 펠레는 침묵을 지켰습니다. 욘욘은 그 모습이 재미있는지 크게 웃음을 터뜨렸습니다. 다행히도 그는 내게 펠레를 팔에 다시 끼워보라는 말은 하지 않았고, 우리는 양주를 함께 마셨습니다.

단정할 수는 없지만, 내가 욘욘을 마지막으로 만났던 것은 바로 그날이었다고 기억합니다.

마리안네와 스베레가 욘욘을 마지막으로 만났던 것은 윤년을 축하하기 위해 1976년 2월 29일, 오슬로에서 열렸던 한 파티장에서였습니다. 파티가 열린 곳은 홀멘콜렌 언덕 위쪽, 닥터 홀름스 거리에 자리한 거대한 빌라였습니다. 정확히 말하자면, 그날은 전설적인 히피 지도자가 사람들앞에 모습을 드러낸 마지막 날이었습니다. 그로부터 37년이 지난 후, 그의 부고를 보기 전까지는 그가 낚시를 업으로 하는 만능 기술자로 살았다는 사실을 전혀 몰랐습니다.

나는 그 파티에 참석하지 않았습니다. 초대를 받지 않았기 때문입니다. 하지만 그즈음에 가끔 만나곤 했던 히피족들로부터 그날의 파티에 관한 이야기뿐만 아니라, 그날의 사건과 관련한 소문과 모종의 뒷이야기까지 들을 수 있었습니다.

욘욘은 은단추가 달린 파란 재킷에 깔끔하게 다림질을 한 하얀 면바지를 입고 파티장에 도착했습니다. 펠레의 옷차림을 흉내 낸 것이 분명했습니다. 수일이 지난 후 그 이야기를 들었던 나는 괜히 기분이 좋아 우쭐했습니다. 동시에 내가 그 자리에 없었던 것이 너무나 아쉬웠습니다. 욘욘이 펠레의 옷차림을 하고 파티장에 왔던 것은, 그곳에서 나를 만날 수 있으리라 믿었기 때문일 것입니다. 당시 우리는 히피의 삶을 접었지만, 가끔 그러한 파티에는 문제없이 드나들 수 있었습니다. 이상하게도 왕궁 앞 공원의 히피 무리에 섞이는 것보다, 히피들이 모이는 그러한 파티에 드나드는 것은 더욱 쉬웠습니다. 하긴, 당시는 히피 파티와 부잣집 자녀들이 여는 파티의 경계선이 조금씩 사라지던 때이기도 했습니다.

스베레와 욘욘은 당시 그 어떤 파티에서도 마주치는 일

이 없었습니다. 둘 중 어느 한 사람이 참석하는 곳에는 다른 한 사람이 자리를 피하는 것은 당시의 불문율이기도 했습니다. 또한 스베레는 마리안네에게서 눈을 떼는 일이 없었기에, 그녀가 전 애인을 만나는 일도 없었습니다.

욘욘은 그날 예고도 없이 파티에 참석했습니다. 할 일이 있어 그곳에 왔다며 막무가내로 들어왔다고 합니다.

광란과 같던 대담한 파티는 500제곱미터나 되는 커다란 저택에서 열렸습니다. 물론, 침실을 포함한 전체 공간이 파티장으로 사용되었습니다. 파티를 주최했던 이는 열아홉 살의 율리아였습니다. 그녀의 부모는 플로리다를 여행 중이었기에 집을 비웠습니다.

특출한 카리스마의 욘욘은 주변인을 마치 자석처럼 끌어당기는 재주를 지니고 있었습니다. 덕분에 그가 파티장 어디에 있다 하더라도 사람들은 그를 향해 모여들곤 했습니다. 그러던 중, 누군가가 욘욘이 몇 시간 동안이나 보이지 않는다며 궁금해했습니다. 사람들은 그와 스베레가 어디선가 다투고 있지나 않을까 걱정하며 그를 찾아 나섰습니다. 널찍한 서재의 마호가니 책상 밑에서 라이벌을 발견한 사람은 스베레였습니다. 처음에는 그를 알아보기가 쉽지 않았습니다. 그의 머리와 어깨가 마리안네의 빨간 시폰 스카프로 덮여 있었기 때문입니다.

사람들이 모여들었습니다. 그가 왜 책상 밑에 누워 있을까? 무슨 이유로? 또 마리안네는 어디에 있을까?

스베레가 욘욘을 일으켰습니다. 순간, 욘욘이라고 알고 있던 사람은 푸른 재킷과 하얀 바지에 불과하다는 것을 깨달았습니다. 형체를 갖추기 위해 그의 옷을 채웠던 것은 지하 세탁실에 있던 빨랫거리였습니다.

저녁이 무르익은 시간, 마침내 마리안네가 모습을 드러냈습니다. 그때 침실에서 나왔던 이는 마리안네만이 아니었습니다. 거실에 내려온 그녀는 여전히 한쪽 눈을 뜨지 못한 채 부스스한 얼굴이었습니다.

그녀에게 도대체 무슨 일이 있었을까요? 그녀의 두 볼이 발갛게 상기되어 있던 것으로 보아, 침실에서 잠만 잤던 건 아니라고 확신합니다.

홀멘콜렌 파티에서 욘욘에게 무슨 일이 있었는지 추측하는 말은 적지 않았습니다. 그러한 모임에서 연기처럼 사라졌던 것은 그만이 할 수 있는 일이라고 말하는 사람도 있었습니다. 하지만, 그는 과연 어디로 사라졌던 것일까요? 그가 입고 왔던 옷이 서재에서 발견되었으니, 그는 속옷만 입고 밖으로 나갔을까요? 추운 겨울날에 스스로 목숨을 끊기 위해 벌거벗은 몸으로 나갔던 건 아닐까요? 그렇다면 봄이 되어 눈이 녹은 후에 노르마르카 벌판에서 그의 시신을 찾을 수 있을지도 모릅니다. 아니, 어쩌면 그는 입고 왔던 옷에 빨랫거리를 모아 채워 넣고선, 다른 옷으로 갈아입고 밖으로 나갔을지도 모릅니다. 하지만 목격자의 말에 의하면 그는 파티장에 빈손으로 왔다고 했습니다. 그렇다면 저택의 옷장을 뒤져 아무 옷이나 걸치고 나갔던 것일까요? 어떤 이는 그날 파티장에서 소리 없이 사라진 사람은 욘욘만이 아니라고 주장하기도 했습니다. 그는 초저녁에 파티장에서 군복을 입은 낯선 사나이를 보았지만, 그도 사라져버렸다고 덧붙였지요. 사람들은 후에 군복을 입고 파티장을 찾은 사나이를 수소문해보았지만, 자원해서 정체를 밝혔던 사람은 아무도 없었습니다.

시간이 흐르자 사람들 사이에서 또 다른 의문이 생겨났습니다. 도대체 욘욘은 어디로 사라진 걸까? 나라 밖으로 나간 건 아닐까? 그는 지금 어디에 살고 있을까? 오스트레일리아? 아르헨티나? 이와 관련한 수많은 소문들이 돌기 시작했습니다. 어쩌면 그는 살해당했을지도 모릅니다. 하지만 누가 어떤 의도로 그런 일을 할 수 있을까요?

경찰은 다음 날 새벽 파티장에 들이닥쳤습니다. 누가 경찰을 불렀는지는 확인된 바가 없으나, 적어도 율리아가 아니라는 것만은 확실했습니다. 그녀는 아직 성인이 아니었

343

기에 경찰은 그녀의 부모에게 윤년을 축하하는 파티가 그들의 집에서 열렸다고 알려야만 했습니다. 거대하고 화려한 빌라는 파티 후에 엉망진창이 되어버린 터라 경찰이 집주인에게 굳이 알리지 않아도 되었을 것이라 생각합니다만.

다음 날은 경찰에서 범죄 기술 전문가가 나와 지하 세탁실을 샅샅이 살펴보았습니다. 하지만 욘욘의 흔적은 그 어디에서도 찾아볼 수 없었습니다. 결국 경찰은 욘욘이 스스로 자취를 감추었다고 결론을 내렸습니다.

그날 이후, 욘욘을 보았다거나 그에 관한 소문을 들었다는 사람은 한 명도 나타나지 않았습니다. 그 때문에 많은 이들은 그가 죽었다고 믿기 시작했습니다. 그런데 무려 37년이나 지난 후,《아프텐포스텐》에 그의 부고가 실린 것입니다. 나는 부고를 보는 순간, 너무나 놀라 입에 머금었던 커피를 쏟아낼 뻔했습니다.

윤년 축하 파티에 참석했던 욘욘은 로포텐으로 돌아가, 세상을 떠날 때까지 어부 겸 만능 기술자로 살았던 것이 틀림없었습니다. 그가 수도에서 할 일은 더 없었을 테니까요. 장례식장에서 들었던 이야기에 의하면, 그는 고향인 스크로바로 돌아간 후 욘욘이 아닌 세례명 요한네스로 평생을 살았다고 합니다.

이 이야기의 저변에는 크나큰 실연의 아픔이 자리하고 있습니다.

마리안네는 그해에 출산을 바라보고 있었습니다. 우연히 만났던 히피 친구들에게서 전해 들은 이야기였습니다. 나는 당시 꽤 이름 있는 학자로 살고 있었으며, 그녀의 자식이 딸이라는 사실은 전혀 모르고 있었습니다. 하지만 욘욘의 부고를 보는 순간 과거의 기억이 새록새록 떠올랐습니다. 아, 그때 마리안네의 배 속에 있던 아이는 여자아이였구나 하는 생각과 함께. 문득, 삶이라는 것은 돌고 도는 것이라는 생각이 스쳤습니다. 잊고 있던 일들이 수십 년 후에 제자리를 찾아 다시 드러나는 것 같기도 했습니다.

마리안네와 스베레는 딸을 출산한 후, 더는 자손을 보지 않았습니다.

*

나는 스볼베르에서 로포텐 대성당까지 5킬로미터나 되는 길을 걸어갔습니다. 그 길은 유로파 국도 옆에 난 자전거길로, 산책길로도 사용되었습니다. 나는 택시를 탈 수도 있었지만, 욘욘과 함께했던 내 삶의 한 부분을 조용히 되새겨보고 싶었기에 일부러 그 길을 걸어갔습니다. 햇살은 화창했고 기온은 꽤 높았지만, 오전이라 불쾌할 정도로 무덥진 않아 다행이었습니다.

　나는 장례식장에서 마리안네와 스베레를 만날 수 있을지 궁금했습니다. 전날 저녁은 물론, 그날 아침에도 스볼베르에서 그들을 못 보았기 때문입니다. 하지만 그들이 장례식 당일에 오슬로에서 보되를 거쳐 스볼베르까지 비행기를 타고 올 가능성도 있었습니다. 나는 지나가는 차 안을 살펴보려 했지만, 쭉 뻗은 대로를 쌩쌩 달리는 차 속에 누가 앉아 있는지 알아보기란 쉽지 않았습니다.

　언덕길을 오르던 나는 앞쪽에서 걷고 있던 남자의 등을 보았습니다. 그는 검은색 양복을 입고 500여 미터 앞쪽에서 홀로 걷고 있었습니다. 잠시 후, 우연히 뒤를 돌아보았더니 약 500미터 뒤에 또 다른 남자가 검은색 양복을 입고 걸어오고 있었습니다. 그는 발을 옮기며 앞쪽에서 걷고 있던 나를 줄곧 보아왔던 것이 분명했습니다. 만약 내 앞에서 걷고 있던 남자가 우연히 뒤를 돌아본다면, 그도 자신의 뒤쪽에서 걷고 있던 나를 발견했을 것입니다.

　욘욘의 장례식에 참석하기 위해 세 명의 남자가 검은색 양복을 입고 외딴 유로파 도로변을 걷는 모습을 떠올리니 문득, 깊은 슬픔이 찾아들었습니다. 그토록 아련하고 깊은 슬픔을 느껴본 지가 꽤 오래되었다는 생각이 스쳤습니다. 그것은 마치 마그리트의 그림을 볼 때 느낄 수 있는 슬픔을 닮은 이상한 느낌과도 비슷했습니다. 깊이를 알 수 없는 절망감이었을까요. 나는 금방이라도 울컥 쏟아질 것만 같은 눈물을 참아내려 무진 애를 썼습니다.

나는 밖으로 나가야겠다고 생각했습니다. 나는 이미 밖으로 나가는 중이었습니다. 세상 밖으로. 시간 밖으로. 이 우주 밖으로.

문명사회에서 사는 사람들이라면 하루에도 수차례 거울을 볼 것입니다. 비록 일주일에, 아니 한 달에 한 번 거울을 본다 할지라도 자신의 얼굴이 시간을 머금고 변화하는 것을 알아채기는 쉽지 않을 것입니다. 하지만, 우리는 우연히 지나치며 거울을 보았을 때 갑자기 자신의 변한 모습을 발견할 때가 있습니다. 나는 우연히 거울을 보다 갑자기 내가 환갑을 넘긴 나이라는 것을 깨달았습니다.

문득, 끝이 다가왔다는 생각이 스쳤습니다. 나이가 들면 들수록 이 세상에서의 삶이 기적처럼 느껴지는 것은 나만 경험하는 일일까요.

내가 그런 생각을 했던 것은, 그날 내가 교회로 가고 있었기 때문일 것입니다. 나이가 들수록 깊은 그리움과 공허감을 메꾸기 위해 종교에 의지하고 싶다는 마음이 생기는 것은 당연한 일일지도 모릅니다.

내가 그때 느꼈던 것은 자유나 해방감이 아닌 억압과 짓

놀림이었습니다.

나는 교회의 종소리가 울리기 시작할 때, 로포텐 대성당 안에 발을 들여놓았습니다. 장례식이 시작되기 불과 몇 분 전이었습니다. 그곳에는 이미 많은 사람들이 들어와 있었지만, 교회 안이 워낙 넓었기에 그들은 제단에서 왼쪽만 자리를 채웠을 뿐이었습니다. 제단 위에는 흰색과 노란색 꽃으로 장식된 하얀 관이 자리하고 있었습니다.

마리안네와 스베레는 벤치의 오른쪽 끝에 나란히 앉아 있었습니다. 두 사람이 장례식장에서 나란히 앉아 있는 모습을 본 것은 그날이 처음은 아니었습니다.

불쌍한 욘욘. 아니, 불쌍한 존재는 우리 모두였습니다.

마리안네와 스베레의 곁을 지나치며 그들을 흘낏 바라보았습니다. 그들은 나와 눈이 마주치자 자리에서 일어나 차례차례 내게 포옹을 건넸습니다. 펠레. 그들은 나를 펠레라고 불렀습니다. 나는 에리크 룬딘과 안드리네의 장례식장에서도 그들이 나를 알아보았다고 일찍부터 확신하고 있었습니다. 하지만 그들은 시간을 머금고 변해버린 모습을 핑계로 내가 그들을 알아보지 못한다고 생각했을 것입니다.

추모식은 간단하게 진행되었습니다. 보아하니, 그것은

욘욘의 유언이었던 것 같았습니다. 교회 측에서는 고인의 뜻을 존중해 종교적 의식을 최대한으로 자제했던 것 같습니다. 장례식을 주도하던 사제 또한 교회가 허용하는 최소한의 입장만 반영했음을 여기저기서 볼 수 있었습니다.

나는 사제의 추모사를 들으며 잠시 딴생각에 빠졌습니다. 그때 내 머릿속에 떠올랐던 것은 대구torsk였습니다.

대구잡이는 욘욘의 삶에 매우 중요한 부분을 차지했습니다. 하지만 그는 대구torsk라는 단어가 고대 인도유럽어에 뿌리를 둔 *ters-에서 유래되었음을 알지 못했을 것입니다. 고대 노르드어의 þorskr에서 파생된 torsk는 말린 생선이라는 뜻의 tørr-fisk라는 단어와 함께 수백 년의 역사를 지니고 있습니다. 이것은 다시 게르만어의 tørst(목이 마른), 영어의 thirst, 독어의 Durst와 관련이 있고, 산스크리트어의 trishna와도 깊은 관련이 있습니다. 이 산스크리트어 단어는 불교의 고뇌를 의미하는 두카duhkha라는 단어의 근원으로 알려져 있습니다. 고뇌는 삶을 갈망하는 의지의 불꽃이 사그라들었을 때 생겨나는 것입니다. 이것은 인간의 무지에서 비롯되는 것이며, 이를 벗어날 수 있을 때, 우리는 비로소 니르바나nirvana를 경험할 수 있습니다.

베나레스*의 부처와 로포텐의 욘욘. 문득, 두 사람이 대

등하다는 생각이 스쳤습니다. 나는 생전에 두 사람이 만날 수 있었더라면 얼마나 좋았을까 하는 생각도 해보았습니다. 분명 두 사람이 함께 나눌 수 있는 이야기는 무궁무진했을 것입니다.

비록 추모식이 매우 간단하긴 했지만, 그 분위기는 너무나 깊고 강렬해서 나는 아직까지도 거기에서 헤어나지 못하고 있습니다. 검은색 옷을 입은 여섯 명의 남자가 그의 흰색 관을 들어 교회 밖에 주차되어 있던 장의차로 옮겼습니다. 관을 실은 차는 천천히 움직였고, 모인 사람들은 하나둘 그 뒤를 따랐습니다. 검은 장의차는 유로파 도로를 건너 교회 건물 맞은편에 자리한 묘지로 향했고, 욘욘의 묘로 사용될 흙구덩이 앞에 멈췄습니다. 그 광경은 마치 한 점의 흑백 그림 같았지요.

나는 마리안네, 스베레와 함께 서 있었습니다. 상황을 고려했을 때 그보다 더 자연스러운 일은 없을 것입니다. 우리는 다시 세 개의 클로버 잎이 된 것입니다. 주변을 살펴보았지만, 욘욘의 마지막 순간을 따르는 히피족은 우리밖에 없는 것 같았습니다. 하지만 예순을 넘긴 나이가 되

* 바라나시라고도 한다.

면, 그 옛날 누가 히피의 삶을 살았는지 알아보기란 쉽지 않을 것입니다. 그때, 스베레의 한쪽 귀에 달린 빨간 루비 귀걸이는 우리를 1970년대로 되돌리는 단 하나의 매개체였습니다.

입관식은 교구의 최고 사제가 허락할 수 있는 최대한의 이교도적 분위기에서 진행되었습니다. 부활에 대한 약속도 없었으며, 성경에 근거한 추모사도 없었습니다. 사제는 주머니에서 쪽지 한 장을 꺼내 욘욘의 마지막 말을 읽기 시작했습니다. 모인 사람들에게 나누어준 프로그램은 없었습니다. 그렇기에 나는 그날 사제가 전한 고인의 마지막 인사말을 기억에 의거해 여기에 적어보겠습니다.

자연으로 되돌아가는 내게 마지막 인사를 건네고자 모인 여러분께 감사의 말을 전합니다. 여러분은 모든 이들이 생명을 얻었을 때 벗어나야 했던 장신구함으로 다시 나를 조심스레 돌려보냈습니다. 나는 장신구함 밖에서 이 세상의 시간을 잠시 맛보았습니다. 이제 나는 다시 장신구함 속으로, 내가 왔던 바로 그곳으로 돌아가려 합니다.

지난 일들을 돌이켜보면 거기에 항상 정의가 내재했음을 깨달을 수 있습니다. 나의 삶은 빌린 것이었습니다. 나는 매 순간 나의 존재가 빌린 것에 불과하며, 언젠가는 내가 받은 만큼 정확히 돌려주어야 한다는 것을 잘 알고 있었습니다.

그렇다고 해서 내가 외로운 삶을 살았다는 것은 아닙니다. 따지고 보면 우리는 모두 빚쟁이니까요. 삶을 살며 우리가 어떤 행위를 하든, 우리는 그림자처럼 우리를 따라다니는 빚에서 벗어날 수 없습니다.

바로 그러한 이유로, 나는 장례식 후에 있을 추모식을 취소하자고 제안했습니다. 추모식에서는 세상을 떠난 자를 향해 온갖 미사여구와 함께 모호한 말들이 쏟아지기 마련입니다. 하지만 나는 그 자리에 없을 것이기에 그 말을 솔직하게 반박할 수가 없습니다.

여러분 중에 기억하는 사람이 있을지는 모르겠지만, 나는 과거에 영혼의 여정, 사후의 세계, 또 다른 세상에 많은 관심을 가졌습니다. 로포텐으로 되돌아왔던 것은 환상과 미혹으로 점철된 과거에서 벗어날 수 있었던 일종의 해독제였습니다. 이곳에서 나는 원래의 내 모습을 되찾을 수 있었고, 더 이상 또 다른 세상이나 또 다른 삶에 현혹되지 않았습니다. 그러니 이제 내게 더는 거짓된 희망을 심어주는 일은 하지 않아도 됩니다. 그저 이 고뇌의 주름살이 침묵 속에서 묵묵히 깊어질 수 있도록 지켜봐주기만을 바랄 뿐입니다.

미소를 잃지 마십시오! 근심과 걱정도 벗어던지시기 바랍니다! 세상의 평화를 위해!

더 할 말을 찾을 수 없군요.

행복하십시오.

소리 내어 우는 사람들이 하나둘 생겨났습니다. 흐느껴 우는 마리안네를 보며, 나는 소녀 시절의 그녀를 본 것만 같은 착각을 느꼈습니다. 반면 스베레는 굳은 표정으로 묵묵히 서 있을 뿐이었습니다.

그들은 택시를 미리 예약해둔 것 같았습니다. 추모식이 생략되리라는 것을 미리 알고 있었을지도 모릅니다. 어쩌면 추모식이 생략되었기에 뒤늦게 안도했을지도 모르지요.

나는 그들과 함께 택시를 타고 스볼베르로 돌아왔습니다. 우리는 택시 안에서 지난 이야기를 몇 마디 주고받았습니다. 욘욘에 관한 이야기는 단 한 마디도 하지 않았습니다. 나는 윌바에게 안부를 전해달라고 말했습니다. 고틀란드에서 불과 몇 주 전에 그녀를 만났기에 매우 자연스러운 일이라 생각했습니다.

그들은 이해할 수 없는 눈빛으로 나를 바라보았습니다. 스베레의 표정은 여전히 굳어 있었습니다.

나는 택시에서 내려 호텔로 돌아왔습니다. 그리고 지금 당신에게 편지를 쓰고 있습니다.

*

　편지를 이어 쓰기 전에 나는 꽤 긴 휴식을 가졌습니다. 시내에 가서 선착장과 비좁은 골목길을 걸은 후, 호텔의 야외 레스토랑에 앉아 흰 빵에 신선한 새우와 마요네즈, 레몬즙을 얹어 배를 채우며, 길을 가는 사람들을 바라보았습니다. 비스뷔의 부둣가에서와 마찬가지로, 여기서도 하얀 갈매기들이 떨어진 음식 부스러기에 눈독을 들이고 있었습니다.

　남쪽으로 향하는 페리는 스볼베르 선착장에 오후 6시 30분부터 8시 30분까지 정박되어 있었습니다. 그 시간에는 페리에서 내린 관광객들로 시내가 북적거렸습니다. 페리가 스탐순과 보되를 향해 남쪽으로 출발하자, 로포텐 시내는 정적으로 채워졌습니다. 하지만 약 30분이 지나 9시 정각이 되자 북쪽으로 향하는 페리가 와서 한 무리의 관광객들을 뭍으로 쏟아냈습니다.

　레스토랑에 앉아 있던 나는 얼떨떨한 표정으로 페리에서 내린 관광객들을 바라보았습니다. 밤 10시가 되자, 페리는 다시 그들을 태우고 북쪽의 트롤피오르와 스토크마르크네스로 향했습니다. 시내 광장의 카페는 테이블을 정리하기 시작했고, 상점들은 문을 닫았습니다. 늦은 시각이긴 했지만 해는 여전히 중천에 떠 있었습니다. 그날 밤 스

354

볼베르의 해는 지지 않았습니다.

호텔방으로 돌아온 나는 베란다로 나가보았습니다. 북
서쪽에 자리한 태양은 여전히 따가운 햇살을 내리쬐고 있
었습니다. 나는 위스키 한 잔을 손에 들고 1970년대의 기
억을 더듬어보았습니다. 내가 잊고 있던 것은 무엇이었는
지 생각해보려 했지만, 쉽지 않았습니다. 기억은 시간을 거
슬러 움직였고, 나는 그레테 세실리에와 당신을 떠올렸습
니다. 나는 내면의 눈으로 우물 속에 빠졌던 소년 트룰스
를 바라보았습니다.

욘욘은 이제 이 세상에서 찾아볼 수 없습니다. 그의 젊
은 시절 친구이자 애인이었던 여인은 그가 세상을 떠난 후
에야 그를 찾았습니다. 나는 월바와, 세상의 모든 것을 볼
수 있다는 갈까마귀 후긴과 무닌, 그리고 지금쯤 오딘과
함께 인간 세상의 삶은 물론 선과 악, 에시르와 요툰의 갈
등과 힘의 균형에 관해 토론을 하고 있을 에리크 룬딘 교
수도 떠올려보았습니다.

자정이 가까워졌습니다. 페리 두 대가 선착장을 떠났
지만, 황금 같은 햇살이 내리쬐는 로포텐은 여전히 생기
로 가득 차 있었습니다. 게다가 고틀란드에서와 마찬가지
로 날씨는 너무나 더웠습니다. 다른 점이 있다면 이곳에는

백야 때문에 밤새 환하다는 점입니다. 시내 광장에는 얇은 블라우스와 반바지를 입은 사람들이 걷고 있었습니다. 나는 점잔 빼며 뻣뻣하게 걷는 그들이 마치 무대 위의 꼭두각시 인형 같다고 생각했습니다. 문득, 금방이라도 무슨 일이 일어날 것만 같은 이상한 느낌이 스쳤습니다.

나는 광장으로 내려가보고 싶은 충동을 억제하지 못하고 다시 밖으로 나갔고, 곧 나 역시 그들과 마찬가지로 점잔을 빼며 걷고 있는 사람 중 하나가 되었습니다.

뱃고동 소리에 고개를 돌려보니, M/S 북극곰이라는 이름의 페리 한 척이 선착장으로 들어오고 있었습니다. 나는 그러한 이름을 지닌 페리를 한 번도 본 적이 없었습니다. 또한 그 시간에 거기에 정박할 페리도 없다는 것을 잘 알고 있었습니다. 노르웨이의 그 어떤 해변 도시에도 하루에 두 번 이상 페리가 정박하는 일은 없습니다. 북쪽으로 가는 페리, 남쪽으로 향하는 페리. 하지만 M/S 북극곰 페리는 분명 선착장으로 들어오고 있었습니다.

건널다리가 내려졌지만, 페리에서 내리는 사람은 아무도 없었습니다. 곧 시내에 있던 사람들이 페리에 올라타기 시작했습니다. 거리 곳곳에 있던 사람들이 모두 페리에 올라탔던 것입니다. 그들은 배에 오르자마자 손짓 발짓을 하며 신나게 대화를 나누기 시작했습니다. 나는 페리에 오르는 마리안네와 스베레를 보고, 그들이 비행기를 놓쳤다고 짐작했습니다. 인형을 닮은 한 무리의 사람들 사이에서 다음과 같은 말소리가 언뜻 내 귀를 스쳤습니다. '그 누구도 빅뱅이 뭔지 몰라' '천지창조의 순간' '트라이아스기'. 동시에 약 5,000~6,000년 전 고대 인도유럽어의 특징과, 그에 뿌리를 둔 몇몇 동시대 단어들의 예도 내 귀에 들어왔습니다. jeg(나), du(너), to(둘), mye(많은), hjerte(심장), varme(온기), kvinne(여인). 마치 서로 상관도 없는 단어들이 모여 강렬한 의미를 품고 있는 것만 같았습니다.

나는 스볼베르에 홀로 남겨지는 것이 두려워졌습니다. 곧 사람들이 페리에 모두 올라타면 광장에 남아 있는 사람은 나밖에 없을 것 같았습니다. 도시는 어느새 텅 비어 있었고, 골목길은 물론 레스토랑 테이블과 건물 베란다에 앉아 있는 사람들도 보이지 않았습니다. M/S 북극곰호. 존재하지 않는 페리명이었기에 출처가 의심스러웠으나, 선택의 여지가 없는 터라 나도 결국 페리에 올라탔습니다.

등 뒤를 흘낏 돌아보니 로포텐은 마치 흑사병이 휩쓸고 간 듯 텅 비어 있었습니다.

페리 안에는 갑판 위, 카페, 식당, 도서관, 바, 2층 라운지를 막론하고 사람들로 가득했습니다. 내 주변에서는 사람들의 말소리가 쉴 새 없이 들려왔습니다. 존재론과 천문학, 진화론에 관계된 온갖 질문들이 쏟아졌습니다. 물론 가볍고 일상적인 대화를 나누는 사람들도 적지 않았고, 카드놀이를 하는 사람, 낱말 퍼즐과 스도쿠를 푸는 사람들도 눈에 띄었습니다.

나는 페리 안을 둘러보기 위해 발을 옮겼습니다. 일등석 갑판에 이르니 두 명의 소녀가 팔짱을 끼고 내 곁을 지나쳤습니다. 자세히 보니 둘은 나의 옛 제자였습니다. 같은 해에 내 과목을 들었던 것도 아닌데, 함께 걷는 그들을 보니 조금 이상하기도 했습니다. 둘은 각각 노란색과 푸른색의 여름 원피스를 입고 있었습니다. 둘이 함께 있는 모습은 제비꽃을 연상시켰으며, 한편으로는 밤과 낮을 보는 것 같기도 했습니다.

야코브! 그중 한 명이 나를 알아보고 내 이름을 불렀습니다. 그녀의 이름은 안네였습니다.

펠레! 안네의 옆에 있던 그녀는 브리트였습니다. 그녀는 내가 학생들에게 뉘노스크 문법을 반복 학습 시키며 펠레를 교육용으로 활용했던 바로 그해에 내 수업을 들었던 학생이었습니다.

둘 다 눈이 부실 정도로 푸른 눈동자를 지니고 있었습니다. 그들은 마치 다른 세상에서 온 존재인 양 초감각적인 시선으로 나를 바라보고 있었습니다.

오늘은 우리에게 무엇을 가르쳐주실 건가요? 둘 중 한 명이 미소를 지으며 내게 말을 걸었습니다.

우리가 직접 볼 수 있는 것을 가르쳐주세요! 다른 한 명이 지지 않고 소리쳤습니다.

나는 '보다'라는 의미를 지닌 인도유럽어의 어원 *weid- 가 '외형' 또는 '형체'라는 의미의 그리스어 idea와 eidos로 변했다는 점을 들었습니다. 또한 이들 단어는 노르웨이어의 idé(아이디어), ideell(이상적인), idealisme(이상주의)와 같은 단어로 파생되었으며, '보다'라는 의미의 라틴어 videre는 노르웨이어의 visjon(시각) 또는 visjonær(시각적인, 예지적인) 등의 단어로 차용되었다고 말해주었습니다.

그리고 나는 라틴어로 말을 맺었습니다. quod erat demonstrandum!(충분히 입증할 수 있다!)

무언가 눈으로 직접 볼 수 있는 것을 가르쳐달라고 말했던 소녀가 손으로 입을 가리며 놀란 표정을 지었습니다. 하지만 나는 개의치 않고 말을 이었습니다.

우리는 무언가를 직접 본 후에야 그것에 관해 알 수 있지. '알다, 지각하다'라는 의미의 동사 vet 또한 인도유럽어의 어원 *weid-, 즉 '보다'라는 단어에 뿌리를 두고 있어. 동사 원형의 형태로 보았을 때는 산스크리트의 신성한 경전 이름이기도 한 veda, 덴마크어의 vide, 노르웨이어의 vite를 들 수 있는데, 여기에서 파생된 단어로는 vis(현명한), vise(보다, 보이다)가 있지. 또한 여기에서 파생된 또 다른 단어는 노르웨이어의 vett(지각), vittig(영리한, 재치 있는), 독일어의 wissen(지식), Wissenschaft(과학), 영어의 wisdom(지혜), wise(현명한)가 있어. 마법사를 의미하는 wizard를 비롯해 동일한 어원에서 파생된 단어는 수도 없이 많단다.

나는 그들에게 가볍게 목례를 하고 발을 옮겼습니다. 문득, 지팡이가 있었으면 좋겠다는 생각이 스쳤습니다. 갑판 위를 걸을 때는 이왕이면 가늘고 고상한 지팡이가 잘 어울릴 텐데요.

등 뒤에서 소녀의 말소리가 들렸습니다. 미쳤나 봐! 또 다른 소녀의 목소리가 뒤를 이었습니다. 어쩌면 자기 지식에 취해 있는지도 몰라.

페리는 로포텐 해변가를 따라 남서쪽으로 움직이기 시작했습니다. 모스케네쇠위아섬의 남쪽에 이른 페리는 서쪽으로 방향을 틀어 열린 바다로 나아갔습니다. 페리 안의 물건들이 덜컹거리기 시작했습니다. 심하게 소리를 내며

움직이던 음료수병과 커피 잔들은 페리가 노르웨이해에
이르자 조용해졌습니다. 뱃머리는 서쪽으로 향하고 있었
지만 석양은 볼 수 없었습니다. 태양은 서쪽이 아니라 여
전히 북쪽 하늘에서 밝은 빛을 내뿜고 있었습니다.

나는 사람들로 가득한 페리 안을 둘러보았습니다. 사람
들의 대화는 여전히 진행 중이었습니다. 나는 승객들 중에
아는 얼굴이 있는지 찾아보았습니다. 마리안네와 스베레
는 이미 페리에 탑승할 때 알아보았습니다. 그들은 한 살
롱에서 와인 잔을 앞에 두고 앉아 있었습니다. 마리안네는
머리에 데이지꽃 한 송이를 꽂고 있었습니다. 우리는 가볍
게 눈인사를 나누었고, 나는 그들을 지나쳐 햇살이 새어
드는 열린 갑판 위로 나가보았습니다.

욘욘이 눈에 띄었습니다. 그는 왕궁 앞 공원에서 만났
을 때와 마찬가지로 아프간식 털목도리를 둘렀고, 형형색
색의 헐렁한 옷을 입은 수많은 젊은이들에게 둘러싸여 있
었습니다. 나와 눈이 마주친 그는 아주 오래전에 그러했
던 것처럼 대마초 파이프를 빨며 내게 손을 흔들어주었습
니다. 수많은 해가 지나고 보니, 시간과 공간은 절대적이지
않다는 생각이 스쳤습니다. 우리는 공간뿐만이 아니라 시
간도 여기저기 거쳐 가는 존재가 아닐까요. 문득, 욘욘이
1970년대의 어느 날 내게 했던 말들이 기억났습니다. 그는

당시 올더스 헉슬리의『지각의 문』과 아서 쾨슬러의『우연의 근거 *The Roots of Coincidence*』를 읽고 있었습니다.

비록 나는 몇 시간 전 욘욘의 장례식에 다녀왔지만, 그곳에서 다시 그를 만났다는 사실이 전혀 이상하지 않았습니다. 세상에는 산 자도 있고, 죽은 자도 있기 마련입니다. 살아 있는 자와 죽은 자 사이에는 분명한 경계선이 존재하지 않습니다. 한 세대 전체가 산꼭대기에서 떨어지는 일도 없고, 거대한 파도가 그들의 자취를 한 번에 휩쓸어버리는 일도 없습니다. 우리는 모두 홀로 죽음을 맞이합니다. 대부분은 각자의 침대 위에서 자신의 베개를 베고 죽음을 맞이할 것입니다. 우리는 죽은 후에 서로 뒤얽힌 기억의 덩어리를 남기기 마련입니다. 각자의 역사라고도 할 수 있는 그 기억의 덩어리는 시간이 흘러도 살아남은 자들과 함께 생명의 끈을 유지합니다.

우리의 인생에서 가장 중요한 경계선은 죽음과 삶 사이를 가르는 선이 아닙니다. 그것은 바로 사람들 사이를 가르는 경계선입니다. 대부분의 사람들은 살아 있건 죽어 있건 간에 함께할 수 있는 벗이 있습니다. 그들에게는 가족도 있고 친구도 있습니다. 하지만 나는 이곳에서조차 외부인으로, 아웃사이더로 덩그러니 홀로 서 있습니다. 나는 페리에 무임승차를 한 사람입니다. 나는 현재 살아 있는 자,

또는 한때 살아 있었던 자들의 사회에 속하지 않는 존재입니다. 비행기 안에서 내 팔을 살짝 건드렸던 여인 때문에 경험했던 단말마적인 느낌이 아직도 남아 있기에 그렇게 생각했던 것일까요.

욘욘의 파이프 향이 내 코끝에서 채 사라지기도 전에, 나는 당신을 떠올렸습니다. 앙네스, 당신 말이 맞습니다. 나는 이제 타인에게 의존하는 일을 멈추어야 할 것입니다. 이제야 알 것 같습니다. 이젠 더 이상 타인의 삶에 초대받지 않은 자로 살고 싶은 생각은 없습니다.

나는 페리 안의 끝에서부터 끝까지 몇 번이나 반복해서 걸어보았습니다. 처음엔 그래야 할 것 같아 억지로 발을 옮겼지만, 시간이 지나다 보니 나의 발걸음은 어느새 규칙적으로 변해 있었습니다.

제일 위층 갑판의 바에는 에리크 룬딘과 오딘이 마주 앉아 신화와 전설에 대해 대화를 나누고 있었습니다.

'……비슷한 신들의 이름은 노르드 지역 외에서도 찾아볼 수 있지만, 우리는 오딘이 노르드 지역의 유일한 신적 존재라는 점을 간과할 수 없습니다…… 프랑스의 인문학자 조르주 뒤메질에 의하면 최초의 유일하고 독창적인 존재는 시간과 함께 통속적으로 변해버릴……'

도서관에는 안드리네 시게루가 택시회사 유니폼을 입고 청중들에게 『뒷좌석의 이야기』를 읽어주고 있었습니다. 청중들은 입가에 미소를 띤 채 그녀의 이야기에 귀를 기울이고 있었습니다.

다섯 번째 갑판에 자리한 카페로 내려가니 윌바가 자신의 사촌과 함께 은밀한 대화를 나누고 있었습니다. 그녀는 나를 보더니 손가락 두 개를 들어 인사를 건네고, 다시 고개를 돌려 미처 맺지 못한 이야기에 집중했습니다. 그곳을 나오던 내 귀에 그녀의 외침이 들렸습니다. '오르가슴! 맞아, 바로 그거야!'

그들의 통속적인 대화에 싫증을 느낀 나는 작은 컨퍼런스룸에 고개를 들이밀었습니다. 그곳은 사람들로 가득 차 있었습니다. 페리 내의 다른 곳과 마찬가지로 그곳에서도 모두들 각 개인의 독창적인 인간성을 강렬하게 내뿜고 있었기에 눈이 아플 지경이었습니다. 순간, 그곳에 모인 대부분이 모두 내가 여기저기 장례식을 다니며 만났던 사람들이라는 생각이 스쳤습니다. 아마 그 때문에 그들이 내게 아는 척을 하며 고개를 끄덕였을지도 모릅니다. 내 눈에 띈 사람들 중에는 장례식장의 프로그램 사진을 통해 보았던 이차원적 얼굴들도 있었습니다.

연단 앞에는 루나르 프리엘레가 파워포인트를 이용해

강의 중이었습니다. 1950년대 미국의 영화와 뮤지컬을 주
제로 강의를 하던 그는 가수이자 배우였던 도리스 데이를
극찬했습니다. 마치 그녀를 개인적으로 잘 아는 것 같았습
니다. 그도 그럴 것이 그는 마치 여자 친구를 대하듯 성을
제외한 이름만으로 여배우를 칭했기 때문입니다.

주변에서 끊임없이 들려오는 말소리에 마음의 안정을
찾을 수 없던 나는 다시 걷기 시작했습니다. 문득, 찾아보
고 싶은 것이 머릿속에 떠올랐습니다. 보아하니 페리는 무
한의 세계가 틀림없었습니다. 내가 찾는 것은 무엇이든 페
리 안에서 볼 수 있다는 생각이 뒤를 이었습니다.

페리 구석구석에는 사람들로 가득했습니다. 그중에는
심지어 할링달의 올에 살 때 보았던 이들도 있었습니다.
여덟 번째 갑판의 바에는 어머니가 몇몇 여인들과 함께 앉
아 뜨개질을 하고 있었습니다. 그들 역시 할링달에 살던
사람들이었습니다. 어머니는 나를 보고도 전혀 놀라지 않
았습니다. 마치 올에서부터 나와 함께 페리에 올라탄 듯
너무나 자연스럽게 내게 손을 흔들어주었습니다.

일등석 갑판 위에는 몇몇 남자들이 나란히 서서 낚시를
하고 있었습니다. 그중에는 아버지도 있었습니다. 그는 나
를 돌아보지 않았기에, 나 역시 아는 척을 할 필요가 없다

는 생각을 하고 계속 발을 옮겼습니다.

문득, 모든 사람들이 이 페리 안에 있다면, 아니 적어도 내가 아는 사람들이 모두 이곳에 모여 있다면, 당신도 만날 수 있으리라는 생각이 스쳤습니다. 나는 어디서 당신을 찾을 수 있을지 머리를 굴려보았습니다. 어쩌면 당신은 뱃머리에 서서 푸른 바다를 바라보고 있을지도 모른다는 생각이 들었습니다.

일등석 갑판은 일반 객실과 선장실을 지나 뱃머리로 이어져 있었습니다. 나는 그 길을 따라가보았습니다. 아니나 다를까, 당신은 뱃머리에 서 있었습니다. 나는 당신 곁으로 다가갔지만, 당신은 전혀 놀라지 않았습니다. 오히려 당신은 나를 반가워하는 것 같았습니다.

바다에는 여전히 바람 한 점 없었고, 백야의 태양은 여전히 머리 위에 떠 있었습니다. 날씨는 매우 무더웠습니다.

당신은 내 팔에 손을 올려놓았습니다. 하지만 나는 아무것도 느낄 수 없었습니다. 당신은 손에 힘을 주었지만, 역시 아무런 느낌도 가질 수 없었습니다.

앙네스. 내가 그때 당신의 이름을 소리 내어 불렀는지, 속으로만 생각했는지는 정확히 기억할 수 없습니다.

당신은 나를 올려다보며 미소를 지었습니다. 순간, 우리가 탄 페리는 허공으로 떠올랐습니다. 뱃머리는 여전히 서쪽으로 향하고 있었습니다.

앙네스. 나는 다시 당신의 이름을 불러보았습니다. 당신은 우리가 이 죽음의 항해에서 벗어나 다시 이전의 평범한 삶으로 돌아갈 수 있다고 생각하나요?

앙네스

나는 오전 늦게 문을 두드리는 소리에 잠을 깼습니다. 내가 묵고 있던 호텔방은 침실 두 개에 부엌이 딸린 스위트룸이었습니다.

꿈을 꾸었을까? 어젯밤 늦게까지 컴퓨터 앞에 앉아 있다가 나도 모르는 사이에 침대로 갔던 것일까?

바닥에서 천장까지 이르는 기다란 창문 앞에 빈 위스키병이 세워져 있었습니다. 창밖으로는 뾰족한 산봉우리가 보였습니다. 문득, 어젯밤에 위스키 한 병을 모두 비웠던 기억이 희미하게 찾아들었습니다.

창에 등을 기댄 채 위스키병 옆에 앉아 있는 펠레는 여느 때와 마찬가지로 생기 가득한 미소를 짓고 있었습니다.

언뜻 위스키병과 펠레가 쌍둥이처럼 보였습니다.

망망대해를 떠돌며 죽음의 항해에서 막 돌아온 듯한 피곤함이 나를 덮쳤습니다. M/S 북극곰호의 뱃머리에서 당신과 함께 서 있었던 마지막 기억이 스쳤습니다. 나는 당신에게 이 절망적인 항해에서 벗어날 수 있는 방법은 없는지 물어보았습니다.

다시 호텔방 문을 두드리는 소리가 들렸습니다. 내 이름을 부르는 소리도 들렸습니다. 그것은 당신의 목소리였습니다. 나는 아직도 그 수수께끼의 페리 안에 있는 걸까요? 그렇다면 내가 머무르는 이 방은 왕족을 위한 고급 선실이 틀림없습니다.

나는 침대에서 몸을 일으켜 호텔의 모닝가운을 입은 후, 비틀거리며 문을 열었습니다. 내 눈앞에 서 있는 사람은 바로 당신이었습니다. 앙네스. 로포텐의 스볼베르에서 당신을 만나다니요! 나는 도대체 무슨 일이 벌어지고 있는지 이해할 수가 없었습니다.

당신을 마지막으로 보았던 것은 몇 달 전 아렌달에서 집으로 오는 길이었습니다. 그 이후로는 연락이 없었습니다. 하지만 나는 지금껏 당신 생각을 멈춘 적이 없습니다. 그날, 당신은 카페에서 내가 왜 당신의 동생 장례식에 왔는지 그 이유와 배경을 상세히 말해달라고 했습니다. 나는 오슬로에서 집으로 가는 차 안에서 그러한 주제로 이야기를 하는 것이 쉽지 않다고 생각했습니다. 생각지도 못했던 당신의 부탁에, 나는 시간이 필요하다고 말했습니다. 당신의 눈을 보며 이 모든 것을 털어놓을 용기도 없었기에 당신에게서 거리를 둘 필요성도 느꼈습니다. 더욱이 나는 그때 운전을 하고 있던 터라 펠레를 통해 말을 하는 것도 불가능했습니다.

당신은 내가 술기운에서 헤어나지 못하고 당황해하는 모습을 보았습니다. 당신은 펠레를 만나기 위해 왔다고 말했습니다. 또한 이 만남은 결코 우연이 아니라는 말도 덧붙였습니다.

마리안네와 스베레는 스볼베르에 나를 내려준 후, 택시를 타고 공항으로 갔습니다. 집에 도착한 마리안네는 가족들에게 전화를 걸어 1970년대 히피족으로 살았을 당시 친구였던 펠레, 또는 야코브를 욘욘의 장례식에서 만났다고 말했습니다. 그뿐 아니라, 내가 스볼베르에 며칠 더 머물며 글을 쓸 예정이라는 사실까지도 알려주었다고 했습니다.

당신에게 전화했던 사람은 트룰스였습니다. 그는 당신

도 그때 로포텐에 머물고 있다는 것을 알고 있었습니다. 하지만 스베레가 전화를 했을 때 당신은 이미 스볼베르에서 남쪽으로 몇 킬로미터 떨어진 스탐순에서 집으로 향하는 페리를 타기 직전이었습니다. 그것은 우연이었을까요. 대부분의 사람들은 백야의 태양 아래 자리한 로포텐에서 예상치 않게 벗이나 지인을 만나는 것을 우연이라 할 것입니다. 하지만, 나는 이것을 운명이라고 받아들였습니다.

당신은 그날 오후 내게 이렇게 말했습니다. 당신의 가족들은 모두 당신이 나를 다시 만나고 싶어 한다는 것을 알고 있다고요. 그러고 보니, 몇 주 전 비스뷔에서 만났던 윌바도 그것을 슬쩍 암시했던 것 같습니다. 하지만 로포텐에서? 스탐순에서? 나는 이곳에서 당신을 만날 줄은 꿈에도 생각하지 못했습니다.

당신은 나를 바라본 후, 당신이 만나고 싶어 했던 사람은 내가 아니라 펠레라는 사실을 다시 강조했습니다. 아렌달에서 당신이 관심을 보였던 사람도 바로 펠레였습니다. 펠레는 평생 나의 단짝으로 지내왔지만, 바로 그 순간에는 나의 라이벌이 되었습니다.

당신은 성큼성큼 방 안으로 들어와 빈 위스키병은 쳐다보지도 않고 너무나 자연스럽게 펠레를 들어 올려 내게 건네주었습니다. 오랜 습관 덕인지, 나는 얼른 펠레를 나의 왼쪽 팔에 끼워 넣었습니다. 그와 동시에 펠레는 봇물 터지듯 말을 쏟아내기 시작했습니다.

나는 술기운이 가시지 않았기에 말을 제대로 하기가 힘들다고 말했습니다. 문득, 불교의 '고뇌'를 의미하는 산스크리트어 duhkha, 그리고 삐걱거리며 잘 돌아가지 않는 바퀴의 축이 함께 떠올랐습니다. 왜냐하면, 바로 그때의 내 상태가 그러했기 때문입니다.

그 때문에 내가 아닌 펠레가 대화를 주도할 수 있다는 사실에 나는 안도해 마지않았습니다. 언제든 나를 대신해 나설 수 있는 벗이 있다는 사실에 축복을 받은 것 같기도 했습니다. 펠레는 단 한 번도 술에 취한 적이 없습니다. 술은 단 한 방울도 입에 대지 않으니까요. 말짱한 정신의 그는 정확한 발음으로 말을 시작했습니다.

"다시 만나서 반갑습니다, 앙네스 씨!"

이미 옅은 미소를 머금고 있던 당신의 얼굴은 펠레가 입을 떼자마자 더없이 환해졌습니다.

"반가워요!"

펠레는 여느 때와 마찬가지로 단도직입적으로 말했습니다. 아렌달에서의 지난 대화를 다시 끄집어내며 말을 쏟아내는 그를 멈추기란 쉽지 않았습니다.

"지난번에 만났을 때, 당신은 혼자라고 했습니다. 그렇죠? 그렇다면 최근에 와서 사귀는 사람은 있습니까? 애인이라든가 동거인이라든가?"

당신은 고개를 저었습니다. 나는 당신의 얼굴을 스치는 그림자를 보았다고 생각했습니다. 당신은 끝내 대답하지 않았습니다.

"하지만 결혼한 적은 있다고 했죠?"

당신은 다시 고개를 저었습니다.

"어쩌면 아직도 결혼을 한 상태일지도 몰라요……"

펠레가 앉아 있는 내 왼팔이 부르르 떨렸습니다.

"정식으로 이혼한 게 아니었나요? 그냥 서로 갈 길을 가기 위해 헤어진 건가요?"

당신은 다시 고개를 저었습니다. 나는 당신이 고통스러워한다는 것을 알아차렸습니다. 당신에게 쏟아지는 질문들에 대답하기란 절대 쉽지 않았을 것입니다.

마침내, 펠레는 내가 하고 싶어 했던 말을 했습니다.

"앙네스 씨, 이제 당신의 이야기를 듣고 싶군요!"

우리는 침대 끝에 걸터앉았습니다. 당신은 나의 오른쪽에 앉았고, 펠레는 내 왼팔에 앉아 있었습니다. 당신은 펠레의 눈을 바라보며 이야기를 시작했습니다.

당신은 마르크와 결혼해 여러 해 동안 함께 살았다고 했습니다. 그는 스페인 마요르카섬의 소예르에서 고고학자로 일했고, 당신은 오슬로에서 심리학자로 일했습니다. 서로 다른 나라에서 일을 했기에 휴가 기간이나 주말, 또는 국경일이 되면 당신이 마요르카로 가거나 그가 오슬로로 오곤 했지요.

몇 해 전 5월 11일, '에스 피로 데 소예르' 또는 '모로스 이 크리스티아노스'라고 불리는 축제에서 마르크가 자취를 감추었습니다. 그 축제는 마요르카의 크리스천들이 1561년 북아프리카에서 침략해 온 무어인들을 상대로 승리를 거둔 역사적 일을 기념하기 위한 것이었습니다. 해마다 축제가 열리면 온 도시 사람들이 남녀노소를 막론하고 전통 옷을 입은 채 거리로 뛰쳐나왔습니다. 몇몇 남자들은 해적 무어인을 가장해 얼굴에 검은 칠을 하고 아랍식 바지를 입은 후 칼이나 나팔총을 들고 나오기도 했습니다. 사람들은 맥주병과 상그리아로 가득 채운 플라스틱 컵을 들고 길에 나와 축제를 즐겼습니다. 축제날이 되면 이른 아침에 폭죽이 터졌습니다. 그 소리는 멀리서 들으면 마치 폭탄이 터지는 소리와도 비슷했습니다. 사람들은 트램을 타거나 두 발로 걸어 소예르 도심에서 항구까지 왔다 갔다 했습니다. '무어인'와 '크리스천'의 싸움을 묘사한 연극은 한낮의 조그만 항구도시에서 볼 수 있었습니다……

자세한 이야기는 더 하지 않겠습니다. 요점은 바로 그날 마르크가 혼잡한 군중 속에서 흔적도 없이 사라졌다는 것입니다. 당신은 몇 시간이나 그를 찾아 헤맸지만, 그는 어디에서도 볼 수 없었습니다.

펠레는 조용히 앉아 당신의 이야기를 귀 기울여 들었습니다. 나는 그런 펠레가 매우 예의 바르다고 생각했습니다. 꽤 긴 이야기를 들으면서도 그는 당신의 말을 가로채지 않았습니다. 하지만, 마르크가 사라졌다는 이야기를 듣자 펠레가 질문을 하기 시작했습니다.

"휴대전화가 없었나요? 그에게 전화를 해볼 생각은 하지 않았습니까?"

"물론 그랬죠! 사실 나는 아직까지도 가끔 그의 번호를 눌러본답니다."

나는 다시 왼쪽 손목이 바르르 떨리는 것을 느꼈습니다.

"실종 신고는 했습니까? 경찰에게 도움을 청하진 않았나요? 그를 찾기 위해 당신을 도와주는 사람은 없었습니까?"

앙네스, 당신은 쏟아지는 질문에 웃음을 터뜨렸습니다. 나는 그 웃음소리가 무대 위의 연극배우가 내뱉는 과장된 웃음소리 같다고 생각했습니다.

"그럼요. 그곳에는 경찰들이 곳곳에 있었답니다. 나는

눈에 보이는 경찰들마다 모두 붙잡고 도움을 청했어요. 하지만 그들은 내가 정신이 나갔다고 생각하는 것 같았어요. 나는 카탈루니아 방언을 꽤 유창하게 했지만, 그들은 내가 정신 나간 관광객이라고 생각했나 봐요."

"그건 왜죠?"

"사람들이 너무나 많았어요. 5·17 독립기념일 날 칼요한 거리*에서나, 부활절 때 베드로 광장에서 동행했던 사람을 잃어버렸다고 생각해보세요……"

"그래서 어떻게 되었나요? 결국 축제도 끝이 났을 텐데요?"

"그는 다시 돌아오지 않았어요. 우리는 그 도시의 작은 아파트에서 살고 있었지만, 그는 집으로 돌아오지 않았답니다. 밤을 보내고 새벽까지 기다려보았지만 소용없었어요. 마르크는 끝내 돌아오지 않았습니다."

나는 펠레가 상대방을 배려하지 않고 너무나 급하게 대화를 이어간다는 느낌을 지울 수 없었습니다. 그가 무자비하다는 생각마저 들었습니다.

"어쩌면 그는 당신을 떠나기 위해 그 축제를 이용했는지도 모르잖습니까. 알고 보면 그는 지금쯤 오스트레일리

---

* 오슬로 왕궁 앞의 중심 도로.

아나 라틴아메리카의 어느 도시에서 다른 이름으로 살고 있을지도 몰라요. 당신은 몇 년 동안 두 사람이 떨어져 산 적도 있다고 했지요? 혹여, 마르크가 그 기간에 딴 여자를 사귀었고, 그녀 때문에 당신에게서 도망쳤던 것은 아닐까요?"

당신은 펠레의 말에 충격을 받아 입을 다물지 못했습니다. 당신은 말없이 스크린도 씨를 한참 동안이나 뚫어지게 바라보았습니다. 보아하니 처음으로 펠레에게 짜증이 난 것 같았습니다. 적어도 나는 그랬습니다.

따지고 보면 펠레는 매우 선한 사람입니다. 그의 문제는 가끔 너무나 직접적으로 말을 한다는 것입니다. 대부분의 사람들은 하고 싶은 말이 있어도 예의에 어긋난다면 생각만 할 뿐 차마 입 밖에 내지 못합니다. 하지만 그는 달랐습니다. 그 때문에 나는 가끔 펠레가 아스퍼거 증후군에 시달리는 건 아닌가 의심할 때도 있었습니다.

당신이 대답하지 않자, 펠레가 다시 질문을 던졌습니다. "경찰은 아무런 조사도 하지 않았습니까?"

당신은 고개를 끄덕이며 말문을 열었습니다. "경찰은 '에스 피로'가 끝난 후에도 며칠 동안 아무 일도 하지 않았답니다. 그들은 개인적으로 며칠씩 축제를 즐기는 이들도 있다고 말했어요. 축제가 끝난 후 집으로 돌아오지 않았던 사람은 마르크뿐만이 아니라고도 하더군요."

"참으로 뻔뻔하군요." 펠레가 말했습니다.

뻔뻔하다고요? 그건 펠레가 할 말은 아니라고 생각했습니다. 뻔뻔한 사람은 바로 펠레였으니까요!

펠레는 다시 말을 이었습니다. "아무짝에도 쓸모없는 경찰이었군요."

나는 펠레가 당신의 관심을 받기 위해 그런 말을 한다고 생각했습니다. 당신은 다시 이야기를 시작했습니다.

"그 도시에서 마르크를 모르는 사람은 거의 없었어요. 경찰들도 마르크가 누군지 잘 알고 있었답니다. 그는 팔마에서 왔고, 당시 소예르에서 진행되던 매우 중요한 발굴 작업에 참여하고 있었어요. 마요르카에는 지난 수천 년 동안 세계 각지에서 몰려온 사람들이 모여 살았지요. 페니키아인, 로마인, 반달족, 무어인 등등……"

갑자기 펠레가 생기를 되찾은 듯했습니다. 내 왼쪽 팔이 바르르 떨렸으니까요. 너무나 심한 떨림이었기에 나는 한참 동안 왼쪽 손목에 통증을 느꼈습니다.

"그에게 앙심을 품었던 사람이라도 있었나요?"

앙네스, 당신은 쓴웃음을 지으며 시선을 떨구었습니다. 나는 그때 당신이 실제보다 스무 살은 더 어려 보인다고 생각했습니다.

펠레는 포기하지 않았습니다.

"혹시 누가 그를 납치했던 건 아닐까요?"

당신은 펠레를 똑바로 쳐다보며 큰 소리로 명확하게 대답했습니다.

"맞아요!"

"그렇다면 납치범의 동기는 무엇이었을까요?"

"문화재 발굴 작업을 이끄는 고고학자는 가끔 해당 지역의 사업가와 여러 가지 이유로 갈등을 일으킬 때가 있어요. 아주 오랜 머리핀 하나라도 발견된다면, 그곳에 지으려 했던 호텔 건축 계획이 무산되는 경우가 허다하니까요. 마르크도 그런 문제를 두고 저와 몇 번 상의한 적이 있어요. 어쩌면 이해 당사자가 축제를 이용해 마르크를 납치했을지도 모르죠……"

당신은 깊은 한숨을 내쉬며 말을 이었습니다.

"……어쩌면 총을 쏘았을지도 몰라요. 축제 당일의 폭죽 소리는 총소리를 감추고도 남았으니까요. 그날 소예르 항구도시는 역사 속의 전쟁을 재현하는 움직임으로 매우 분주했습니다. 그는 바로 거기에서 자취를 감추었답니다. 흔적도 없이. 그의 행방불명 사건은 아직까지도 미해결 건으로 남아 있어요."

"하지만 적어도 조사는 해보았겠죠?"

"네. 경찰에서 대대적으로 조사를 해보았지만 마르크를 찾을 수는 없었어요. 결국 그 사건은 미해결 건으로 종결되었답니다. 경찰들은 마르크가 자발적으로 자취를 감추었다고 말하더군요. 그런 예는 이전에도 많았으니까요. 하지만 마르크와 나는 수년 동안 함께 살았고, 우리의 관계는 매우 깊고 돈독했습니다."

펠레가 한숨을 내쉬듯 몸에 힘을 쭉 빼는 것을 느꼈습니다. 당신에게 깊은 동정심을 느끼는 게 분명했습니다.

"지금은 무슨 생각을 하고 계시나요?"

당신은 몸을 앞뒤로 흔들며 대답했습니다. "글쎄요, 나는 마르크가 살아 있는지 여부도 알지 못해요. 그 때문에, 내가 아직도 마르크와 결혼 생활을 유지하고 있는지의 여부도 자신 있게 말할 수 없어요. 하지만 나는 이미 오래전에 마르크 외에 다른 남자와는 절대로 관계를 맺지 않겠다고 다짐했습니다. 어쩌면 마르크는 아직까지도 어딘가에 갇혀 있을지도 몰라요. 그가 내게 다시 돌아올 수 있을지도 확신할 수 없답니다."

침대에 앉아 있던 당신이 몸을 일으켜 창가로 걸어갔습니다. 창밖에는 북쪽과 북서쪽으로 뾰족한 산봉우리들이 솟아 있었습니다. 무슨 이유에선지 당신은 발끝으로 빈 위스키병을 살짝 건드렸습니다. 위스키병은 쓰러질 듯하다가 다시 자리를 잡았습니다. 어쩌면 당신은 위스키병을 발끝으로 건드렸다는 사실도 몰랐을 것입니다. 당신의 시선은 줄곧 창밖을 향하고 있었으니까요. 당신의 생각은 내가 알지 못하는 저 먼 곳에 머물러 있는 것 같았습니다.

나는 펠레를 여전히 팔에 끼우고 있었습니다. 하지만 펠레도 상황을 이해했는지 아무 말도 하지 않았습니다.

당신이 다시 침대로 돌아와 앉았습니다. 펠레는 기다렸다는 듯 말문을 열었습니다. 나는 펠레가 무례하기 짝이 없다고 생각했습니다.

"친애하는 여인이여, 내가 이처럼 당신을 칭하는 것은, 당신이 아직도 누군가의 아내일지도 모른다는 상황을 고려했기 때문입니다. 그것은 내가 당신의 말을 신뢰한다는 뜻이기도 합니다."

당신은 입가에 미소를 머금으며 펠레를 바라보았습니다. 나는 당신이 펠레의 다음 말을 궁금해한다고 생각했습니다.

아니나 다를까, 펠레도 같은 생각을 했는지 서둘러 말을 이었습니다. "여기 매우 정직하고 성실한 한 남자가 앉아 있습니다. 그는 홀몸이지요. 이름은 야코브라고 합니다. 그는 사제 앞에서 당신의 손을 잡을 수 없다는 것을 스스로도 잘 알고 있습니다. 하지만, 그는 이 세상에서의 짧디 짧은 삶에서 당신이 필요로 할 때면 언제든 당신의 친구로 지낼 준비가 되어 있습니다. 만약 당신의 고고학자가 인간의 형태로든, 재의 형태로든 언젠가 당신에게 되돌아온다면, 야코브는 당신의 곁을 떠나 다시는 당신 앞에 나타나지 않을 것입니다."

나는 펠레의 말에 너무나 기분이 상했기에 그를 팔에서 벗겨내려 했지만, 그가 그런 말을 했던 것은 당신을 위한 깊은 배려심 때문임을 알았기에 솟구쳐 오르는 짜증을 애써 억눌렀습니다. 동시에, 나는 이제 더 이상 충동적인 젊음에 몸을 맡길 것이 아니라, 내 나이와 상황에 맞게 행동해야 한다는 것도 인지하게 되었습니다.

당신은 그때 너무나 현명하게 대응했습니다. 나는 당신의 현명함을 지금도 두고두고 생각합니다. 당신은 펠레의 말에 대답하는 대신 그에게 질문을 던졌습니다. 나는 그것이 매우 효과적인 대응법이라고 인정할 수밖에 없었습니다. 당신은 턱으로 나를 가리키며 펠레에게 물었지요.

"그런데 이분도 결혼을 한 적이 있다고 했죠? 그 이야기를 해줄 수 있나요?"

앙네스, 나는 당신이 그토록 직접적인 질문을 던지리라 곤 상상도 못 했습니다. 하지만, 그 질문은 나를 향한 것이 아니었습니다. 당신은 펠레에게 질문을 던졌지요. 내게 질문을 하는 것과는 전혀 다른 차원의 상황이었습니다. 펠레는 당신에게 매번 직접적인 질문을 던졌습니다. 그러니 당신의 행동은 매우 적절하고도 평등한 것이었습니다.

펠레가 고개를 들어 당신을 쳐다보았습니다. 나의 왼쪽 손목이 바르르 떨려왔습니다. 하지만 나는 그가 어떤 말을 할지 전혀 짐작할 수 없었습니다. 단지 그 상황에서 대답을 해야 하는 사람이 내가 아니라는 점에 안도할 뿐이었습니다.

"전형적인 삼각관계였다고나 할까요. 그녀의 이름은 레이둔이었고 마녀의 손을 가지고 있는 몇 안 되는 여자 중한 명이었습니다."

"마녀의 손이라고요?"

"두 사람의 결혼 생활 초기에, 나는 시가 상자와 함께 커다란 서랍 속에서 지내야만 했습니다."

"시가 상자라고요? 무슨 말인지 이해할 수 없군요."

다시 나의 왼쪽 손목에 힘이 들어갔습니다.

"아, 그건 중요한 게 아닙니다."

"그런가요?"

"나는 옷장 서랍 속에서 시가 상자와 함께 살았습니다. 야코브는 레이둔이 집을 비울 때마다 나를 꺼내 잠시 대화를 나누곤 했습니다. 그리 자주 있는 일은 아니었지요."

앙네스, 당신은 펠레의 말에 미소를 지었습니다.

"그렇군요. 그런데 당신은 그녀가 마녀의 손을 지니고 있다고 했지요?"

"그런 몇 안 되는 사람 중 한 명이었지요. 그 옷장은 야코브의 옷장이었고, 그 서랍은 개인적인 물건을 보관하는 은밀한 장소였습니다. 부부지간이라도 조금의 사생활은 존재하기 마련입니다. 특히, 옷장 속의 서랍 깊숙한 곳은 더더욱 그러하죠. 하지만 야코브의 아내였던 여자는 어느 날 서랍 속에서 나와 시가 상자를 찾아냈습니다. 우리는 차곡차곡 개어놓은 남성용 속옷 밑에 있었는데, 어떻게 우리를 찾아냈는지 알 수 없습니다. 그녀가 마녀의 손을 가지고 있다고 말했던 것은 바로 그 때문입니다."

"당신을 찾아낸 후에 그녀는 어떤 반응을 보였나요?"

"매우 화를 냈습니다. 지금 당신 옆에 앉아 있는 신사가 일을 마치고 집에 돌아왔을 때, 레이둔은 현관 앞에서 기다리고 있었습니다. 그녀는 붉으락푸르락 화를 내며 나를 그에게 홱 내던졌습니다. 그녀는 내가 존재하는 이유를 야코브가 책임져야 한다고 믿었습니다."

"그는 어떻게 대응했나요?"

"그에겐 선택의 여지가 없었습니다. 굳은 결심을 하고

나를 팔에 끼웠죠. 나는 그를 민망한 상황에서 구해내기 위해 말을 시작했습니다. 그 일을 시작으로, 그 집에서 삼각관계가 이루어졌던 것입니다."

당신의 얼굴에 환한 미소가 번졌습니다. 당신이 펠레에게 무한한 호감을 가지고 있다는 것은 너무나 명백했습니다. 당신은 펠레를 향해 질문을 던졌습니다.

"그래서 어떻게 되었나요? 당신은 그녀를 진정시킬 수 있었나요?"

"전혀! 나는 최선을 다했지만, 그녀를 진정시킬 수는 없었습니다. 나는 관대한 마음으로 그녀를 위해 온갖 칭찬의 말까지 늘어놓았습니다. 그녀의 눈동자는 너무나 아름다워 마치 반짝이는 두 개의 보석을 보는 것 같다고 했지만, 도움이 되지 않았습니다. 그녀가 가장 치를 떨었던 것은 바로 내 목소리였습니다. 그녀는 내 목소리가 야코브의 목소리라 믿었지만, 사실은 그렇지 않답니다. 나는 정확히 지금의 이 목소리를 항상 유지해왔으니까요. 그녀는 화를 억누르지 못하고, 결국 야코브의 팔에서 나를 홱 낚아챘습니다. 그녀는 나를 쓰레기통에 버리려 했습니다."

펠레의 설명에 당신은 매우 놀라워했습니다. 두 손으로 입을 가리고 작은 신음 소리를 낼 정도였으니까요.

펠레는 고갯짓으로 나를 가리키며 말을 이었습니다.

"그때, 나를 구해주었던 것은 바로 이 신사였습니다. 야코브는 아주 어렸을 때부터 나와 함께 지냈다고 말하며, 그녀가 원한다면 나를 다시 옷장 속에 넣어두겠다고 했습니다. 다시는 꺼내지 않겠다는 말도 덧붙였지요."

펠레가 앉아 있던 팔에 통증이 느껴지기 시작했습니다. 몸도 좋지 않은 데다 피곤하기까지 했습니다. 나는 스크린도를 팔에서 빼내고 차곡차곡 접어 침대 밑에 넣어두었습니다.

당신은 매우 훌륭한 꼭두각시 인형극을 보았다고 말했습니다. 이토록 훌륭한 연극을 본 적이 없다고 말했던 것으로 기억합니다. 나는 당신의 말을 이해할 수 없었습니다.

당신은 레이둔이 꼭두각시 인형 때문에 그토록 화를 냈던 것을 두고, 그녀가 자존감이 낮은 사람인 것 같다고 말했습니다.

나는 당신의 말에 동의합니다. 물론, 레이둔에게도 장점은 많이 있습니다만, 그녀가 자존감이 낮다는 것은 분명합니다. 당신이 그런 말을 했던 것은, 심리학자적 시각에서 그녀의 행위를 해석했기 때문이라 믿습니다.

당신과 나는 잠시 그 자리에 앉아 있었습니다. 방 안에는 우리 둘밖에 없었습니다. 펠레가 없으니 너무나 어색했습니다.

나는 아무 말도 할 수 없었습니다만, 머릿속은 온갖 생각으로 가득 차 있었습니다. 가끔 한 마디도 할 수 없는 상태임에도 불구하고 생각은 재빠르게 할 수 있다는 것이 너무나 이상하게 여겨졌습니다.

나는 컴퓨터에 저장해둔 편지를 떠올렸습니다. 당신에게 썼던 그 편지는 물론, 당신이라는 사람에 대해서도 생각해보았습니다. 당신은 그때까지만 하더라도 내가 쓴 편지를 단 한 줄도 읽지 않았습니다.

로포텐의 한 호텔방 침대에 우리가 함께 앉아 있다는 사실이 자못 묘하다고 생각지 않으십니까? 당신과 나! 그 방에는 가구라곤 침대 하나밖에 없었습니다. 옆방에는 소파와 간이침대가 있었습니다.

침묵을 깬 사람은 당신이었습니다. 당신은 몸을 일으키며 펠레를 가리켰습니다. "너무나 훌륭했어요!" 당신은 다시 내가 아니라 펠레를 만나기 위해 그곳에 왔다는 사실을 내게 상기시켜주었습니다. 그뿐 아니라, 당신은 마르크를 기다리는 데 삶과 영혼을 바쳤다고도 말했습니다. 그가 자취를 감춘 지 여덟 해나 지났는데도 말입니다.

당신은 다시 창문 앞에 섰습니다. 내게 등을 돌린 채 당신이 왜 로포텐에 오게 되었는지 말하기 시작했지요. 전날 저녁, 트룰스는 당신에게 전화를 했습니다. 그날 당신은 스 탐순에 머물며 노를란 극장에서 상연한 꼭두각시 인형극 을 보았습니다. 작은 해안 도시인 로포텐에도 꼭두각시 연 극회가 존재한다는 사실이 놀랍다고도 했습니다.

문득, 당신이 아렌달에서도 꼭두각시 인형극에 관한 이 야기를 했다는 것을 기억해냈습니다. 세상을 떠난 해양 과 학자와 당신이 알고 지냈던 것도 꼭두각시 인형극 때문이 라고 했지요. 당신은 그와 함께 학창 시절 피노키오라는 꼭두각시 인형극 동아리를 만들기도 했습니다.

당신은 펠레를 위한 계획을 가지고 있다고 말했습니다. 물론, 당신은 입 밖에 내어 말하진 않았지만, 나는 그 계획 에 나도 포함되어 있다고 이해했습니다. 당신은 짤막하게 화두를 던졌을 뿐 그 계획이 무엇인지 자세히 말해주지 않 았습니다. 당신은 생각을 정리하기 위해 시간이 필요하다 고 했습니다. 바로 그 때문에 당신은 스탐순에서 하룻밤을 보낸 후 택시를 타고 스볼베르에 왔던 것입니다.

당신이 몸을 돌려 나를 바라보았습니다.

"당신은 샤워를 해야 할 것 같군요." 나는 당신의 말을 들으며 빈 위스키병을 떠올렸습니다.

당신은 내 대답을 듣기도 전에 고갯짓으로 옆방을 가리 켰습니다. 제가 내일까지 이곳에 머물러도 될까요? 이 도시 전체를 뒤져도 호텔의 빈방을 찾을 수가 없었어요.

나는 소리 내어 대답했는지, 말없이 고개만 끄덕여 대답했는지 기억이 나지 않습니다. 어쨌든, 나는 당신이 제안한 대로 샤워를 하기 위해 욕실로 들어갔습니다. 당신은 내가 샤워를 하는 동안 시내 광장에 들러 커피와 빵을 사 먹겠다고 말했습니다. 그 말을 하며 문을 나서는 당신의 행동은 너무나 자연스러워 마치 그곳에 사는 사람처럼 보였습니다.

나는 펠레에 대한 당신의 계획이 무엇인지 궁금해졌습니다. 왜 당신은 화두만 던져놓고 자세한 이야기는 하지 않았을까요? 문득, 당신이 계획을 설명할지 여부는 그날 우리가 얼마나 서로에게 마음을 터놓을 수 있느냐에 달렸다는 생각이 스쳤습니다. 그 생각을 하니, 마치 시험을 앞둔 학생처럼 긴장이 되기 시작했습니다. 그 시험은 내게 국한된 것이었습니다. 펠레는 이미 시험에 합격한 것이나 다름없었으니까요.

샤워를 하며 안절부절못했던 것은 내게 닥칠 시험 때문만이 아니라, 지난밤 비웠던 위스키병 때문이라는 생각이 들었습니다. 매우 불행한 조합이 아닐 수 없었습니다.

나는 할링달 고등학교에서는 물론, 오슬로 대학에서도 매우 성적이 좋은 편이었습니다. 이상한 일은 아닙니다. 나는 당시 '프라에 세테리스 prae céteris'였기 때문입니다. 그것은 라틴어로 '남들보다 앞선'이라는 의미입니다. 하지만 학교 밖에서의 삶에선 지금껏 좋은 성적을 거둔 적이 별로 없다는 것을 고백해야겠습니다.

우리는 산책을 하며 대화를 나누기로 했습니다. 얼굴을 마주 보며 앉아서 이야기하는 것보다 함께 걸으며 대화를 나누면, 논리적이고 현명한 말을 하기가 더 쉽다는 이유에서였습니다. 우리 둘 중 누가 그 말을 했는지는 기억나지 않습니다. 나는 펠레와 이야기를 나눌 때는 이러한 조건에 연연하지 않습니다. 그에겐 내 팔에 앉아 있는 것이 바로 산책이니까요.

우리는 E10 도로변의 자전거길로 접어들었습니다. 나는 당신에게 로포텐 대성당을 함께 구경한 후, 카벨보그에서 늦은 점심을 먹자고 제안했습니다.

교회로 향하는 길에는 검은 옷을 입은 사람을 한 명도 볼 수 없었습니다. 문득, 두 사람이 어깨를 마주하고 걷는 것은, 슬픔을 머금은 산봉우리 아래에서 500여 미터의 간격을 두고 검은 옷을 입은 채 따로따로 발을 옮기는 세 남자 중 한 명으로 걷는 것과는 천지 차이라는 생각이 스쳤습니다.

앙네스, 나는 당신과 함께 걸을 수 있다는 것을 축복으로 여겼습니다. 당신은 펠레도 함께 데려가자고 제안했지요. 그래서 나는 펠레를 검은 배낭에 넣어 데려왔습니다. 길을 걷는 도중에도, 당신은 몇 번이나 펠레와 이야기를 나누고 싶어 했습니다. 우리의 대화가 정적을 머금을 때면 더욱 그러했습니다. 당신과 펠레의 관계는, 당신과 나와의 관계보다 훨씬 좋다는 점에 의심의 여지가 없었습니다.

펠레는 항상 삶의 양지쪽에서 살아왔습니다. 반면, 나는 삶의 대부분을 음지에서 살아왔습니다. 하지만 내게도 햇살이 비추어 내릴 때가 없지 않았습니다. 내겐 펠레가 있었으니까요.

유로파 도로를 쌩쌩 지나치는 차들을 보며, 우리가 가장 먼저 꺼냈던 이야기는 바로 전날 옛 친구의 장례식에 참석했던 마리안네와 스베레에 관한 것이었습니다.

당신도 그의 친구였나요?

나는 당신의 질문에 그렇다고 분명히 대답했습니다. 하지만 당신은 믿지 못하겠다는 듯 질문을 되풀이했습니다.

정말 잘 아는 사이였나요?

그렇습니다. 우리 넷은 모두 무척 가깝게 지냈습니다. 마리안네, 스베레, 욘욘, 그리고 나.

나는 욘욘이 이 지방 출신이라는 것을 얘기했습니다. 당신에겐 처음 하는 이야기였습니다. 우리는 선착장을 가리키는 팻말을 지나쳤습니다. 선착장으로 내려가니 스크로바로 향하는 페리가 막 떠나려는 참이었습니다. 나는 욘욘이 스크로바에서 어부로 살았다고 덧붙였습니다.

당신의 사촌이 룬딘 가족의 일원이 되었던 30년 전부터, 당신은 마리안네와 스베레가 과거 히피족의 삶을 살았다는 사실을 전해 들어 알고 있었습니다. 나는 당신이 알고 있던 사실에 더해, 내가 몇 달 동안 직접 겪었던 히피족의 삶을 이야기해주었습니다.

당신은 전날 트룰스의 전화를 받기 전까지는 욘욘에 대해서 아무것도 몰랐습니다. 하지만 당신은 지난 며칠 동안 사촌에게서 들었던 이야기를 바탕으로 그와 관련된 이야기를 내게 자세히 해주었습니다.

욘욘의 부고가 《아프텐포스텐》에 실리고 며칠이 지난 후, 윌바는 베르그에 자리한 부모님의 집을 찾았습니다. 그때 집에는 마리안네 홀로 있었습니다. 낡은 책상 위에는 부고가 실린 신문과 1960년대에 찍은 듯한 빛바랜 사진 한 장이 있었습니다. 사진 속에는 히피 옷차림을 한 마리안네와 욘욘이 보였습니다.

윌바는 사진을 흘낏 바라본 후 어머니를 향해 몸을 돌려 말했습니다. 이분이 바로 저의 친아버지죠? 부고를 집어 든 그녀는 입을 가리며 흐느꼈습니다. 돌아가셨나요?

마리안네는 월바의 질문에 긍정도 부정도 하지 않았습니다. 두 사람은 그날 저녁 한참 동안 정원에 함께 앉아 있었습니다. 월바는 일을 마치고 온 스베레의 목을 끌어안고 다시 울음을 터뜨렸습니다.

지금 내가 적고 있는 이 이야기는 모두 우리가 유로파 도로변을 걸으며 함께 나누었던 이야기이니, 당신도 잘 기억하리라 믿습니다. 그럼에도 내가 굳이 여기서 되풀이하는 이유는 언젠가 당신이 이 편지를 읽을 때 전후 관계를 무리 없이 이해할 수 있기를 바라는 마음 때문입니다. 하지만, 나는 아직도 이 편지를 당신에게 보낼지 마음을 정하지 못했습니다. 지금까지 적은 이야기만 하더라도 책 한 권 분량이 될 텐데요. 지난 몇 주간 나는 이 편지가 당신에게 보내기 위해서뿐만 아니라, 나 자신을 위한 일종의 치유가 될 수도 있겠다고 생각해보았습니다.

당신도 기억하다시피, 우리는 이 편지에 포함된 내용 이외에도 수많은 질문과 대답을 주고받았습니다. 당신이 펠레와 대화를 나누고 싶어 했기에 우리는 잠깐 걷는 것을 멈추고 길가에 앉기도 했습니다. 한번은 당신이 너무나 큰 소리로 웃어서 한 무리의 갈매기들이 깜짝 놀라 풀쩍 날아 오르기도 했지요.

우리는 로포텐 대성당을 둘러본 후, 길 건너편의 교회 묘지 제일 안쪽에 자리한 욘욘의 묘도 찾아보았습니다. 무덤 앞의 십자가에는 요한네스 스크로바라는 고인의 이름 과 출생일 및 사망일만 적혀 있었습니다. 무덤 앞에 고이 놓인 화환은 여전히 생생했습니다.

나는 욘욘의 입관식 때 사제가 읽어주었던 그의 마지막 말을 당신에게 들려주었습니다. 그것만큼은 꼭 들려주어 야 한다고 생각했기 때문입니다. 또한 욘욘이 펠레를 처음 만났을 때 그들이 나누었던 긴 대화에 대해서도 당신에게 이야기해주었습니다. 당시 욘욘은 구르지예프, 쾨슬러, 헉 슬리 등을 읽었고, 그 후 로포텐으로 이사를 가서 히피족 과는 동떨어진 삶을 살았습니다.

다시 펠레와 대화를 나누고 싶어 하는 당신을 보며, 나 는 그 어느 때보다도 더 강렬한 질투심을 느꼈습니다.

묘지의 비석 사이에 자리를 잡고 앉은 우리는 그 옛날 욘욘, 스베레, 마리안네를 연상시켰습니다. 40년 전에도 잔 디는 푸르기만 했습니다. 스베레는 가장 친한 벗을 배신했 을 뿐 아니라, 그의 사랑마저도 앗아 갔습니다. 마리안네도 윤윤을 배신했다고 할 수 있습니다.

펠레는 내가 홀로 있었다면 차마 할 수 없는 말, 또 윤윤의 무덤 앞에서는 더더욱 입 밖에 낼 수 없었던 말을 직접적으로 꺼냈습니다. 그는 당신이 나보다는 자기에게 더 많은 관심을 보였기에 민망하고 죄책감마저 느낀다고 했습니다. 그 말을 한 사람이 내가 아니라 펠레였기 때문에 더욱 진정성이 느껴졌지요. 그 말을 들은 나는 이상하게도 펠레가 아니라 나 자신이 대담하고 뻔뻔하게 느껴지기까지 했습니다.

펠레는 다시 당신과 나를 엮어보려 했습니다. 그의 의도는 매우 사려 깊고 감동적이기까지 했으나, 당신은 조금도 마음의 문을 열지 않았습니다. 하지만 당신은 나를 다시 만나 매우 기쁘다는 말로 펠레의 마음을 다독여주었습니다. 동시에 당신은 크게 웃음을 터뜨리며 펠레가 관심의 중심이라는 말을 잊지 않고 덧붙였습니다. 이렇듯 당신은 내게 손톱만큼의 희망도 주지 않았습니다. 나는 그런 당신이 인간관계를 매우 깔끔하게 잘 처리하는 현명한 여인이라고 생각했습니다.

당신은, 가끔 연극배우가 스스로 감당할 수 없을 정도로 큰 역할을 맡을 때도 있다고 말했습니다. 또한, 예술 작품은 원래의 의도보다 훨씬 크고 훌륭한 결과를 내보이거나,

예술가의 실력과 재능을 능가하는 결과를 보일 때도 있다고 했습니다. 그런 경우에도 예술가는 자신의 작품에 걸맞은 인정을 받기 마련이지요.

당신은 그 말을 하며 펠레에게서 눈을 돌려 나를 바라보았습니다. 당신은 내 오른쪽 무릎에 살짝 손을 올리기도 했습니다. 우리는 욘욘의 무덤 앞 잔디 위에 세 개의 클로버 잎처럼 나란히 앉아 있었습니다. 그러고 보니, 아렌달에서도 그와 비슷한 일이 있었군요. 나는 차에 시동을 걸고 기어에 손을 얹었습니다. 순간, 당신의 손이 내 손을 살짝 덮었지요. 나는 그런 일은 절대 잊어버리지 않습니다.

우리는 펠레를 배낭에 넣고 묘지를 벗어나 다시 유로파 도로변을 따라 걸었습니다. 잠시 후, 언덕 너머 카벨보그에 도착한 우리는 늦은 점심을 먹었습니다. 당신은 전날 밤 백야 때문에 잠을 거의 못 잤다고 말했습니다. 반면, 나는 충분한 수면을 취한 후였습니다. 우리는 식사를 하며 그것으로 저녁을 때우는 데 동의했습니다. 나는 이미 호텔 직원에게 옆방에 당신의 침대를 마련해달라고 부탁해놓았습니다.

나는 길을 걸으며 지난 수년 동안 궁금해했던 것을 떠올렸습니다. 결국 참지 못했던 나는 펠레처럼 직접적으로 질문을 던졌습니다. 당신은 왜 바케크로엔에서 도망치듯 그곳을 벗어나려는 나를 붙잡았습니까? 그때는 당신이 펠레를 만나기 훨씬 전이었습니다.

당신은 의미심장한 미소를 지었지만, 나는 그 이유를 전혀 알 수 없었지요.

당신은 이미 추모식장에서 내가 나 자신이 아닌 다른 사람으로 행세할 수 있는 엄청난 능력을 지녔음을 발견했다고 말했습니다. 어떤 면에서 보자면 나보다 더 나 자신에 가까운 모습을 보인 것일지도 모른다고 덧붙였지요. 당신은 내가 그레테 세실리에의 품격 있는 친구 행세를 하는 모습을 보며 놀라지 않을 수 없었다고 고백했습니다. 당신은 내가 주저 없이 거짓말을 뱉어낼 때면 황홀경에 가까운 특별한 기쁨을 느끼는 것처럼 보였다고 말했습니다. 또한 마치 독립적인 인간처럼 자유자재로 주저 없이 말하는 펠레를 보며 그것이 나의 또 다른 면이라고 생각했습니다. 그 때문에 당신은 아렌달에서 오슬로로 가는 차 안에서 내게 그레테 세실리에에 관해 더 많은 이야기를 해달라고 부탁했던 것입니다. 당신은 추모식에서의 내 모습을 더 보고 싶어 했던 것일까요. 당신은 그레테 세실리에의 벗이자 펠레이기도 했던 또 다른 내 모습을 보고 싶었기에 오슬로로 향하는 길에 내 차에 동승했던 것입니다.

우리는 바로 이 점에 관해 꽤 오랫동안 대화를 나누었습니다. 당신이 바케크로엔에서 나를 붙잡았던 이유는 나라는 사람을 더 잘 알고 싶었으며, 또 나라는 인간을 더 가까이서 관찰해보고 싶었기 때문이라고 했습니다. 나는 그때 당신이 했던 말이 꽤 무례하다고 생각했습니다. 하지만 당신은 심리학자이기도 했기에 충분히 이해할 수 있었습니다. 당신은 펠레와 나를 더 잘 알고 싶었기에 아렌달에서부터 함께 차를 타고 왔습니다. 그 결과로, 당신은 내가 매우 흥미롭고 복잡한 인성을 지닌 사람이라고 결론을 내렸습니다. 그렇습니다. 당신은 내가 매우 복잡한 사람이라고 말했습니다.

당신은 안드레아스의 추모식에서 또 한 번 나를 구해주었습니다. 그때 역시 당신이 펠레를 만나기 전이었지요. 당신은 그곳에 모인 사람들에게 내가 당신의 동행자라고 소개했습니다.

당신은 이 이야기를 하며 미소를 지었습니다. 당신이 거짓말을 하면서까지 나의 체면을 세워주었던 까닭은, 궁지에 몰린 내 상황을 이해해서였습니다. 당신은 그 대가로 오슬로에 돌아가면 친척들과 지인들에게 전화를 해 나에 관해 더 알아보겠다고 말했지요.

성경의 『전도서』에도 나와 있듯, 모든 일에는 시간이 필요한 법입니다. 그리고 이젠 부정의 시간이 다가왔습니다.

전화를 해서 알아보겠다고? 너무나 간단한 일이라고 생각했습니다.

동시에, 나는 그것이 나의 존재를 부정하기 위한 방법으로는 너무나 값싸고 쉬운 것이라 생각했습니다.

우리는 카벨보그로 향하는 내리막길을 걸었습니다. 나는 지난밤에 마셨던 술 때문인지 머리가 지끈지끈했고, 말도 마음처럼 술술 나오지 않았습니다. 당신도 매우 피곤하다고 말했습니다. 하지만 당신은 펠레와 이야기를 할 때만큼은 생기가 넘쳤습니다.

나는 당신이 내게 했던 말을 머릿속으로 차근차근 정리해보았습니다. 결과적으로, 당신은 내가 동생의 장례식에서 만났던 훌륭한 신사의 그림자에 지나지 않는 존재라고 생각하는 것 같았습니다. 그 신사는 그레테 세실리에의 예의 바른 벗이자 그녀의 학문적 입장을 속속들이 이해하는 사람이었지만, 나는 꼭두각시 인형의 이미지 뒤에 숨어 있는 억눌리고 수줍어하며 용기 없이 망설이는 사람에 불과했습니다.

나의 존재는 펠레의 독립성과 자발성을 위한 전제 조건에 지나지 않았던 것입니다. 나는 펠레라는 장미꽃을 보듬고 키워주는 흙과 비료에 지나지 않았습니다. 흙이 없으면 장미꽃도 자라지 못합니다. 하지만, 장미에게 필요한 것은 그것이 전부라 할 수 있지 않을까요.

이 편지를 쓰고 있는 지금 이 순간, 문득 앞서도 장미꽃을 언급했다는 기억이 스칩니다. 히피족의 삶을 살며, 왕궁 앞의 장미 덤불을 가리키며 했던 말입니다. 타트 트밤 아시—"그것은 너이다!" 이것은 앞서도 말했듯 『우파니샤드』에 기록된 문구이기도 합니다.

나는 항상 펠레와 내가 독립적인 인성을 지닌 서로 다른 존재라고 생각해왔으며, 펠레의 독립성을 강조하는 데 주저하지 않았습니다. 하지만 아드바이타 철학을 바탕으로 보았을 때, 펠레가 내 팔 위에 앉아 있을 때만큼은 그를 가리키며 그가 나 자신이라 말할 수도 있을 것입니다. 물론, 근원을 따져보자면 펠레는 바로 나이며, 나는 펠레입니다. 그것이 바로 우리가 이 세상을 살아가는 방식인 것입니다. 베단타 철학의 핵심인 아드바이타, 또는 불이일원적 사상을 생각하면 이해하기가 쉬울까요. 펠레는 내가 아니고, 나는 펠레가 아니라고 주장하는 것은 마야이자 미혹과 환상에 불과합니다.

나는 언제쯤이면 이것을 명백하게 증명해 보일 수 있을

까요. 쉽지 않을 것이라는 생각이 듭니다. 설사, 내가 이를 증명하기 위해 부단히 애를 쓴다 하더라도 성공하기는 쉽지 않을 것입니다.

당신은 장미꽃만 바라볼 뿐, 장미를 보듬고 있는 흙을 보진 않았습니다. 당신은 꼭두각시 조종사의 팔에 앉아 있는 꼭두각시 인형만 바라볼 뿐, 꼭두각시 조종사에겐 눈도 돌리지 않았습니다.

우리는 카벨보그 광장의 멋진 야외 레스토랑에 함께 앉아 음식과 와인을 주문했습니다. 당신은 그제야 계획했던 일이 무엇인지 털어놓기 시작했습니다. 보아하니, 나는 오후의 비공식적 시험에 합격한 것이 틀림없었습니다. 기분이 나쁘진 않았습니다.

당신은 평생을 꼭두각시 인형극에 관심을 가져왔다고 말했습니다. 그뿐 아니라 심리치료적 관점에서 꼭두각시 인형을 이용한 적도 많았다고 했습니다. 이제 당신은 슬로바키아의 꼭두각시 인형극 축제에 나와 펠레를 데려가고 싶다고 말했습니다. 당신이 스탐순까지 와서 나와 펠레를 만났던 것도 바로 그 때문이었습니다. 시간이 별로 없었습니다. 축제에 참석하기 위해선 늦어도 모레쯤 오슬로에서 브라티슬라바로 향하는 비행기를 타야 한다고 했습니다.

당신은 내게 독일어를 할 줄 아냐고 물었죠. 나는 이미 화이트 와인을 몇 잔 마신 후였기에 기분 좋게 양팔을 활짝 벌리며 말했습니다. Aber natürlich, geliebte Frau!(물론 그렇습니다, 친애하는 여인이여!) 생기가 돌아온 내 모습에 당신은 만족해하는 것 같았습니다.

당신은 펠레에 대해서도 물었습니다. 펠레도 독일어를 할 줄 아나요?

나는 웃음을 터뜨렸습니다. 얼마나 오랫동안 소리 내어 웃었는지 모릅니다. 나는 펠레가 나보다 독일어를 훨씬 유창하게 한다고 대답했습니다. 관사와 동사 변화는 꿈에서도 막히지 않고 술술 풀어낼 수 있다고 덧붙였지요.

당신도 나의 기분 좋은 태도에 전염이 되었는지 환한 미소를 지었습니다. 나는 펠레 앞에서는 독일어로 말하고 싶지 않다고 말했습니다. 조그만 실수라도 하면 펠레는 그냥 넘어가지 않을 것이기 때문이니까요.

우리는 택시를 타고 스볼베르로 되돌아왔습니다. 분위기는 훨씬 좋아졌습니다. 화이트 와인은 어젯밤 마셨던 위스키로 망가진 속을 부드럽게 감싸주었습니다. 당신은 그날 저녁 펠레를 배낭 속에서 꺼내 대화를 하고 싶다는 말은 다시 하지 않았습니다.

당신은 호텔에 돌아오자마자 잠에 빠졌습니다. 몇 시간이 지난 지금, 당신은 여전히 자고 있고, 나는 이 편지를 맺기 위해 컴퓨터 앞에 앉아 있습니다.

앙네스, 이제 당신 차례입니다. 당신이 이 편지를 읽게 되면 내가 어떤 사람인지 더 잘 알게 되겠지요. 당신은 내일 아침 잠을 깨면 이 편지를 읽을 수 있을 것입니다. 나는 잠자리에 들기 전, 이 편지를 당신의 아이패드로 전송할 것입니다.

당신이 이 편지를 읽고 나서도 마음이 바뀌지 않았다면, 나는 당신과 함께 모레 슬로바키아로 가겠습니다. 물론, 펠레도 당연히 함께 갈 것입니다. 나는 펠레가 행운아라는 생각을 지울 수 없습니다. 작은 시골 마을의 장터에서 브라티슬라바까지의 여정이라니요. 꼭두각시 인형의 입장에 선 굉장한 행운이 아닐 수 없습니다.

펠레는 여행길에 정중히 예의를 갖추겠다고 이미 약속했습니다. 하지만 나는 펠레가 그 약속을 지킬지 확신할 수 없습니다. 당신도 경험해보았으니 잘 알고 있으리라 생각합니다. 하지만 당신은 펠레의 바로 그런 점에 호감을 느꼈던 것이 아닌가요.

그렇습니다. 당신이 호감을 보이는 이는 내가 아니라 펠

레입니다. 그것은 누구의 잘못도 아닙니다. 이제 나는 그
사실을 받아들일 수 있으며, 펠레와 당신을 응원하는 나의
진심을 담아 이 편지를 맺으려 합니다.

옮긴이 손화수

한국외국어대학교에서 영어를, 오스트리아 잘츠부르크 모차르테움 대학에서 피아노를 공부했다. 1998년 노르웨이로 이주한 후 크빈헤라드 코뮤네 예술학교에서 피아노를 가르쳤다. 2002년부터 노르웨이 문학을 번역해 국내에 활발히 알리기 시작했다. 2012년에는 노르웨이번역인협회 회원이 되었고 같은 해 노르웨이해외문학협회에서 수여하는 〈올해의 번역가상〉을 받았다. 현재 스테인셰르 코뮤네 예술학교에서 가르치며 번역가로 활동하고 있다. 옮긴 책으로는 요슈타인 가아더의 『피레네의 성』『크리스마스 미스터리』를 비롯해 『벌들의 역사』『나의 투쟁』『파리인간』『피렌체의 연인』『루시퍼의 복음』 등이 있다.

꼭두각시
조종사

초판 1쇄 펴낸날 2020년 12월 23일
초판 2쇄 펴낸날 2021년 5월 31일

지은이 요슈타인 가아더
옮긴이 손화수
펴낸이 김영정

펴낸곳 (주)현대문학
등록번호 제1-452호
주소 06532 서울시 서초구 신반포로 321(잠원동, 미래엔)
전화 02-2017-0280
팩스 02-516-5433
홈페이지 www.hdmh.co.kr

ⓒ 2020, 현대문학

ISBN 979-11-90885-48-5 03850

* 책값은 뒤표지에 있습니다.
* 파본은 구입처에서 교환해 드립니다.